厦门大学哲学社会科学
繁荣计划资助项目

学·研·文·库

梅耶荷德戏剧创作与思想研究

徐　琪 | 著

中央编译出版社
CCTP Central Compilation & Translation Press

图书在版编目（CIP）数据

梅耶荷德戏剧创作与思想研究 / 徐琪著 . -- 北京：
中央编译出版社，2019.11
ISBN 978-7-5117-3710-6

Ⅰ. ①梅…
Ⅱ. ①徐…
Ⅲ. ①梅耶荷德（Meierkhol'd，Vsevolod Zmil' evich 1874–1940）—戏剧研究
Ⅳ. ① I512.073

中国版本图书馆 CIP 数据核字（2018）第 300361 号

梅耶荷德戏剧创作与思想研究

出 版 人： 葛海彦
责任编辑： 杜永明
责任印制： 刘　慧
出版发行： 中央编译出版社
地　　址： 北京西城区车公庄大街乙 5 号鸿儒大厦 B 座（100044）
电　　话： （010）52612345（总编室）　（010）52612339（编辑室）
（010）52612316（发行部）　（010）52612346（馆配部）
传　　真： （010）66515838
经　　销： 全国新华书店
印　　刷： 三河市华东印刷有限公司
开　　本： 710 毫米 ×1000 毫米　1/16
字　　数： 333 千字
印　　张： 18
版　　次： 2019 年 11 月第 1 版
印　　次： 2019 年 11 月第 1 次印刷
定　　价： 88.00 元

网　　址： www. cctphome. com　**邮　　箱：** cctp@cctphome. com
新浪微博： @ 中央编译出版社　**微　　信：** 中央编译出版社（ID：cctphome）
淘宝店铺： 中央编译出版社直销店（http：// shop108367160.taobao.com）（010）55626985

本社常年法律顾问：北京市吴栾赵阎律师事务所　闫军　梁勤
凡有印装质量问题，本社负责调换，电话：（010）55626985

目　录

CONTENTS

绪　论

符谢沃洛德·艾米里耶维奇·梅耶荷德（1874—1940）是20世纪上半叶俄罗斯戏剧革新的中心人物，新戏剧观念的创造者。他穷尽一生，勇于挑战戏剧的经典教义，以破除僵化的旧戏剧、建设新戏剧为己任，被誉为“未来戏剧的奠基人”“戏剧界的毕加索”“戏剧美洲大陆的发现者”，甚至被誉为“戏剧的撒旦”，其戏剧思想、舞台实践、戏剧教育实践与教育原则对俄罗斯乃至世界戏剧运动产生了强有力的影响。在充满变革的时代，梅耶荷德扮演着俄国戏剧文化集大成者的角色，他大胆探索、革新戏剧语汇，将一系列创新元素引入当时主流的传统艺术观念之中，使当代戏剧与古老的东西方戏剧传统有机地结合起来，将导演艺术的最新思想、方法逐步渗透到表演艺术、舞台空间设计和戏剧教育领域，在层出不穷的创新的戏剧实验、舞台实践和戏剧教育活动中逐渐形成一套完整而独特的戏剧思想。他坚持假定性的现实主义戏剧观，以此为基础构建起新型的导演方法论，创立了有别于斯坦尼斯拉夫斯基体系的表现主义表演观，开创了独具特色的戏剧教育体系，为未来戏剧提供了无穷的源泉。

梅耶荷德充满戏剧色彩的一生、富有争议性的戏剧探索和悲剧性的命运始终是戏剧研究者关注、争论的话题与焦点。自20世纪初以来，对其戏剧创作、生平的研究已然形成了一门独立的学科——梅耶荷德学，成为当代世界戏剧研究的重要组成部分。在近百年的发展过程中，梅耶荷德学经历过跌宕起伏的“高潮”“低谷”与“复兴”。苏联解体之后，冰封沉寂数十年的梅耶荷德研究再度呈现出百花齐放、百家争鸣的局面，相关著作与学术论文如雨后春笋般大量涌现，研究成果无论在数量上还是质量上都达到了空前的水平，甚至有超出对斯坦尼斯拉夫斯基体系研究的趋势。截至目前，俄罗斯境内外出版的梅耶荷德研究著作已近百部之多，可谓卷帙浩繁，单篇论文更是不计其数，梅耶荷德学的意义也由此可见一斑。在戏剧历史上梅耶荷德的贡献是难以估量的。然而，正如俄罗斯著名戏剧批评家鲍利斯·金格尔曼所言："我们对梅耶荷德的认识还仅限于表象，只是运用了他的部分方法，但其创作的主要内容（动因）和完整的形象仍未被人们所充分认识，仍然处于当代意识的边缘。"①

纵观我国戏剧学界，在20世纪80年代中期围绕戏剧"假定性"的论争，曾经一度掀起过"梅耶荷德热"，以译介编著的形式出版了《梅耶荷德谈话录》《梅耶荷德传》等，为中国的梅耶荷德研究奠定了基础。90年代至今，以梅耶荷德研究为主题的成果只散见于单篇论文或相关论著中，即使是"最新"出版的《表演理念：尘封的梅耶荷德》（2009）仍是译介性的作品，尚无任何研究专著面世。显然，这与俄罗斯国内乃至世界范围的梅耶荷德研究热潮极不相适应，与这一领域的整体研究水平存在差距。因此，十分有必要将梅耶荷德学的最新成果引进国内，从中国学者的角度对梅耶荷德的戏剧理论思想进行全面梳理、系统分析，厘清那些存在认识偏误的问题，为国内戏剧艺术理论与舞台实践提供更加全面、客观的参照，使具有世界意义的梅耶荷德艺术精髓及其优秀元素为我所用。

20世纪被称为"导演的世纪"，这不仅改变了戏剧艺术的许多传统和习惯，而且改写了戏剧艺术的结构本质。随着导演戏剧时代的到来，导演一跃成为戏剧艺术的核心和灵魂，成为决定戏剧演出成败的关键人物。梅耶荷德的戏剧活动正是处于导演中心主义大潮涌动之时，其戏剧思想集中体现在如何处理与演员、剧作家、舞台美术家、观众的关系等最核心、最复杂、最尖锐的问题上。本书主要采用文献研究、归纳分析与对比的研究方法，运用俄罗斯及世界戏剧学理论、导演艺术研究的基本方法和原则，以"戏剧革新和社会变革中的矛盾与统一"为思考的主要线索，围绕假定性戏剧这一核心理论，将梅耶荷德充满矛盾的革新探索与其所处的社会历史环境相联系，力图在纷繁复杂的文献史料和众说纷纭的研究、批评之中，寻找梅耶荷德创作的主轴，发掘其戏剧创新的原动力与轴心，还原其戏剧实践活动的真实图景，探寻矛盾对立之中蕴含的有机联系和发展轨迹，厘清其假定性戏剧原则的本质内涵。从历史与逻辑的角度梳理出其戏剧思想形成和发展的脉络，从艺术理论与舞台实践两方面论证其戏剧思想的运用价值和世界意义。

---

① В.Э.Мейерхольд, Наследие 1 [M]. M.: О.Г.И., 1998. C.5.

一、梅耶荷德研究的历史与现状

1. 俄罗斯的梅耶荷德研究

梅耶荷德毕生致力于建设新的包罗万象的戏剧体系，以取代旧的、僵化的戏剧体系。他的一生充满令人惊奇的突变和始终不渝的追求，围绕他导演的剧目总是会掀起激烈的论战，并往往形成互为对立的两极。俄罗斯国内对梅耶荷德的研究与论争始于20世纪之初，至今已持续了百年，经历了跌宕起伏的四个阶段：从高潮（20世纪初至30年代）到停滞（20世纪40年代至50年代中期），再到“解冻”（20世纪50年代中后期至70年代），直至20世纪90年代遍及世界范围的“梅耶荷德的复兴”。

20世纪10—30年代是梅耶荷德论争的第一个高峰阶段，其间发表了大量的论文，鲜明地反映出当时论战的激烈程度。1929年，Н.Д. 沃尔科夫编著的两卷本《梅耶荷德》[①] 可谓梅耶荷德研究的奠基之作，但它的命运也摆脱不了时代的烙印，自问世以来就不断遭到严厉的批评、指责。20世纪30年代反形式主义运动掀起之后，力求创新的梅耶荷德被无情地扣上了“形式主义者”的帽子，其创作活动从此停滞。此后便进入长达15年之久的“共同缄默抵制”期，梅耶荷德成为一个“禁区”。曾经引发激烈论战的梅耶荷德似乎被历史所遗忘，消失在现实的虚无之中，即便偶有提及他的名字，也始终伴随着批判的声音和各种意识形态化的标签。著名的梅耶荷德学家达吉雅娜·巴切利斯一针见血地指出：“在20世纪50年代远非所有人都渴望让梅耶荷德的创作复活。他的创作有强大的敌人，他们反对在美学上对他进行平反……他们更想扼杀而不是让新思维进入自己教条的阵营。而且，时至今日，梅耶荷德的这类敌人还没有绝迹。”[②] 经过梅耶荷德孙女玛丽娅·阿列克谢耶夫娜·瓦连捷伊－梅耶荷德坚持不懈的努力，在一大批有识之士的疾声呼吁下，1955年11月26日梅耶荷德终于被平反昭雪。经历多年的沉寂之后，20世纪六七十年代在苏联出现了梅耶荷德研究的第二个小高潮，关于梅耶荷德的书籍大量出版，其中包括对梅耶荷德研究具有重要意义的著作：《与梅耶荷德的会面》[③]（1967）、两卷本《梅耶荷德论文、书信、演讲、谈话集》（上卷1891—1917，

---

① Волков Н.Д. Мейерхольд: В 2 т. [М]. М.—Л.:Academia. 1929.

② Мейерхольдовский сборник Ⅱ [М].Сост. А.А.Шерель.М.:Творч. Центр им. Вс.Мейерхольда, 1992. С.49.

③ Встречи с Мейерхольдом[М]. М.:ВТО, 1967.

下卷 1917—1939）[①]（1968）、《导演梅耶荷德》[②]（1969）、《梅耶荷德的创作遗产》[③]（1978）等。К.Л. 鲁德尼茨基撰写的《导演梅耶荷德》通过大量翔实的史料，向世人真实地展示了孜孜不倦从事艺术创新的戏剧大师的一生，对从美学上恢复梅耶荷德的名誉起到了关键性的作用，被公认为梅耶荷德学的经典之作。著名的戏剧学家 М.М. 西特科韦茨卡娅甚至称之为“终结主题之作”。当然，梅耶荷德学注定是无法“终结”的，随着时间的推移，梅耶荷德戏剧思想散发出更加耀眼夺目的永久的光芒。

正如梅耶荷德跌宕起伏的人生一样，对其研究的历史也经历了几度波折。始于 20 世纪 60 年代的梅耶荷德研究热潮很快消退，与大师刚刚重建的“对话”戛然而止。取而代之的是另一种声音，认为对梅耶荷德的研究过多，而那些“未经时间检验”的材料将“污染”出版业。显然，对梅耶荷德艺术的研究远远滞后于对他政治名誉的恢复，梅耶荷德研究再度陷入低谷，直至 20 世纪 80 年代末期才得以“解冻”并逐渐回暖。1989 年 2 月，为纪念梅耶荷德诞辰 115 周年，在他的故乡奔萨举办了“戏剧研究者科学与实践国际研讨会”，这是梅耶荷德研究的一个重要分水岭，为梅耶荷德学翻开了新的历史篇章。

随着苏联的解体，俄罗斯艺术研究呈现出开放之势，许多历史文献档案逐渐解密。1990 年《戏剧》第 1 期、《戏剧生活》第 2 期分别发行了梅耶荷德研究专号。1992 年在奔萨国际研讨会报告的基础上，编辑出版了两卷本《梅耶荷德纪念文集》[④]（А.А. 谢列里主编），它们标志着新一轮的“梅耶荷德热”开始启动。1998 年，由梅耶荷德创作遗产委员会和俄罗斯国家艺术知识研究院历经十年共同筹划、编撰的《梅耶荷德：遗产》（第一卷）[⑤] 终于问世，这一鸿篇巨制不仅大大填补了梅耶荷德历史文献出版的许多空白，更预示着梅耶荷德研究的春天真正到来了。

综观俄罗斯国内出版的梅耶荷德研究论著，对梅耶荷德的研究可以归结为以下六个方面。

（1）文献档案

文献档案的历史价值和现实意义是毋庸置疑的，无怪乎有人断言：谁掌握

---

① Мейерхольд В.Э. Статьи, письма, речи, беседы[М]. В двух частях, М.:Искусство, 1968.

② Рудницкий К.Л. Режиссер Мейерхольд[М]. М.: Наука, 1969.

③ Творческое наследие В.Э.Мейерхольда[М]. М.: ВТО, 1978.

④ Мейерхольдовский сборник[М]. В 2 т., Сост. А.А.Шерель.М.: Творч. Центр им. Вс.Мейерхольда, 1992.

⑤ В.Э.Мейерхольд: наследие 1 [М]. М.:О.Г.И., 1998.

了过去，谁就拥有未来。

梅耶荷德本人曾经说："没有任何笔记……当我死后，大家都钻进书柜，想看看那里有些什么秘密。什么也没有。只有只言片语。"[①] 事实上，梅耶荷德文献档案的数量是十分惊人的。据梅耶荷德档案研究专家玛雅 · 西特维茨卡娅所言，俄罗斯国家文学和艺术档案馆（РГАЛИ）[②] 所保存的梅耶荷德个人档案有 3700 多件，梅耶荷德剧院档案库保存的文献档案约 2000 件。或许梅耶荷德本人也未曾料想能够为后人留下数量如此庞大的档案史料，它们无疑是一笔丰厚的艺术遗产，为未来的研究者提供了还原其历史原貌的可能。20 世纪六七十年代，在梅耶荷德研究热潮的推动下，曾经出版过少量的梅耶荷德文献资料，包括上文提到的两卷本《梅耶荷德论文、书信、演讲、谈话集》,《梅耶荷德的创作遗产》以及 1976 年出版的《梅耶荷德书信录》[③]。

随着俄罗斯社会的变革和民主自由风气的日益增强，长期处于冰封状态的梅耶荷德文献档案终于得以公开，以完全真实的面貌出版梅耶荷德的艺术遗产才成为现实的可能。梅耶荷德创作遗产委员会和俄罗斯国家艺术知识研究院共同合作，努力摆脱那些遗留下来的不利痕迹的影响，经过长达十年的精心筹划、编写，终于在 1998 年让《梅耶荷德：遗产》（以下简称《遗产》）（第一卷）与世人见面，这一标志性成果的出版可谓是梅耶荷德学者们满怀虔诚之心开始与大师展开真正的跨越时空的"对话"。

根据《遗产》主编奥列格 · 费尔德曼的介绍，不同于以往出版的梅耶荷德文献资料，《遗产》在编排上更加科学、合理、精细，以时间为主轴，淡化文献的类别体裁，将梅耶荷德的所有历史档案统揽在一个时间框架内，以动态发展的脉络展现梅耶荷德的人生轨迹、戏剧创作道路、导演方法的革新与思想体系的渐进成形，使梅耶荷德的一生犹如历史画卷般清晰、真实地展现在读者面前。《遗产》计划分 50 卷系列出版，无疑堪称梅耶荷德研究史上的鸿篇巨献。《遗产》（第一卷）即以此编写原则首次呈现给广大读者，它严格忠实于文献史料，主要包含两类档案资料：一是梅耶荷德的履历，包括 1913 年、1921 年他本人书写的自述，1918 年、1928 年、1936 年、1937 年填写的

---

① Мейерхольд, режиссура в перспективе века / Meyerhold, lamiseenscenedanslesiecle. Материалыконференции[M]. Вып. первый. Ред.-сост.: Беатрис Пикон-Валлен, Вадим Щербаков. M.: О.Г.И., 2001, C.42.

② 原名为中央国家文学档案馆（ЦГЛА），成立于 1941 年 3 月，1954 年更名为中央国家文学和艺术档案馆（ЦГАЛИ），现名为俄罗斯国家文学和艺术档案馆（РГАЛИ）。

③ Мейерхольд В.Э. Переписка[M]. M.: Искусство, 1976.

履历表，以及 1939 年 6 月 20 日被逮捕时填写的登记表；二是 1891—1903 年期间的“编年史”型文献档案，包括梅耶荷德青少年时期的日记、读书笔记，与契诃夫、斯坦尼斯拉夫斯基、列米佐夫等同时代人的往来书信，学艺入门阶段所做的戏剧角色分析说明、导演草稿、设计草图等，以及早期外省戏剧演出的剧评，等等。大量的档案资料和照片属于首次发表，弥足珍贵。在全面展示史料的同时，《遗产》（第一卷）的编者们还为档案做了十分深入、细致、精确的编注说明，更正了梅耶荷德戏剧活动的一些重要的时间信息和演出时间顺序，复原了演出的节目单、演员名单，统计了演出的场次。无疑，这些珍贵的历史资料将为梅耶荷德研究提供重要的参考，甚至将改写部分被误读了的历史。根据 1929 年出版的由 B.Д. 沃尔科夫主编的《梅耶荷德》记载，梅耶荷德在外省赫尔松签订租赁剧院合同的时间为 1902 年 1 月 22 日，而梅耶荷德致斯坦尼斯拉夫斯基的信中提出离开莫斯科艺术剧院的时间应是 1902 年 1 月 30 日前后。由此不免令人产生疑问：难道梅耶荷德有意脱离莫斯科艺术剧院在先，而非迫不得已？他所有的愤怒、不满、绝望都不过是“演”给众人看的吗？这一时间的“误读”竟然延续了 70 年之久（包括在由鲁德尼茨基所著的《梅耶荷德传》中也是同样错误的时间记录[①]），直到《遗产》（第一卷）出版才还历史一个真相，还梅耶荷德一个“清白”——根据赫尔松地方报纸的记录，梅耶荷德签订剧院租赁合同的时间实为 1902 年 3 月 9 日[②]。由此可见，这是他被莫斯科艺术剧院除名（1902 年 2 月初）之后别无选择的一种选择。

《遗产》（第一卷）一经出版便引起热烈的反响，赞誉不断，被称为体现了“历史学家与戏剧研究者工作水平”的科学成就。然而，赞誉声中也有人在冷静地思考。B.B. 古德科娃提出一个值得深思的问题——出版梅耶荷德文献档案的意义何在？只是为了公之于众吗？显然这不是答案所在。B.B. 古德科娃尖锐地指出：“我认为研究者本人的思想是绝对重要的，而文献资料本身的价值并不是首要的。没有作者独立的思想，任何文献不过是沉默与死气沉沉的，苍白而没有说服力的。”[③] 似乎，《遗产》有各种信息堆积的“仓库”之嫌。姑且不论其评价客观与否，但出现不同的声音还是值得高兴的，历史的车轮毕竟前进了。梅耶荷德为后人留下了极为丰富的艺术遗产，不正是希望后人

---

① ［苏］K. 鲁德尼茨基：《梅耶荷德传》，童道明、郝一星译，中国戏剧出版社 1987 年版，第 89 页。

② В.Э.Мейерхольд, наследие 1 [M]. M.: О.Г.И., 1998. C.466.

③ Гудкова В.В. Инвентаризация опытов[J]. Новое литературное обозрение. 2000（45）: 6.

将之继续发扬光大吗？

梅耶荷德研究者对文献史料的挖掘、整理的脚步始终都没有停止。继《遗产》（第一卷）出版之后，时隔八年《遗产》（第二卷）[①]（2006年）也问世了。《遗产》（第二卷）收录文献的时段为1903年8月至1905年4月，主要展现梅耶荷德戏剧探索初创时期——"新戏剧社"阶段的两个演剧季的文献资料，包括：1903—1904年赫尔松、尼古拉耶夫演出季，1904—1905年第比利斯演出季，1905年重返尼古拉耶夫的春季演出季。此外，第二卷中还收录了1905年春为创办波瓦尔斯卡娅戏剧实验室时梅耶荷德与斯坦尼斯拉夫斯基之间的往来书信。1902—1905年是梅耶荷德在外省独立从事戏剧活动的三年，正是在这一短暂的调整期，梅耶荷德新的美学思想开始萌芽，对莫斯科艺术剧院的创作纲领从不甚自信的质疑到态度鲜明、行动果敢的反叛。该卷所收录的档案真实地再现了梅耶荷德在远离莫斯科的外省组建戏剧团队所进行的一系列戏剧演出，在外省剧院为实现自己的戏剧新思想小试牛刀，其演出剧目之多、演出节奏之快令人惊叹。从梅耶荷德本人的戏剧札记和大量的剧评，可以清晰地发现一个与自然主义戏剧截然不同的戏剧新方向正在孕育而生。

1905年5月，受到曾经的导师斯坦尼斯拉夫斯基的召唤，梅耶荷德从外省返回莫斯科进行象征主义戏剧实验。《遗产》（第三卷）[②]（2010）即以"1905年5—11月波瓦尔斯卡娅大街实验剧社"为副标题，翔实地记录了梅耶荷德戏剧创作的这一个短暂的"瞬间"。虽然在梅耶荷德长达40年的戏剧生涯中，波瓦尔斯卡娅大街实验剧社仅维持了短短半年时间，而且没有公开上演一部戏，但此间梅耶荷德所进行的戏剧实验却具有举足轻重的地位。梅耶荷德戏剧遗产专家以一本书的体量（在已出版的三卷《遗产》中，此卷最为厚实，达782页）专门记录这一短暂的戏剧实验，由此可见这一"年轻的探索剧院"[③]对于梅耶荷德研究的分量、价值与意义。正如该卷开篇所言："在实验剧社充满狂热的数月成为梅耶荷德创作风格形成的关键阶段，为20世纪假定性戏剧奠定了基础。"[④]《遗产》第三卷共分11个单元，它延续了前两卷的记录风格，主要以时间为序，收录了近300封信函，内容包括实验剧社的筹建、经费预算、

① В.Э.Мейерхольд: наследие 2 [M]. M.: O.Г.И., 2006.

② В.Э.Мейерхольд, наследие 3 [M]. M.: O.Г.И., 2010.

③ 梅耶荷德本人将波瓦尔斯卡娅大街实验剧社称成为"年轻的探索剧院"，见 наследие 3（В.Э.Мейерхольд, M.: O.Г.И., 2010）第7页。

④ 梅耶荷德本人将波瓦尔斯卡娅大街实验剧社称成为"年轻的探索剧院"，见 наследие 3（В.Э.Мейерхольд, M.: O.Г.И., 2010）第7页。

演员与舞台美术设计问题、选取排演的剧目、剧作家等方方面面。除往来信件之外，第 8、第 9 单元十分详尽地展示了实验剧社的两部实验剧——《丁达奇尔之死》与《什留克与雅乌》的排演记录，附有大量舞台动作草图，舞台设计图，服装设计图，表演示意图，体现风格化的服装、造型、手势动作的图片，以及 15—16 世纪的意大利绘画、雕塑作品。无论是文字的记录，还是图片的展示，无一不体现出梅耶荷德对象征主义戏剧的向往与追求，使当代读者更加深刻地理解其探索新戏剧、建立新的戏剧形式的源泉与方向。

根据《遗产》编写委员会的出版计划，满腔热忱、执着不懈的梅耶荷德学者们正在进行一项具有划时代意义的浩大工程——编辑出版 50 卷的梅耶荷德全集。或许有一天我们将真正迎来“终结主题之作”的那一天。

在 20 世纪 90 年代后期出版的大量历史文献中，《俄罗斯戏剧批评中的梅耶荷德》特别引人注目。该书分上下两卷，均由 T.A. 拉宁娜主编。第一卷《俄罗斯戏剧批评中的梅耶荷德（1892—1918）》[①] 出版于 1997 年，三年后（2000 年）第二卷《俄罗斯戏剧批评中的梅耶荷德（1920—1938）》[②] 也与读者见面。其实，早在 20 世纪 70 年代初，T.A. 拉宁娜就产生了编写该书的计划，希望乘着梅耶荷德研究热潮的东风，将发表于各种报刊媒体的关于梅耶荷德创作的评论文章结集出版。但由于 20 世纪 70 年代对梅耶荷德是一边倒地唱赞歌，在那样具有戏剧性的历史文化背景下，如果突然出现“批评”梅耶荷德的声音将是多么的刺耳。所以，尽管 П.П. 格罗莫夫曾经预言其“意义非同一般”，但出版计划仍然被迫搁置。30 年之后，T.A. 拉宁娜的愿望终于实现了。编者精心挑选的百余篇批评文章大多尖锐犀利，真实地再现了当年梅耶荷德所面对的“刀光血影”，许多评论文章具有鲜明的时代色彩，使今天的读者仍能触摸到近一个世纪前批评梅耶荷德戏剧思想与创作的锋芒、激情。不过，也许是受篇幅所限，编者对一些文章进行了删节，不可避免地破坏了原文的完整性和论述语境，影响读者的理解。虽然下卷中的个别文章超出了 1938 年的界限，但瑕不掩瑜，两卷本《俄罗斯戏剧批评中的梅耶荷德》仍不失为俄罗斯戏剧批评史与梅耶荷德研究的重要参考文献。

《符·艾·梅耶荷德：1918—1919 年讲稿》[③]（2001）（以下简称《讲稿》）一

---

① Мейерхольд в русской театральной критике（1892-1918）[M]. M.: Артист. Режиссер. Театр, 1997.

② Мейерхольд в русской театральной критике（1920-1938）[M]. M.: Артист. Режиссер. Театр, 2000.

③ Мейерхольд В.Э. Лекции 1918-1919[M]. M.:О.Г.И., 2001.

书则收录了梅耶荷德 1918—1919 年间在彼得格勒国立高等导演讲习所授课的讲稿，侧重反映其戏剧活动的另一个重要方面——戏剧教育和教学工作。在某种意义上，《讲稿》既是梅耶荷德对自己过去戏剧创作的一个总结，同时也是对未来戏剧创作的一种展望，具有纲领性宣言的意义。《讲稿》内容涉及导演工作的全过程，包括舞台构思、排演准备、演员训练等方面，并且对构成他未来戏剧创作重要原则的“怪诞”方法进行了阐述。最为珍贵的是，《讲稿》中首次出现了对梅耶荷德表演方法产生巨大影响的“有机造型术”这一概念，从《讲稿》中可以清晰地看到处于社会变革大潮中的梅耶荷德对新时期戏剧发展方向的思考与选择，正是从这里他大步迈向大众戏剧的探索之路。

在文献档案类研究著作中，《符 · 艾 · 梅耶荷德：1939 年 6 月 15 日在全苏导演大会上的讲话》[①]（2016）（以下简称《讲话》）当属最新出版物，对于厘清、还原梅耶荷德生前最后一次公开演讲的真实内容具有极其重要的意义。该书由俄罗斯国家艺术知识研究院、梅耶荷德创作遗产委员会、俄罗斯文学与艺术国家档案馆、巴赫鲁申国立中央戏剧博物馆及俄罗斯中央科学图书馆共同出版。书中收录了梅耶荷德生前最后一次公开演讲，即 1939 年 6 月 15 日在列宁格勒召开的全苏导演大会上的讲话。长期以来，围绕梅耶荷德生命的最后历程以及关涉其最终命运的这场演讲有过无数的猜测，引发了各类奇谈甚至误读。由于梅耶荷德档案长期处于封存保密状态，关于他的最后演讲，最为典型且经常被引用的版本出自尤里 · 叶拉京的著作《阴郁的天才》。然而，历史再次被“善意地误读”了。《讲话》即以真实还原历史为目的，首次以全文原貌刊登梅耶荷德作为大会主席团成员之一在 6 月 15 日当天所做的演讲，包括他演讲期间会场响起的八次掌声和五次笑声，让人产生现场即视感。此外，该书还收录了以下四方面的内容：第一，戏剧评论家，同时也是梅耶荷德研究专家 O.M. 费尔德曼为梅耶荷德最后的演讲所写的序；第二，梅耶荷德演讲前在会议手册的空白处所做的笔记的速记原稿；第三，节选刊登了 А.Д. 波波夫、С.М. 米哈爱尔斯 6 月 14 日在大会上所做的报告；第四，节选刊登全苏导演大会期间（6 月 16—20 日）与会人员的发言及 6 月 20 日的总结发言，重点针对梅耶荷德 6 月 15 日的演讲，以批评其形式主义为主要基调。透过梅耶荷德本人的演讲稿、在会议期间多次修改讲稿的原始笔记，以及会议期间戏剧界代表们先是充满敬意而后急转直下变为带有鲜明批判论调的发言，通过

---

① Мейерхольд В.Э. Речь на Всесоюзной режиссерской конференции 15 июня 1939 года [M]. M., 2016.

所有细节与微妙的变化，我们能够真切地感受到梅耶荷德当时在严酷环境中所面临的巨大压力。费尔德曼的“序”占了该书近三分之一的篇幅，为我们较为详尽地解读了1938年初梅耶荷德剧院被关闭之后大师的心路历程，为我们解开梅耶荷德之死的“谜团”提供了全方位的参照。以历史事实为依据，客观地记录、再现梅耶荷德最后演讲的历史语境，想必这也正是编者“以史为鉴”的用心所在。

（2）传记与回忆录

康斯坦丁·鲁德尼茨基长期致力于梅耶荷德研究，堪称梅耶荷德研究大家，历经十年写成两部梅耶荷德研究论著——《导演梅耶荷德》（1969）与《梅耶荷德传》[①]（1981）。作者以生动的笔墨翔实地记录了梅耶荷德曲折、坎坷、充满戏剧性的生活与创作之路，为读者勾画出一个鲜活的梅耶荷德形象。在《梅耶荷德传》中鲁德尼茨基活灵活现地“再现”了梅耶荷德曾经导演的所有重要剧作，包括《修女贝阿特丽莎》《滑稽草台戏》[②]《人是一生》《科伦宾娜的围巾》《唐·璜》《假面舞会》《宽宏大量的乌龟》《曙光》《宗教滑稽剧》《森林》《委任状》[③]《钦差大臣》《智慧的痛苦》《茶花女》《黑桃皇后》等。透过这部传记性研究，梅耶荷德复杂矛盾的创作道路与戏剧思想的发展、演变历程立体地呈现在我们面前，帮助我们客观地了解一个有血有肉的真实的戏剧大师。诚如我国著名戏剧理论家与翻译家童道明在《梅耶荷德传》的中译本序中所言：“两部观点鲜明、史料翔实、学术价值很高的专著把这位一生都在从事艺术创新的大戏剧家的全部（包括他本人的失误和缺点）真实地告诉了我们。”[④]

另一部传记性作品《阴郁的天才》[⑤]（1998）也对梅耶荷德的戏剧创作进行了全面论述。该书早在1955年就在纽约出版了，因其观点自由大胆、清晰客观而备受瞩目，在俄罗斯也因此长期属于“禁书”之列。作者尤里·叶拉京出生于俄国，20世纪30年代曾在瓦赫坦戈夫剧院的乐队工作，战争爆发后移民美国。他是梅耶荷德同时代的人，看过梅耶荷德导演的许多剧目，也是苏联历史事件的亲历者和见证者。20世纪50年代当叶拉京写作此书时尚不知梅耶荷德被捕的具体详情。一夜之间梅耶荷德突然消失了，给人们留下许多未解

---

① Рудницкий К.Л. Мейерхольд[М]. М.: Искусство, 1981.

② 又译为《杂耍艺人》。

③ 又译为《证书》。

④ [苏]К.鲁德尼茨基:《梅耶荷德传》，童道明、郝一星译，中国戏剧出版社1987年版，第2页。

⑤ Елагин Ю. Тёмный гений[М]. М., 1998.

之谜。“梅耶荷德到底是怎样的人？”——作者正是带着这个问题去寻找答案的。正是在这样特殊的历史背景之下，作者通过其直观的艺术的感觉，在事实、史料和个人的印象之间寻找有机的联系，以敏锐的观察，对梅耶荷德的个性、人格特点、生活历程、创作活动做出富有远见的评价：“他具有非凡超群的艺术家的禀赋，但这一气质的特点是忧郁沉重的、两面性的。他身上始终有着强烈的、否定的、破坏性的、偏执的特征。他那些理性的构想和无法遏制的、狂热的、充满矛盾的精神妨碍他和谐的、创造性的艺术家的工作。”[①] 著名演员米哈伊尔·契诃夫为该书第一版作序，高度评价其历史贡献与价值。因此，俄罗斯学院派学者对叶拉京的专著《阴郁的天才》极为推崇，Д.И. 扎洛特尼茨基称之为“国外研究梅耶荷德的第一本有价值的书”。

叶拉京提出，梅耶荷德未来所有的创新、极“左”的“进步性”与“革命性”乃至他倡导的“戏剧的十月”，从本质上说都是艺术上的，而且只是为了艺术。在论述梅耶荷德成长过程的一些重要阶段时，叶拉京重点阐述了象征主义对梅耶荷德创作的整体影响，提出“象征主义 + 剧院的技术革新”是梅耶荷德独特艺术的基础，是梅耶荷德个性化艺术风格的定义。作者认为，40 岁是梅耶荷德戏剧创作的鼎盛时期，是他充分、自由地掌握导演技巧的时期（代表作：《唐·璜》《科伦宾娜的围巾》）。在叶拉京眼里，“阴郁的天才”不仅意味着愿意去探寻人的心灵中深层的、隐秘的、“黑暗”的方面，同时也意味着难以理解、不可预测、不愿随波逐流的人。

然而，这部带有强烈文学色彩的传记作品也存在一定的“硬伤”，既有可信的事实，也有一些推测甚至臆想，使某些叙述带有不足为信的特点。作者给梅耶荷德的创作活动添加了过多的“戏剧”成分，甚至引发“以讹传讹”的问题。最为典型的当属书中关于梅耶荷德 1939 年 6 月 15 日在全苏导演大会上的演讲。通过原文比较，我们发现叶拉京版本的“最后的演讲”[②] 与《符·艾·梅耶荷德：1939 年 6 月 15 日在全苏导演大会上的讲话》（2016）中所刊载的原始讲稿大相径庭。显然，后者的真实性是毋庸置疑的，从排他性的角度判断，前者自然属于“错版”。对此，《遗产》的主编奥·费尔德曼给予了客观评价：“叶拉京的书已有半个世纪了，不能不珍视叶拉京试图为梅耶荷德正名的义举……由他所缔造的意在赞颂梅耶荷德的传说注定留存于梅耶荷

---

① Елагин Ю. Тёмный гений[M]. M., 1998. C.15.

② Елагин Ю. Тёмный гений[M]. M., 1998. C.330-333.

德学研究史，但它是作为被史料推翻的传说而留存的。”[①]

值得一提的是，梅耶荷德传记研究还有阿里耶·艾尔卡纳所著的《卡尔－卡齐米尔－捷奥多尔－符谢沃洛德·梅耶荷德》[②]。这是一部见解十分独特的关于梅耶荷德生平与创作的著作，作者将梅耶荷德的一生分为两个部分——上升与陨落。不同于以往的传记研究，作者着重从遗传基因的角度出发，认为梅耶荷德的犹太血统及其民族个性对他的艺术创作具有先决意义，产生决定性的影响。该书的附录部分内容丰富，包括许多曾经被长期秘密封存的文献档案，如马雅可夫斯基给梅耶荷德的诀别信，П.М. 克尔仁采夫 1937 年 12 月 17 日发表于《真理报》的那篇《异己的剧院》,《关闭梅耶荷德剧院的决议》，转引自叶拉京专著《阴郁的天才》的梅耶荷德的最后演讲稿（节选）等。这些“秘密档案”无一不让人为一代戏剧大师的悄然陨落，为梅耶荷德悲剧性的命运唏嘘感慨、扼腕痛心。

如前所言，20 世纪六七十年代在苏联出现了梅耶荷德研究的第二个小高潮。在此热潮推动之下，梅耶荷德学术遗产委员会特邀 49 位梅耶荷德同时代的作家、导演、演员与戏剧理论家撰写回忆文章，汇编出版，这就是《与梅耶荷德的会面》[③]（1967）。作为梅耶荷德的生前故交，回忆录的作者们满怀深情地将各自眼中的梅耶荷德呈现给读者，从不同方面对梅耶荷德的戏剧探索进行评价。由此读者们可以清晰地了解到梅耶荷德戏剧探索的演变历程、无与伦比的个性气质以及对未来戏剧的无限幻想。这一回忆录的价值不仅体现在名家们对梅耶荷德的追忆与怀念，还体现在透过开篇的“致读者”所传递出的重要信息——对梅耶荷德戏剧艺术的高度肯定与评价。诚如“致读者”所言，组织出版这本纪念文集旨在纪念“苏联戏剧史上最伟大的戏剧活动家、著名的戏剧导演大师梅耶荷德。梅耶荷德的戏剧创作与我们（当代）戏剧建设的头十年密不可分，他是其中最杰出的创建者之一……如果没有梅耶荷德的戏剧活动，如同没有斯坦尼斯拉夫斯基、涅米罗维奇－丹钦科、瓦赫坦戈夫、马尔丹诺夫、莱因哈特和布莱希特一样，难以想象 19—20 世纪之交新的导演艺术的形成。而在世界众多知名大导演中，梅耶荷德占据了独特的地位”[④]。将

① Мейерхольд, режиссура в перспективе века / Meyerhold, lamiseenscenedanslesiecle. Материалы конференции[M]. Вып. первый. Ред.-сост.: Беатрис Пикон-Вален, Вадим Щербаков. М.: О.Г.И., 2001.С.82.

② Арье Элкана Карл-Казимир-Теодор-Всеволод Мейерхольд[M]. М., 2006.

③ Встречи с Мейерхольдом[M]. М.:ВТО, 1967.

④ Встречи с Мейерхольдом[M]. М.:ВТО, 1967. С. 6.

梅耶荷德的戏剧创作推举到如此高度，这应该可以视为20世纪60年代苏联戏剧界对梅耶荷德研究的一个风向标。值得一提的是，1987年我国翻译出版的《论梅耶荷德戏剧艺术》[①]就是从这一回忆录中精选出11篇编辑而成的。

（3）不同阶段的创作活动研究

梅耶荷德的戏剧活动无疑是梅耶荷德学的重要研究对象，当代梅耶荷德研究学者力图在梅耶荷德不同时期的戏剧创作活动中寻找解开“梅耶荷德之谜”的金钥匙。

纳塔莉娅·斯维尼戈罗茨卡娅在专著《符·艾·梅耶荷德的外省演出季：1902—1905年》[②]（2004）首次将目光对准一个被长期忽视且仍然处于空白的问题——梅耶荷德的早期创作活动。作者谨记大师的告诫：“如果你们要在我死后评论我，请不要热衷于去寻找那些矛盾的东西，而是应该竭力去从我所做的一切中找到总的联系。”[③]正是以此为使命，斯维尼戈罗茨卡娅在纷繁复杂的历史中努力寻找那根被扯断了的线，试图将梅耶荷德充满矛盾的一生有机地串联起来。梅耶荷德在离开莫斯科艺术剧院之后，组织了“新话剧社”，开始了外省的创业之路。外省的三个演出季不仅仅是梅耶荷德履历中不可或缺的一页，还是承上启下的重要一页。斯维尼戈罗茨卡娅将外省的三年（1902—1903年、1903—1904年在赫尔松的两个演出季，1904—1905年第比利斯的演出季，以及在尼古拉耶夫、塞瓦斯托波尔、奔撒的巡回演出）形象地比喻为梅耶荷德独立自主的“孕育期”，因为导演的成长、形成阶段尤为重要，那时产生的新思想不仅在他本人将来的探索之中焕然一新，而且在许多方面决定了俄罗斯及世界戏剧的发展进程。斯维尼戈罗茨卡娅的贡献是巨大的——通过细致的甄别，编辑了梅耶荷德外省演出季年鉴，确切了所有演出的剧目、演员班子、梅耶荷德所扮演过的角色，厘清了梅耶荷德从演员走向导演新思想的路程，明确了当年的观众和媒体是怎样接受梅耶荷德的创新。另外，她还深入地考察研究了梅耶荷德对作为艺术和社会生活的现象的戏剧观念的发展演变，探究了梅耶荷德走向戏剧假定性的发展逻辑，从而最终找到了矛盾之间的共同联系，也填补了梅耶荷德创作历史研究的又一段空白。

---

① [苏]帕·马尔科夫等：《论梅耶荷德戏剧艺术》，孙维善等译，文化艺术出版社1987年版。

② Звенигородская Н.Э. Провинциальные сезоны Всеволота Мейерхольда. 1902-1905 гг.[M]. М.: 2004.

③ Звенигородская Н.Э. Провинциальные сезоны Всеволота Мейерхольда. 1902-1905 гг.[M]. М.: 2004. С. 5.

大卫·扎洛特尼茨基的专著《与苏维埃政权的罗曼史》[①]（1999）主题十分明确，分析梅耶荷德1917年十月革命后的戏剧活动。此外，在扎洛特尼茨基的另三部论著《“戏剧的十月”的朝霞》[②]（1976）、《“戏剧的十月”的常日与节日》[③]（1978）、《十月革命道路上的模范剧院》[④]中也有大量篇幅涉及梅耶荷德十月革命后的创作，以及梅耶荷德与模范剧院之间的对立冲突。

К.Л.鲁德尼茨基在《梅耶荷德传》中曾经说：“梅耶荷德第一个在俄罗斯创立了象征主义戏剧，也是他第一个穷尽了象征主义的潜力。”[⑤]进入21世纪，莫斯科的伊琳娜·乌瓦洛娃和彼得堡的加琳娜·吉托娃都不约而同地把目光转向梅耶荷德戏剧创作的重要时期——象征主义戏剧的探索阶段。伊琳娜·乌瓦洛娃长期从事戏剧理论研究与实践，一直担任莫斯科梅耶荷德中心委员会的委员。在《每个玩偶中的魔法师都在笑》[⑥]（2001）中，她将研究视角集中在梅耶荷德的早期戏剧活动，极其敏锐地观察梅耶荷德的创作与白银时代的关系，深入分析梅耶荷德与象征主义艺术的不解之缘。乌瓦洛娃将《假面舞会》誉为梅耶荷德创作的顶峰，认为“被白银时代照亮的梅耶荷德的创作成就与探索是巨大的”[⑦]。另一部关于梅耶荷德象征主义戏剧实验的论著是《梅耶荷德与科米萨尔日芙斯卡娅：通往假定性戏剧途中的现代派》[⑧]（2006）。作者加琳娜·吉托娃把焦点放在梅耶荷德在彼得堡军官巷科米萨尔日芙斯卡娅剧院的创作，分析了1906—1907年他所导演的一系列象征主义戏剧作品，如《修女贝阿特丽莎》《普莱雅斯和梅丽桑德》等，力图透过梅耶荷德与科米萨尔日芙斯卡娅的合作、分歧、决裂，反映梅耶荷德在象征主义戏剧实验探索过程中戏剧导演观、演员观的演变。

（4）剧目研究

在某种意义上，梅耶荷德戏剧创作活动就是由无数演出剧目构成的，其

---

① Золотницкий Д.И. Роман с советской властью[М]. М., 1999.

② Золотницкий Д.И. Зори театрального Октября[М]. Л.: Искусство, 1976.

③ Золотницкий Д.И. Будни и праздники театрального Октября[М]. Л.: Искусство, 1978.

④ Золотницкий Д.И. Академические театры на путях Октября[М]. Л.: Искусство, 1982.

⑤ [苏]К.鲁德尼茨基：《梅耶荷德传》童道明、郝一星译，中国戏剧出版社1987年版，第213页。

⑥ Уварова И.П. Смеется в каждой кукле чародей[М]. М.:РГГУ, 2001.

⑦ Уварова И.П. Смеется в каждой кукле чародей[М]. М.:РГГУ, 2001, С.22.

⑧ Титова Г. Мейерхольд и Комиссаржевская: модерн на пути к условному театру[М]. СПб., 2006.

导演思想、革新不仅仅包含在他的发言、讲稿中，更多地包含在每一出戏的说明中，或是在大量排练课上他所提的建议和批评中。正如戏剧历史学家B.B.古德科娃分析所说：梅耶荷德一般不对自己的方法论思想进行理论化，而只是将它们“融化”在对剧本、演出、角色、舞台调度等的具体分析中。因此，研究分析梅耶荷德导演的作品具有特别的意义。然而，由于历史的原因，苏联戏剧学中的剧目分析主要取决于国家历史的特定政策和形式，只有某些“杰作”属于允许研究分析的范围。20世纪90年代以来出版的梅耶荷德剧目研究著作从一个侧面反映了时代学术趣味和研究范式的变化，剧目研究对象逐渐从古典转向过去几乎无人问津的当代作品。

1993年出版了由M.M.西特维茨卡娅主编的两卷本《梅耶荷德在排练》[①]（1993）。书中收录了梅耶荷德所导演的经典剧目的排练资料，包括《森林》《钦差大臣》《聪明误》《茶花女》《鲍利斯·戈东诺夫》。一年之后，《符·艾·梅耶荷德：〈黑桃皇后〉的构思、体现、命运》[②]（1994）出版。作者Г.В.卡贝托娃收集了所有关于《黑桃皇后》的排演资料，并进行了详细的注释。书中刊登的文献资料十分珍贵，包括梅耶荷德导演《黑桃皇后》的总谱、排练的草图（1934年9月的12天）、主要导演的排演总谱、1935年1月19日梅耶荷德在总排时提出的意见，等等。Г.В.卡贝托娃以客观的历史事实证明，正是梅耶荷德的大胆革新才赋予歌剧《黑桃皇后》以新的生命，它不愧为梅耶荷德戏剧探索的典范之作，从而推翻了一直以来对梅耶荷德“歪曲了古典的遗产”的指责。

如果说梅耶荷德导演的古典作品，如《假面舞会》《森林》《钦差大臣》《黑桃皇后》等已众所周知的话，那么他所导演的同时代剧作家的作品则很少被关注、研究。直到维奥列塔·古德科娃的新著《尤里·奥廖沙与符谢沃洛德·梅耶荷德在〈善行记〉的排练中：戏剧考古学的尝试》[③]（2002）问世，这一状况才开始改变。在梅耶荷德的剧目研究者中，古德科娃的视角是十分独特的，她称自己的工作是“戏剧考古学的尝试”。对于考古而言，最珍贵的莫过于在大量文化遗迹中发现遗失的物件，挖掘逝去年代的残片。该书的价值也正在于此。书中收集了所有涉及《善行记》剧本和演出的资料，包括最初

---

① Мейерхольд репетирует[М]. В 2 т., Сост. и коммент. М.М.Ситковецкой. М., 1993.

② В.Э.Мейерхольд. Пиковая дама: Замысел, воплощение, судьба: документы и материалы[М], СПб.: Композитор, 1994.

③ Гудкова В.В. Юрий Олеша и Всеволод Мейерхольд в работе над спектаклем “Список благодеяний”: Опыт театральной археологии[М], М.: НЛО, 2002.

构思的草图、初稿、剧目审查委员会干预后的舞台稿、排练过程中导演的意见、讨论演出的速记记录、在接受批评后重新排演的演出。极其丰富、翔实的史料不仅反映了梅耶荷德排演《善行记》的整个历程，还折射出梅耶荷德对于死亡和未来令人不安的预感、忧郁与恐惧，对于当代戏剧工作者再现梅耶荷德与剧作家的合作过程也具有现实的借鉴意义。有别于其他的剧目研究论著，维奥列塔·古德科娃充分考虑到读者的感受，在每部分手稿和文献资料之前都提供了详细的分析，这些“导读”性短评十分自然地将读者的注意力引导到作者需要的方向上来，在某种程度上增强了文章的可读性。

（5）专题研究

梅耶荷德戏剧演出中的舞台设计形式多样，新意百出，总是令人耳目一新。阿拉·亚历山大罗夫娜·米哈伊洛娃所著的《梅耶荷德与舞美设计师》①（1995）以画册的形式为戏剧工作者直观展现了梅耶荷德戏剧演出在舞台设计方面的独特性与丰富性。全书共收录628幅图片，包括梅耶荷德的照片、漫画、演出的舞台结构草图、服装草图及剧照等。从这些珍贵的历史图片中，读者可以清晰地触摸到梅耶荷德当年创作的构思过程。

作为梅耶荷德同时代的戏剧理论家与同人，尼古拉·米哈伊洛维奇·塔拉布金直接参与了十月革命后梅耶荷德多部重要剧作的排演工作。在《塔拉布金论梅耶荷德》②（1998）中收录塔拉布金的五篇论文，主要从舞台设计方面论述了梅耶荷德导演《钦差大臣》《最后的决战》《茶花女》《智慧的痛苦》的情况，对导演的舞台构思进行详尽分析，书中所附的大量舞台设计草图直观地呈现出梅耶荷德的排演工作从构思到成型的过程，具有很高的借鉴价值。

在梅耶荷德的生活和戏剧实践中，音乐占据着重要的地位。他先后成功地导演了八部歌剧作品，尽管数量不算很多，但在内容与形式方面却意义重大。И.格里克曼的专著《梅耶荷德与音乐戏剧》③（1998）集中分析了梅耶荷德所导演的歌剧作品《特里斯坦与伊索尔达》《鲍利斯·戈东诺夫》《奥菲欧与埃弗里吉卡》《厄勒克特拉》《石客》《夜莺》《黑桃皇后》。作者认为，梅耶荷德的歌剧作品充满高度的舞台诗意，力求感性与理性的和谐统一。他有意识地接受了歌剧舞台的传统，同时创新性地改造它们为我所用，体现出戏剧与音乐文化的融合与升华。梅耶荷德所创新的一些方法逐渐成为音乐戏剧的共

---

① Михайлова А.А. и др. Мейерхольд и художники[M]. М.: Галарт, 1995.

② Тарабукин Н.М. о В.Э.Мейерхольде[M], Сост. О.М.Фельдман, М.: О.Г.И., 1998.

③ Гликман И. Мейерхольд и музыкальный театр[M]. Л., 1989.

同财富，尤其是《黑桃皇后》在现代歌剧历史上占据着不可逾越的重要地位。

众所周知，梅耶荷德的艺术活动主要集中于戏剧舞台，但在 1915—1917 年间，他以导演与演员的双重身份参加了《道连·格雷的肖像》与《强人》两部电影的拍摄工作，1928 年又作为演员参演了电影《白鹰》。《迈向综合之路——梅耶荷德与电影》[①]（1978）的作者 A. 费甫拉里斯基正是将研究视点放在过去很少被关注的梅耶荷德的电影创作方面。梅耶荷德与电影的关系既体现在他直接导演、参演的电影作品之中，同时也体现在他的戏剧作品的电影化之中，还体现在他与电影人之间的交往。书中梅耶荷德关于电影的论述很有创见，首次提出影片是造型艺术的观点，对年轻一代电影导演产生了重要的影响，他在银幕上创造的角色也成为电影表演艺术的精彩范例。梅耶荷德的戏剧创新对电影创作的影响不容忽视，他对电影事业的贡献还体现在培养一批未来的电影大师，谢·爱森斯坦就是他的爱徒、高足之一。

有机造型术是梅耶荷德演员戏剧思想的重要组成部分，以此为基础创立的独特的演员训练体系为苏联戏剧舞台培养造就了大批优秀的演员。但长期以来，俄罗斯学界专门研究有机造型术的著述并不多见。2009 年出版的《符谢沃洛德·梅耶荷德：表演艺术手册》[②] 在某种程度上填补了这一空白。作者维拉·波利修克将梅耶荷德誉为“将舞台动作作为独立的课程纳入戏剧教育的第一人”，认为梅耶荷德创造的有机造型术首先是对演员的“培育”，是演员教育的方法体系。因此，该书着重从演员自我训练的角度剖析有机造型术的基本原理，以图解的方式介绍有机造型术训练的基本步骤、规则和动作要领，是一本十分实用的戏剧教学参考书。

（6）综合与比较研究

B.Ф. 卡里亚金的专著《泰伊洛夫、梅耶荷德与德国，彼斯卡托、布莱希特与俄国：俄德艺术联系的历史记录》[③]（1998）关注的则是 20 世纪二三十年代欧洲戏剧思想运动中的梅耶荷德，将其戏剧革新放在一个更为广阔的对话空间进行颇有意义的横向比较——将当时欧洲戏剧革新运动中最令人瞩目的四位戏剧大师梅耶荷德、塔伊洛夫、皮斯卡托、布莱希特的创作进行对比分析。作者重点考察梅耶荷德所进行的戏剧改革，观察其舞台结构原则的演变，详细分析了梅耶荷德技术思想与“舞台空间结构”的设计之间的相互作用与

---

① Февральский А. В. Пути к синтезу. Мейерхольд и кино[М]. М., 1978.

② Полищук В. Книга актерского мастерства. Всеволод Мейерхольд,[М]. М., 2010.

③ Колязин В. Таиров, Мейерхольд и Германия. Пискатор, Брехт и Россия: Очерки истории русско-немецкиххудожественных связей [М], М.: ГИТИС, 1998.

关系，强调导演思想运动的研究是建立在自由掌握历史资料与一些历史事件的基础上。书中触及了梅耶荷德创作问题的最“核心”：他与“人民”的关系，与政权的关系。最后作者引用了德国批评家格尔勃特·耶林克在1930年观看梅耶荷德剧院在柏林演出后说的话：“这是英雄创作的成就，可以说是贵族式的。实质上，它失去了与大众的联系。它的悲剧性，尤其是它在俄罗斯的悲剧性正在于此。”①

2000年11月6日—12日，在法国国家科学研究中心戏剧艺术研究所的大力协助下，来自俄罗斯、法国、德国、意大利、奥地利、丹麦、罗马尼亚、匈牙利等14个国家的戏剧批评家与历史学家会聚法国巴黎，参加了题为“梅耶荷德·导演艺术·世纪”的国际学术讨论会，其直接的成果就是出版了会议论文集《梅耶荷德·导演艺术展望》②（2001）。法国著名的梅耶荷德学者贝阿特丽莎·皮孔－瓦莲在《序言》中写道：国际“梅耶荷德周”再次证明，梅耶荷德不仅是俄罗斯不朽的戏剧艺术家，而且属于全欧洲的文化运动，他对导演创作方法比其他人思考得更加深远。今天重读梅耶荷德具有特殊的意义，他的戏剧理论、导演方法都具有划时代的意义。③论文集由七个专题构成。在“梅耶荷德档案”一节中资深学者玛雅·西特科韦茨卡娅、奥列格·费尔德曼等介绍了保护、整理、出版梅耶荷德档案文献的历史，阐明梅耶荷德艺术遗产的研究价值。“梅耶荷德与同时代人”一节主要介绍了梅耶荷德与同时代的俄—苏文化活动家的关系，其中最引人关注的是奥丽嘉·古勃楚娃的论文《梅耶荷德与叶夫列伊诺夫》。作者通过文献史料首次证明，梅耶荷德曾经对叶夫列伊诺夫提出的全新的戏剧导演结构——“独角戏”表现出浓厚的兴趣。在“导演、历史、政治”一节中，尼古拉·别索钦斯基的文章《梅耶荷德与布尔什维克》论述了梅耶荷德倡导的“戏剧的十月”及卢那察尔斯基对其创作的不同理解和态度。维奥列塔·古德科娃则选择了梅耶荷德创作后期的作品《善行记》为研究对象，介绍梅耶荷德与尤里·奥辽沙合作排演《善行记》的过

---

① Колязин В. Таиров, Мейерхольд и Германия. Пискатор, Брехт и Россия: Очерки истории русско-немецкиххудожественных связей [M]. M： ГИТИС, 1998,C.151.

② Мейерхольд, режиссура в перспективе века / Meyerhold, lamiseenscenedanslesiecle. Материалы конференции[M]. Вып. первый. Ред.-сост.: Беатрис Пикон-Валлен, Вадим Щербаков. М.: О.Г.И., 2001.

③ Мейерхольд, режиссура в перспективе века / Meyerhold, lamiseenscenedanslesiecle. Материалы конференции， Вып. первый. Ред.-сост.: Беатрис Пикон-Валлен, Вадим Щербаков. М.: О.Г.И., 2001, C.17.

程，并大胆提出“复原剧目的尝试”。“传统与创新的辩证关系”一节论述了两大东方戏剧——日本的能剧和中国的京剧对梅耶荷德的深刻影响。“导演艺术与音乐”通过分析梅耶荷德所导演的歌剧作品，探讨戏剧与音乐的关系。“戏剧与电影：对抗还是伙伴？”专题则反映梅耶荷德与其学生——电影大师爱森斯坦的关系及其影响，触及当代戏剧电影化的现实问题。毋庸置疑，《梅耶荷德·导演艺术展望》一书反映了当代梅耶荷德研究的最新成果与研究方向。虽然“新瓶”中出现了“旧酒”——已故的达吉扬娜·巴切利斯早在梅耶荷德被平反之后撰写的论文《斯坦尼斯拉夫斯基与梅耶荷德》，但这不正是编者所强调的“今天重读梅耶荷德”的特殊用意所在吗？

综上所述，俄罗斯梅耶荷德学的发展与俄罗斯社会的变革、政权的更迭有着极为密切的联系，有着鲜明的时代特征，从发展—停滞—高潮再到发展，呈现出波状起伏的特点。随着梅耶荷德研究的外部环境的不断改善，研究成果亦如滚雪球般日益增加，大有超过斯坦尼斯拉夫斯基研究成果之势。与此同时，当代梅耶荷德研究无论在视角、深度还是方法上都更进一步，呈现出三大特点：一是继承传统研究方法，注重历史文献的全面发掘和整理，如出版《遗产》系列文集，旨在以客观、真实的面貌展现梅耶荷德戏剧生涯的历史足迹，大量被尘封数十载的文献有助于纠正被人为误读的历史；二是以梅耶荷德的导演活动为中心，研究内容涉及其不同创作阶段的舞台革新实验，偏重对经典演出剧目的深度分析，凸显戏剧批评的个性化反思；三是理论体系研究与应用比较研究相互结合，日趋重视其戏剧思想理论与戏剧教育实践的应用、比较研究。进入21世纪的梅耶荷德研究则更加趋于理性，从传统、封闭的研究模式开始走向与其他学科新思想、新方法的交流、融合，无论是研究角度还是方法都呈现出新的特点：从全面、宏观、感性的叙述发展到局部、微观、深层、理性的研究，所出版的论著也由单纯的回忆录、文献史料，发展到特定时期、剧目的细致研究，尤其是梅耶荷德导演方法理论、戏剧思想的应用性研究日益受到关注，全方位显示其戏剧思想的深远意义与重要价值。无怪乎德国学者克·麦兰德－汉森称当代戏剧正在经历一场全面的“梅耶荷德的复兴”。

2. 中国的梅耶荷德研究

纵观中国戏剧学界，对梅耶荷德的认识、研究、接受与借鉴同样经历了一段十分漫长、曲折的过程。20世纪50年代以后，苏联的现实主义文艺理论在我国广为传播，戏剧界成了斯坦尼斯拉夫斯基体系的一统天下，陷入狭隘的戏剧观的泥潭之中。1955年，梅耶荷德终于被平反昭雪，苏联学界开始介绍梅耶荷德的戏剧创作。借着这股东风，在 1957 年出版的《戏剧理论译文集》第二辑中曾经刊载一篇题为《梅耶荷德的文献遗产》的译文。该文由时任苏联国立中央文学艺术档案馆主任的 K. 基里连科撰写，介绍了当时已发现的梅耶荷德文献档案的情况：馆藏的梅耶荷德文献有 2688 件之多，其中包括 1901—1939 年的日记笔记、书信演讲、导演计划等。[①] 这篇短文使中国学界第一次认识到梅耶荷德艺术遗产的丰富程度与潜藏价值，而在此之前，梅耶荷德这个名字对于许多导演而言还是陌生的，更无从谈起对他的研究。

20 世纪 80 年代初戏剧革新者们急切地要突破狭隘的戏剧观念与公式化的戏剧模式，解放被禁锢、束缚多年的戏剧思想，寻找新的戏剧表现形式。走出斯坦尼斯拉夫斯基体系成为中国话剧界突破自身局限的一种有效的战略选择。梅耶荷德的戏剧革新精神恰好契合了 20 世纪 80 年代初期中国戏剧改革的需求。继布莱希特之后，锐意革新的中国戏剧人仿佛又在梅耶荷德身上找到了一条通往戏剧革新的康庄大道，梅耶荷德的"假定性"戏剧观念成为支持他们跳出斯坦尼斯拉夫斯基体系、破除幻觉戏剧、推倒"第四堵墙"的理论基石。正是在这一历史背景之下，围绕梅耶荷德戏剧"假定性"的论争产生了出人意料的热效应，在中国戏剧界掀起了一股"梅耶荷德热"。

20 世纪 80 年代初，有关梅耶荷德的论争以及由此引发的"戏剧观"大讨论是中国戏剧发展历史上的重要事件，对于中国戏剧思维的变革与发展产生了巨大而深远的影响，有必要在此作一回顾。1982 年，上海的青年导演胡伟民率先采用布莱希特手法处理话剧《再见吧，巴黎》，震动了上海剧坛。在《戏剧报》同年召开的导演艺术座谈会上，胡伟民发表了锐气毕露的发言，大声疾呼打破传统幻觉剧场，革新陈旧的戏剧观念，大胆走向假定性戏剧。胡伟民坚持认为，假定性是中国艺术的本质，他大胆坚定地走向戏剧假定性绝不是在捡西方艺术的"破烂"，而恰恰是在寻找民族美学之"根"。胡伟民的发言犹如一石激起千层浪，引发了直接对立的两种意见，戏剧民族化或现代化的问题再次被提到争论的中心。尽管这场争论并未充分展开，但不同的观念终于在对梅耶荷德的评价问题上曲折地表现出来。中央戏剧学院的田文教授在《事实是研究、借鉴的基础——对当前外国戏剧研究工作的一点看法》中首先严厉批判了写实主义戏剧"行将寿终正寝"的观点，并强调，大力提倡假定性，实际上是"把反对写实形式独踞剧坛作跳板，企图取'写实'而代之，

① [苏]基里连科·奥甫希尼可夫：《梅耶荷德的文献遗产》，仇乃博译，见[苏]吉基等：《论导演构思》，李孟岩、王爱民等译，中国戏剧出版社 1957 年版。

建立另外一种由非写实形式的假定性独占剧坛的局面，像戈登·克雷、梅耶荷德主张的那样”。[①] 他提出必须用历史唯物主义观点评价他们，不能颠倒是非功过，将他们放在车尔尼雪夫斯基、斯坦尼斯拉夫斯基之上。田文以“假定性有与各种形式主义、反现实主义派别发生联系的可能”为由，给梅耶荷德扣上了一顶“反历史主义”的大帽子。文中对梅耶荷德做法提出质疑：“这种反历史主义的做法不是我们很熟悉的吗？它不是曾使我们吃过很大的苦头吗？我们不能在打扫中国人的反历史主义的地方，再供上外国人的反历史主义之神。”[②] 田文还认为，梅耶荷德的创作“把心理剧排除在戏剧艺术之林以外”，是对待传统的虚无主义态度。针对田文的观点，童道明首先以《时间的流逝廓清了很多问题》[③] 一文逐一予以反驳。他以兼具写实布景与细腻心理表演的《茶花女》为例，说明“一个在心理剧的演出方面有过成功创造的导演艺术家，显然不可能‘把心理剧排除在戏剧艺术之林以外’”[④]。最为重要的是，童道明站在历史的高度，澄清了对梅耶荷德提倡的“假定性现实主义”的误读。他指出“假定性”和现实主义并非水火不相容：“随着时间的推移，从艺术的表现形式而言，‘假定性’舞台和‘写实性’舞台并驾齐驱的客观存在越来越使人无法视而不见。现实主义不仅可以是‘写实’的，也可以是‘假定性’的，梅耶荷德的‘假定性现实主义’并没有错。”[⑤] 针对田文对梅耶荷德对待传统的虚无主义态度的指责，童道明认为，史普金的传统是个了不起的现实主义传统，而包括中国、日本戏剧在内的民间戏剧传统也是个伟大的现实主义传统。因此，无论是继承前者还是后者，只要成绩卓著，都可以成为现实主义戏剧传统的继承者，他们把一种现实主义戏剧传统发扬光大的业绩，同样值得后人敬仰。童道明对梅耶荷德创作的态度不言自明，争论也就此展开。此后，田文又连续发表了两篇文章：《历史的沉积与鉴别——就梅耶荷德的评价问题与童道明同志商榷》[⑥] 与《关于梅耶荷德评价问题的续话——与童道明同志再商

---

① 田文：《事实是研究、借鉴的基础——对当前外国戏剧研究工作的一点看法》，载《外国戏剧》，1982 年第 3 期，第 71—78 页。

② 田文：《事实是研究、借鉴的基础——对当前外国戏剧研究工作的一点看法》，载《外国戏剧》，1982 年第 3 期，第 78 页。

③ 童道明：《时间的流逝廓清了很多问题》，载《外国戏剧》，1983 年第 1 期，第 99—102 页。

④ 童道明：《时间的流逝廓清了很多问题》，载《外国戏剧》，1983 年第 1 期，第 99 页。

⑤ 童道明：《时间的流逝廓清了很多问题》，载《外国戏剧》，1983 年第 1 期，第 100 页。

⑥ 田文：《历史的沉积与鉴别——就梅耶荷德的评价问题与童道明同志商榷》，载《外国戏剧》，1983 年第 3 期，第 100 页。

榷几个问题》[①]，看似"商榷"，实则充满针锋相对的"火药味"。分歧仍然集中在"假定性现实主义""虚无主义"的问题上，同时又增加了对"有机造型术"（биомеханика）的论争。关于前者，田文认为童道明并未对命题的核心部分提出任何不同的解释，并一再强调，"假定性现实主义"是从艺术表现形式、手段特征上来概括戏剧特点，而现实主义戏剧则是从创作方法、创作指导原则上来概括戏剧性质，因此不能用戏剧表现形式和手段是否具有假定性来决定它的性质是不是现实主义。简而言之，他坚持认为梅耶荷德的"假定性现实主义"就是为了排除写实主义。关于后者，田文认为童道明将"生物机能学"译为"有机造型术"是不妥当的，因为这种做法"漏掉"了批评的前提，而只"引用"肯定有用部分的结论，这只会把论述"局部"问题的结论扩大成"整体"的结论，最终犯以偏概全错误。对于田文咄咄逼人的批评，童道明仍然秉承"让事实说话"的态度，以《梅耶荷德本人是怎么说的》[②]予以回应。文中写道："我们不应该从以往形成的成见出发，或仅仅从'听说'之类的第二手材料出发，而应该以梅耶荷德本人的自述为基础，将'有机造型术'放到梅耶荷德整个'从外到内'的表现派理论中来思考……只要你戴着'斯坦尼斯拉夫斯基比梅耶荷德高明'的有色眼镜，你就无法客观地认识评价梅耶荷德！"[③]20 世纪 80 年代中期，以童道明为首的学者先后以译介的形式编著出版了三部关于梅耶荷德的作品：《梅耶荷德谈话录》[④]（1986）、《论梅耶荷德戏剧艺术》（1987）、《梅耶荷德传》[⑤]（1987）。此后，20 世纪 90 年代又出版了一本《梅耶荷德论集》（1994），集中反映梅耶荷德被平反（1955）之后苏联学界对梅耶荷德艺术思想与创作的重新评价。事实胜于雄辩，上述论著为中国读者提供了客观认识与评价梅耶荷德的可能，也成为检验其戏剧价值的试金石。

作为中国最重要的梅耶荷德学研究专家，童道明先生兼具戏剧理论家与翻译家于一身，他凭借着丰富而深厚的戏剧理论素养、敏锐的洞察力与精深的俄语功底，将梅耶荷德最重要的戏剧思想与最优秀的戏剧遗产介绍给国内学术界。早在 1983 年童道明先生就在专著《他山集——戏剧流派、假定性及

---

① 田文：《关于梅耶荷德评价问题的续话——与童道明同志再商榷几个问题》，载《外国戏剧》，1983 年第 3 期，第 64 页。

② 童道明：《梅耶荷德本人是怎么说的》，载《外国戏剧》，1983 年第 4 期，第 76 页。

③ 童道明：《梅耶荷德本人是怎么说的》，载《外国戏剧》，1983 年第 4 期，第 77 页。

④ ［俄］格拉特柯夫辑录，童道明译编：《梅耶荷德谈话录》，中国戏剧出版社 1986 年版。

⑤ ［苏］K. 鲁德尼茨基：《梅耶荷德传》，童道明、郝一星译，中国戏剧出版社 1987 年版。

其它》[①]（1983）中率先对梅耶荷德戏剧思想中最为核心的“假定性戏剧”“有机造型术”等问题进行深入的探讨，提出颇为深刻的观点，旗帜鲜明地肯定了梅耶荷德对戏剧历史的贡献。在《梅耶荷德的贡献》一文中，童道明先生首先从内容与形式不可分割的关系，一针见血地驳斥了强加在梅耶荷德头上的“形式主义”的大帽子：“没有内容，形式如同空壳而失去意义；没有形式，内容因无所附丽而不复存在。给一定的内容赋予一定的形式，而且为了更好地表现内容不断地更新形式，这是文学艺术发展的客观规律。”[②]梅耶荷德不断追求、创造新形式得益于其丰富无止境的想象力。关于戏剧“假定性”的问题，童道明先生认为“梅耶荷德推倒框式舞台，以及采用象征性的写意布景等重大革新措施，归根结蒂是由假定性这个理论作支柱的”[③]，“是中国民间戏剧的假定性传统给他提供了戏剧艺术革新的原动力”[④]，这从根本上回答了梅耶荷德戏剧创新与中国传统戏剧之间的渊源关系。时至今日，童道明先生的著述仍然是我国戏剧界研究梅耶荷德的最主要的参考文献。可以毫不夸张地说，童道明先生开启了中国的梅耶荷德研究之门，并为后人的研究奠定了坚实的基础。

此后，梅耶荷德这个名字越来越频繁地进入我国戏剧研究者的视野，在多部戏剧学研究专著中都有专门章节论述、评价梅耶荷德的戏剧创作与革新。吴光耀先生在《西方演剧史论稿》[⑤]（1989）中以《探索新形式——记梅耶荷德的演出工作》为题，选取梅耶荷德具有代表性的导演作品《修女贝阿特丽斯》《杂耍艺人》《慷慨的乌龟》《钦差大臣》等为分析对象，重点论述梅耶荷德导演方法中的“构成主义”与“生物力学”，以及《委任状》演出中舞台活动墙片的创新手法，充分肯定梅耶荷德的艺术创新与实践，认为研究、分析、批评和学习梅耶荷德的丰富遗产对后人的创作仍能有所启发、有所教益。杜定宇先生在《西方名导演论导演与表演》[⑥]（1992）中以《苏联导演梅耶荷德的导演风格和遭遇》为题，结合梅耶荷德所处的苏联社会环境，简述了梅耶荷德的创作。但文中将梅耶荷德殉难时间误记为 1942 年，实际殉难时间应为 1940 年 2 月 2 日。陈世雄先生是中国另一位颇具影响力的梅耶荷德研究专家，他

① 童道明：《他山集——戏剧流派、假定性及其它》，中国戏剧出版社 1983 年版。
② 童道明：《他山集——戏剧流派、假定性及其它》，中国戏剧出版社 1983 年版，第 68 页。
③ 童道明：《他山集——戏剧流派、假定性及其它》，中国戏剧出版社 1983 年版，第 75 页。
④ 童道明：《他山集——戏剧流派、假定性及其它》，中国戏剧出版社 1983 年版，第 73 页。
⑤ 吴光耀：《西方演剧史论稿》，中国戏剧出版社 1989 年版。
⑥ 杜定宇：《西方名导演论导演与表演》，中国戏剧出版社 1992 年版。

在多部论著与文章中均论及梅耶荷德的戏剧理论与实践创新，包括《20世纪西方戏剧思潮》[①]（2000）、《三角对话：斯坦尼斯拉夫斯基、布莱希特与中国戏剧》[②]（2003）和《导演者》[③]（2006）。得益于对俄语的精通，陈世雄先生的研究基于大量的第一手资料，对梅耶荷德的解读因此更加精准、透彻。

在周宁先生主编的《西方戏剧理论史》[④]（2008）中也有专门一节论述梅耶荷德的戏剧活动——《大众戏剧的先锋：梅耶荷德》。文中将梅耶荷德的戏剧理论贡献概括为两大方面：一是在美学意义上确立独立自觉的剧场艺术；二是在社会学意义上探索大众化的戏剧形式。张仲年先生在《戏剧导演》[⑤]一书中也用一定的篇幅论述了梅耶荷德的戏剧创作，将梅耶荷德的戏剧生涯分为三个阶段，客观地评价了梅耶荷德的戏剧活动，认为其举世瞩目的杰出贡献主要体现在三个方面：一是对戏剧本质的发掘，二是独树一帜的导演创造，三是表演艺术的新方法——有机造型术。香港的邓树荣先生在所著的《梅耶荷德表演理论研究及反思》（2001）中，着重从演员的内在性与外在性、表演艺术的社会性这一角度分析梅耶荷德的表演理论，认为其表演美学是以假定性戏剧为基础的，其各种见解始终是“非写实主义”剧场的理论支柱，并将梅耶荷德称为“古典的前卫戏剧家”。[⑥]在研究文献方面，上述三部著作显然更多地借鉴了欧美学者的著述，包括英国的爱德华·布朗的《梅耶荷德论戏剧》[⑦]、罗伯特·利奇的《符谢沃洛德·梅耶荷德》[⑧]、保罗·施密特的《梅耶荷德在工作》以及美国学者玛乔里·胡弗的《梅耶荷德：自觉的戏剧艺术》[⑨]等。

2009年翻译出版的乔纳森·皮奇斯的专著《表演理念——尘封的梅耶荷德》[⑩]反映了西方学者对梅耶荷德的研究。全书分为四个部分。首先以《矛

---

① 陈世雄、周宁：《20世纪西方戏剧思潮》，中国戏剧出版社2000年版。

② 陈世雄：《三角对话：斯坦尼斯拉夫斯基、布莱希特与中国戏剧》，厦门大学出版社2003年版。

③ 陈世雄：《导演者：从梅宁根到巴尔巴》，厦门大学出版社2006年版。

④ 周宁：《西方戏剧理论史》，厦门大学出版社2008年版。

⑤ 张仲年：《戏剧导演》，海峡文艺出版社1995年版。

⑥ 邓树荣：《梅耶荷德表演理论研究及反思》，香港青文出版社有限公司2001年版，第119页。

⑦ E. Braun, *Meyerhold on Theatre*, London: Methuen, 1969.

⑧ R. Leach, *Vsevolod Meyerhold*, Cambridge University Press, 1989.

⑨ M. Hoover, *Meyerhold : Art of the Conscious Theater*, Amherst: University of Massachusetts Press, 1974.

⑩ [英]乔纳森·皮奇斯：《表演理念——尘封的梅耶荷德》，赵佳译，中国电影出版社2009年版。

盾的一生》为题，将梅耶荷德的一生分为五个阶段——学徒时期（1874—1905）、圣彼得堡时期（1917—1922）、梅耶荷德和大革命（1922—1931）、梅耶荷德之死和他的剧院（1932—1940）。在对梅耶荷德充满矛盾冲突的一生的简述中，融入对其各阶段具有代表性意义演出的分析。第二部分《梅耶荷德的重要著作》概括总结了梅耶荷德思想的关键理论原则：自然主义、风格化、节奏和音乐、假面、“穴怪风格”、有机造型术和未来演员、蒙太奇理论。作者对过去认识比较模糊的“穴怪风格”进行了较为详尽的分析，着重从三位分属不同艺术领域的艺术家戈雅[①]、霍夫曼[②]和勃洛克[③]的思想中寻找梅耶荷德怪诞方法的源头。在对有机造型术的论述中，作者提出一个颇有新意的观点：“有机造型术：一个戏剧的、工业的和心理学的综合体。”[④]这无疑增强了有机造型术训练体系的科学基础。在第三部分乔纳森·皮奇斯剖析了梅耶荷德最重要的“招牌式”的戏剧作品《钦差大臣》，从排演的历史背景、剧作内容、导演构思、舞美设计、舞台呈现和表演风格等多方面进行详尽解读，印证“穴怪风格”是梅耶荷德戏剧思想的综合，有机造型术是梅耶荷德表演方法的基础。最后一部分称得上是该书的一个亮点，首次比较全面、直观地介绍了有机造型术练习的基本原理、训练技巧、基本动作，列举了“踢踏舞步法”“棍子练习”“球练习”和造型小品的训练步骤，为中国读者揭开了长久以来笼罩在“有机造型术”上面的这层神秘面纱，获得实践运用的意义。乔纳森·皮奇斯的这一论著既高度概括了梅耶荷德戏剧的理论价值，同时也为演员的实践训练提供了难能可贵的参考，兼具理论与实践双重价值。唯一遗憾的是，在翻译中存在一些理解与表达不够准确的地方，有可能对中国读者造成理解方面的困惑。

自 20 世纪 80 年代初开启的梅耶荷德论争之后，以梅耶荷德为主题的研究论文也不断出现，比较有代表性的有李明正的《梅耶荷德与未来戏剧》[⑤]、钱洪波的《梅耶荷德与中国当代戏剧家之关系》[⑥]、邵宁的《梅耶荷德与中国戏

---

① 弗兰西斯科·戈雅（1764—1828），西班牙油画家和版画家。

② 霍夫曼（1776—1822），德国浪漫派作家。

③ 亚历山大·勃洛克（1880—1921），俄国作家，象征主义诗人。

④ ［英］乔纳森·皮奇斯：《表演理念——尘封的梅耶荷德》，赵佳译，中国电影出版社 2009 年版，第 101 页。

⑤ 李明正：《梅耶荷德与未来戏剧》，载《文艺研究》，1990 年第 5 期，第 109—116 页。

⑥ 钱洪波：《梅耶荷德与中国当代戏剧家之关系》，载《中华艺术论丛》，2007 年第 7 辑，第 89—100 页。

曲》[①]、陈世雄的《俄罗斯戏剧大师与中国戏曲》[②]与《假定性、体裁与时空体》[③]、胡静的《评斯坦尼斯拉夫斯基体系及其反叛者》[④]、彭涛的《论演员个性与梅耶荷德导演方法之关系》[⑤]、涂文蓓的《梅耶荷德对表演艺术的探索——有机造型术》[⑥]、李魏的《梅耶荷德演员肢体训练法探析》[⑦]等。从上述论文的标题中不难看出作者研究的视点与重点。

截至目前，国内以梅耶荷德研究为论题的硕士研究论文只有一篇《梅耶荷德和中国当代新戏剧运动批判》（钱洪波，2006）。论文主要探讨梅耶荷德戏剧理论、创作实践与中国当代新戏剧运动产生、演变与发展的关系问题。作者一方面从革命性、假定性、剧场性三方面勾画梅耶荷德与中国当代新戏剧运动的具体关系；另一方面通过对高行健、林兆华、牟森、孟京辉和王晓鹰五位导演的创作个案进行分析，考察梅耶荷德对中国当代新戏剧运动发生影响作用的机理、过程、结果和意义，将其影响方式总结为移植、借鉴、启发和本土化变异四种形式。

在中央戏剧学院夏波的博士研究论文《"斯坦尼斯拉夫斯基演剧体系"研究》中也有提及梅耶荷德的戏剧创作，从"再现美学"与"表现美学"两种戏剧美学思想的角度，对比分析斯坦尼斯拉夫斯基与梅耶荷德和布莱希特的戏剧创作特点。

通过对国内已有的梅耶荷德研究成果的分析、归纳，可以发现以下特点：

（1）从成果类型上看，我国的梅耶荷德研究以译介、概述、综述居多，独创性的、综合性的研究偏少。

（2）从文献来源上看，大部分研究主要依据20世纪80年代出版的由童道明先生编译的三本译著，以及童道明先生的著述。只有极小部分的研究参考了西方学者的观点与论述。

---

① 邵宁：《梅耶荷德与中国戏曲》，载《戏剧艺术》，1995年第2期，第77—86页。

② 陈世雄：《俄罗斯戏剧大师与中国戏曲》，载《俄罗斯文艺》，2003年第1期，第35—42页。

③ 陈世雄：《假定性、体裁与时空体》，载《戏剧（中央戏剧学院学报）》，2004年第2期，第21—34页。

④ 胡静：《评斯坦尼斯拉夫斯基体系及其反叛者》，载《艺术百家》，2004年第1期，第9—14页。

⑤ 彭涛：《论演员个性与梅耶荷德导演方法之关系》，载《戏剧》，1996年第4期，第11—27页。

⑥ 涂文蓓：《梅耶荷德对表演艺术的探索——有机造型术》，载《齐鲁艺苑》，2013年第5期，第89—93页。

⑦ 李魏：《梅耶荷德演员肢体训练法探析》，载《新世纪剧坛》，2014年第2期，第38—43页。

（3）从研究的热点上看，“假定性戏剧”“梅耶荷德与斯坦尼斯拉夫斯基”“有机造型术”“梅耶荷德与中国戏曲”属于研究频率最高的问题，《钦差大臣》《宗教滑稽剧》《滑稽草台戏》《宽宏大量的乌龟》《曙光》《假面舞会》《森林》《委任状》属于研究最多的剧目。

毋庸置疑，前人的研究为我们奠定了坚实的基础，存在的不足与缺憾也为我们提供了继续深入探讨并不断发展完善这一领域研究的空间。一个不容忽视的客观事实是，由于历史的原因，我国戏剧舞台长期独尊斯坦尼斯拉夫斯基体系，加之研究俄罗斯戏剧的人才严重断层，导致中国学界对20世纪90年代以来，尤其是进入21世纪的梅耶荷德学的最新研究成果与发展趋势鲜有认识了解，对梅耶荷德的研究文献基本停留在20世纪90年代出版的几部译著和研究论文上，对其戏剧理论中的一些核心问题，如假定性戏剧、怪诞化表演、剧场性等的认识仍然比较模糊，对梅耶荷德生平历史的某些重要节点甚至存在误读之处，这些问题都有待修正还原；尚存一些研究的“薄弱地带”，如“有机造型术”演员训练体系、梅耶荷德戏剧教育与教学实践等问题也亟待深入研究，不断加以充实完善。客观而言，相对于欧美国家及日本、韩国，在这一研究领域我国学者的声音还很微弱，与世界研究水平尚存差距，与俄罗斯国内乃至世界范围的梅耶荷德研究热潮极不相适应。因此，十分有必要从中国学者的视角对梅耶荷德的戏剧理论与导演方法进行全面梳理、系统分析，厘清那些认识存在偏误的问题，总结其戏剧思想的核心与精髓，以期为国内戏剧艺术理论研究与舞台实践提供更加全面、客观的参考资料，使梅耶荷德戏剧思想的优秀元素为我所用，不断发扬光大。

二、本书研究的主要内容

本书由九个部分组成。

绪论部分主要阐述研究动机、选题意义，十分全面、详细地介绍俄罗斯国内外的梅耶荷德研究历史与现状，说明本书的研究方法、研究思路与主要内容。

第一章阐明梅耶荷德戏剧思想产生的时代背景。从梅耶荷德戏剧思想产生的时代背景入手，通过对其跌宕起伏的戏剧人生的勾勒，将其创作特征与戏剧美学思想形成置于宏大的时代背景之中，说明梅耶荷德戏剧思想的形成与发展深受俄罗斯“白银时代”哲学与文艺思潮、先锋艺术思潮及现代科学发展的影响，既具有浓郁的民族色彩、传统因素，又独具先锋性、时代性、前沿性，以此印证梅耶荷德戏剧思想与戏剧创新探索的社会历史环境有着密不可分的关系。

第二章分析梅耶荷德戏剧思想的渊源。分析探究梅耶荷德戏剧思想海纳百川多源流的特征，在汲取俄国古典戏剧与民间文化传统的基础上，他广泛吸纳古希腊戏剧、莎士比亚戏剧、西班牙民间戏剧、意大利假面喜剧以及日本能剧、中国京剧的养分，在舞台设计领域大胆借鉴印象主义、构成主义等先锋艺术的元素，将东西方戏剧、传统与先锋元素兼收并蓄，形成独特的戏剧表导演理念，开创出假定性现实主义戏剧的新时代。

第三章回顾梅耶荷德戏剧创作与戏剧思想的形成、发展。该章以梅耶荷德戏剧创作的年代顺序为纵轴，以其创作风格的变化为横轴，结合他所处的社会历史大背景，通过回顾他的戏剧创作历程，选取其最具代表性的戏剧作品，分析探究其创作历程中各个阶段之间的逻辑关系与发展脉络，踏着他的历史足迹，从他所走过的每一重要阶段来寻找其中蕴含的有机联系，从而立体地考察梅耶荷德戏剧思想萌芽、形成与发展的路径。全面梳理梅耶荷德 40 余年的戏剧创作生涯，以十月革命作为梅耶荷德戏剧创作的一个天然的分水岭，对比分析十月革命前后其戏剧创作风格的变化，逐个论述梅耶荷德戏剧思想重要节点的经典作品，从而总结梅耶荷德“假定性”戏剧美学原则从萌芽、确立到日臻成熟的发展过程。

第四章论梅耶荷德的演员观。梅耶荷德的戏剧生涯始于表演，其戏剧革新同样源于表演，演员观贯穿其戏剧创作全过程，并随之逐步形成、发展。在梅耶荷德导演方法论的结构中，他与演员的关系主要体现在如何发现新型演员、培养新型演员、创立“有机造型术”训练体系以及不同时期的戏剧教育活动上。本章从根本上梳理阐释了长期以来未能形成统一认识的 студия 的问题，提出一个全新的释义。与此同时，通过分析贯穿梅耶荷德不同时期的戏剧教育活动，论证了梅耶荷德的“实验 = 排演 = 教学”这一自足完善的戏剧教育体系，并对其有机造型术演员训练体系进行详尽分析。

第五章论梅耶荷德的舞台空间观。本章从梅耶荷德戏剧革新围绕着“戏剧假定性”这一命题入手，探讨梅耶荷德如何运用假定性的魔力来解放镜框式舞台，解放心理体验的演员，解放观众的“幻觉”意识。梅耶荷德的假定性戏剧思想首先体现在“时空的假定”上。空间是戏剧艺术最重要的组成部分，导演的空间观念直接影响到戏剧的舞台呈现形态。从梅耶荷德不同创作阶段与舞台美术设计师合作的历史这一角度，探讨总结其舞台空间美学观念的演变与发展。

第六章论与梅耶荷德的观演观。梅耶荷德所主张的导演是“演出的作者”实质上包含了两个层面的意义，一是体现在演出的导演构思上，另一是指导演与剧作者、剧作文本之间的积极对话。通过导演个性化的诠释，许多经典作品焕发出新的生机，更加贴近时代的精神与大众的需求。作为对写实主义—幻觉主义舞台的反拨，梅耶荷德提出假定性戏剧的原则，他的“观演观”正是建立在戏剧的假定性本质基础之上的，是以“戏剧在本质上不同真的一样”为出发点。梅耶荷德的戏剧创作坚守“以艺术的方式改造世界”的主张，要让观众成为积极的“创造者”而非被动的旁观者，推倒“第四堵墙”。使剧场回归到演员与观众彼此交融、浑然一体的理想境界，一直是无数戏剧革新家梦寐以求的目标。梅耶荷德以超人的胆识与超前的艺术表现方式实现了这一梦想。

第七章简述梅耶荷德戏剧思想之论争。该章以梅耶荷德的《论戏剧》为参照，以戏剧批评为棱镜，管窥梅耶荷德戏剧革新思想所经历的风风雨雨。通过梅耶荷德与斯坦尼斯拉夫斯基戏剧观的对比分析，探究两位艺术大师之间的恩怨纠葛，在众说纷纭的现象之后，厘清他们之间的相互联系和相互关系，在矛盾、分歧之中发现彼此的交叉与融合，以及深藏其后的原因，从而印证二者在创作方法上互为镜像、彼此映照的关系。

余论部分总结梅耶荷德戏剧思想与革新精神对当代世界戏剧运动发展的广泛影响，阐述梅耶荷德戏剧遗产的世界意义。

本书的中外文参考文献达300余条，比较全面地展示了梅耶荷德研究的历史。在附录部分以年代为序，梳理了梅耶荷德所独立导演或合作导演的所有作品，首次为中国读者提供一份全面的梅耶荷德演出大事记。

第一章　梅耶荷德戏剧思想产生的时代背景

梅耶荷德是20世纪上半叶俄罗斯艺术文化的综合体现，其戏剧思想形成于19世纪末至20世纪初，其艺术追求是在20世纪之交各种思想、探索相互交织、碰撞、渗透、交融的共同轨道上得以发展的。回溯梅耶荷德40年的创作历史，我们既看到他复杂、多变甚至矛盾对立的一面，同时也发现其艺术创作不同发展阶段之间的有机联系，构成了一个千奇百怪的多维面综合体。这一创作特征与他戏剧美学思想形成的时代背景和戏剧创新探索的社会历史环境有着密不可分的关系。如果孤立地看待、研究他创作过程中所表现出来的某一特点，被其纷繁复杂的表象所误导，将其创作与整个时代的发展割裂开来，而不是与同时代俄罗斯及世界文化艺术发展的各个流派、思潮相联系，进行横向的比照，那么得到的必然是一幅支离破碎的梅耶荷德的创作图景，必然难以诠释其戏剧探索与创新发展的逻辑规律与特点，必然无法客观评价其戏剧思想的价值。因此，追本溯源，认真探寻、梳理梅耶荷德戏剧思想的成因与来源，厘清其多涵纳源流之间的关系，这将是研究评述梅耶荷德创作的基础，也是本章将重点探讨的内容。

第一节　跌宕起伏的戏剧人生

1874年1月28日，梅耶荷德出生在俄罗斯中南部小城奔萨的一个日耳曼裔酒商家庭，原名卡尔·杰奥多尔·卡齐米尔·梅耶戈德，有七个兄弟姊妹。梅耶荷德的父亲艾米尔·费奥多罗维奇·梅耶荷德是犹太人，之后从犹太教转入路德教，并始终以新教传统培养自己的孩子。他曾经营一个酒厂，属于当地的富商之一，但他多年疾病缠身，临死前所经营的酒厂也濒临倒闭。母亲阿里维娜·达尼洛芙娜知书达理，爱好文学与戏剧，对梅耶荷德影响很大。得益于父母都是戏剧艺术爱好者，演员、画家、音乐家等常常是家中的座上客，在浓厚的文化艺术氛围熏染之下，梅耶荷德自小就喜爱文学和音乐，可谓耳濡目染，同时对戏剧表演更是充满好奇与浓厚的兴趣，中学时代便开始参与戏剧演出，展示出特有的敏锐与热情。1895 年，梅耶荷德从奔萨中学毕业并考入莫斯科大学法律系。同年，他改信东正教，并为纪念他喜爱的作家符谢沃洛德·米哈依洛维奇·迦尔洵而将自己的名字也改为符谢沃洛德，同时脱离普鲁士国籍，改为俄国公民，从此以全新的身份符谢沃洛德·艾米里耶维奇·梅耶荷德开始生活。进入莫斯科大学法律系学习后，无论是法学课程还是周遭的同学都让他心生厌倦，在大学二年级毅然决然地结束了法律系的学习生活，怀着对戏剧艺术的热爱，转而考入由涅米洛维奇·丹钦科创办的高等音乐专科学校，开始学习戏剧表演。

1898 年，梅耶荷德戏剧学校毕业后，与其他毕业生一起加入了莫斯科艺术剧院，这一年成为梅耶荷德戏剧生涯的重要起点。在莫斯科艺术剧院工作期间，他参演多部戏剧，扮演了《沙皇费奥多尔·伊万诺维奇》中的瓦西里·舒伊斯基、《伊万雷帝之死》中的伊万雷帝、《意大利商人》中的阿拉贡王子、《第十二夜》中的马尔沃利、《海鸥》中的特列普廖夫和《三姐妹》中的图森巴赫等角色。

1902 年，梅耶荷德离开莫斯科艺术剧院，与科舍维尔罗夫在赫尔松共同组建了俄罗斯戏剧演员剧团，后更名为“新话剧社”，并一直沿用至 1906 年夏。该剧团在尼古拉耶夫和塞瓦斯托波尔排演了多部戏剧。在两年半的时间里该剧团共进行了 250 部戏剧演出。在最初阶段，梅耶荷德主要效仿莫斯科艺术剧院的舞台设计来排演戏剧，之后开始独立探索自己的戏剧风格。“新话剧社”还先后在不同的城市进行巡演，包括赫尔松、第比利斯和波尔塔瓦等，在当时的戏剧圈内知名度与日俱增，产生一定的影响。

1905 年初，梅耶荷德应斯坦尼斯拉夫斯基的邀请，回到莫斯科，开始在波瓦尔斯卡娅大街主持戏剧实验学校的工作。其间与年轻作曲家伊里亚·萨茨、画家尼古拉·萨普诺夫和谢尔盖·苏杰金合作，实验性地排演了梅特林克的《丁达奇尔之死》和霍普特曼的《什留克与雅乌》。

1905 年 10 月，戏剧实验学校关闭，梅耶荷德再次组建赫尔松的剧社前往波尔塔瓦进行演出。巡演期间梅耶荷德结识了著名女演员维拉·科米萨尔日芙斯卡娅。1906 年 8 月，在后者的邀请下，梅耶荷德开始在位于彼得堡军官巷的科米萨尔日芙斯卡娅私人剧院担任导演工作。

虽然，梅耶荷德在科米萨尔日芙斯卡娅剧院只停留了一年（1906—1907），但这一年却是梅耶荷德导演之路发展的重要阶段，他在此进行了具有探索意义的象征主义戏剧实验，提出了“雕塑戏剧”原则，对舞台动作和言语的塑造特点以及布景和灯光设计进行大胆创新，为假定性戏剧体系的建立奠定了基础。1906 年 11 月 22 日，由他导演的梅特林克的剧作《修女贝阿特丽莎》获得巨大成功，成为梅耶荷德导演初创时期的凯旋之歌。同年还排演了勃洛克的《滑稽草台戏》，不仅首次采用了“台中台”的原则，梅耶荷德本人还在戏中扮演了皮耶罗一角，也被后人奉为经典之作。

这一时期是梅耶荷德戏剧实践革新的突破性阶段，他不仅成功地导演了数部剧作，而且开始进行文字创作与翻译工作。1906 年，他写作的多篇关于戏剧的文章陆续发表在杂志上。这些文章于 1913 年被编为合集《论戏剧》出版，这也是梅耶荷德一生最重要的戏剧著述。

离开科米萨尔日芙斯卡娅剧院后，梅耶荷德出人意料地接受了皇家宫廷剧院的工作邀请，与圣彼得堡亚历山大剧院和马林斯基剧院的艺术总监亚历山大·戈洛温合作，在亚历山大剧院排演了莫里哀的《唐·璜》、奥斯特洛夫斯基的《大雷雨》和莱蒙托夫的《假面舞会》，在马林斯基剧院编排了格鲁克的歌剧《奥菲欧》和瓦格纳的歌剧《特里斯坦和伊索尔德》。十年间，梅耶荷德在宫廷剧院共排演 24 部戏，其中包括 3 部歌剧。与此同时，梅耶荷德还以达佩尔图托的笔名在其他剧院进行戏剧试验，包括“塔楼剧院”“小喜剧之家”等。1913 年，应尼·鲁宾斯坦的邀请，梅耶荷德在巴黎沙特莱歌剧院排演了邓南遮的歌剧《皮萨内洛》。

1908 年，梅耶荷德在其位于茹科夫斯基大街的寓所成立了第一个戏剧学校，一年后关闭。与此同时，梅耶荷德还在丹涅曼戏剧中学、波洛克音乐戏剧班从事教学工作。1913 年他在彼得堡再次成立了自己的戏剧学校，1914 年至 1918 年初该学校迁至鲍罗丁大街。1914 年至 1916 年出版期刊《对三个橙子的爱》，出版八期后停刊。

十月革命后，梅耶荷德成为新型苏维埃戏剧的创始人之一。1918 年 8 月，率先加入俄国共产党（布尔什维克），开始在戏剧委员会工作。在十月革命胜利一周年之际，在马列维奇的布景设计配合下，梅耶荷德导演了马雅可夫斯基的《宗教滑稽剧》。1920 年 9 月至 1921 年 2 月，担任苏维埃教育人民委员会戏剧局局长，提出“戏剧的十月”纲领，代表性剧作是维尔哈伦的《曙光》。1922 年，导演了克罗梅林克的《宽宏大量的乌龟》，被视为结构主义戏剧的经典之作，也是首部按有机造型术原则表演的戏剧。

1920 年“俄罗斯联邦共和国第一剧院”成立，1923 年更名为梅耶荷德剧院，1926 年正式更名为梅耶荷德国立剧院。20 世纪 20 年代初是梅耶荷德的戏剧丰产期，最重要的戏剧作品包括《肥缺》《森林》《委任状》《钦差大臣》《聪明误》《臭虫》《洗澡》《最后的决战》《茶花女》等。梅耶荷德还曾携剧团到德国、法国、英国、意大利和捷克斯洛伐克等国进行巡演。1923 年 3 月，梅耶荷德被授予共和国人民演员称号。

1938 年，梅耶荷德国立剧院被关闭。此后，梅耶荷德开始从事歌剧导演事业，斯坦尼斯拉夫斯基去世后，他成为斯坦尼斯拉夫斯基国家歌剧院的主要导演，并完成了由斯坦尼斯拉夫斯基开始的威尔第歌剧《弄臣》的排演。1939 年 6 月 15 日，梅耶荷德在莫斯科全苏导演会议上反驳了指责他“形式主义”的论调，其戏剧工作至此全面停滞。

第二节　梅耶荷德戏剧创作的时代背景

艺术始终走在向传统的人类观念挑战的前列。19 世纪末 20 世纪初是人类历史上极为动荡、充满矛盾危机的一个时期，但同时也是各种哲学社会思潮空前活跃的时期。世纪之交源于西方的各种新思潮，包括社会的、政治的、自然科学的思想以前所未有之势开始传播到俄罗斯。实证主义哲学、康德的先验唯心主义、叔本华的唯意志论、尼采的非理性主义和“超人”哲学、马克思主义学说等对俄罗斯的知识阶层产生了不同程度的影响。科学的新发现，包括达尔文的进化论、孟德尔的遗传学、弗洛伊德的精神分析学、巴甫洛夫的生理学等，也同时对这一时期文学艺术的发展产生了推动作用。在各种新思潮与科学新发现的互渗、共振作用下，戏剧领域呈现出多元共生的局面，自然主义、象征主义、表现主义、唯美主义、现实主义纷纷登台亮相，演绎着各自精彩纷呈的一幕。

19 世纪末 20 世纪初是俄国文化艺术迅猛发展、走向繁盛的重要阶段，它以独具一格的精神内涵和审美特征傲然屹立于世界文化之林，并迅速融入世界文化大河。俄罗斯杰出的文化艺术成就令世人惊叹，成为世界文化宝库中最为璀璨的珍宝。正如著名作家高尔基所说：“俄罗斯人民在艺术领域、在心灵的创作里发现了惊人的力量，在极其恶劣的环境里创造了优秀的文学、杰出的绘画、独具一格的音乐，整个世界都为之惊叹……”[①]在世纪之交，俄国文化艺术大繁荣时期出现了许许多多享誉世界的艺术大师，各领域文化艺术精英集大成所构建的精神宝库滋养着梅耶荷德这样的年轻一代，使之站在巨人的肩上前行。

世纪之交俄国戏剧艺术的勃兴与俄国社会政治生活的两场改革密不可分：1861 年的农奴制改革与 1882 年的剧院改革，它们为俄罗斯戏剧艺术的发展注入了强劲的动力。1861 年废除农奴制之后，社会底层的力量迅速崛起，戏剧成为大众教育的一种重要手段。戏剧不但反映当代生活，而且教育人们追求理想，为人们指引生活之路，其教育功用得到凸显。经历了数百年精神停滞之后，俄罗斯个性精神开始复苏，主体意识开始觉醒。随着文化阶层的发展，民主的中间阶层也在精神上发展起来。有文化人的比例迅速增加，戏剧开始为更多的人接受，成为新思想的引领者与推广者，成为推动国家精神文化生活的一大动力。

1882 年，处于政治危机之中的沙皇为了把人们的聪明才智从当前的政治问题上吸引开去，被迫宣布取消皇家剧院的垄断权，准许私人建立和经办剧院。这一举措极大地促进了俄罗斯戏剧事业的发展，不仅使得剧院的数量猛增，而且大众文化娱乐的形式也越加丰富，出现许多各种可供戏剧演出的场所，如戏剧咖啡馆（卡巴莱）、私人剧院、家庭小戏院及休闲公园等。据统计，在新戏剧发展的第一阶段，俄罗斯全国注册的剧院约有 300 个，其中歌剧院就有 20 多个（相比同期美国仅有两家歌剧院），这些都为将来大众戏剧的萌芽创造了极为有利的外部条件。

在剧院数量增加的同时，戏剧艺术团体也悄然兴起。世纪之交，俄国戏剧生活中发生了一系列重大事件：1897 年，举行了俄罗斯文化史上第一届全俄舞台活动家代表大会；同年《戏剧与艺术》杂志创刊；1898 年，莫斯科艺术普及剧院（即莫斯科艺术剧院）诞生；1906 年，召开了首届全俄剧作家与作曲家代表大会。它们对俄国戏剧思潮的发展起到了重要的促进作用。戏剧逐步职业化的另一个标志是创办了专门的戏剧杂志，如《戏剧与艺术》《戏剧爱好者》《面具》《三桔之爱》等。而其他新创的艺术类杂志《艺术世界》《天秤》《阿波罗》对于戏剧的问题也尤为关注。与此同时，戏剧批评也步入职业化的阶段，出现一批具有良好素质的剧评人：Н.Е. 艾弗罗斯、Л.Я. 古列维奇、С. 格拉果理、А.Р. 库格尔、А.А. 伊兹马伊洛夫、Ю.Д. 别利亚耶夫、П.М. 雅尔采夫、Г.И. 丘尔科夫等。

① Горький.М, О русском искусстве/Путь освобождения,1917, номер 1 от 15 июля.

此外，“白银时代”的诗人、作家，如瓦·勃留索夫、维亚·伊万诺夫、费·索洛古勃、亚·勃洛克、安·别雷等也纷纷加入戏剧创作、批评与理论建设的行列，这不但大大提升了戏剧理论与批评的水平，而且在某种程度上改变了戏剧批评的方向，由单纯的对戏剧演出的评价扩展到更高层次的对戏剧理论问题的探讨、争鸣上，更加关注时代的美学原则和哲学问题，关注舞台艺术的革新与探索问题。与此同时，戏剧理论、戏剧批评和戏剧艺术研究方面的书籍也随之问世，包括谢·米·沃尔康斯基的《艺术愉悦和艺术创造》(1892)、《舞台上的人》(1912)、《富有表现力的话语》(1913)和《演剧的反响》(1914)，伊·列·谢格洛夫的《论民间戏剧》(1895)和《民众和剧院》(1911)，等等。总之，20世纪初戏剧在俄国社会与文化生活中占据了前所未有的突出地位，并因此吸引越来越多有识之士加入戏剧创作行列，一大批才华横溢的年轻美术家、演员、导演纷纷加入，戏剧创作队伍日益壮大，从而极大地推动了戏剧更加快速向前发展。正如M.库兹明所言：“‘戏剧’一词，无论它是否意味着一批作品，舞台艺术的方法是否是技术性的，对观众是否具有意义或产生影响，这个词被如此强烈的希望、爱、恨所包围，以至于它成为艺术中最永恒的问题之一。”①

20世纪初，源于西方的各种社会的、政治的、自然科学的新思潮开始传播到俄罗斯，对俄罗斯的戏剧运动产生推动作用。与此同时，俄罗斯戏剧的迅猛发展也自然引起世界的关注。1909年，比利时剧作家梅特林克将排演自己新作《青鸟》的首演权授予莫斯科艺术剧院，在某种程度上这是世界戏剧界对俄罗斯戏剧认可的最好证明，也是俄罗斯成为新戏剧中心的重要标志。

第三节　白银时代的哲学与文艺思潮

19世纪末到20世纪初的俄国文化以前所未有的繁荣之势融入世界文化大河，出现了“20世纪初俄罗斯的文化复兴”②。在这一时期俄国文化艺术迅猛发展，涌现出众多享誉世界的艺术大师：文学领域的陀思妥耶夫斯基、托尔斯泰、契诃夫；音乐领域的柴可夫斯基、穆索尔斯基、里姆斯基－格尔萨科夫、斯克里亚宾；绘画领域的列宾、谢洛夫、瓦斯涅佐夫、弗鲁贝尔；戏剧创作领

① Кузмин М. О театре Комиссаржевской[J]. Весы, 1907, №.5.

② [俄]尼古拉·别尔嘉耶夫：《自我认知》，汪剑钊译，云南人民出版社1998年版，第145页。

域的阿·托尔斯泰、奥斯特洛夫斯基；戏剧导演领域的斯坦尼斯拉夫斯基、涅米罗维奇－丹钦科、梅耶荷德、瓦赫坦戈夫、塔伊洛夫、叶夫列伊诺夫；戏剧表演领域的连斯基、萨多夫斯基、达维多夫、瓦尔拉莫夫；哲学领域的弗·索洛维约夫、尼·别尔嘉耶夫、谢·布尔加科夫、弗洛连斯基、B.罗萨诺夫，等等。俄罗斯历史上这一独有的、密集型的文化繁盛时期被称为俄罗斯文化史上的“白银时代”。

关于“白银时代”这一术语的概念界定，俄罗斯国内外学界一直存有争议，分歧主要集中在“白银时代”这一术语表达的外延范畴上。部分学者坚持认为，“白银时代”具有严格的指称范围，即“白银时代”文学。它是俄国19世纪末20世纪初这一历史变革、文化转型特殊时期里在国际现代主义思潮影响下的产物，是俄国早期现代主义（或称“非现实主义流派”）文学的指称，主要包括象征主义、阿克梅主义和未来主义等文学流派和思潮。[①]众所周知，文化史上早有“黄金时代”“白银时代”“青铜时代”“英雄时代”和“黑铁时代”之说，以喻称某一文化时代的特征及辉煌兴盛程度。19世纪初叶（1810—1830），俄罗斯文学领域出现了茹科夫斯基、普希金、巴拉廷斯基、莱蒙托夫等杰出的诗歌天才，他们以极其优美动人的抒情诗篇第一次使世人瞩目俄罗斯文学，因此这一阶段被公认为俄罗斯诗歌（文学）的“黄金时代”。而“白银时代”最初就是对应于以普希金为代表的俄罗斯文学的“黄金时代”而提出的，它表示俄罗斯诗歌发展的又一个繁荣时期，时限大约是从1890年至十月革命爆发（或1915年）。“诗歌的时代”乃“白银时代”之原初的内涵，以表达20世纪之交俄罗斯（诗歌）文学领域呈现出的这一空前活跃、昌盛时期在俄罗斯文学史上所占有的重要地位。然而，文学的繁荣并非白银时代单一的文化景观，“文学的思想艺术能量之大释放，带动了与之相邻的姊妹艺术——戏剧、绘画、音乐乃至舞蹈等的昌盛兴旺”[②]。由此，“白银时代”的外延被不断扩展，被用来喻指包括文学在内的整个艺术空前昌盛的景观。文学、艺术、宗教、哲学各领域的探索和创造彼此渗透，相互影响，在碰撞、冲突、呼应、映照和交融中共同前进，使得世纪之交俄罗斯精神文化同时进入空前高涨的状态。为了形容这一时代所特有的精神文化的氛围，“白银时代”的外延再一次被扩展至“俄罗斯文化的白银时代”。在这一界面，“白银时代”的遗产就“不仅仅甚至远非是指那个年月里诗人、作家、思想家在人文园地的

① 李辉凡：《俄国“白银时代”文学概观》，中国社会科学出版社2008年版，第10页。

② 周启超：《白银时代俄罗斯文学研究》，北京大学出版社2003年版，第8页。

建树与实绩，更重要的是指那个时代里精神文化探索的品位与氛围"[①]。于是，"白银时代"这个术语逐渐派生、演变为一个文艺学范畴的概念，可以喻指诗歌的时代、文学的时代，也可以喻指艺术的时代、文化的时代。俄罗斯文化史上的"白银时代"即所谓俄罗斯的文化复兴时代。

对于"白银时代"出现的社会思潮、时代特征以及新潮诗人们的创作思想、心路历程和精神面貌等，宗教哲学家别尔嘉耶夫在《自我认知》一书中作过如下评述和总结："这是俄罗斯的一个觉醒时代，催生了独立的哲学思想，诗歌的繁荣，审美感觉的敏锐，宗教的不安与探索，对神秘主义和通灵论的兴趣。新的灵魂开始显现，打开了创造生活的新源泉。他们看到了新的曙光，把日落西山的感觉与旭日东升的感觉和改造生活的希望结合在一起，甘愿为之而毁灭。"[②] 简而言之，19 世纪末 20 世纪初俄罗斯历史上经历了一个特殊的、由近代向现代转换的大时代，这是一个精神觉醒、思想空前活跃、艺术创作格外繁盛的时代。梅耶荷德戏剧创作的起步、发展过程恰好暗合了这一伟大的时代，无论是在狭义的"白银时代"文学层面上，还是在广义的"白银时代"的精神文化层面上，那一时代所蕴含的"大破大立继往开来的精神风范""建构现代艺术的精神气概"与"创造与质疑的精神追求"都对梅耶荷德的创作产生了深刻的影响。

俄国"白银时代"文学，特别是象征主义文学，具有一整套哲学美学理论体系。它首先既继承了本民族的各种美学思想和宗教哲学思想，又借用了诸多西欧，特别是德国唯心主义哲学和法国现代主义美学的思潮和理论。在本民族文学传统方面，既有普希金、莱蒙托夫诗歌方面的经验，也有果戈理的讽刺怪诞艺术，以及陀思妥耶夫斯基的"美拯救世界"的思想，等等。[③] 象征主义者相信艺术所具有的强大之力足以改变社会和个人，怀揣这一戏剧乌托邦之梦想，他们对戏剧创作产生了尤为特殊的兴趣。多才多艺的象征主义大师索洛古勃、勃留索夫、维亚 · 伊万诺夫、勃洛克等不仅创作了许多戏剧作品，而且在戏剧理论与戏剧批评上都颇有建树。尽管他们在戏剧创作方面的嗜好各有不同，但对自然主义戏剧的强烈排斥乃是共有的。在他们的戏剧作品中都没有自然主义戏剧模仿生活真实的那种"不必要的真实"，以及那种"对现实的复制"。于是，"白银时代"的文学精英与"新戏剧"的闯将梅耶荷德

---

① 周启超：《白银时代俄罗斯文学研究》，北京大学出版社 2003 年版，第 9 页。

② [俄]尼古拉 · 别尔嘉耶夫：《自我认知》，汪剑钊译，云南人民出版社 1998 年版，第 121 页。

③ 李辉凡：《俄国"白银时代"文学概观》，中国社会科学出版社 2008 年版，第 83 页。

在戏剧革新的道路上不期而遇，文学、哲学、艺术在此彼此交融，发生了纵横交错的互动联系，契诃夫、列米佐夫、伊万诺夫、勃留索夫、勃洛克等以不同的方式对梅耶荷德戏剧思想的形成、戏剧探索的方向产生了直接而重要的影响。

1. 契诃夫——梅耶荷德青年时代的“精神导师”

众所周知，安东 · 巴甫洛维奇 · 契诃夫（1860—1904）是19世纪末俄国最伟大的批判现实主义作家，享有世界级“短篇小说之王”“幽默讽刺大师”等的美誉。与其短篇小说成就比肩的还有戏剧作品，其剧作对俄罗斯乃至世界戏剧发展产生了巨大的影响。然而，诚如瓦 · 谢尔巴科夫所言：“在‘白银时代’的帕尔纳索斯山的文学高岗上所居住的大部分是诗人。而那些生活、创作于同一时期的小说家就显得有些另类。”① 不可否认，论及俄国“白银时代”文学，首推以勃洛克等为代表的象征派诗人，而契诃夫的《海鸥》则开启了戏剧的“白银时代”，站在广义的“白银时代”的精神文化层面上论及梅耶荷德戏剧思想源流这一话题时，契诃夫及其戏剧作品对梅耶荷德戏剧探索的起步阶段具有举足轻重的意义，契诃夫堪称青年时代梅耶荷德的“精神导师”。

虽然梅耶荷德只见过契诃夫寥寥数面，但他们往来通信频繁，梅耶荷德“对契诃夫始终感到一种真挚的、近乎慈父的爱”②。自1898年9月在《海鸥》排练现场梅耶荷德第一次见到契诃夫，寡言少语的作家便深深地吸引着他。从目前已出版的《遗产》第一、二卷所收录刊载的二十多封书信看，梅耶荷德对契诃夫的“崇敬、爱戴”之情跃然纸上。几乎每封信梅耶荷德都以“令人尊敬的”“敬爱的”“亲爱的安东 · 巴甫洛维奇”开首，落款皆为“深深地尊敬着您的”“爱您的”“热爱您的梅耶荷德”。此外，梅耶荷德还多次直接表达对作家的“膜拜之情”：“请您不要把我忘记了。我像一只忠犬那样依恋着您。”③“让别人尽管去改变对艺术家的迷恋吧，如同换件上衣，但我永远忠于您，安东 · 巴甫洛维奇。”④ 在雅尔塔的契诃夫故居博物馆里，至今还收藏着1903年4月梅耶荷德从塞瓦尔斯托波尔寄给契诃夫的一张照片，在照片上年轻的梅耶荷德亲笔写着：“平庸的梅耶荷德献给自己的上帝”⑤。

---

① Чеховиана. Чехов и серебряный век[C], M., 1996, C.200.

② [苏]К. 鲁德尼茨基：《梅耶荷德传》，童道明、郝一星译，中国戏剧出版社1987年版，第59页。

③ В.Э.Мейерхольд: наследие 1 [M]. M.: О.Г.И., 1998. C.638.

④ Мейерхольд В.Э.Переписка, 1896—1939.M., 1976, C.34.

⑤ В.Э.Мейерхольд: наследие 1 [M]. M.: О.Г.И., 1998. C.638.

1898年至1904年是梅耶荷德与契诃夫互有交集的六年，这是梅耶荷德戏剧活动的起步阶段，也是契诃夫创作的最后阶段。对于年轻的梅耶荷德而言，契诃夫既是年长的同时代的人，又是活着的经典作家，是伟大的俄国文化传统当之无愧的最后的代表，而这一文化传统首先构成了他的创作意识。梅耶荷德对剧作家的敬仰与迷恋是不言而喻的。而契诃夫之所以对梅耶荷德怀有同样“真挚的好感”，求新求变应是吸引二人结为“忘年之交”的“磁石”。莫斯科艺术剧院在契诃夫晚年创作与生活中具有十分特殊的意义，彼时契诃夫特别关注艺术剧院的年轻演员，也正是缘于梅耶荷德对《海鸥》中特列普列夫的独特诠释，契诃夫在一群有文化教养的人中特别注意到这个最有文化教养的年轻人——梅耶荷德。梅耶荷德举手投足之间表现出来的强烈的“知识分子气质”让契诃夫颇为欣赏。梅耶荷德研究专家瓦·谢尔巴科夫曾经提出一种假设，认为契诃夫在为莫斯科艺术剧院构思《三姐妹》时，把男爵图森巴赫设计为德国人绝非偶然，其中包含着作家有意让角色“接近于”未来扮演者——德国血统的梅耶荷德——的意图。格拉特柯夫认为，是否具有“新意”是契诃夫评判欣赏人的一个关键标准。在作家生命的最后几年，他尤其喜欢那些充满生机活力、行为果敢、富有创新思想的人，而血气方刚的梅耶荷德恰好展现出这些独特的素质。因此，作家很乐意与之书信往来，非但没有用他惯有的讽刺性的玩笑或是嘲讽的语调来对待那一封封充满炽热之情、洋溢着青春气息的来信，反而极尽耐心与细心为梅耶荷德答疑解惑，提出一些创作方面的建议，关注其思想精神方面的困惑，甚至对其关爱有加，在给妹妹和克尼碧尔的信中两次提到梅耶荷德，希望他到克里米亚度假，那对他的身体有好处。1901年12月31日，契诃夫在给克尼碧尔的信中写道：“他（指梅耶荷德）写得很好，有些地方甚至很有才华，比以前写得更好。他应该去和报社合作。”[①] 据梅耶荷德本人说，契诃夫确实有为他写推荐信给《信使报》，力荐让他去报社工作。梅耶荷德的信件之所以赢得契诃夫的如此好评，一方面因为他在信中真诚地表达了对作家及其剧作的热爱，另一方面是他讲述了首都的艺术生活，对于长期远离繁华喧嚣的莫斯科而独居在雅尔塔疗养身体的作家而言，这些信息都是新鲜有趣的。此外，随着来往信件的增多，梅耶荷德不再局限于夸赞作家及其作品，而是越来越大胆地阐述自己的思想观点。他不仅直接尖锐地评价涅米洛维奇－丹钦科的剧作《在幻想中》，而且还向作家提出了自己对《樱桃园》剧本的理解，谈到自己对剧作家和剧院相互关系

① Гладков А.К. Мейерхольд. Т.1[М]. М.,1990.

的一些思考。透过这些信件，契诃夫越发清晰地看到梅耶荷德身上具备的善于思考的知识分子特质，以及他精神方面的成长变化，在让契诃夫感受到他满怀敬意的同时，还具有独特的个性和求新求变的思考。正是因为欣赏梅耶荷德的个性和与众不同的才华，当梅耶荷德被迫声明脱离莫斯科艺术剧院时，契诃夫十分关心梅耶荷德未来的命运，竭力想要维护梅耶荷德，在给奥·克尼碧尔的信中他不无担忧地说："在赫尔松剧院他将不轻松！那里没有戏剧观众，那里还只是需要杂耍。"① 当契诃夫得知梅耶荷德最终执意前往外省组建剧团时，他甚至利用自己在各个城市的关系，尽力帮助梅耶荷德租赁剧院。契诃夫十分了解外省的戏剧演出环境，他深知一个有抱负的年轻艺术家将在外省遭遇怎样的艰难困苦，而梅耶荷德毅然决然离开莫斯科艺术剧院，一方面让契诃夫深感不公正，另一方面反而加深了他对梅耶荷德的好感与尊敬，使之更加欣赏梅耶荷德奋不顾身投身于一切都是未知的外省的勇气。

梅耶荷德对契诃夫的感情始于莫斯科艺术剧院，作为一个初出茅庐的戏剧演员，梅耶荷德将契诃夫视为自己最可信赖的长者，将自己的感受、思想、困惑与契诃夫交流、分享。梅耶荷德在自己的一封信中充分表达了对契诃夫的信赖之情："我时常想念您：当我读您的剧本时，当我在扮演您剧作中的角色时，当我在思考生活的意义时，当我与身边的人、与自己产生分歧时，当我感到孤独时……"② 契诃夫在文学方面的建议对刚刚步入戏剧舞台的梅耶荷德产生了巨大的影响。在结识契诃夫之前，梅耶荷德已经受到西方哲学与艺术方面最新思潮的一些影响。据他自己说，早在学生时代就已经了解了尼采的哲学。而契诃夫本人在当代戏剧文学中对霍普特曼的创作尤为感兴趣。所以，当莫斯科艺术剧院计划排演霍普特曼的《孤独者》时，约翰尼斯一角自然就落到梅耶荷德身上，而在角色准备过程中他很自然地就向契诃夫求教。契诃夫在回信中为梅耶荷德详尽分析了约翰尼斯这一角色的特点，并一再强调，这一角色反映了当代社会的典型人物，他具有当代人生活的典型的心理和行为特点。契诃夫在对作品人物解读时表达了对自然主义的否定态度，明确反对把不必要的病理因素加入艺术形象之中，反对把注意力集中于自然主义，集中于对病理、病态的神经质的体现。事实上，契诃夫曾经多次告诫演员不要过分注意角色性格方面的神经质："现在谈谈神经紧张的问题。不应该强调神经紧张，以免让神经质的特点掩盖住更为重要的东西，即孤独感，这

① Чеховиана. Чехов и серебряный век [C]. M.: Наука,1991, C.208.

② В.Э.Мейерхольд: наследие 1 [M]. M.: О.Г.И., 1998, C.400.

是只有高级的而且健康的生物才能感受到的。表现出孤独的人吧，就按脚本所提示的那样来表现神经紧张吧。”[①]契诃夫从更深层的人的原始本质的思想出发，认为约翰尼斯首先是一个孤独的人，而且其孤独具有社会性的特点，是时代特征在个体的个性上的反映。在契诃夫看来，人物行为的病态特点不是单个的、纯个人的、部分的现象，因此在舞台表演中切忌把这种神经质表现成个别的现象。在给梅耶荷德的回信中，作家还建议，要用时代的特征来解释神经质本身：在个人生活中，病态的行为并非源于个人的原因，而是社会共同的原因——是历史意义上的“现在与过去之间”的分歧造成的。个人的戏剧冲突、人物的个性特点都必然与时代特征相关联。[②]作家深刻地揭示出文学作品人物与时代的内在联系，准确地“捕捉”到时代的“病态”特征。在契诃夫的启发之下，梅耶荷德在表演中力求“渗透”到约翰尼斯的内心深处，并且在此后排演的《海鸥》中把霍普特曼笔下的人物特点扩展到特列普列夫身上，十分成功地诠释了作家笔下的人物特征。由此可以清晰地看到契诃夫对梅耶荷德的影响与引导，这就是为什么梅耶荷德将作家称为自己的“上帝”——精神的导师。从这一意义上说，梅耶荷德是幸运的，在他从文学爱好者走向职业戏剧的道路上，最初阶段就遇到了同时代的经典作家，并在作家的帮助下培养了洞察作品人物内心、把握作品的时代脉动的方法，这对处于艺术道路起步阶段的梅耶荷德尤为重要。

“契诃夫的戏剧形式本身包含着一种号召，它引发了新戏剧的诞生。这在很大程度上影响了梅耶荷德。”[③]在莫斯科院时期，梅耶荷德作为演员所扮演的最主要也是最成功的角色就是契诃夫作品的人物，包括《海鸥》中的特列普列夫、《三姐妹》中的图森巴赫。在诠释这两个人物以及霍普特曼作品中的约翰尼斯时，他都是按照契诃夫的建议来表演的。因此可以肯定地说，梅耶荷德扮演的特列普列夫之所以取得成功，最主要是得益于契诃夫对他的引导，得益于他对契诃夫剧作深刻的、有创见的认识，得益于他真正渗透到剧作的艺术内核之中。梅耶荷德在契诃夫的《海鸥》中看到了潜藏的契诃夫散文的诗意性，他比其他人更敏锐地感受到剧作家所具有的诗人的特点。他最喜爱的角色特列普列夫唤起了他对新艺术、新戏剧、新形式的追求与执念。离开艺术剧院之后，梅耶荷德在外省戏剧活动中仍然钟情于他所喜爱的剧作家，

---

① Громов П.П. Написанное и ненаписанное[M]. М.: Артист. Режиссер. Театр, 1994. С.22.

② Громов П.П. Написанное и ненаписанное[M]. М.: Артист. Режиссер. Театр, 1994. С.23.

③ Чеховиана. Чехов и серебряный век [С]. М.: Наука,1991, С.202.

在三年时间里大量排演契诃夫的剧作，先后排演了契诃夫的九部作品，包括《三姐妹》《万尼亚舅舅》《海鸥》《伊万诺夫》《熊》《婚礼》《纪念日》《求婚》《樱桃园》，扮演过的角色有特列普列夫、阿斯特洛夫、图森巴赫、特拉菲莫夫，可谓是他戏剧创作生涯中唯一一个密集性的“契诃夫演剧季”。无论作为演员还是作为导演，他对剧作家契诃夫的认识都是深刻的、清醒的，敬重作家但不盲目迷恋，尤其在诠释剧中一些人物时富有创见，在戏剧实践中不断去获取、感悟、发明，为未来新戏剧建设积累经验。在对待契诃夫戏剧的经验方面，梅耶荷德的创作中体现出象征主义时期明显的继承性。除了信任戏剧的革新作用之外，这种继承性还表现在对舞台上台词朗读的音乐方法上，以及台词与沉默之间的“对话”的思想意义上。梅耶荷德以其特有的敏锐性发现了契诃夫情绪的秘密隐藏在他语言的节奏上。正是随着对契诃夫作品的深入分析，他越发清楚地意识到自己所要寻找的东西在另一个地方，所以他只有大步往前走，朝着那个目标前进，继续他的戏剧探索和新戏剧建设的征途。新的时代催生新的旋律，梅耶荷德以其特有的敏感和速度将时代各种流派吸收并蓄，为己所用。

由此，我们不难理解为什么梅耶荷德将契诃夫奉为“上帝”，尊为“法官”“长老”，不难解释梅耶荷德所说的：“知道吗，是谁让我第一个对艺术剧院的所有道路产生怀疑的？是安东 · 巴甫洛维奇 · 契诃夫……”①

2. 列米佐夫——梅耶荷德思想的引路人

阿列克谢 · 列米佐夫（1877—1957）是俄罗斯“白银时代”的重要作家与理论家。他既是梅耶荷德戏剧创作上志同道合的合作者，也是其戏剧探索思想的引路人。1896 年 11 月，列米佐夫由于参加为纪念“霍登惨剧”②发生半年而举行的大学生游行示威而被捕入狱，后被流放至奔萨（1896—1897）。虽然列米佐夫在奔萨只停留了短短一年时间，但对梅耶荷德的成长却产生了很大的影响。列米佐夫常常把考茨基、普列汉诺夫等人的著作介绍给梅耶荷德。早在中学时代，梅耶荷德就已受到民粹派观点的影响，具有一定的激进主义的倾向。无怪乎在莫斯科艺术剧院时期，涅米罗维奇 - 丹钦科曾经评价梅耶荷德思想上的“混乱”是“尼采、梅特林克和转变为忧郁的激进主义的

① Гладков А.К. Мейерхольд. Т.1[M]. M.,1990, С. 320.

② “霍登惨剧”指 1896 年 5 月在庆祝新沙皇尼古拉二世的加冕典礼上所发生的踩踏事件，死亡 1368 人，伤者数万人。

狭隘的自由主义的奇特混合物”①。

列米佐夫对梅耶荷德的影响还体现在阅读的倾向上。他本人的阅读范围非常之广，从经典著作、欧洲和俄国的哲学思想新著到文学新作、文艺学著作。19 世纪末至 20 世纪初在俄国掀起了一股“尼采热”，整个俄罗斯都热衷于谈论、研究尼采。尼采的学说，尤其是他的非理性主义和“超人论”，对俄国象征派乃至整个白银时代作家都具有广泛的影响作用，对列米佐夫也不例外。流放期间他完成了一批译作，其中就有尼采的《扎拉图斯特拉如是说》。在他的感染影响下，梅耶荷德也开始接触尼采的学说，并与列米佐夫合译了罗杰的《尼采和霍普特曼》(1902 年发表)。流放期满后，列米佐夫接受梅耶荷德的邀请，到赫尔松的“新话剧社”担任文学部主任。这一时期 (1903—1904) 是他与梅耶荷德关系最为紧密的时期，对梅耶荷德的戏剧探索方向产生了决定性的影响。在赫尔松期间，列米佐夫试图通过翻译大批西方戏剧来解决“新戏剧”发展剧目匮乏的问题，同时还着手研究同时代的西方戏剧，这对他及梅耶荷德未来的创作都具有十分重要的意义。为了填补“新戏剧”剧目的空白，列米佐夫翻译了普什贝雪夫斯基、梅特林克、霍夫曼、斯特林堡、纪德等人的作品。正是通过他的翻译，梅耶荷德接触、了解到了后来对他的戏剧思想产生决定性影响的人物霍夫曼与梅特林克。因此，在这个意义上列米佐夫完全可以称得上是梅耶荷德戏剧思想的引路人。在《论戏剧》一书中，梅耶荷德毫不隐讳地表达了对列米佐夫的感激之情：“‘新话剧社’是批驳自然主义表演方法的先锋。这首先要归功于文学部主任阿 · 米 · 列米佐夫，他以饱满的热情将年轻的戏剧战士的工作推向全新的领域。”②

梅耶荷德与列米佐夫“惺惺相惜”还缘于他们个性上的相近。童年的生活在列米佐夫身上留下了深刻的烙印，性格中具有鲜明对立的两个极端——一极是“悲天悯人”，对尘世苍生命运的缺憾具有极度悲观的意识；另一极是“乐观精神”，面对上帝的世界惊喜交加，而这种狂喜的表现形式是插科打诨，荒诞离奇，谐谑调笑，玩世不恭。③他对生活的理解就经常摇摆于这两级之间。在某种意义上这也是梅耶荷德性格的写照——充满矛盾的双重个性。

---

① [苏] К. 鲁德尼茨基：《梅耶荷德传》，童道明、郝一星译，中国戏剧出版社 1987 年版，第 81 页。

② Мейерхольд В.Э. Статьи, письма, речи, беседы (1891-1917) [М]. М.:Искусство, 1968, С.112.

③ 俄罗斯科学院高尔基世界文学研究所集体：《俄罗斯白银时代文学史》(Ⅲ)，谷羽、王亚民等译，敦煌文艺出版社 2006 年版，第 317 页。

列米佐夫个人创作风格同样具有鲜明的个性，具有强烈的抒情色彩和悲剧性的冲突。他提出了一个概念：生活是一场噩梦，是不合逻辑的呓语和折磨人的绝境。这一概念促使他采取相应的艺术表现手段：其散文大部分是自发的、不受约束的激情涌流，这种涌流似乎在随心所欲地奔泻，为内心的力量所驱使，不考虑艺术结构的逻辑和习惯的接受规律。① 早在赫尔松翻译西方的象征主义剧作时，列米佐夫就对普什贝雪夫斯基的作品情有独钟，对他剧作中体现的新形式——复杂的风格综合体（从滑稽草台戏、礼仪上的表演和民间戏剧到广场宗教戏剧，包括“抒情戏剧”成分）产生了浓厚的兴趣。这一影响不仅体现在他本人的写作风格上——独具一格的混合主义原则，借助音乐以及雕塑原理创作散文，同时也体现在梅耶荷德为建设“综合戏剧”而进行的象征主义戏剧实验探索中。

列米佐夫对戏剧的理解十分独特，一方面强调民间戏剧的美学现实性、前卫性，强调其与千年传统的联系；另一方面又希冀一种与众不同的梦幻与怪诞：“戏剧和梦幻一样，不能用尺寸丈量，也不能用钟点计算……让那些平常没有的事情出现在剧中吧。一切都离奇古怪，富有魔力，都被夸大，仿佛在梦中……梦幻和戏剧是孪生兄弟……”② 此外，列米佐夫主张以“合唱”为主要元素的戏剧，视“合唱”为“真正摧毁各式各样的壁垒并为大型戏剧拓宽范围的形式”。他认为：“有一些孤芳自赏的戏剧，而且为数极多，它们似乎用壕沟和要塞与观众隔离开来。而观众无论如何也不能发出声音，观众就是深牢大狱里的囚徒。但是有完全开放的戏剧，而且观众是自由的，他们应答的声音清晰可辨。唯有合唱才能拓展舞台，将其推向观众大厅，而且再进一步——推上广场。”③ 显然，在他的戏剧观念中我们清晰地看到了对“自然主义”戏剧的讨伐，也仿佛看到梅耶荷德未来实验戏剧的轮廓。

3. 维亚·伊万诺夫——古希腊戏剧的寻唤者

在“白银时代”的象征主义诗人、作家中，维亚·伊万诺夫以古希腊文化，特别是“酒神崇拜”的深入研究者而著称，在戏剧理论方面的论述最为丰富、深刻。伊万诺夫坚持认为“戏剧乃是我们今日进行文化历史革命的中心策源

---

① 俄罗斯科学院高尔基世界文学研究所集体：《俄罗斯白银时代文学史》（Ⅲ），谷羽、王亚民等译，敦煌文艺出版社 2006 年版，第 318 页。

② 列米佐夫：《涂脂抹粉的嘴脸：戏剧与书籍》，柏林，1922 年，第 32 页，转引自《俄罗斯白银时代文学史》（Ⅲ），敦煌文艺出版社 2006 年版，第 338—339 页。

③ 列米佐夫：《涂脂抹粉的嘴脸：戏剧与书籍》，柏林，1922 年，第 32 页，转引自《俄罗斯白银时代文学史》（Ⅲ），敦煌文艺出版社 2006 年版，第 338 页。

地”[①]，在1904—1906年间撰写的系列文章（如《新面具》《瓦格纳与现代的狄奥尼索斯戏剧》）中，他把论述戏剧问题摆到象征主义理论的中心位置，将之视为象征主义的社会宗教和美学任务。伊万诺夫戏剧观的源头应该追溯到西方哲学大家叔本华和尼采，尤以尼采对他的影响最大。尼采关于冲动的理论“狄奥尼索斯的本原说”引发了他对古希腊哲学的极大兴趣，甚至将古希腊哲学称为“自己的未婚妻和心上人”，对之潜心研究，以期通过学习希腊宗教文化造就一颗“希腊心”。因此，伊万诺夫的戏剧观与古希腊悲剧密切相关。他指出，从希腊悲剧开始，戏剧就是一种宗教活动，一种神秘的仪式，它负载着宗教的因素和原则。戏剧表演在一个形体上结合了许多人的灵魂，所奉行的是达到“共同性”的理想。戏剧其实是一种合唱演出，体现着“合唱原则”。按照伊万诺夫的观点，当代文化应当更加有力地干预生活，应该克服“孤独”与“分裂”时代具有的舞台同观众分离的特点。观众应该积极地参与到舞台行动中，作为演出的参与者。应该打破舞台与观众厅的界限，在演出中发展“合唱的因素”，最终观众自己应该成为这个“合唱演出”的参加者。由此应该取消新欧洲的镜框式舞台，突出“半圆形剧场”的作用，让它成为演出的主要场地。演出最终将超出观众厅，使演员与观众共同融入“神话创作”、宗教的神秘剧，同时也是“生活创作”。正是在竭力复兴狄奥尼索斯式戏剧的探寻过程中，伊万诺夫将舞台表演视为一种神圣的仪式，为此取消“脚灯”，取消横亘于演员与观众之间的那道不可逾越的界限，必须将观众纳入戏剧活动，使之成为积极的参与者，而非被动的接受者，以使演员与观众共同为神圣的仪式服务。伊万诺夫由此揭示出一种全新的戏剧观演关系，它对于“新戏剧”的探索者、建设者梅耶荷德而言意义非比寻常。

在伊万诺夫构建的“新戏剧”体系中，戏剧的教育、净化功能被置于最高位：戏剧具有惩恶扬善的使命，有分外的美育功能，未来的戏剧是全民意识诉诸的载体，能够解决民众精神和社会政治活动中最为重要的问题。对于当下的戏剧，伊万诺夫提出了质疑：戏剧发展的历史表明，它已背离了宗教和社会中甘于牺牲的行为，作出牺牲的悲剧主人公不过是“受难的神”（首先是狄奥尼索斯）的翻版，而且戏剧走向了它的反面，因为表演与观众脱节，人物脸谱化。因此，“古希腊悲剧可以作为人们正在寻找的当代神秘剧的典范，这种神秘剧应根植于世界各民族神话，可使表演者、观众、知识人士和普通百

① 列米佐夫：《涂脂抹粉的嘴脸：戏剧与书籍》，柏林，1922年，第32页，转引自《俄罗斯白银时代文学史》（Ⅲ），敦煌文艺出版社2006年版，第224页。

姓融为一体，共同参与”[1]。由此，一种古老而又崭新的观演关系呼之欲出。伊万诺夫预言，戏剧要回归到宗教神秘剧和情节剧的表演上来。剧中人的面具也要恢复成透明的，透过它可以看到“神灵的面目”。因此，戏剧作家的言行应与大千世界的变化相关，言则说其“全面和普遍的”现象，行则做“绝对”应做的事情。由此可见，“新戏剧”所追求的不但是一种崭新的观演关系，突出了戏剧的教育、净化功能，而且对类型化、脸谱化的戏剧表演提出了挑战。

伊万诺夫对象征主义的解读是十分精辟而深刻的。他提出，象征主义不仅是一种艺术，也是“一种关系”：象征主义作品本身作为离开主体的客体是不可能存在的；只有探讨作品对感受的主体和创造的主体的关系，并把这种关系视为完整的个性时，才谈得上象征主义。在伊万诺夫看来，艺术作品的读者并不是一个消极的消费者，而是创作的参与者、作品的共同创作者。艺术作品不仅要传达作者的情思，还要让读者能领会作者的情思，只有这样才能使作者与读者的思想感情沟通，达到艺术作品的效用。而象征主义就应该达到这种效用。他把艺术作品的接受过程看作是“创作者、作品、共同创作者—接受者”三者的统一过程，即把读者也视为创作主体的一部分，或者说把创作主体和接受主体的关系“视为完整的个性”。在此他那具有现代意识的“接受美学”的思想已经显露无遗了。“如果我的言词不能在听众身上唤起他们的‘自我’和‘非我’之间的联系感，不能唤起在经验上是分开的事物间的联系感；如果我的言词不能直接说服听众认识到他们的理智所猜想不到的地方存在着隐蔽的生活；如果我的言词不能激励听众去爱至今他们仍不会去爱的东西——那我就不是一个象征主义者。如果我的言词与自身相等，如果它们不是神灵般来去无踪、不是为人所知的声音之回声，如果它们在心灵的迷宫不能唤起回声——那我就不是一个象征主义者。”[2] 正是在伊万诺夫的“千呼万唤”之下，梅耶荷德在波瓦尔斯卡娅实验剧社和科米萨尔日芙斯卡娅剧院的舞台上，对于象征主义“心灵回声”的寻唤终于发出了清晰可辨的回应。

此外，在伊万诺夫的象征主义理论和诗学中，音乐占据着第二重要的地位。伊万诺夫把音乐与象征紧密地联系在一起，认为任何艺术作品都有潜在的音乐：“艺术作品必须有其素有的节律和内在的运动；艺术灵魂本身就是音乐的。艺术所表现的真正内容总是要大于其对象的……但是象征主义自身所

---

① 俄罗斯科学院高尔基世界文学研究所集体：《俄罗斯白银时代文学史》(Ⅲ)，谷羽、王亚民等译，敦煌文艺出版社 2006 年版，第 222 页。

② 李辉凡：《俄国“白银时代”文学概观》，中国社会科学出版社 2008 年版，第 151 页。

包含的艺术灵魂对智力来说是无边无际的，是人的言词难于表达的。”[①] 伊万诺夫的“音乐观”包含两个层面：首先，音乐是一种“有节律的、内在的运动”；其次，“音乐是艺术的灵魂”，或称“词语的音乐潜能”“艺术创作的本原”，即音乐也是一种隐喻。音乐是构成艺术的真谛，是“构成美学享受的灵魂和生命的对非语言所能表达的东西的追求”[②]。显然，伊万诺夫对音乐的理解和关于音乐于艺术的重要意义的论述对梅耶荷德也产生了直接的影响，音乐由此成为梅耶荷德导演构思中的核心元素之一。

4. 瓦列里·勃留索夫——假定性戏剧的倡导者

瓦列里·勃留索夫（1873—1924）集诗人、小说家、戏剧家、散文家、翻译家、评论家等于一身，是俄国象征主义的奠基人，被公认为象征派运动无可争议的组织者和知识最渊博、最天才的“领袖”，也是对梅耶荷德戏剧革新实验产生最直接、最重要影响的人物之一。

19 世纪中叶以来，文学情感和艺术创作的倾向在西方发生了显著的变化，以波特莱尔、兰波、魏尔伦等诗人为代表的象征主义文学在法国兴起，逐渐引起俄国文坛新生代诗人的关注与共鸣。勃留索夫出生于富裕家庭，受过良好的高等教育，不仅精通多国语言，博览群书，而且常常到国外游历，对西方文学艺术的新生事物十分敏感。在当时的俄国知识分子圈中，勃留索夫无疑是最早接触并翻译了大量外国文学作品的年轻诗人。从古希腊、古罗马到现代派、象征派作品，都是勃留索夫关注、研究的对象，其翻译对象包括维吉尔、莫里哀、歌德、爱伦·坡、梅特林克、马拉美、兰波、魏尔伦、威尔哈伦等。因此，勃留索夫自告奋勇成为“新一代中渴望新的文学样式，新的生活方式和新的艺术观念的那一部分成员”[③] 的最佳代表，责无旁贷地担当起俄国新文学运动、新艺术的组织者和领导者。象征主义是勃留索夫心中长久盼望的时代语言，他据此对诗歌创作语言进行认真研究、重新构思，从而革新了俄罗斯诗歌中诗句和词语的语义，使诗歌语言呈现出新的面貌，大大推动了诗歌的发展，为俄罗斯诗歌开创了一代新风，成为俄国象征派的旗手，并影响、培养了新一代象征主义诗人。在担任《天秤》杂志主编时，勃留索夫大力推广新艺术，刊登大量象征主义诗作，使得《天秤》成为洞悉欧洲新艺术思想的重要窗口，一度成为“俄国最现代意义上的全欧洲性刊物”，而他本

---

① 李辉凡：《俄国“白银时代”文学概观》，中国社会科学出版社 2008 年版，第 152 页。

② 李辉凡：《俄国“白银时代”文学概观》，中国社会科学出版社 2008 年版，第 153 页。

③ [俄] 瓦列里·勃留索夫：《勃留索夫日记钞》，任一鸣译，贾植芳校，百花文艺出版社 2005 年版，第 3 页。

人则是倡导这种欧洲主义精神的先锋。在哲学美学思想方面，勃留索夫早年受康德、叔本华唯心主义的影响，断言科学认识、理性认识不能真实地把握世界，唯有通过非理性的直觉，通过艺术，才能真正地认识世界。他以“艺术自身的自由”为目标，认为艺术享有独立性，艺术的唯一使命就是“认识世界，既不借助理性推理，也不依靠思考因果的判断”[①]。在象征主义的初创时期，勃留索夫的艺术观念与理论批评产生了重要的“引航”作用。一方面，他主张继承普希金诗歌创作统一和完整的传统特点，以对抗19世纪后半叶诗歌发展的方向；另一方面，他致力于建树新文学、新诗歌的任务，呼吁艺术家像预言家一样，投身于建树生活的功勋。

1902年4月，勃留索夫在《艺术世界》杂志上发表题为《不必要的真实》[②]的文章，提出假定性戏剧观念的总体构想，成为第一个向以莫斯科艺术剧院为代表的“自然主义”戏剧发出挑战的人。勃留索夫首先在文中分析了当时具有“创新”意义的斯坦尼斯拉夫斯基的表演方法，以证明在舞台上追求表现“生活的真实”是毫无意义的。他指出，艺术的对象不是现实生活，而是“艺术家的心灵和他的感觉”。“创造的感情”是世界上唯一的真实，而一切外在的东西都是转瞬即逝的。他写道：“凡有艺术之处必有假定性。戏剧舞台在本质上是假定的。存在两种假定性：一种是由于不善于真正创造想要创造的东西而造成的假定性。还有另一种假定性——有意识的假定性。我呼吁从当代舞台不必要的真实走向有意识的假定性。”[③]勃留索夫同时还在文章中公开提倡在戏剧艺术中运用象征、寓意、讽喻等各种表现方法，以对抗戏剧创作与表演中的自然主义。

勃留索夫构建“新戏剧”的思想还体现在对待演员的问题上。在《不必要的真实》一文中，他把演员作为舞台上最重要的成分而推举到首要位置，突出强调演员在戏剧创作中的作用。按照勃留索夫的观点，作品的故事情节和思想是它的形式，形象、色彩、声音是艺术作品的材料，艺术作品的内容是艺术家的灵魂。对艺术而言只有注入艺术家精神的作品才是有价值的。无论是创作者艺术家（诗人、雕塑家、画家、作曲家），还是表演者艺术家（演奏家、演员、歌唱家、布景设计师）都是艺术的创作者。“舞台上的演员如同面对黏土的雕塑家一样，他应该以明显的形式体现出雕塑家所要体现的内

---

① 俄罗斯科学院高尔基世界文学研究所集体：《俄罗斯白银时代文学史》（Ⅲ），谷羽、王亚民等译，敦煌文艺出版社2006年版，第41页。

② Брюсов В. Ненужная правда[J]. Мир искусства. 1902（7）.

③ Брюсов В. Ненужная правда[J]. Мир искусства. 1902（7）:67.

容——自己内心的激情和感受。钢琴家的材料是他所演奏的乐器，歌唱家的材料是嗓子，演员的材料是他的身体、言语、表情和手势。演员所表演的作品是他自身创作的形式……戏剧的任务是获取所有材料，以便演员的创作表现得更为自由，被观众更加完全地接受。帮助演员在观众面前敞开自己的内心——这是戏剧唯一的使命。”① 在此基础上，梅耶荷德提出了全新的“演员观”：“戏剧的一切手段都应该为演员服务。他应该完全控制观众，因为在舞台艺术中扮演占据着最为重要的地位之一。”②

与伊万诺夫相同，勃留索夫同样重视读者、观众、听众的独特地位，认为他们所“肩负的责任并不亚于艺术家”。在《不必要的真实》中，勃留索夫以形象的比喻强调了观众在戏剧中的积极作用：“戏剧该是停止仿照现实的时候了。画在画布上的云是平面的、静止不动的，不会改变自己的外形和亮度，但它有某种东西让我们觉得那是天空上真实的云。舞台应该提供一切可能性，以帮助观众轻而易举地在想象中复原剧本情节所要求的环境。舞台应该是有意识的假定性的，即风格化的假定性。”③ 此后，在《现实主义戏剧与舞台上的假定性》一文中，勃留索夫进一步剖析了“现实主义”戏剧的弊端：“现实主义的理想是让舞台上的一切‘如同生活’一样。无论导演如何费尽心思把舞台制作成‘现实’，观众仍然清楚地意识到，舞台上，他眼前所发生的一切并非‘现实生活’，能够将画出来的形象与现实区分开来。现实主义的演出在本质上仍然是假定性的。所有的现实主义戏剧的技术改进不但无助于舞台幻觉，反而使之更加削弱。我们越是掩藏生活与舞台之间的差别，它将越加被感觉到。”④ 勃留索夫所批评的“现实主义”戏剧即以莫斯科艺术剧院为代表的自然主义戏剧表现方法，那种竭力要在舞台上制造“现实元素”的企图并非戏剧的创新，并未真正解决“新戏剧”革新的核心问题，反而制约了观众的想象力。为此，他呼吁发展各种“假定性”，要从不必要的现实主义的细节中解放出来，主张通过诉诸观众的想象力来强化戏剧的感染力，如剧院可以借用古代戏剧的表演形式演出莎士比亚的经典剧作，以此激发观众的想象力。

---

① Брюсов В. Ненужная правда[J]. Мир искусства. 1902（7）:68.

② МейерхольдВ.Э. Статьи, письма, речи, беседы（1891-1917）[М]. М.:Искусство, 1968, С.127.

③ МейерхольдВ.Э. Статьи, письма, речи, беседы（1891-1917）[М]. М.:Искусство, 1968, С.128.

④ Брюсов В. Реализм и условность на сцене//Театр. Книга о новом театре [С]. М.:ГИТИС, 2012, С.203-205.

梅耶荷德正是沿着勃留索夫所指引的方向，在自己的戏剧活动中不断实践、探索、发展、完善“假定性”戏剧思想。正如梅耶荷德在《论戏剧》中所说的：“如果我没有记错的话，瓦列里·勃留索夫是俄罗斯第一个提出不需要那种‘真实’的人。他还首次指出戏剧体现的另一些途径。他呼吁当代戏剧舞台从不必要的真实走向有意识的假定性。”[①]“戏剧批评家们反对自然主义的压制，为孕育新的戏剧土壤准备了良好的环境。假定性戏剧的倡导者们要将探索新的戏剧道路归功于以瓦列里·勃留索夫和维亚·伊万诺夫为代表的新诗人。”[②]他不止一次地强调梅特林克和勃留索夫思想对于建立新的舞台语言，以及对他排演《丁达奇尔之死》（1905）的重要性。《丁达奇尔之死》堪称第一部“几乎理想的假定性戏剧”。在梅耶荷德第一篇纲领性文章《关于戏剧历史和技术》（1908）（“关于新戏剧的文学预言”一章）中论述了他在早期戏剧探索阶段是如何接受梅特林克和勃留索夫的创作思想的。梅耶荷德宣告：“戏剧实验室担负根据梅特林克和勃留索夫所提示的计划建立假定性戏剧的最初实验。”[③]在文章的草稿中也谈到相同的思想：“梅特林克和勃留索夫的文章强烈地震撼了我的心灵，促使我在过去的导演活动竭尽全力，以建立梅特林克和勃留索夫设想的戏剧。”[④]

在1905年波瓦尔斯卡娅戏剧实验阶段，勃留索夫直接参与了实验剧社的戏剧实验活动。除负责工作室文学部的工作之外，他还常在《天秤》杂志上发表剧评，对于梅耶荷德的新戏剧实验进行宣传报道、推广与批评。在对梅耶荷德戏剧实验进行评价时，勃留索夫一方面给予高度的肯定，另一方面也一语中的指出问题的要害：“实验剧院在许多方面进行了实验，力图摆脱当下舞台的现实主义，大胆地采用假定性作为戏剧艺术的原则。在动作方面出现更多的造型，而不是摹仿现实生活。……然而，另一方面，仍然明显地显现着对舞台传统的习惯，遗留着艺术剧院多年训练的痕迹。虽然演员们学会了前拉斐尔画派所憧憬的假定性手势，但在语调上仍然倾向于现实生活中真实

① Мейерхольд В.Э. Статьи, письма, речи, беседы（1891–1917）[М]. М.:Искусство, 1968, С.126.

② Мейерхольд В.Э. Статьи, письма, речи, беседы（1891–1917）[М]. М.:Искусство, 1968, С.124.

③ Мейерхольд В.Э. Статьи, письма, речи, беседы（1891–1917）[М]. М.:Искусство, 1968, С.126.

④ Мейерхольд В.Э. Статьи, письма, речи, беседы（1891–1917）[М]. М.:Искусство, 1968, С.125.

的谈话，竭力用声音来表达感情和激动，就像现实生活中那样。布景的环境是假定性的，但细节方面却非常现实化。导演的说教一结束，演员就开始平庸的表演，于是立刻就能看出表演的演员很拙劣，既没有真正的流派，也没有任何的特质。实验剧院表明，在原有基础上重建戏剧是不可能的。或是应该继续建造安都昂-斯坦尼斯拉夫斯基的戏剧大楼，或是从头开始建设（新的戏剧大厦）。”① 基于这一实验的结果，勃留索夫进而认为“假定性剧院立足于一个信条，即舞台上的幻觉是无法实现的”②。因此，为了取得最终的胜利，假定性戏剧只有一个办法：用内置留声机的提线偶人取代演员。“毋庸置疑，现代假定性戏剧将沿着最直接的道路走向傀儡戏剧。”③ 勃留索夫还以亚里士多德的戏剧观为基础，一针见血地指出，戏剧有别于其他艺术形式的核心在于动作：剧作者希望演员通过表演在观众面前体现一个发展的动作，就像雕塑家希望通过大理石或铜器来向观众展现静止的身体形态一样。④

勃留索夫之言对于梅耶荷德犹如醍醐灌顶，正是在勃留索夫的“点拨”之下，梅耶荷德越加清楚地意识到演员问题乃是他戏剧探索中的关键，为其戏剧革新找到了突破口，而演员问题及戏剧教育的思想也由此得以萌芽、发展。

5. 勃洛克——讽刺怪诞戏剧的策动者

在《论戏剧》的《关于新戏剧的文学先兆》一文中梅耶荷德这样写道：“我曾经读到过这样的话：舞台创造文学。事实并非如此。……新戏剧成长于文学。文学总是积极倡导打破话剧形式的窠臼。”⑤ 梅耶荷德之所以发出如此感慨，既是因为契诃夫创作的《海鸥》赋予莫斯科艺术剧院以新生，更是因为“白银时代”的作家为新戏剧的未来发展指点迷津，他们的作品为戏剧实验与探索提供了创造舞台新技术、新形式的范本。在这方面最好的例证莫过于勃洛克的戏剧创作给梅耶荷德戏剧实验带来的启示性意义。正是勃洛克的剧作《滑稽草台戏》中所汇聚的神秘与戏言，幻想与生活，自我讽刺以及怪诞、滑稽

---

① Мейерхольд В.Э. Статьи, письма, речи, беседы（1891–1917）[М]. М.:Искусство, 1968, С.111.

② Брюсов В. Реализм и условность на сцене//Театр. Книга о новом театре [С]. М.:ГИТИС, 2012, С.208.

③ Брюсов В. Реализм и условность на сцене//Театр. Книга о новом театре [С]. М.:ГИТИС, 2012, С.209.

④ Брюсов В. Реализм и условность на сцене//Театр. Книга о новом театре [С]. М.:ГИТИС, 2012, С.211.

⑤ Мейерхольд В.Э. Статьи, письма, речи, беседы（1891–1917）[М]. М.:Искусство, 1968, С.123.

的表演吸引了梅耶荷德，为他创造全新的戏剧语汇及具有里程碑意义的舞台表现形式提供了巨大的可能。因此，梅耶荷德毫不吝啬地将“为勃洛克妙不可言的《滑稽草台戏》巧妙地设想种种方案”称为决定自己艺术道路的原动力。

亚历山大·勃洛克（1880—1921）是俄国象征派“年轻一代”的主将之一，兼具抒情诗人和剧作家的天赋。勃洛克自幼喜爱戏剧，曾经幻想过当一名演员。尽管梦想未能成真，对戏剧的痴迷却促使他成为一个颇具影响的戏剧批评家和剧作家，而且与“戏剧圈”的关系最为紧密。勃洛克的戏剧思想经历了不同的发展阶段，早期曾经对弗·索洛维约夫的哲学思想、维亚·伊万诺夫的戏剧主张产生兴趣，但后来逐渐摆脱象征主义的影响，提出艺术的社会使命问题。在他创作的“抒情悲剧”三部曲——《滑稽草台戏》《广场上的国王》和《陌生女郎》中，已显现出作家心灵所经受的“怀疑、狂热、挫折和衰落”，表现出对索洛维约夫的神秘主义哲学的失望情绪，甚至对神秘主义者进行暗讽，在某种意义上是与神秘主义进行一种别有意味的告别仪式。“双重人格”是勃洛克最常触及的主题之一。双重人格一般表现的是主人公隐秘的一面，尚未公开的动机，性格的自相矛盾，思想、观念和情感的彼此冲突等。勃洛克本人解释说，在《滑稽草台戏》这部抒情戏剧中，主人公代表着“一个人心灵的不同方面”，“作品产生于我个人灵魂的深处”。① 在勃洛克的戏剧诗学中，表现出“先验的”浪漫主义讽刺的特点，强调的核心是对一切否定之物，甚至包括对所否定之物非现实的臆想，都进行讽刺性的“陌生化”——对以往圣物的讽刺性模拟。《滑稽草台戏》的讽刺不单是对诗人所在的文学圈的一个打击，也不单是对因循守旧的戏剧形式的一次“撞击”，它还铁面无私、冷酷无情地指向作者本人的灵魂，焚烧其中的虚伪，但同时也烧伤了真实和柔嫩的东西。

勃洛克剧作中混杂了各种对立事物的怪诞风格：神秘主义者所期待的“遥远国度的圣女”首先成了科伦宾娜——皮耶罗的未婚妻，随后又成了没有生命的扑克牌玩偶。阿尔列金所歌唱的世界——“远方”的、飘浮在高空的“春天”的世界只不过是纸上描绘的世界；小丑的血原来是红莓苔子汁……《滑稽草台戏》中蕴含的浪漫主义的剧场性与抒情的象征预示着假定性舞台的新形式，成为梅耶荷德探索假定性戏剧实验的标志。而梅耶荷德与勃洛克剧本的相遇则成为20世纪世界戏剧历史中的重要事件，如同斯坦尼斯拉夫斯基当年与契诃夫的剧本《海鸥》的相遇一般，它预示着内容与形式高度契

① ［苏］图尔科夫：《勃洛克传》，郑体武译，东方出版中心1996年版，第126页。

合的新戏剧的诞生。勃洛克以自己的诗歌与舞台指示“教会”梅耶荷德假定性戏剧，“教会”他象征主义的舞台调度，这是导演将要继续发展，不断完善、丰富的方法，而且也是19世纪所有戏剧人为之努力的方法。种子总是在有准备的土壤中孕育发芽的，由于遇到勃洛克的剧本，梅耶荷德戏剧探索的步伐大大加速了。

在俄国社会动荡、精神危机的特定时期里，世纪之交的象征主义运动以放浪不羁的反传统形式宣泄着自己的精神苦闷，表达了特殊环境下的特殊心态：孤独、苦闷、颓唐、失落、悲伤、惆怅、惶惑不安、世纪末情绪，同时也充分反映出这个时期俄国社会的忧患意识和变革意识。象征派文学家们希望自己的作用“不仅仅限于艺术”，而且起到“建构生活”的作用。他们打出反传统、反理性、反现实主义的旗号后，不仅文学的社会教化功能受到了质疑，而且内容与形式的关系也被颠倒了过来。现在已不再是“内容决定形式”，而是形式被提到了第一位。文学的审美性获得了空前的推崇和高扬。他们运用象征、隐喻、通感，乃至蒙太奇、假定性等艺术手段，改变视觉和透视的关系，打破时空秩序，为诗艺提供新的前景；用潜意识、直觉、梦幻、瞬间感受的捕捉等增大诗歌容量。他们对“新戏剧”的追求实质上是“对另一种还没有被挖掘出来的戏剧的渴望，是一种模糊不清的渴望，以及对现有的戏剧同样模糊的不满”①。探索新戏剧成为一种共识，象征主义作家们为梅耶荷德提供了有力的理论武器，而梅耶荷德成为实现“新戏剧”理想的最佳实践者。他广泛吸纳各种有益于自己实践创新与探索的元素、思想，将它们综合地体现在实验的舞台上，并不断加以发展。新文学孕育了新的舞台表现形态，文学与艺术共同“合唱”出世纪之交新戏剧的主旋律——“假定性”戏剧。

不同于欧洲新戏剧运动，20世纪初俄罗斯的戏剧革新却是在现代派文学家的推动下急速展开的，无论是列米佐夫、伊万诺夫、勃留索夫，还是索洛古勃、别雷、勃洛克，无一不是文学家、诗人。他们在法国、英国、德国等欧洲艺术新思潮中积极探寻文学创作灵感的同时，也在寻找一个能够将新艺术观念付诸实践、体现于舞台的戏剧革新实践家。富有反叛精神、不甘于墨守成规的梅耶荷德无疑是最佳人选。正是在象征主义文学的召唤引领之下，梅耶荷德勇往直前迈上假定性戏剧的探索之路。

---

① 俄罗斯科学院高尔基世界文学研究所集体：《俄罗斯白银时代文学史》（Ⅱ），谷羽、王亚民等译，敦煌文艺出版社2006年版，第222页。

第四节　先锋艺术思潮

19 世纪末是世界极为动荡的年代，但也催生了欧洲艺术思想的大繁荣，各种文艺思想、流派争相登台亮相，各持新主张的艺术流派此消彼长，艺术各个门类互为影响、相互渗透，绘画、雕塑、建筑等领域的新思潮对与之相邻的戏剧艺术产生了直接的影响。梅耶荷德的戏剧创作也折射出艺术各门类交互作用的特点，而源于设计领域的构成主义风格更是成为他十月革命后创作的一大亮点。

梅耶荷德以建设新戏剧为目标，在不断从古老艺术传统中汲取养分的同时，他也面向先锋艺术，从中择取自己所需要的元素进行实验。1922 年，他所导演的《宽宏大量的乌龟》就是这一阶段进行的构成主义舞台试验的重要产物。

构成主义是十月革命胜利前后在俄国一小批先进的知识分子当中产生的前卫艺术运动和设计运动。1918 年，以瓦西里 · 康定斯基、罗钦科、瓦尔瓦拉 · 斯捷潘诺娃、柳波夫 · 波波娃为代表的前卫艺术家和设计家们组成了自由的艺术团体，主张利用新的材料和新的技术来探讨理性主义，研究建筑空间，采用理性的结构表达方式。在造型艺术方面，构成主义以点、线、面、块组成与客观世界毫无联系的抽象骨架式雕塑，绝不模仿、写实，是一种反现实主义的造型艺术，具有鲜明的“反艺术性”。构成主义者热衷于科学技术，对机器加以美化，乃至神话，提出“不要教堂，只要生活的机器”的口号。在 20 世纪 20 年代初的苏联工业和建筑领域中，结构主义仍然主要以发表宣言、设计方案和制作模型的方式宣告自己的存在，直到戏剧为他们的艺术主张提供了表现的舞台。

1921 年秋，在参观了莫斯科结构主义艺术家举行的展览后，梅耶荷德萌生了将构成主义移植到戏剧领域进行舞台革新的念头。其中有三个方面的原因。首先，构成主义者宣扬的反现实主义的美学趣味恰好符合梅耶荷德当时创作的需要，是他正在寻找的反传统的一种艺术表现形式。因此，“结构主义者的工业的‘反艺术性’，可以说是梅耶荷德排斥心理现实主义和唯美主义的一个天然盟友”①。其次，舞台构成主义非常符合当时苏联社会人们对未来理想

① ［英］爱德华 · 布朗：《梅耶荷德导演艺术（续）》，杜定宇译，载《戏剧艺术》，1985 年第 4 期，第 138—149 页。

社会的幻想，把国家从贫困带入机械化、电气化，成为戏剧舞台上的新型技术手段，是对未来憧憬的一种舞台表现。最后，梅耶荷德剧团演出的主要场所“索恩剧院”条件十分简陋，受这一客观条件的制约，演出不可能使用装饰性过多的布景。在一系列内外因素的作用下，梅耶荷德自然而然地与年轻的构成主义艺术家结为同盟，运用构成主义的美学原理改造当时的戏剧舞台，用非幻觉式的舞台结构来解放传统舞台。正如梅耶荷德的同人伊·阿克肖诺夫所评价的：“戏剧首先给结构主义提供了宏大的表现自己、成功地在大众面前亮相的可能性。”[①] 换而言之，构成主义者的艺术主张能够从一纸宣言走向公开实践应该归功于梅耶荷德惊人的胆识和大刀阔斧的创新精神。比利时作家克罗梅林克的剧作《宽宏大量的乌龟》成为梅耶荷德与构成主义者合作的首度尝试。时任梅耶荷德戏剧讲习所舞台美术课的教师，同时也是构成主义学派的设计师柳波夫·波波娃将传统布景、道具彻底从舞台上搬走，取而代之的是散发着“工业气息”和“结构风格”的机床、转轮、风车等。演员的表演也从舞台区转移至各种结构组合而成的平面、阶梯、台板上。这种舞台呈现方式彻底颠覆了传统的戏剧表演形式，引来极大争议。但梅耶荷德不为所动，反以此为契机，继续在《塔列尔金之死》《翻天覆地》《森林》等演出中运用构成主义舞台设计，将自己在实验剧社中的实验搬上舞台，经受观众的公开检验。在这些演出中，梅耶荷德不仅以构成主义的理念设计舞台，同时也将戏剧探索的重心转向另一个核心要素——演员的表演。构成主义的舞台设计在“消灭舞台幻觉、舞台的美”的同时，为演员的表演提供了更宽广的空间，也为梅耶荷德建立“有机造型术”的形体训练提供了可能，其意义非同一般。尽管梅耶荷德的构成主义戏剧实验持续时间并不长，但却结出了“硕果”——有机造型术的演员训练体系，它对欧洲乃至世界现代戏剧运动产生了很大的影响。

第五节 现代科学思维与技术成就

世纪之交科技高速发展，许多新发明、新理论改变了人们对自身创造力的认识，同时也对文艺领域的发展产生了强有力的推动作用。布莱希特曾经

① [苏]K. 鲁德尼茨基：《梅耶荷德传》，童道明、郝一星译，中国戏剧出版社1987年版，第422页。

把自己称为“科学时代的孩子”，把他的戏剧称为“科学时代的戏剧”，在某种程度上这也是梅耶荷德戏剧的一个重要特点，即善于运用新的科学所产生的新的思维和感受方法来建设新型戏剧，创立新的戏剧体系，为时代、社会的发展服务。

梅耶荷德在创立“有机造型术”的探索中首先依靠的是美国工程师弗莱德里克·温斯勒·泰勒。泰勒创造出一套科学组织劳动的方法，取得了节约工作者体力的效果。其奥秘在于，为了杜绝各种多余的、徒劳无益的动作，让任何的体力工作具有节奏性，教会人们正确地找到重力和稳定性的中心。“泰勒主义的方法可以被运用到演员的工作中，就像它们被运用到其他形式的工作中一样，其目的都是为了获得最大的生产力。”① 梅耶荷德认为，演员也应该学会节约体力与表达的手段，那样才能达到动作的精确性。为此要求演员让他的“物理机器”即身体总是处于准备之中。因此，必须知道自己身体的重心，具有准确的目测力，拥有良好的动作协调性。泰勒的科学管理法则帮助梅耶荷德明确了作为演员所必备的一些技巧：动作的节约性、节奏感、应激性、稳定性。它们也是有机造型术训练的基本要素。

有机造型术的另一个重要科学基础是巴甫洛夫的生理学原理。俄国生理学家创立的条件反射理论是以动物实验为基础的，其核心是：对动物行为（包括人类行为在内）的最佳理解是反射。引发行为的可能是敲打膝盖或是铃声，但其结果总是一样的——我们的反应中都不存在意志决断的过程，即人类没有选择，而只是对外界进行回应。简而言之，我们没有行动，只有反应，并构成一组行为和反应链。在巴甫洛夫的学说中，梅耶荷德捕捉到作为演员的身体的重要特性——应激性。“演员的一个必不可少的特性是，要有反射镜似的那种应激性的才能，没有这种才能的人，便不能做演员。”② 所谓应激性，是通过情感、行动和语言，把从外部所感受的任务予以再现的才能，它是感应外来任务的最低信号。③ 为此，梅耶荷德提出，必须发展和提高演员的自然条件，而最行之有效的办法就是通过有机造型术的体系训练。

---

① ［英］乔纳森·皮奇斯：《表演理念——尘封的梅耶荷德》，赵佳译，中国电影出版社2009年版，第98页。

② ［苏］梅耶荷德：《梅耶荷德论演技》，孙德馨译，载《外国戏剧资料》，1979年第3期。

③ ［苏］梅耶荷德：《梅耶荷德论演技》，孙德馨译，载《外国戏剧资料》，1979年第3期。

第二章　梅耶荷德戏剧思想的渊源

在人类艺术发展的新阶段，在新型戏剧的形成与发展过程中，梅耶荷德注定要发挥重要的作用，这与他戏剧思想发生、发展的时代背景，与他善于包容吸纳其他艺术门类乃至最广义的文化的特点密切相关。梅耶荷德将所有相邻艺术的经验以新的形态带入戏剧，包括建筑的、绘画的、雕塑的、舞蹈的、音乐的，形成了包罗万象的“综合戏剧”。梅耶荷德戏剧思想的形成与发展深受俄罗斯经典文学的影响，具有浓郁的民族色彩、传统因素与综合特点。在汲取俄国古典戏剧与民间文化传统的基础上，他广泛吸纳古希腊戏剧、莎士比亚戏剧、西班牙民间戏剧、意大利假面喜剧以及日本能剧、中国京剧的养分，在舞台设计领域大胆借鉴先锋艺术（印象主义、构成主义、立体主义）的元素，将东西方戏剧、传统与先锋兼收并蓄，形成独特的戏剧表导演理念，开创出假定性现实主义戏剧的新时代，结出了具有重要创新意义的丰硕成果。

第一节　俄国古典文学

梅耶荷德传记作家 Н.Д. 沃尔科夫在总结梅耶荷德的创作道路时写道：“19 世纪 90 年代涌现出一种新型演员——知识分子型演员。梅耶荷德与他的同学们就是以这种身份步入世纪末的俄国剧坛的。”[①]“知识分子气质”是梅耶荷德迥异于同时代其他戏剧活动家的重要特征之一。梅耶荷德研究学者 П. 格罗莫夫认为，“梅耶荷德进入戏剧最高殿堂不仅得益于他的戏剧，而且是由他自有的广博知识、与众不同的精神‘装备’所决定的”[②]。梅耶荷德的启蒙老师涅米

① Волков Н.Д. Мейерхольд（1874-1908）[М]. М.—Л.:Academia. 1929.

② Громов П.П. Написанное и ненаписанное[М]. М.: Артист. Режиссер. Театр, 1994, С.13.

洛维奇－丹钦科早在与梅耶荷德初次见面时，就发现他身上的独特气质，尽管他不具备得天独厚的外形条件，但因他“是个有知识的人”[①] 而被顺利录取。在排演《海鸥》时，涅米罗维奇－丹钦科再次称赞梅耶荷德是个“真正的有文化素养的人”，因而他比别人更好地理解了“作为诗人的契诃夫”。著名女演员克尼碧尔－契诃娃早在音乐专科学校时就认识梅耶荷德，她对梅耶荷德所具有的知识“储备”十分钦佩：“当我更多地了解梅耶荷德后，他的文化修养、睿智与博学令我惊讶。”[②] 著名演员 A.B. 卡恰罗夫回忆起早期的莫斯科艺术剧院的年轻演员们时，也指出了梅耶荷德的与众不同：“梅耶荷德比其他人说得更好、更令人信服，表现得更聪明、更熟练，手势动作也更自信、更富有热情，他简洁而严肃的说话方式完全不似演员的风格。他胜过所有人不仅因其热情，更因其具有非常广博的知识。”[③] 正是由于这种显著的独特性梅耶荷德一度被视为莫斯科艺术剧院里的一只“白鸦”[④]。但正是这只博学的“白鸦”给俄罗斯戏剧带来了春的气息。

在格拉特柯夫辑录的《梅耶荷德谈话录》中，在回答“一生中对其影响最大的是什么？”这个问题时，梅耶荷德说“首先是伟大的俄国文学”，并列举了安 · 巴 · 契诃夫、勃洛克、普希金、莱蒙托夫、果戈理等作家的名字。由此足见俄国文学在梅耶荷德戏剧创作基石中的分量与意义。在戏剧创作道路上，梅耶荷德始终对文学怀有强烈的兴趣，伟大的俄国文学在梅耶荷德的个性形成、精神成长过程中发挥了非常重要的奠基性作用。中学时代的梅耶荷德已是博览群书，不仅熟读德国作家歌德、席勒、莱辛、海涅等人的作品，更是在普希金、莱蒙托夫、果戈理、屠格涅夫、托尔斯泰、陀斯妥耶夫斯基等伟大的俄国诗人、作家的熏陶、浸染之中成长，涅克拉索夫、别林斯基、车尔尼雪夫斯基、萨尔蒂科夫－谢德林、杜勃罗留波夫、赫尔岑等也对他产生了重要影响。大量文学阅读的经验、积累、感悟成为梅耶荷德戏剧创作的原点与支柱，对经典作家的理解与接受伴随着梅耶荷德精神成长的关键期，成为他内心生活不可分割的重要组成部分，经典作家及其作品扮演着“活生生的争论参与者”甚或“裁判者”的角色。在青年时代陷入精神危机之时，梅耶荷德如饥似渴地阅读陀斯妥耶夫斯基的作品，对陀斯妥耶夫斯基产生过

---

① [苏]К. 鲁德尼茨基：《梅耶荷德传》，童道明、郝一星译，中国戏剧出版社 1987 年版，第 35 页。

② Громов П.П. Написанное и ненаписанное[M]. М.: Артист. Режиссер. Театр, 1994, С.15.

③ Громов П.П. Написанное и ненаписанное[M]. М.: Артист. Режиссер. Театр, 1994, С.16.

④ 俄文中以“白色的乌鸦”（белая ворона）形容“标新立异者，与众不同者”。

极度的迷恋。年轻的梅耶荷德在人生的第 20 个年头毅然脱离普鲁士国籍，改为俄国国籍，皈依东正教，那时他甚至为纪念自己所喜爱的作家迦尔逊而更名改姓。他对文学的痴迷程度由此可见一斑。

在众多经典作家中，普希金在梅耶荷德心目中的地位是无可替代的。20 世纪 20 年代和 30 年代，大师先后排演了普希金的经典剧目《鲍里斯 · 戈东诺夫》《石客》《黑桃皇后》及《美人鱼》。梅耶荷德对普希金的评价也是无人可比的：将之誉为“最不平凡的戏剧革新家”，是莎士比亚的传承者，“普希金为《鲍里斯 · 戈都诺夫》写的序言草稿，是不朽的纲领性文献。它比雨果的著名戏剧论文要崇高、深刻得多”。[①] 梅耶荷德称赞普希金“不仅是个杰出的剧作家，而且是个剧作家—导演，是个新的戏剧体系的奠基人。”[②] 而普希金关于“戏剧艺术的本质正在于不同真的一样”的观点，犹如一盏明灯点燃了梅耶荷德通往“假定性”戏剧探索的征途。因此，梅耶荷德不无自豪地称：“我早已在遵循着普希金的这些观点来开展自己的工作。”[③] 可以说，梅耶荷德的戏剧观与普希金的美学思想有着密切的血缘关系，普希金的文学与戏剧理论是梅耶荷德建立以假定性戏剧为核心的理论体系的基石。

在梅耶荷德戏剧创作的起步阶段，契诃夫被视为他的“精神导师”。在加入莫斯科艺术剧院师从斯坦尼斯拉夫斯基学艺阶段，随着《海鸥》一次次的排练，未来的导演梅耶荷德心中逐渐植入一个观念——“新的戏剧成长于文学”[④]，这一思想也直接体现在他的唯一一部著作《论戏剧》中。与此同时，正是契诃夫关于“舞台需要人所皆知的假定性”的主张催生了梅耶荷德对舞台上完全模仿生活的可能性与必要性的怀疑，从而有意识地开始探索新的戏剧原则——“假定性”戏剧的表现方法。不仅如此，契诃夫还为他提供了最好的戏剧实验素材——《海鸥》《樱桃园》《万尼亚舅舅》。可以说，正是通过契诃夫的戏剧作品，梅耶荷德开始迈步走向反对自然主义、探索实验象征主义的道路。因此，契诃夫称得上是梅耶荷德从自然主义过渡到象征主义戏剧的重要桥梁纽带。

---

① [俄] 格拉特柯夫辑录，童道明译编：《梅耶荷德谈话录》，中国戏剧出版社 1986 年版，第 63—65 页。

② [俄] 格拉特柯夫辑录，童道明译编：《梅耶荷德谈话录》，中国戏剧出版社 1986 年版，第 63—65 页。

③ [俄] 格拉特柯夫辑录，童道明译编：《梅耶荷德谈话录》，中国戏剧出版社 1986 年版，第 65 页。

④ Мейерхольд В.Э. Статьи, письма, речи, беседы, М., 1968.Ч.1.С.123.

梅耶荷德将自己的戏剧探索与创新看成是对俄罗斯民族传统文化的继承，将自己的艺术之根深深地扎在俄国古典文学深厚的土壤之中。他将普希金戏剧、果戈理戏剧、莱蒙托夫戏剧和格里鲍耶多夫戏剧并称为俄国文学中最优秀、最宏伟的戏剧。在40年的创作历程中，梅耶荷德以自己的舞台实践回馈了伟大的俄国古典文学对他的哺育之恩，以自己别具一格的舞台创新形式充分表达了他对这些伟大作家与作品的崇敬之情。无论是果戈理的《钦差大臣》，还是莱蒙托夫的《假面舞会》都无愧为俄罗斯戏剧演出历史上不朽的“丰碑”。

第二节　西方文学艺术思潮

全面开放、广泛接纳西方文化和文学是白银时代俄罗斯思想界、文化界的一种共识。梅耶荷德戏剧思想的形成同样离不开西方文学艺术思想的滋养。本书将从戏剧理论与舞台实践两条线索追溯梅耶荷德戏剧思想中的西方源头。

1.“霍夫曼情结”与“怪诞”

在已有的梅耶荷德研究文献中，虽然德国作家霍夫曼这个名字很少被人提及，但“达佩尔图托博士”却是梅耶荷德研究的一个关键词。实际上，达佩尔图托是霍夫曼的小说《新年前夜的奇遇》中的主人公，他过着神秘莫测的双重生活。正是在霍夫曼作品的启迪之下，梅耶荷德采用“达佩尔图托博士”这一化名开始了自己在彼得堡的“双面人”生活——既是宫廷剧院的大导演，又是“地下剧院”的滑稽剧演员。被众人遗忘的霍夫曼才是解开梅耶荷德这个复杂的“戏剧综合体”谜团的关键，是开启梅耶荷德“秘密”的一把钥匙。梅耶荷德从早期的象征主义戏剧实验到晚期的讽刺怪诞戏剧无一不是“霍夫曼情结”的表现，他被意大利假面喜剧、莎士比亚和莫里哀的喜剧、果戈理和苏霍沃－科贝林的讽刺喜剧所吸引，在很大程度上也是“霍夫曼情结”作用的结果。

恩斯特·特奥多·阿玛德乌斯·霍夫曼（1776—1822）是19世纪德国后期浪漫派的重要作家，一生经历丰富，历经坎坷。他的职业本是法务官，却曾经先后担任过乐队指挥、舞台美术、作曲、音乐教师、音乐评论等，因主持正义反遭贬职与迫害。霍夫曼生活于社会动荡变化的多事之秋，特殊的人生经历、独有的敏锐与洞察力使其以幻想的“无限”来对抗现实的“有限”，丑恶的社会现实、光怪陆离的生活、人生的阴暗面以及种种扭曲异化现象都是他描写与针砭的对象。霍夫曼多才多艺，他的创作辐射到文学、音乐、绘画等多个领域，一生共创作了50多篇中短篇小说和3部长篇小说，写了两部歌剧，1部弥撒曲和1部交响乐。他的代表作之一《卡洛风格的幻想篇》仿效17世纪法国铜版画家卡洛讽刺、怪诞的艺术风格，将人的世界和动物世界交织在一起，主要探讨艺术家与社会的矛盾，对轻视艺术和艺术家的封建一资产阶级社会进行了猛烈的抨击和嘲讽。他的童话作品最为经典，将魔幻和鬼怪的东西同人们的日常生活奇妙而有机地融合在一起，达到了德国艺术童话的高峰。霍夫曼的文学创作受浪漫派的影响，作品具有神秘怪诞的色彩。他笔下的人物常受一种神秘的幽灵般的力量支配，无法主宰自己的行动。但他并不颂扬黑暗或逃避现实，而是对黑暗势力亦即现实社会进行批判。他善于以离奇荒诞的情节反映现实，发明了一种别具一格的轻快的讽刺文学。他的作品以神秘怪诞的风格见长，以奇特的想象、漫画式的手法放大了生活中的各种诡异和荒诞，凸显出被"正常社会"扭曲的现实真相。他的作品像多棱的哈哈镜，幻象百出，怪影缭乱，令人应接不暇。[①] 霍夫曼作品所描写的人际关系的异化以及采用的自由联想、内心独白、夸张荒诞、多层次结构等手法和后来的现代主义文学有着很深的渊源关系。"尽管他描写了许多鬼怪、魔法、精灵变幻的故事和荒诞恐怖场面，却明白无误地告诉读者，那些引起悚惧的事物来源于庸俗的社会生活，鬼怪妖魔只是现实世界中丑恶事物的比喻、影射和夸张。"[②] 因此，将幻想的奇异世界和世俗的现实世界紧密交织的幻实相生的魔幻色彩、超乎寻常的怪诞风格、别出心裁的创作手法成为霍夫曼兼容并包而又独树一帜的艺术特征，对后人产生了十分深远的影响。与在德国境内遭受的批评形成鲜明对比的是其在国外的接受和影响。自19世纪霍夫曼的作品就引起欧洲、美洲许多作家的关注，而这种关注表现在模仿和继承上。西方许多文学、艺术家，如黑贝尔、施托姆、王尔德、瓦格纳、霍夫曼斯塔尔、托马斯·曼以及大仲马、缪塞、巴尔扎克、狄更斯、波德莱尔、爱伦·坡都受到过他的启发，俄国作家茹科夫斯基、普希金、陀思妥耶夫斯基、果戈理、莱蒙托夫的创作也有其影响的痕迹，卡夫卡那些近乎荒诞的小说中也出没着霍夫曼的影子。

梅耶荷德年轻时受列米佐夫的影响开始喜欢上霍夫曼的作品，从此"霍夫曼情结"伴随他一生的创作，其根本原因在于梅耶荷德本人在许多方面与

---

① 范大灿主编：《德国文学史》第3卷，译林出版社2007年版，第134页。

② 吴昌雄：《漫话霍夫曼》，载《外国文学研究》，1984年第3期，第78页。

霍夫曼及其作品中的人物具有高度的相似性。霍夫曼自幼受到良好的教育，天资聪颖，在音乐与绘画方面表现出禀赋和兴趣，尤其深谙音乐，因崇拜莫扎特而在年近不惑之时为自己更名。事实上，霍夫曼本人就是个典型的“双面人”，白天他是个不苟言笑的法务官，晚上则变成一个充满灵异的科幻小说家，在另一个变幻莫测的世界里制造出种种荒诞不经和诡怪神奇。梅耶荷德的成长道路与霍夫曼的成长道路相似。20 世纪第一个十年沉迷于民间戏剧探索的梅耶荷德一如“双面人”霍夫曼，日间在宫廷剧院担任总导演，夜间则流连于“塔楼剧院”和“小喜剧之家”，借用霍夫曼笔下的达佩尔图托博士之名进行狂欢化的戏剧实验，表演哑剧、讽刺小品、短小戏剧，极尽民间游艺、嬉笑怒骂与奇异怪诞之手法。

在梅耶荷德的“霍夫曼情结”中，“怪诞”无疑是关键之关键。早在 1918 年 8 月梅耶荷德在主持彼得格勒国立高等导演讲习所时，就曾经以“怪诞”为题给学员们授课。在回答“什么是怪诞”这个在各种百科全书中都找不到恰切解释的问题时，梅耶荷德开门见山地引用了霍夫曼在《论卡洛风格中的荒诞特征》的前言中对“怪诞”所作的阐述：在源于生活的绘画中存在完全独特而充满活力的脸孔，它赋予形体和群体以某种既熟悉又陌生的东西。即使是源自日常生活的最普通的东西，例如农民的舞蹈，如果音乐家们像小鸟一样坐在树上演奏，那么这一画作就具有了与众不同的浪漫主义色彩，让倾向于荒诞性幻觉的内心产生无比丰富的联想。① 在卡洛笔下由人和动物混合而成的可笑的形象，它们让严肃的、有思想的观察者揭开了所有隐藏于滑稽可笑之中的暗示……众所周知，受卡洛铜版画风格的影响，霍夫曼笔下的许多人物都是包含人形与动物或植物的混合体。在小说《侏儒查赫斯》中，霍夫曼描绘了一个相貌奇特的“怪物”：这个小侏儒的脑袋瓜深深地埋进高高的两肩之间，胸背拱起，身躯很短，从两只长长的蜘蛛小腿看，整个人像一只插在叉子上的苹果，人们看来不免要做出笑脸。显然，在这一描述中十分鲜明地体现出霍夫曼所阐述的“怪诞”的关键要素——混杂、怪异、滑稽可笑。授课中梅耶荷德直接借用14—15 世纪法国插图中的人形与动植物的混合体图片，直观展示何谓“怪诞”——人与非人、动物与植物这样完全异质的东西之间奇异地混合在一起，异质混杂性带来强烈的视觉冲击与陌生化效果。梅耶荷德进而将源于模仿的戏剧与怪诞联系在一起：在戏剧诞生之初，人们努力把人和动物放在一起，而且不分彼此。例如印第安人的舞蹈模仿打猎的场景，人

① Мейерхольд В.Э. Лекции 1918–1919[M]. M.:О.Г.И., 2001, С.139.

们穿着动物的皮毛起舞，人尽其所能去模仿动物的动作，竭力成为一个不像自己的“人”，仿佛给自己戴上某种面具，把人的一面尽量从自身上抛弃掉。他还以萨普诺夫设计的服装为例，说明霍夫曼给萨普诺夫以形象构思风格的启迪：萨普诺夫不是直接让演员穿着飞鸟的服装，而是用一种更加巧妙的办法——改变燕尾服的样式，使得演员行动起来成为观众的笑点，从而让观众自然联想到鹦鹉。当俄罗斯开始对哑剧产生兴趣之时，艺术家们带着对怪诞的追求开始赋予服装一些怪诞的特点，让观众联想到某种动物或鸟禽。梅耶荷德明确指出：“卡洛影响了霍夫曼，霍夫曼影响了果戈理，而果戈理影响了萨普诺夫，由此构成了艺术领域的传承之链。”[①]

事实上，如前所述，在19世纪三四十年代，霍夫曼对一大批俄国作家产生了巨大的影响，其中受其影响最为直接、最为鲜明的就是普希金、果戈理和陀思妥耶夫斯基。梅耶荷德再次引用普希金关于戏剧假定性的论点：戏剧不应该追求制造幻觉，而应该更直接地通向自己的目标，戏剧应该是假定性的。当我们陶醉于普希金的诸如《骑士时代的几个场景》这样的作品时，不难设想，假如普希金没有受到霍夫曼或卡洛的怪诞“因子”的影响，那么我们就不可能有机会欣赏到这一奇幻之作。然而，《骑士时代的几个场景》难以呈现在戏剧舞台上，因为至今仍然没有能够让动物在舞台上表演的手段。因此，梅耶荷德认为，只有最终引入假定性戏剧，将怪诞作为一种特殊的风格，才有可能将《骑士时代的几个场景》搬上舞台，呈现给观众。简而言之，在怪诞领域需要假定性。

霍夫曼怪诞讽刺的创作风格十分契合梅耶荷德的艺术追求。梅耶荷德研究学者阿里耶·艾尔卡纳认为，在梅耶荷德犹太血统奠定而成的个性中具有明显的悲剧讽刺的倾向，他竭力追求极度的夸张、高度的概括、辛辣的讽刺，追求极富怪诞性的果戈理式的“含泪的笑”：“难道生活不是悲喜剧吗？生活的所有脚本都是在笑的背景下发展的。人们常常这样哭泣，他们的哭听起来像笑。似乎最高程度的痛苦正是体现在面带的微笑之中。”[②]“谈到怪诞，一般想到的是可笑，而往往忽略了其悲剧性的一面。其实，还存在悲剧性的怪诞。”[③]认识到这一点便使梅耶荷德更加清晰地意识到果戈理《钦差大臣》的核心要义，他将第一次排演《钦差大臣》失败的原因归为：“那是因为没有找到

① Мейерхольд В.Э. Лекции 1918-1919[M]. М.:О.Г.И., 2001, С.142.

② Арье Элкана Карл-Казимир-Теодор-Всеволод Мейерхольд[M]. М.: 2006, С.169.

③ Мейерхольд В.Э. Лекции 1918-1919[M]. М.:О.Г.И., 2001, С.142.

能够把这些东西呈现在舞台上的真正的艺术家。"[①] 唯有悲剧讽刺才能使人因痛苦而大笑，因喜悦而哀号——在梅耶荷德对生活的诠释中包含着狂欢化的两重性，这也是霍夫曼作品吸引梅耶荷德的本质意义——探寻、追求一种在远方的精神价值，未来的道路朦胧不清，但始终在召唤着他，吸引着他。梅耶荷德一生都试图通过自己的创作来诠释霍夫曼的风格：具有双重个性的人物形象，带有怪诞式刻意夸张、变形的人与物，对市侩、庸俗之气进行最无情的揭露，最辛辣的讽刺。悲剧讽刺性怪诞的特点尤为鲜明地体现在梅耶荷德十月革命后创作的戏剧作品中，《肥缺》《森林》《委任状》《钦差大臣》等无一不是对恶的暴力进行冷酷无情的讽刺、鞭挞，达到了讽刺怪诞戏剧的顶峰。

狂欢化是霍夫曼创作的重要特点，他的狂欢世界是滑稽可笑的对映体。"霍夫曼的狂欢化是与他娴熟地运用鬼怪题材、光怪陆离的情节以及怪诞夸张的风格联系在一起的，而奇幻性又往往与诙谐、幽默、讽刺相并存。"[②] 霍夫曼对狂欢的理解并不是单纯的疯狂的喜悦，而是某种变形、分裂。狂欢作为对世界的游戏，作为反映世界生活的图画，它包含了反讽、辛辣讽刺等特点——所有这些都体现在霍夫曼的创作本性之中，在混合着快乐和恐惧的狂欢中最鲜明地体现了怪诞的成分。

霍夫曼对梅耶荷德的启示性影响还不止于此。霍夫曼认为，音乐是艺术的最高境界，因为它"绝对的，即最高程度上独立于词语或绘画的联想"[③]。霍夫曼极其反对音乐家试图以音乐来图解现实世界，因为音乐是唤醒不可言语的感觉，是不可图解的"心灵的状态"。"创作的顶峰是与永恒的、非言语所能表达的碰撞。"[④] 霍夫曼的音乐观点燃了梅耶荷德对音乐本质意义的认识。而音乐也正是梅耶荷德一直在寻找用以反映创作者心灵感受，而非剧作内容的手段。音乐成了霍夫曼和梅耶荷德共同的"艺术上帝"。

此外，霍夫曼对梅耶荷德的影响还体现在演员—傀儡的思想上。在中篇小说《一个剧院经理非同寻常的痛苦》中，霍夫曼通过剧院经理之口说出了带有悖论性质的一句结语："理想的演员——这就是傀儡。"因此，霍夫曼称得上是提出"演员—傀儡"思想的第一人，此后戈登·克雷将其思想继续发展为"超级傀儡"的理论，而梅耶荷德则是在舞台实践中不断体现他们的创新思想。

由此可见，梅耶荷德的戏剧思想与霍夫曼有着深厚的渊源关系。

---

① Мейерхольд В.Э. Лекции 1918-1919[М]. М.:О.Г.И., 2001, С.142.

② 夏忠宪：《巴赫金狂欢化诗学研究》，北京师范大学出版社 2000 年版，第 86 页。

③ Арье Элкана Карл-Казимир-Теодор-Всеволод Мейерхольд[М]. М., 2006, С.170.

④ Арье Элкана Карл-Казимир-Теодор-Всеволод Мейерхольд[М]. М., 2006, С.170.

2. 梅特林克的“静态戏剧”

比利时剧作家莫里斯·梅特林克（1862—1949）被公认为象征主义戏剧最杰出、最重要的代表人物，其象征主义戏剧观引发了重大的戏剧革新，其剧作以独特的艺术形式颠覆了20世纪的戏剧创作，对人的心灵产生了强烈的感染，令人印象深刻。梅耶荷德把梅特林克尊为“新戏剧”的前辈，将反对自然主义戏剧、探索新戏剧道路的实验归功于梅特林克的剧作。象征主义戏剧实验是梅耶荷德探索发现“假定性”戏剧的一个重要转折点，而排演梅特林克的《丁达奇尔之死》则是这一转折的起点：“按照梅特林克和维切·勃留索夫所说的计划创立假定性戏剧——它最初是由实验剧院（指波瓦尔斯卡娅戏剧工作室）进行尝试的。梅特林克的悲剧《丁达奇尔之死》是第一部探索剧，我认为它十分接近于理想的假定性戏剧，它揭示了导演、演员、画家合作的过程。”[①] 梅耶荷德象征主义戏剧实验阶段与梅特林克的戏剧思想和戏剧作品密不可分。

人的内心生活是梅特林克戏剧的焦点，他的戏剧充满内在的行动。在梅特林克的美学论著《卑微者的财富》中充分反映了他的唯心主义世界观。他认为，人存在于二元世界之中。一个是理智的世界，另一个是心灵的世界，后者按照逻辑无法解释的规律控制着前者。同时还存在着更为深层的、无意识的，也是不可认知的规律，它们控制着世间的人及其思想和感情。“人所能感觉到的物质现实不过是人的情感和理智无法感知的，遥远而看不见的真理和世界精神的反光。世界的神秘本质只能模糊地猜测，而且是用选择出来的远离粗鄙的世俗生活的物象来猜测。”[②] 在这种哲学倾向的主导下，剧作家自然描绘的不是人的精神的个体的生活，而是与潜意识深层相关联的具有概括意义的普遍生活。“在剧作中需要表现的不是事件，而是人的内心生活，是人对精神生活领域的关注。在理性与情感的平常对话背后还应当让人感受到活生生的人与他的命运之间庄严的永不停息的对话。”[③] 在梅特林克看来，被非理性规律所控制的生活无法解释，无论是逻辑还是心理都解释不了。总是存在着秘密，秘密与“存在的悲剧”是不可分割的。而艺术有能力将看不见、听不到的东西变成可以意识到的东西。因此，梅特林克提出了“静态戏剧”与“第二对话”的理论，它们集中体现在他早期的戏剧作品《玛兰公主》（1889）、《普莱雅斯与梅丽桑德》（1892）、《丁达奇尔之死》（1894）、《修女贝阿特丽莎》

① МейерхольдВ.Э. Статьи, письма, речи, беседы（1891-1917）[М]. М.:Искусство, 1968, С.128.

② 陈世雄：《现代欧美戏剧史》，四川教育出版社 1994 年版，第 209 页。

③ 陈世雄：《现代欧美戏剧史》，四川教育出版社 1994 年版，第 210 页。

（1906）与《圣安东尼的奇迹》（1906）之中。

有研究表明，梅特林克的戏剧创作与东方哲学有着一脉相承的关系。不妨对比一下 Дзэн（禅宗）哲学的观念与梅特林克的戏剧思想。Дзэн（禅宗）哲学认为，对心灵的认识不可能用话语来表达，而只有通过心与心的交流，将心灵从日常生活的烦恼中解放出来，即怀有一颗“纯净的心”才能达到这一交流的目的。心与心的交流无须言语、情感、手势、声音和其他外在的力量。在梅特林克的戏剧中强调的也正是“沉默”与“静态”的力量。在《沉默》一文中，梅特林克写道：“心灵沉浸在沉默之中，就像金银浸入清水之中，而我们发出的言辞只有用沉默将它们洗刷干净才能具有意义。”① 言下之意就是“真正的生活只有在沉默中才能表现出来”。梅特林克还说：“人们的言辞是会消失的，而静默永远不会消失，真正的生活——唯一能留下痕迹的生活，纯粹是由静穆构成的。”于是，真正的悲剧性并不是表现在行动、喊叫、爆发之中，而是在于非行动，在于寂静、沉默的氛围之中。真正的悲剧性不是在动态中表达出来，而是在静态之中展现。这种悲剧性最好在没有话语的时候去听，在没有手势的时候去分辨。心灵之间的直接交流取代了话语和感情。话语和手势越少，“戏剧性的成分”越少，越容易在“简单的在场的神秘力量”的帮助下达到理解。深层的交流、“第二种生活”因沉默而与人联系。沉默是话语的对反。“心灵的碰撞”是交际的高级、真实的形式，它存在于语言和话语之外。由此，梅特林克剧作的表达方式十分独特：具有社会性的和高度概括性的人物，极简的台词，富有韵律的停顿、沉默。剧中人物十分吝于台词，只使用最必不可少的台词，而且台词具有一种音乐性，它们不是通过言语意义，而是通过旋律表达。梅特林克剧本中的台词是音乐节律的爆发，他希望主要的思想应该在没有台词的情况下能够被观众所理解，如运用停顿、沉默来表达旋律。在此有必要再次提到霍夫曼的音乐思想，它对梅特林克产生了决定性的影响。梅特林克在台词创作方面按照乐谱的形式，希望以此感染观众—听众，像音乐家的音乐那样走进听众的心灵。

梅特林克的剧作问世以后多年未能得到广泛的接受，却在梅耶荷德那里找到了共鸣。梅特林克是梅耶荷德象征主义戏剧探索阶段最为重要的作家，他先后排演了梅特林克的多部作品：《骗子》（1903）、《莫娜·瓦娜》（1904）、《丁达奇尔之死》（1905）、《圣安东尼的奇迹》（1906）、《修女贝阿特丽莎》（1906）、《普莱雅斯与梅丽桑德》（1907）。为了排演梅特林克的剧作，梅耶

① 陈世雄：《现代欧美戏剧史》，四川教育出版社 1994 年版，第 210 页。

荷德仔细阅读、研究梅特林克的所有作品，包括他的剧作、诗歌、理论著述，因而“渗透”到作家的“心灵深处”，把握住其作品的总体色调和情绪。在《论戏剧》中，梅耶荷德十分详尽地阐述了自己对这位象征主义大师的理解：“多年以来梅特林克的悲剧都没有取得成功。对于珍视比利时剧作家创作的人而言，开始幻想创立一种新的戏剧与新的技术，幻想所谓的假定性戏剧。为了制订这种假定性戏剧的计划，为了掌握这一戏剧的新技术，就应该从梅特林克本人所做的相关提示出发。……他的剧本情节十分简单，语言非常质朴，每场戏都很简短，常常需要转换场景，的确需要另一种技术加以体现。……为了不影响观众通过想象把他的未尽之言补充完整，梅特林克希望自己的剧作以最间离的形式搬上舞台。而且梅特林克担心，习惯于在我们舞台繁冗的环境中表演的演员，会过度表现外在的东西，而其所有悲剧的最为内在的、细腻的、深处的部分却得不到表现。需要静态的戏剧。”[①]“作者本人并不想在舞台上制造恐惧，不想让观众不安、歇斯底里地哀号，不想让观众面对可怕的景象，在恐惧中逃跑。恰恰相反，作者想给观众的内心注入一种忐忑不安但明智地静观不可避免的事物，让观众哭泣、痛苦，但同时深受感动，并逐渐平息、充满宁静。作者的主要任务是缓解、消除我们的忧伤，植入有时熄灭有时又重新燃起的希望。当观众离开剧院时，人的生命将再次随着它所有的激情流动，但激情不再是枉然空虚的，生命将与它的喜悦、悲伤、责任一同流动。但所有这些都将获得意义，因为我们找到了走出黑暗或是不带着痛苦承受它的方法。梅特林克的艺术是健康的、生气勃勃的。他呼吁人们睿智地看待命运的伟大，他的戏剧获得教堂的意义。”[②]梅耶荷德强调，梅特林克剧作的出现、20世纪初“新”诗人与戏剧批评家对自然主义的否定态度，促使自己去寻找假定性舞台手段，去简化导演技术。他说：压制、反对自然主义的剧评家为戏剧界的动荡提供了良好的土壤，但是假定性戏剧的创始人（首创者）应将探索新的道路，一方面，归功于新戏剧思想的宣传，是我们的新诗人将之带入为数不多的艺术杂志上的；另一方面，要归功于莫里斯 · 梅特林克的剧作。十年来，莫里斯 · 梅特林克创作了一系列的剧目，引起的只是困惑不解，尤其当它们出现在舞台上时。梅特林克本人常常说，他的剧作排演起来会特别复杂。他的剧作情节过分简单，语言非常质朴、简短，常常变化，

---

① МейерхольдВ.Э. Статьи, письма, речи, беседы（1891-1917）[M]. М.:Искусство, 1968, С.124-125.

② МейерхольдВ.Э. Статьи, письма, речи, беседы（1891-1917）[M]. М.:Искусство, 1968, С.124-125.

这的确要求某种技术来改编。

毋庸置疑，梅耶荷德对梅特林克的理解是精辟而深刻的，正是梅特林克的戏剧观念与戏剧创作激发了梅耶荷德对象征主义戏剧表现形式的探索实验，催生了一系列具有重要意义的象征主义戏剧的舞台新技术、新方法——“静态戏剧”“浮雕戏剧”“傀儡戏剧”“交响乐对位法”，并由此奠定了假定性戏剧创作原则的基础。

3. 欧洲舞台艺术革新的先驱

在俄国戏剧即将开始绽放出自己独特光芒之时，世界戏剧舞台也在发生巨大的革新、变化。19 世纪下半叶，随着欧洲工业革命与科学技术的发展，戏剧舞台的技术、设备不断得以更新，舞台艺术的观念也随之发生了根本性的变革。阿庇亚、福克斯、戈登 · 克雷与马克斯 · 莱因哈特等人成为欧洲戏剧革新运动的开拓者，他们的新思想、新方法引起了梅耶荷德的极大关注与兴趣，对梅耶荷德的戏剧实践产生了深刻的影响。

（1）阿道夫 · 阿庇亚

阿道夫 · 阿庇亚（1862—1928）是瑞士的舞台美术家和戏剧理论家，20 世纪戏剧艺术革新运动的先驱者之一，被誉为现代舞台的“灯光之父”。阿庇亚对瓦格纳的音乐与艺术思想情有独钟，以瓦格纳提倡的“综合戏剧”作为自己舞台革新的理想目标。他在为瓦格纳的音乐剧提供舞台设计过程中逐渐形成了自己的艺术理论，在瓦格纳的音乐剧中找到了舞台设计的钥匙。阿庇亚的艺术思想集中体现在《瓦格纳戏剧的舞台体现》与《音乐及其舞台体现》两部论著中。“演员中心论”是阿庇亚舞台革新的基石。他认为，表演艺术才是戏剧的中心：“人们来到剧院就是为了能亲眼看看戏剧的行动。正是人物在舞台上的出现才促进了这种戏剧行动；没有人物就不会有行动。因此，演员才是舞台演出的基本因素……所以，首要的问题就是把舞台置于演员出场的基础上；为此目的，在上演一出戏时应该摆脱与演员出场相抵触的一切事情。”① 可以说是阿庇亚第一个意识到舞台上传统的绘画布景与演员表演之间的不协调。传统的舞台布景是平面的、二维性的，它处处和处于活动在三维空间中的演员的表演发生矛盾，“为绘画布景所主宰的舞台装置牺牲了演员”②。为了克服二者之间的冲突，“摆脱与演员出场相抵触的一切事情”，阿庇亚创立了

① ［瑞典］阿庇亚：《照明与空间》，见杜定宇：《西方名导演论导演与表演》，中国戏剧出版社 1992 年版，第 93 页。

② ［瑞典］阿庇亚：《照明与空间》，见杜定宇：《西方名导演论导演与表演》，中国戏剧出版社 1992 年版，第 91 页。

自己的舞台处理方法，让舞台上的一切——空间、灯光、布景等从属于演员表演的需要。首先，阿庇亚建构了富于节奏感的立体空间。他提出一个看似悖论的舞台设计理念：只有在不同种类的组合之中才有可能产生和谐。他认为，在舞台上对演员真实的身体而言，理想的背景应该是弯曲的、歪斜的表面和高低起伏的建筑形式相结合的空间。因此，他用不同高低的平台、斜坡和层层的台阶及简单的墙片等组成了一个个富于变化，具有强烈的节奏感和韵味的立体空间，以衬托演员的表演。其次，以灯光为新的媒介语言，创造出一种全新的舞台表现体系。阿庇亚认为："灯光本身就是一种戏剧成分，其效果是无法限量的；一旦得以自由释放出来，那么它对于我们就会像调色板之于画家一样重要。一切色彩结合都是可能的。通过简单的或复杂的探照灯光，静止的或移动的，部分的或不同透明度的灯光等，我们可以取得无限的渐次变化的效果。"①阿庇亚大大地拓展了舞台的新语汇，使灯光在戏剧舞台上获得了前所未有的意义——不仅仅用以照明，还可以营造气氛，使舞台画面产生新的含义与表现力。在阿庇亚的眼中，灯光是舞台上不可或缺的造型手段，通过以不同方法、角度投射到舞台上的光——细光、强光、闪动的光、匀速的光、移动的光，等等，可以最大限度地揭示演出形象所包含的情绪内容，其效果大大强于对日常生活细节的图解。值得一提的是，作为瓦格纳的信徒，音乐在阿庇亚的戏剧理论中占据着十分重要的地位，音乐于他是一种至高无上的艺术。在《音乐和舞台演出》中，阿庇亚尤为强调音乐于舞台演出的意义："演员在音乐的流动性和布景的稳定性之间起着协调的作用，演员的动作、姿势和行为都为音乐的时限和节奏所决定，因此音乐决定了舞台演出中的一切因素。"②

无论是阿庇亚的演员观，还是他赋予灯光与音乐的强大力量，都对梅耶荷德产生了重要的启示意义。不但如此，梅耶荷德勇敢地将它们付诸舞台实践。仅以灯光为例，早在赫尔松演出季排演普什贝舍夫斯基的《雪》时，梅耶荷德就首次大胆尝试以灯光来制造演出的情绪氛围，不时变换灯光，让演出在若明若暗之中进行；在科米萨尔日芙斯卡娅剧院上演的《人的一生》中，梅耶荷德进一步发挥阿庇亚的舞台思想，主要以灯光来组织整个演出："演出形式只通过灯光，通过明与暗、摇曳昏暗的光线与浓重的黑暗之间变幻无常的关系来体现；灰背景上一片漆黑，时而露出一丝光亮，时而又浓聚起

① [瑞典]阿庇亚：《照明与空间》，见杜定宇：《西方名导演论导演与表演》，中国戏剧出版社1992年版，第91页。

② 吴光耀：《西方演剧史论稿》(上)，中国戏剧出版社2002年版，第341页。

来……”[1]在借鉴阿庇亚艺术革新思想的基础上，梅耶荷德综合运用色调、颜色、光，使它们以自己的绘画特质唤起观众必要的情绪，这一点尤为鲜明地体现在《有罪无罪》之中。演出中直接利用一些颜色去感染观众的情绪，例如黄色成为“堕落”的象征，当人物的罪行被发现时，舞台上就出现许多大大的黄色花，第七场戏中“整个天空都是鲜黄色的”。在《人的一生》中则是灰色的、烟雾迷蒙的单一色彩空间，剧作人物及必要的道具物品从那个空间显现出来。在此，不是为了表现故事情节，而是为了让观众进入必要的情绪感觉之中——恐惧、害怕、喜悦、痛苦、愤怒、悲伤等。于是颜色与光成为戏剧中新的舞台表现手段，它们承担着过去只有演员才能完成的职能，大大丰富了戏剧的表现手法，拓展了舞台的表现资源。由此足见“灯光之父”阿庇亚对梅耶荷德的影响。

（2）爱德华·戈登·克雷

与阿庇亚同时对梅耶荷德产生重要影响的另一个戏剧革新运动的先驱人物是来自英国的爱德华·戈登·克雷（1872—1966）。克雷兼具舞台美术家、演员、导演与戏剧理论家于一身，在戏剧革新主张上与阿庇亚有着许多相似之处。他们同样反对自然主义戏剧表演中的矫揉造作与舞台布景中的绘画手段，力求以演员为基础进行戏剧改革。二者都主张使用象征性手法，发挥观众的想象力，采用暗示、联想，而非幻觉、逼真的手法来体现舞台形象。无论是阿庇亚还是戈登·克雷，都是瓦格纳“综合戏剧”思想的传承者，都非常重视戏剧艺术的整体性。相比于阿庇亚，戈登·克雷更加大胆宣扬并坚持自己的戏剧主张，他最富创新意义的思想一是体现在条屏式布景上，二是体现在“超级傀儡”的理论上。

戈登·克雷反对写实主义，十分推崇象征主义，条屏式布景就是他潜心研究，运用象征性手法创作的舞台设计的典范。克雷使用了许多长方形的条屏作为基本构件，在舞台上组成多种形状，构成千变万化的场景，十分新颖独特且富有趣味性。“他的条屏像音乐的音符，文字的数字，数学的数字，是构成布景的复合，由它所组成的布景是异常抽象和单纯化的，往往造成隐隐约约、恍恍惚惚、如入梦境的感觉，带有浓厚的神秘主义气息……”[2]克雷将自己的条屏布景设计与灯光结合，像魔法师那样营造出变幻无穷、令人惊异的

---

① [苏]К.鲁德尼茨基:《梅耶荷德传》，童道明、郝一星译，中国戏剧出版社 1987 年版，第 195 页。

② 吴光耀:《西方演剧史论稿》(上)，中国戏剧出版社 2002 年版，第 399 页。

场景。与此同时，象征性的条屏布景激发观众去发挥想象的能动性，以补充完整单纯的条屏所赋予的暗示，从而使观众参与戏剧创作。

戈登·克雷旗帜鲜明地反对舞台艺术的自然主义倾向，以惊世骇俗的“超级傀儡”理论向自然主义表演方法提出了挑战。1908 年，他在《面具》杂志上发表了《演员与超级傀儡》的文章，并在文前引用了意大利女演员伊林诺拉·杜丝的一段话，以批评表演艺术中的诟病，提出让演员走开，取而代之的将是“超级傀儡”。戈登·克雷称，演员是去掉自我表现和无须丰富表情的面具，演员的价值体现在肢体的符号作用。他的宣言立即遭到演艺圈的猛烈抨击，对此他为自己进行了辩护。在 1924 年《论剧场艺术》的再版前言中，他强调自己并无意贬低演员，也并非真的要赶走演员，而是希望用“超级傀儡”来取代那些通过动作和台词表现性格、模仿现实的写实主义演员。所谓“超级傀儡”，并非那种“用木头做成的一英尺高的傀儡”，而是“演员加上火，去掉自我表现；这种火是神仙和魔鬼之火，既没有人间的烟尘，也没有人间的水汽”。① 事实上，戈登·克雷是以一种极端的方式提倡表演的理性化，从而对抗自然主义的舞台形式，意在破除套在自然主义剧作家、演员头上的那道符咒。

尽管戈登·克雷的戏剧主张与客观实践存在一定距离，但其戏剧理论具有鲜明的独创性与开拓性，敢于在表演形式、舞台设计方面突破自然主义的束缚，极大地拓宽了舞台实践者的视野，梅耶荷德也由此成为最直接的受益者。1925 年排演《委任状》时，梅耶荷德所采用的“活动墙片”和“活动人行道”在很大程度上就是条屏式布景的发展。对于戈登·克雷提出的“超级傀儡”理论梅耶荷德有其深刻而独特的理解：“戈登·克雷说超级傀儡时完全不是说应该抛弃活人演员而用傀儡来取代。戈登·克雷是强调仅仅依赖体验和表演的天性是远远不够的，还必须注重在自己身上培养这样一些技术方法，它们能让你把所想的一切都传达出来。”② “超级傀儡”的理论不仅获得梅耶荷德的认同，而且在其戏剧实践中得到运用。以此为基础，梅耶荷德进而使之发展成为一种演员对于角色形象的双重态度原则，即要求演员与形象“疏离”，充当所塑造形象的辩护人或审判人。它实质上是布莱希特“间离”艺术的前身。

（3）乔治·福克斯

1905 年，正当梅耶荷德在为排演梅特林克的象征主义剧作努力探寻新的

---

① [英]爱德华·戈登·克雷：《论剧场艺术》，李醒译，文化艺术出版社 1986 年版，第 5 页。

② Шахматова Е.В. Искания европейской режиссуры и традиции востока[M]. М.,1997, С.93.

舞台方法之时，德国舞台美术家与导演乔治·福克斯（1868—1949）的论著《未来的舞台》对梅耶荷德产生了极其强烈的震动，犹如一把“金钥匙”为他打开了另一扇隐秘的戏剧之门。福克斯的舞台革新思想在许多方面与阿庇亚及戈登·克雷的思想相互交叉，梅耶荷德将福克斯的革新观念作为体现自己导演构想的又一重要手段。

作为舞台美术家，福克斯的革新思想主要体现在舞台设计上。他坚持舞台必须是非幻觉主义的，将复兴古希腊罗马与古英国舞台的传统特点视为己任。在舞台变革的道路上，福克斯遇到了与阿庇亚、戈登·克雷同样的难题——如何解决演员的身体和舞台上透视法绘画布景之间的冲突、不协调。面对这一问题，福克斯同样从舞台空间着手改革，但他创立了另一种不同的舞台空间方法——前舞台，使舞台与观众厅之间的关系获得全新的意义。

福克斯认为：“前舞台是剧院中最重要的建筑部分。它决定了进行神秘转变的那个空间，在这个空间里，人、物、声、光、影汇聚成为一个精神的统一体。”[①] 为此，福克斯搭建了一个从观众席一边延伸到另一边约 10 米长的舞台，只有约 4 米深，好像古希腊剧院的“后台建筑”，但由三个平面组成，互相平行。没有任何的侧幕（后台）。前面有一个不高的、向前延伸突出的部分，即前舞台。在前舞台的后面和两侧立起两个带窗子和门的塔楼，类似于古希腊剧场中戏台的侧翼建筑，类似的屋顶依托在塔楼上，“桥式小屋顶”盖过第二个中间的舞台，这个舞台高出前舞台几个台阶。前舞台和中间的舞台可以用幕布或无色的布景分隔开，这样这个舞台的深度不会超过一米半。此外，顶梁的高度可以根据要求调整。第三个舞台（后舞台）的地板是升降式的，可以根据演出的需要升高或下降。

福克斯认为，应该彻底摒弃梅宁根与莫斯科艺术剧院中的布景和道具，它们导致观众分散了注意力，而不去注意舞台空间中演员的动作——那才是戏剧之本。因此，福克斯设计的舞台主要靠不同标高的平台组合，只用很少的布景与灯光。演员主要活动在前台的位置上，常常只沿着一条很窄的前台走动，即浮雕式的舞台。[②] 他力图通过“节奏”“韵律”——他常称之为“首要的东西”来融合台上的各种要素，复兴被幻觉主义淹没的古代剧场的特点，并以此在剧场中重新建立演员与观众融为一体的氛围。

福克斯不仅确立了自己的戏剧观念，而且将之体现于舞台。他所做的一

---

① Арье Элкана Карл-Казимир-Теодор-Всеволод Мейерхольд[M]. M., 2006, C.186.

② 李道增、傅英杰：《西方戏剧·剧场史》（下），清华大学出版社 1999 年版，第 20 页。

切并非仅仅是复兴，而是以全新的思想和现代的技术为基础，对传统的舞台进行改造。福克斯坚持，舞台空间的样式及大小源于话剧作品的最本质。舞台应该是剧本的建筑框架。行动的地点不是复制现实，而只是“借助于修辞性简化环境和壁画型绘画的手段，使观众的想象力本身能够构建起不足的空间表现”①。

与阿庇亚相同，福克斯十分重视光的运用，视其为构建舞台空间实践的全新内容。在福克斯的戏剧理念中，工程师、灯光师和布景师成为主要的角色。福克斯指出，“光是给观众留下空间印象的最主要的因素。各种戏剧的主要任务在于，通过舞台上所发生的、通过听觉和视觉的作用，在观众内心产生一种戏剧的感受。因此，声学和光学的印象应该尽可能强烈地、不断地、完整地传给感觉”。此外，在前舞台框缘和中间舞台上方安装照明装置时，福克斯力图营造一种自然的日光效果。在某种意义上他比阿庇亚更进了一步，具有更加独立的创新意义。

1906 年，在波尔塔瓦的一次演出中，梅耶荷德无意间发现了舞台前部所蕴含的“玄机”，而乔治·福克斯的理论则进一步推动了梅耶荷德对舞台前部问题的深入思考，从而更加自觉地走向戏剧表演结构的内部改革。此后，梅耶荷德不断发展福克斯“前舞台”的理论，无论是《修女贝阿特丽莎》《滑稽草台戏》，还是《唐·璜》《科伦宾娜的围巾》，梅耶荷德无一不是在实践、探索着福克斯的思想，并且使之更加丰富。正因如此，在《论戏剧》中，梅耶荷德将“前舞台”的问题称为“贯串全书不同主题的主线”②。

如我们所知，进入 20 世纪，戏剧发生了质的变化，从剧本中心与演员中心演变为导演中心并向更高阶段的综合戏剧发展，这一趋势得益于瓦格纳提倡的“综合艺术”的主张。阿庇亚与戈登·克雷沿着瓦格纳的“综合”之路继续探索，使舞台布景立体化、写意化，不仅从舞台美术方面更加丰富了瓦格纳的戏剧思想，而且预示着一个整体综合艺术时代的到来。在响应时代的召唤，在吸收、借鉴西方戏剧革新家思想创新元素的同时，梅耶荷德也在进行着独立的思考与探索，在自己的戏剧实验中不断检验这些先进的成果，并以自己的方式进行着“综合”。梅耶荷德并非一个思想家，而是一个实践家，是一个积极勇敢的行动者。在创作的起步阶段，梅耶荷德并不明确自己未来的道路将通往何方，但他渴望一种“高度概括”的艺术，勇敢地站在摧毁自然主义

---

① Арье Элкана Карл-Казимир-Теодор-Всеволод Мейерхольд[М]. М., 2006, С.186.

② МейерхольдВ.Э. Статьи, письма, речи, беседы (1891-1917) [М]. М.:Искусство, 1968, С.103.

戏剧的前沿。这一渴望促使他广泛汲取各种营养，无论是霍夫曼的悲剧讽刺性怪诞风格、梅特林克的“静态戏剧”，还是阿庇亚、福克斯、克雷的革命性舞台设计思想，都成为他学习、借鉴吸纳、综合的源泉。与此同时，对于欧洲革新家的理论和思想梅耶荷德并非机械、教条地全盘接受，而是采取取其精华、为我所用的原则，把它们作为自己戏剧实验的试金石，不断发展、丰富、完善自己的戏剧思想体系，最终创造出独具一格的“梅耶荷德戏剧体系”。

第三节　西方古老的民间戏剧传统

“文化传统、戏剧传统是一股活水。它不但被过去所规定，也为现在与未来所规定。僵死了的传统只不过是一些刻板的教条，只有被当代人所理解、所改造、所发展了的传统，才成为一种蕴含着无限可能性的巨大源泉。”[①]梅耶荷德有如魔法师一般，将古老的东西方戏剧传统变成孕育、滋养现代戏剧的源泉。无论是源于西方的古希腊戏剧、西班牙民间戏剧、莎士比亚戏剧、意大利假面喜剧，还是来自东方的日本、中国戏剧传统，都成为他学习、借鉴的对象。

如前所述，“白银时代”象征主义代表人物维亚·伊万诺夫的戏剧思想对梅耶荷德产生了直接的影响。伊万诺夫以复兴狄奥尼索斯戏剧为己任，号召当代戏剧舞台“从不必要的真实走向古希腊、罗马戏剧的有意识的假定性”。在他的影响、启发之下，梅耶荷德对古希腊、罗马戏剧进行了认真的研究、思考，从中发现酒神艺术的无穷魅力：“戏剧源于音乐之神，源于合唱的酒神颂歌，充满动感的能量。”[②]梅耶荷德与伊万诺夫、勃留索夫成为“新戏剧”建设的同盟，分别从理论与实践两条道路复兴古老的戏剧传统。梅耶荷德认为，随着原始活动的成分被剥离出戏剧之后，“酒神颂歌作为独立的一种抒情诗被分离出来，合唱从半圆形舞台上分离出来，从主角的位置转变为说明英雄的命运转折的一个成分，观众也随之从原来祭祀活动的参与者变成节日‘演出’的观众”[③]。观众从此成为一个被动的旁观者，消极地感受从舞台上看到的一切。“在演员与观众之间有一条神奇的界限，它至今还以脚灯的形式将剧院分

① 林克欢：《舞台的倾斜》，花城出版社 1987 年版，第 238 页。

② МейерхольдВ.Э. Статьи, письма, речи, беседы（1891–1917）[M]. М.:Искусство, 1968, C.138.

③ МейерхольдВ.Э. Статьи, письма, речи, беседы（1891–1917）[M]. М.:Искусство, 1968, C.138.

为两个格格不入的世界：只有表演者和只有受众，没有静脉能通过创作能量的共同的血液循环将这两个分离的身体连接起来。……这种演出剧院的舞台犹如圣像壁那般遥远、冷酷，没有召唤大家共同参与全体的节庆。”[①] 而今，“新戏剧”的建设者们就是要努力“填平”这道人为的“鸿沟”，让观众再次接近舞台，让观众再次加入到“合唱”中，共同参与酒神的狂欢。于是，梅耶荷德取消了大幕，拆除了舞台的脚灯，让演出在扩展延伸的“前舞台”进行，让演员走向观众席，引入“幕前仆人”、杂耍表演……它们无一不是为了推倒“第四堵墙”，为了打破幻觉，使观众融入戏剧行动。

“假面”是梅耶荷德戏剧的一个重要元素。正如他本人所说的：“我从1902年开始导演工作，但直到十年之后才触及戏剧的这些秘密，它们隐藏在戏剧最基本的成分之中，如舞台前部和假面。”[②] 而“假面”中隐藏的奥秘有着深远的古老传统，梅耶荷德是在意大利假面喜剧那里得到启示的。

文艺复兴时期意大利出现了两种以“假面”命名的戏剧，一种是宫廷中的“假面舞剧”，另一种是民间的“假面喜剧”。宫廷的“假面舞剧”贵族化气息浓厚，极尽奢华，讲究雍容华贵与靡丽奇幻。而“假面喜剧”与之相反，是一种形式十分简朴的民间喜剧，娱乐性很强。意大利假面喜剧大约形成于16世纪，以即兴表演为主，因此也称即兴喜剧。尽管有关意大利假面喜剧的来源众说不一，但其具有代表性的特点——即兴表演和定型演员却是为大家所公认的。即兴创作是假面喜剧的一种普遍特性。由于假面喜剧多取材于日常生活，因此要求演员具备即兴表演的能力，必须在生活中进行观察和体验，汲取营养。意大利假面喜剧的演员都储备了许多常用的语言和动作，善于根据不同的演出环境、题材进行灵活应变。此外，优秀的假面喜剧演员具备灵巧的身体，他们的表演能够出神入化，通过各种恶作剧、双关妙语、插科打诨，使演出妙趣横生。假面喜剧的另一大特点就是角色定型化，即把角色分成一定的类型，便于观众辨认。“所谓假面，其实就是一定人物类型的概括性处理，也就是把一定阶层的人物（例如富人、仆人、军人、学者等）的典型特征概括集中到一个角色身上。”[③] 假面喜剧的角色类型大致分为两大类——正常的与夸张的。正常的角色主要是年轻的男女恋人，而夸张的角色包括主人与仆

---

① МейерхольдВ.Э. Статьи, письма, речи, беседы（1891-1917）[M]. М.:Искусство, 1968, С.138.

② МейерхольдВ.Э. Статьи, письма, речи, беседы（1891-1917）[M]. М.:Искусство, 1968, С.104.

③ 吴光耀：《西方演剧史论稿》（上），中国戏剧出版社 2002 年版，第 174 页。

人两种类型。主人类型的第一个代表是甲必丹。甲必丹原为专门谈情说爱的小军官，后来逐渐演变为喜欢自夸但又怯懦的爱情失败者，甚至可以是怪物、笨蛋、懦夫的代名词。主人类型的第二个代表是潘塔隆，他是一个年长的商人，但十分贪婪、嗜钱如命。主人类型的第三个代表是博士——喜欢自夸之人，说着满口可笑的拉丁语，典型的伪学究，常常遭到讽刺、愚弄。假面喜剧中的仆人形象十分丰富，既有聪明的干仆，又有愚笨的蠢仆，还有年轻的女仆。仆人往往是推动剧情发展的关键人物。尽管假面喜剧流行到18世纪中期后就逐渐衰败消亡，但假面喜剧的即兴表演方法与人物类型都成为后人学习借鉴的重要资源。假面喜剧中的类型角色成为许多经典文学作品中人物形象的来源，无论是莎士比亚的戏剧，还是莫里哀、哥尔多尼的喜剧都可以看到类型化的人物形象。欧洲古典戏剧历来就有传统的角色分类，包括男女主角、男女情人、初恋情人、国王、暴君、父亲、亲信挚友、仆役、风骚的女仆、天真少女、纨绔子弟、憨头憨脑的人、坏蛋等。1922年，梅耶荷德与别布托夫、阿克肖诺夫共同编写了一本戏剧小书《演员的角色类型》[①]，尝试创建一个不受时间限制的“永恒”的角色类型表，由17组男女角色类型构成，可以涵盖从古希腊、古罗马到当代的各种戏剧作品的人物，其中就包括了意大利假面喜剧中的许多定型人物。

在各种古老戏剧中，梅耶荷德对意大利假面喜剧的迷恋最为重要，也最富有成果。这一兴趣的源头还要归功于勃洛克的剧作《滑稽草台戏》。剧中勃洛克直接利用了意大利假面喜剧中的三个定型人物——丑角皮耶罗、阿尔列金与科伦宾娜——作为那场滑稽三角恋的主人公，制造了一出真正意义上的“丑角喜剧”。正是在排演这部剧作过程中，梅耶荷德发现了古老的假面喜剧中蕴含着巨大的表现力，它的力量甚至超越了象征主义的舞台语言，真正体现出戏剧的假定性本质。对梅耶荷德而言，象征主义的舞台形式是对抗自然主义戏剧最有力的武器，但象征主义剧作的内容仍不足以表达包罗万象的生活，需要寻找另一条更为宽广的道路。在为《滑稽草台戏》设想排演计划时，与古老的假面喜剧的接触使他豁然开朗：“假面可以隐藏一个人物的远不止一两个方面。一个演员怎样向观众揭示人物的极度多元性呢？通过假面的帮助。”[②]“这种隐藏在喜剧演员的那种无可替代的假面之下的变色龙式的技艺，使整个喜剧明

---

① МейерхольдВ.Э., БебутовВ.М., АксёновИ.А.Амплуа актера[М]. М., 1922.

② [英]乔纳森·皮奇斯：《表演理念——尘封的梅耶荷德》，赵佳译，中国电影出版社2009年版，第81页。

暗相衬，非常迷人。”[①]勃洛克及其《滑稽草台戏》使梅耶荷德与意大利民间假面喜剧紧密地联系在一起，使他坚信，现代戏剧之所以陷入自然主义的泥潭，与它脱离了自己的根源——民间游艺不无关系，因此必须竭力恢复与传统的联系。通过假面，梅耶荷德进而发现假面喜剧中演员通过手势和动作的表演带给观众的无穷想象：“演员通过手势和动作技艺，能使观众迅速进入神话般的王国，那里，野兽会讲话，紫啸在飞翔，还有那个懒汉或机灵鬼阿尔列肯……”[②]梅耶荷德孜孜以求的舞台艺术的真谛原来蕴含在表演——动作之中，从此他所追求的“所有一切并非像生活中那样”的戏剧原则具有了新的含义，寻找到了新的表现形态。古老戏剧的演员创造了完全有别于“生活演员”的戏剧形象，他们外形夸张，甚至粗鲁，并不是把所有的生活特征照搬到舞台上，而是将最鲜明的线条展现在舞台之上，是对生活的高度概括、类型化。戏剧成为完全有意识的、假定性的，表演也是有意识的、假定性的，充满快速的跳跃、紧张、夸张、出其不意。

梅耶荷德对“假面喜剧”最经典的诠释是以“达佩尔图托博士”的名义进行的。1910年，在“小喜剧之家”上演了阿尔图尔·什尼茨莱尔的哑剧《科伦宾娜的围巾》，科伦宾娜等丑角悉数登场，梅耶荷德—达佩尔图托博士沿用了勃洛克的《滑稽草台戏》的主旋律，“只不过把它移入另一个音区”[③]。哑剧直接对立于传统的文学戏剧，假面、手势、动作的力量得到最大化的释放，与此同时，形体动作与表演的怪诞方法紧密地联系在了一起，赋予戏剧以更加鲜明的假定性。

第四节　东方美学思想与戏剧传统

在19世纪后期东西方文化的撞击与交流过程中，许多西方作家、思想家都不约而同地将目光转向博大精深的东方文化，从中寻觅有益的思想元素，以丰富、发展自身的文化。在这一历史大潮的推动之下，梅耶荷德也开始关注、

① [苏]梅耶荷德：《梅耶荷德论演技》，孙德馨译，载《外国戏剧资料》，1979年第3期，第71页。

② [苏]梅耶荷德：《梅耶荷德论演技》，孙德馨译，载《外国戏剧资料》，1979年第3期，第71页。

③ [苏]K.鲁德尼茨基：《梅耶荷德传》，童道明、郝一星译，中国戏剧出版社1987年版，第261页。

研究和接纳东方文化，汲取东方哲学思想的精髓，在比较、实验、创新过程中有意识地以东方戏剧美学思想为参照，不断锤炼、完善自己的创作。“东方戏剧，主要是中国和日本戏剧中的美学因素，对梅耶荷德的戏剧理论和导演实践都产生了影响。有时，这只是一些不常为艺术家自己所意识到，但在我们今天看来却是很明显的不谋而合的现象，有时则是直接的借鉴。但主要这还是一个巨匠的艺术总结，他善于转达异国艺术传统的精神，并以此来丰富本民族戏剧艺术传统。”①俄罗斯汉学家谢洛娃的这段话很好地说明了梅耶荷德与东方美学思想及戏剧传统的深厚渊源关系。“梅耶荷德与东方的关系”这一命题早已引起国内许多学者的关注，它是中国梅耶荷德研究最热门的话题之一。

东方戏剧文化之所以吸引梅耶荷德的关注与兴趣有多方面的原因。首先，是 19 世纪末开始渐热的东西文化交流的历史环境为他提供了接触、了解、研究东方戏剧的外部条件；其次，梅耶荷德所追求的假定性戏剧原则与东方戏剧的“写意”原理在本质上有相通之处，中国民间戏剧的假定性传统为他提供了戏剧艺术革新的原动力，成为他丰富、发展假定性戏剧理论的重要资源。苏联著名演员伊里因斯基认为：“梅耶荷德的主要功绩在于，他回顾了中国和日本的民间戏剧的假定性传统，胸有成竹地把戏剧艺术引向它的假定性本质。据我所知，梅耶荷德是第一个运用假定性来解放舞台和创立新的戏剧艺术的戏剧导演。他运用假定性时，不是把它作为一种权宜的手段，而是把它视为戏剧艺术的不可分割的本质。”②在《梅耶荷德的贡献》一文中，我国学者童道明称“梅耶荷德是个艺术上诚恳的国际主义者”，因为向东方的传统戏剧艺术学习，用东方戏剧的假定性原则来改革欧洲的戏剧艺术，是梅耶荷德一贯的思想，也是他不可磨灭的历史功绩。③

梅耶荷德的戏剧美学思想萌发于 19 世纪末，当时俄国剧坛上占统治地位的是自然主义的戏剧观念，力求“像生活中一样”再现现实中的一切，因此舞台成了展览生活的一个“微型博物馆”，像真的一样的教堂、楼房赫然立于舞台之上，雨声、雷鸣、狗吠也不绝于耳，观众陷入舞台制造的“幻觉”之中。立志革新自然主义戏剧的梅耶荷德开始寻求建设“不同真的一样”的戏剧。

---

① [苏]谢洛娃：《梅耶荷德的戏剧观念与中国戏剧理论（1970）》，见童道明编选：《梅耶荷德论集》，华东师范大学出版社 1994 年版，第 120 页。

② 童道明：《梅耶荷德的贡献》，见《他山集——戏剧流派、假定性及其它》，中国戏剧出版社 1983 年版，第 79 页。

③ 童道明：《梅耶荷德的贡献》，见《他山集——戏剧流派、假定性及其它》，中国戏剧出版社 1983 年版，第 78 页。

得益于白银时代迅速高涨的东西文化交流的契机，梅耶荷德得以更多地接触、了解东方的文学、艺术、文化，这为他打开了通往假定性戏剧的另一条通道。“梅耶荷德喜爱东方戏剧那种特别的质朴、简洁与独特性；舞台调度手法、动作的雕塑性、极度的表现性……亚洲戏剧的抒情叙事作品，激情的凝聚性，那种与自然主义截然对立的敏锐的剧场感，那种莎士比亚所珍爱的、为人民大众所喜爱的滑稽短剧。”[①] 他在东方戏剧传统中发现了他梦寐以求的“假定性”，这种假定性是和激发观众想象力的虚拟和象征相联系的，而象征又总是和诗情交融在一起。东方民间传统剧场无论是演出场所的氛围，还是演出的舞台、布景都是高度假定性的，演员的表演更是充满诗意的假定性。

在鲍罗丁戏剧工作室的导演探索阶段是梅耶荷德对东方文化最为迷恋之时。他常常对学员谈起日本、中国、印度戏剧的假定性方法，提到瑜伽，提到他所了解的特别的呼吸方法，并且指出这种方法适合于控制在舞台上的呼吸和台词表演等。梅耶荷德将东方戏剧的元素融入对未来戏剧舞台的憧憬之中。他所梦想的未来舞台是一个东方式的民间游艺场：“观众席灯光通明，在那有三个通道穿过池座通向舞台：沿着舞台的两侧各有一个，第三个在中间……双面画有装饰图案的屏风代替了布景。舞台上不再需要木匠和道具员，‘幕前仆人’接替了他们的工作……演出现在开始，锣鼓喧天，笛声悠扬，戴着面具的演员拖着特有的长调唱念台词，他们沿着游艺场以盛大演出特有的步态移动着。”[②] 在鲍罗丁戏剧工作室梅耶荷德不断检验东方戏剧经验的现实意义，并证明了古老艺术的种子能够在新的土壤中生根发芽并开花结果。梅耶荷德对东方戏剧文化的学习、借鉴主要体现在以下六个方面。

第一，东方艺术的“写意性”特征。

梅耶荷德通过阅读有关东方文化、艺术方面的书籍，尤其是观赏了中国、日本的绘画之后，发现东方艺术迥异于西方艺术的特点正是体现在“用少量的话语说出大量的东西”。“日本人画上一枝开花的树枝，就代表了整个春天。而我们有人画了整个春天，甚至还不及一枝开花的树枝。”[③] 东方艺术的凝练与写意特点给他极大的启发，与他追求“高度概括艺术”的理想不谋而合。

第二，东方戏剧的表演技巧。

梅耶荷德认为，戏剧艺术里最主要的东西就是演技，而以中国、日本戏

① 陈世雄：《导演者：从梅宁根到巴尔巴》，厦门大学出版社 2006 年版，第 683 页。

② Мейерхольд В.Э. Любовь к трем апельсинам[J]. 1914（2）:30-32.

③ 童道明编选：《梅耶荷德论集》，华东师范大学出版社 1994 年版，第 123 页。

剧为代表的东方戏剧艺术的表演方法令他深受启发，为他制定演员培养方法奠定了基础。中国、日本戏剧演出中演员的面部表情、形体动作和手势融合了许多舞蹈的成分，具有鲜明的造型感、节奏感和音乐性，富有表现力与感染力。受此启发，梅耶荷德指出，未来的演员必须能够控制自己的激情的冲动，以古代戏剧的技巧来武装自己，要求演员通过严格的形体训练来掌握足够的技巧，使身体具有足够的柔韧性与灵巧性——“腊一般柔软的躯体”[①]，以便能够“像操控乐器那样控制自己的身体”。从鲍罗丁戏剧工作室开始，梅耶荷德着手培养未来戏剧所需要的全面发展的演员。他将东方表演艺术中的许多优秀元素吸纳到自己的演员培养纲领中，使之与意大利假面喜剧、哑剧等其他古老的戏剧传统元素融会贯通，为创立有机造型术演员训练体系奠定了坚实的基础。

无实物表演技巧是梅耶荷德从中国戏曲表演艺术中借鉴的另一个重要方法。梅耶荷德不仅将无实物表演纳入演员训练的必修课程，而且将之运用于舞台实践。最为经典的例证就是《森林》中由伊里因斯基扮演的阿尔卡什的表演：伊里因斯基－阿尔卡什把并不存在的鱼饵放到并不存在的鱼钩上，把鱼钩和鱼饵投进水里，等着鱼来吞饵，他不时地扯动钓竿，仿佛鱼在钓钩上抖动，他又试图抓住那上了钩的鱼，还把钓上来的鱼一条一条扔进洋铁盆里。[②] 这类表演在梅耶荷德的演出中并不少见，演员凭想象中的实物进行的无实物表演，不仅极大地调动了观众的想象力，而且演员杰出的演技也让观众得到无可比拟的艺术享受，这无疑也是东方戏剧中虚拟表演艺术魅力的精彩体现。

第三，假定性的舞台布景设计与多场景的戏剧结构。

梅耶荷德的假定性戏剧思想萌发于象征主义戏剧实验的过程中。梅耶荷德意识到戏剧艺术最重要的本质在于假定性。戏剧不是反映生活，而是表达生活，甚至是重新塑造生活。梅耶荷德积极寻找一切假定性的方法，以杜绝像自然主义戏剧那样使用“图解”“照相式”的方式去复制现实生活，杜绝用“第四堵墙”将观众隔离，使之陷于“幻觉”。在外省进行戏剧探索活动时，梅耶荷德将东方戏剧舞台设计中的假定性元素融入各种戏剧实验，中、日戏剧舞台上的“屏风”被频频移植到梅耶荷德的创作中。例如，1908 年在外省巡演时，梅耶荷德再次导演了勃洛克的《滑稽草台戏》，革新的成分比 1906 年在军官巷的演出更增加了许多。整个演出在半圆形歌舞场进行，观众席灯

① [苏]梅耶荷德：《梅耶荷德论演技》，孙德馨译，载《外国戏剧资料》，1979 年第 3 期第 73 页。

② [苏]К. 鲁德尼茨基：《梅耶荷德传》，童道明、郝一星译，中国戏剧出版社 1987 年版，第 485 页。

光通明，日式轻便屏风和围屏取代了惯用的布景。开场之前，剧中人物之一"剧作者"当众穿过红色幕布，坐下和观众交谈，并与观众一同观看演出。同年在排演维德金特的《吸血鬼》时，为表达作者的构思，梅耶荷德干脆不使用布景，而是采用日本的方法，通过色彩斑斓的音乐向观众传达情绪。

1926 年，梅耶荷德在导演奥斯特洛夫斯基的《森林》时，十分大胆地改造了原作的戏剧结构，设计出一种新颖独特的"多场景结构"，其中既有电影蒙太奇的元素，也包含了中国戏曲的舞台时空转换理念。《森林》中舞台上并未出现森林，而是以极富诗意想象的一座小桥作为演员表演的主要场景，它与中国戏曲中的"一桌二椅"有着异曲同工之妙，大大增强了舞台的张力。

第四，音乐与"停顿"的艺术。

音乐在梅耶荷德戏剧中占有举足轻重之地，是构成其戏剧演出不可或缺的重要元素。"音乐的作用，宛如一股水流，它随着演员在舞台上的活动或表演中的静止时刻而不停地流动着。"① 梅耶荷德对于音乐的认识与重视，首先源于西方艺术思想理念，包括德国哲学家叔本华的音乐哲学、音乐大师瓦格纳的思想，以及阿庇亚、伊万诺夫等对音乐的阐述。此外，中国古代的音乐观对梅耶荷德的影响也是不容忽视的。中国最早有关音乐的典籍《乐记》中的思想引起了梅耶荷德的共鸣："凡音之起，由人心生也。感于物而动，故形于声。"通过俄国汉学家阿列克谢耶夫的著作《关于诗人的中国诗》，梅耶荷德领会到笛声所奏出的动人诗篇："竹笛的声音在早晨响起，当浓浓的花香飘来，当大地渐渐温暖，笛声深深地回荡在空气中，它像泉水般清澈，与琴声和谐地交融在一起。"② 这如诗般的意境深深吸引了梅耶荷德，在 1925 年导演法依科的《教师布布斯》时，他就借用"竹林帷幕"来营造演出的氛围。正如 C. 莫库里斯基所指出的："对传统戏剧方法的研究把梅耶荷德引向戏剧演出音乐设计的特殊形式，引向'音乐中的戏剧'。"③《森林》中各种声响交错混杂：教堂的钟声、尖利的哨声、令人毛发悚然的大笑声、枪声、棍击声，还有浪漫的歌声，等等，它们"组合成了这个演出的动态音乐结构，给人以与整个戏的情节极为吻合的大胆、古怪和欢快的感觉"④。流动的音乐在梅耶荷德的剧中如同阿庇亚的灯光，或匀速，或急速，或弱，或强地，发挥着烘托气氛、表情达意的功能。

---

① [苏] 梅耶荷德：《梅耶荷德论演技》，孙德馨译，载《外国戏剧资料》，1979 年第 3 期，第 73 页。

② Алексеев В.М.Китайская поэма о поэте. Стансы Сыкун Ту (837—908), М., 1916, С.40。

③ Шахматова Е.В. Искания европейской режиссуры и традиция востока[M]. М., 1997, С.103.

④ 邵宁：《梅耶荷德与中国戏曲》，载《戏剧艺术》，1995 年第 2 期，第 80 页。

对于东方戏剧艺术中震耳欲聋的吹奏与打击乐器，梅耶荷德也有独到的见解，认为这是“古老的日本和中国戏剧的导演更加富于心计”的表现，因为“如果观众稍微打盹，必须给他提提神，不让他那么平心静气地坐在观众席上”①。梅耶荷德充分理解了东方戏剧中伴随演出的音乐的强化作用，将这一手法改造并运用于十月革命后的宣传鼓动戏剧之中。在《滑稽草台戏》《唐·璜》等演出中，梅耶荷德甚至直接以震耳欲聋的锣鼓开场，令观众耳目一新。

“停顿”是梅耶荷德发明的“前表演”理论中的一个部分，它在戏剧演出中发挥了特殊的功能。无论在《科伦宾娜的围巾》还是在《假面舞会》抑或《钦差大臣》《委任状》中，都有许多运用“停顿”的精彩场景：小丑跑着跑着，突然停下来，一动也不动；舞会上跳得上气不接下气的客人们突然停顿下来；听到阿尔别宁的喊声时赌徒们呆然，所有人的动作都被“定格”在那一瞬间……众所周知，“停顿”是日本歌舞伎表演中典型的表演方法：打斗中的武士在紧张搏斗时做出一系列富有表现力的静止的姿势；当角色因突如其来的悲痛感到震惊时，他会给观众展示一个类似于电影“特写镜头”的姿势。对此，梅耶荷德有着精辟的见解：“在话剧演员的动作中，间歇（即停顿——笔者注）不是没有或停止动作，而是要像音乐那样，间歇本身便含有动作的因素。此时演员没有动作，这并不意味着演员就离开了音乐环境。……正是在此间歇中，灯光、音乐、出色的装置和楚楚盛装，必然会引人激动的那种整体作用，往往表现得特别明显。”② 这一论述蕴含着深刻的哲理，是对梅特林克的象征主义戏剧“沉默”元素的发展，而其源头则是中国哲学文化。中国古代哲学历来将虚无、缄默、恬淡、宁静等视为情感升华的极致和诗意的理想境界。在中国传统戏曲表演中，“停顿”是一种常用的表现情感的充溢、饱满和升腾的艺术手法，即所谓“唱曲之妙，全在顿挫”。③ 梅耶荷德对中国哲学文化及戏曲艺术的领悟力由此可见一斑。

第五，“镜视”与间离理论。

“镜视”（зеркаленье）一语是梅耶荷德的新发明，意指“表演过程中演员的自我欣赏”：演员必须发展出一种在必要的时候从旁观者的角度审视自己

① МейерхольдВ.Э. Статьи, письма, речи, беседы（1917—1939）[М]. М.:Искусство, 1968, С.80.

② [苏] 梅耶荷德：《梅耶荷德论演技》，孙德馨译，载《外国戏剧资料》，1979 年第 3 期，第 73 页。

③ 汪介之、陈建华：《悠远的回响——俄罗斯作家与中国文化》，宁夏人民出版社 2002 年版，第 286 页。

的才能，就像照镜子一样，其目的不是做出某个特别“漂亮”或“有趣”的手势、动作，而是弄清自己身体的表现力，达到自然与质朴。[①] 为此，梅耶荷德一方面经常邀请学生到家中，以从他们身上“镜视”自己的构思，检验自己的排演计划等；另一方面将“镜视”的原则推广到演员的表演方法上，因为他认为“主要的艺术就在于无时无刻都带着思考镜视自己”，他要求学生学会在舞台上以“自我欣赏”为基础来塑造形象。显然，这是一种由外入内的表演方法，它通过哑剧和面部表情来展现人物的内心活动，以形体画面的线条来表现话语的意义。通过“镜视”的方法，演员实现了对角色的“间离”。梅耶荷德由此找到一种全新的表现心理活动的方法——不是通过再体现，而是通过对角色的间离。“镜视”原理与东方哲学也有着千丝万缕的联系。在东方哲学中，镜子是观照客观现实的微世界。在镜子里观察自己的形象，这就意味着不仅要学习去看、去听、去接受周围的一切，还要深入到人的内心深处。东方戏剧一贯要求在舞台上表演的演员善于如“镜子”般地反映角色形象，仔细地反观心灵的镜子和观众的反应。在此我们看到，梅耶荷德已将东方美学思想内化为自己的舞台技术手段，对“镜视”原理的应用预示着布莱希特间离思想的发端。

第六，小黑人——幕前仆人。

在《梅耶荷德传》中，鲁德尼茨基用生动的语言为我们描绘了梅耶荷德演出的许多精彩画面，其中“小黑人”的形象给人的印象十分深刻。这一创新手法就是源于日本戏剧的。“谈到改编莫里哀的《唐·璜》，我自然而然地想起古代日本舞台的表演方法。从记录与莫里哀同时代的日本戏剧演出的描写中，我们知道了当时舞台上有一些特殊的被称为库伦波的仆人，他们身穿特制的黑色外衣，类似于东正教神父的长袍，他们当众为演员们提词……”[②] 于是，在 1910 年上演的《唐·璜》中观众看到了那群古怪精灵的小黑人，梅耶荷德赋予他们各种职能：报幕员、提词员、道具员，还有仆人。从“塔楼剧院”的《十字架的崇拜》开始，到“小喜剧之家”的《科伦宾娜的围巾》，再到《唐·璜》，梅耶荷德的“小黑人”——幕前仆人在梅耶荷德的戏剧演出中逐渐成长为一个特殊的角色，在他的戏剧美学中发挥着特殊的作用——以直露的方式告诉观众：这是在剧院，是在演戏，帮助导演阐明了公开的剧场性、假定性。

---

① Встречи с Мейерхольдом[С]. М.:ВТО, 1967, С. 213-214.

② МейерхольдВ.Э. Статьи, письма, речи, беседы（1891-1917）[М]. М.:Искусство, 1968, С.194.

在梅耶荷德对中国戏剧的认识与借鉴方面，中国京剧大师梅兰芳的作用与意义尤为值得一提。1935 年，受苏联对外文化协会邀请，梅兰芳率团访问苏联，成为中、苏乃至东西方戏剧交流史上的重要事件。对于中国头号名伶的到访，苏联政府方面给予高度重视，专门成立了一个委员会负责接待，成员包括苏联文艺界最知名的导演、艺术家，斯坦尼斯拉夫斯基、涅米洛维奇－丹钦科、梅耶荷德、塔伊洛夫、爱森斯坦等。梅兰芳等京剧艺术家的演出是此次交流活动的一个重要方面，而另一方面则是苏联文艺界围绕京剧大师的访问演出而举行的研讨。在 1935 年 4 月 14 日举办的座谈会上，苏联戏剧界的代表们各抒己见，表达了对中国戏曲艺术的印象，对梅兰芳表演艺术的敬佩之情，同时也展开了激烈的争论。有关情况在陈世雄先生的《三角对话》中已有专门论述[①]，故本书不再赘述。这里仅着重探讨梅兰芳对于梅耶荷德的影响与意义。

在苏联众多艺术家中，对梅兰芳艺术评价最高、共鸣最强烈的当属梅耶荷德。观看了梅兰芳的表演之后，梅耶荷德首先用“演出的成果远远超出了我们的预计。我们现在只知道目瞪口呆或是啧啧赞叹”来表达自己对梅兰芳所代表的中国戏曲艺术的高度评价。同时，梅耶荷德从艺术的高度总结出中国戏曲艺术的假定性表演原则与表演技巧。梅耶荷德以艺术大师特有的敏锐发现梅兰芳善于运用面部表情、眼神、手势来传达人物内心活动与思想感情的特点。为此他甚至说：“看过梅兰芳的表演再到我们的所有剧院去走一遭之后，你们就会说：可以把我们所有演员的手都砍去得了，因为它们毫无用处。既然我们看到的这些手，不过是从袖口露出来的一个肉疙瘩——它们既不能表现什么，也不能表达什么，或者只能表达一些不该表达的东西，那么，我们何不把这些手砍去算了。”[②]尽管他的话不免有些偏激，即所谓忠言逆耳，但仍然一语中的地表明了他对中国戏曲艺术精髓的仰慕与领悟。梅兰芳的演出再次引起梅耶荷德对普希金“戏剧就其本质来说是不同真的一样”的共鸣，他在梅兰芳的剧院里看到了普希金“假定性戏剧”原则的最理想体现，在古老的东方戏剧艺术中找到了最有力的支持，从而获得更多的信心，这无疑是梅兰芳访苏演出对于梅耶荷德的本质意义所在，它使梅耶荷德更加坚信假定性戏剧原则的坚实基础与恒久生命力。与此同时，梅耶荷德如此热情地疾呼戏剧的假定性本质，也是鉴于当时苏联戏剧舞台上出现的自然主义的倾向，

---

① 陈世雄：《三角对话——斯坦尼、布莱希特与中国戏剧》，厦门大学出版社 2003 年版，第 59—72 页。

② ［俄］格拉特柯夫辑录，童道明译编：《梅耶荷德谈话录》，中国戏剧出版社 1986 年版，第 249 页。

梅耶荷德希望以梅兰芳剧团的访问演出为契机，把戏剧艺术重新引向它的假定性本质，促进苏联戏剧艺术健康化的进程。因此，梅兰芳的访问演出犹如一场及时之雨，无意中使梅耶荷德在当时苏联戏剧派别的斗争中处于暂时有利的地位。1935 年，在重排格里鲍耶多夫的《智慧的痛苦》时，梅耶荷德增加了一系列中国元素的舞台表现手法，并在演出海报中写着“献给梅兰芳博士”，以此表达对梅兰芳本人及其艺术的敬意。

综上所述，经过对东方戏剧多种经验的研究，梅耶荷德将东方戏剧的精华元素吸收到自己的导演风格中，并且使之为新的任务发挥作用。梅耶荷德对东方戏剧文化的学习、借鉴与重构是富有成果的，他充分吸取了中国、日本戏剧传统的有益思想，作为他假定性戏剧理论建构和舞台实验创作的重要源泉。俄罗斯戏剧理论家金格尔曼的话为我们做了最好的总结：“梅耶荷德研究了东方戏剧的演员技艺和表现手段，并洞察了它的叙述体和假定性本质，这种本质使它能够对真实性原则和舞台动作做出更加自由的解释。”① 中国戏剧艺术的辉煌成就，使梅耶荷德更加坚定自己对假定性戏剧原则的追求，满怀对中国文化的爱戴之情，他预言说：“未来戏剧的光荣将建立在这种艺术的基础之上。那时，将出现西欧戏剧艺术和中国戏剧艺术的某种结合。”② 无疑，这更加印证了梅耶荷德的宏伟远见，他不愧为“未来戏剧的奠基人”！

梅耶荷德曾说：“艺术家有权从任何方面汲取自己创作的素材。问题是在于他如何对它们进行加工改造。”③ 梅耶荷德自身所具有的良好素养、丰富的阅历、渊博的知识和多方面的才能为他海纳百川、博采众长提供了天然的条件，决定了他能够像一个万能的魔法师一样，让自己的想象力尽情地徜徉于各个时代、各个国家、各种戏剧之中，博古今中外、东西方文化之长，使之熔炼、铸造成为一套独特的、相对完整的戏剧美学体系。梅耶荷德从不抗拒旧的东西。在他的导演中创新和传统以及继承性奇特地交织在一起。梅耶荷德由此步入艺术的最高殿堂，成为后人学习、敬仰的艺术大师。

---

① Зингерман Б. Судьба Артиста в России[А]. МейерхольдВ.Э.: наследие 1 [М]. Т.2. М.:О.Г.И., 1998, С.8.

② [俄] 格拉特柯夫辑录，童道明译编：《梅耶荷德谈话录》，中国戏剧出版社 1986 年版，第 252 页。

③ [俄] 格拉特柯夫辑录，童道明译编：《梅耶荷德谈话录》，中国戏剧出版社 1986 年版，第 97 页。

第三章　梅耶荷德的戏剧创作与戏剧思想的形成、发展

1898 年，梅耶荷德成为莫斯科艺术剧院的第一批演员，正式拉开了他如戏般艺术生涯的序幕。这场持续 40 年之久的大戏书写了俄罗斯戏剧历史上最为精彩、辉煌的一页。40 年间梅耶荷德共排演了近 300 部戏，无人堪比，其中许多演出被永远载入俄罗斯戏剧史册，成为不朽的经典。梅耶荷德创作范围十分广阔，所导演的作品风格、题材极其丰富，从古典到当代，从俄国到西方，既有最为经典的戏剧家莫里哀、莱蒙托夫、亚·奥斯特洛夫斯基、小仲马、契诃夫、普希金、易卜生、列夫·托尔斯泰，也有同时代的剧作家梅特林克、格罗梅林克、萧伯纳、马雅可夫斯基、勃洛克、安德烈耶夫、尤里·奥廖沙等。与此同时，他的创作涵盖了话剧、歌剧（如瓦格纳的《特里斯坦与伊索尔达》、柴可夫斯基的《黑桃皇后》、格留克的《奥尔菲》）乃至电影。因此，他不愧为俄罗斯乃至世界戏剧史上“最为宏伟”的导演。

梅耶荷德的艺术人生既是“宏伟”的，也是矛盾的。英国学者乔纳森·皮奇斯在《表演理念》开篇即指出，梅耶荷德充满矛盾的一生既体现在他的戏剧理论里，也包含在他的人际交往之中，梅耶荷德常常是“矛盾冲突的导火线”。用米·契诃夫[①]的话来说就是：“所有关于梅耶荷德的谈话都带着‘感觉混乱’的记号。……我们每个人都是一个问题，而梅耶荷德则是一个超级的问题。”[②]因此，在某种程度上梅耶荷德这个名字总是和“矛盾”相联系的，他创作中许多令人惊奇的“突变”，以及令人耳目一新的表现形式往往被误读为“唯美主义”“形式主义”等。但是，梅耶荷德具有预言性质的话语为自己的创作做了最好的辩护：“如果你们要在我死后评论我，请不要热衷于去寻找那

---

① 米哈依尔·契诃夫（1891—1955），俄国著名演员，著名作家安·巴·契诃夫的侄子。

② Арье Элкана Карл-Казимир-Теодор-Всеволод Мейерхольд[M]. M., 2006. C.39.

些矛盾的东西，而是应该竭力去从我所做的一切中找到总的联系。”①

如果以 1898 年加入莫斯科艺术剧院作为梅耶荷德戏剧人生的原点，那么爆发于 1917 年的十月革命显然是他创作的重要分水岭。从 1918 年加入布尔什维克党到 1940 年 2 月殉难，这是梅耶荷德戏剧人生中最为漫长、最为辉煌、也最为跌宕起伏的一段旅程。与十月革命前相比，梅耶荷德最后 20 年所创作的戏剧作品数量呈明显递减趋势，共导演话剧 35 部，歌剧 2 部，其中所蕴含的社会政治因素不容忽视。因此，本章以梅耶荷德戏剧创作的年代顺序为纵轴，以其创作风格的变化为横轴，结合他所处的社会历史大背景，通过回顾他的戏剧创作历程，选取其最具代表性的戏剧作品，分析探究其创作历程中各个阶段之间的逻辑关系与发展脉络，踏着他的历史足迹，从他所走过的每一重要阶段来寻找其中蕴含的有机联系，从而立体地考察梅耶荷德戏剧思想萌芽、形成与发展的路径。

第一节 从效仿走向独立（1898—1904）

一、莫斯科艺术剧院的演员——学艺起步阶段

在母亲和家庭艺术氛围的熏染之下，梅耶荷德自小就迷上了戏剧，时常和一些话剧爱好者一起排演剧目，并以“助理导演”之名排演了格里鲍耶多夫的喜剧《智慧的痛苦》。幼时的演戏经历从此奠定了他对戏剧的终生热爱，激发了他对俄罗斯文化与艺术的兴趣，他甚至为此接受东正教，改换自己的姓氏，将德国名卡尔·卡季米尔·德阿多尔改成符谢沃洛德，以纪念著名颓废派作家符谢·迦尔洵②，并且将自己的姓也改为俄文拼写的“梅耶荷德”。从此他便以符谢沃洛德·艾米里耶维奇·梅耶荷德的名字踏上新的人生之路。梅耶荷德大胆叛逆的性格也由此初见端倪。1895 年，梅耶荷德在奔萨中学毕业之后，进入莫斯科大学法律系学习。在莫斯科学习期间的每个晚上他都是在剧院度过的，不仅观看大量演出，而且参加一些业余演出，扮演了诸如《结

① Звенигородская Н.Э. Провинциальные сезоны Всеволота Мейерхольда. 1902-1905 гг.[M]. M., 2004. C. 5.

② 符谢沃洛德·米哈伊洛维奇·迦尔洵（1855—1888），俄国作家，因精神抑郁而自杀身亡。

婚》中的科奇卡列夫、《森林》中的夏斯特利夫采夫、《自家人好算账》中的里斯波洛任斯基等角色，渐渐掌握了表演艺术的基本技艺。在观众与业余评论家们的交口称赞中，他对自己的表演才能也日渐自信。1896 年 2 月 29 日，梅耶荷德偶然来到狩猎者俱乐部观看了艺术与文学协会演出的《奥赛罗》，由康 · 谢 · 斯坦尼斯拉夫斯基参加的这场演出给梅耶荷德留下了深刻的印象，令他对戏剧表演有了全新的认识。这次演出使他更加清楚地在舞台上看到了自己的使命，也促使他下决心以戏剧为生。对戏剧的强烈爱好最终促使梅耶荷德做出一个惊人的决定——毅然放弃莫斯科大学的学业，退学后转入莫斯科音乐戏剧学校学习。

莫斯科音乐戏剧学校是由弗拉基米尔 · 涅米罗维奇 – 丹钦科主办的一所培养演员的专科学校。转学之后，梅耶荷德直接进入二年级的学习，涅米罗维奇 – 丹钦科因此成为梅耶荷德的戏剧启蒙老师，并对他日后的戏剧生活产生了一定的影响。最初，精力充沛、才思敏捷、气质独特的梅耶荷德，尤其是他身体造型的精准、动作的机敏，还有一丝不苟的态度给涅米罗维奇 – 丹钦科留下很好的印象。涅米罗维奇 – 丹钦科十分强调表演的质朴与自然，要求学生“要毫不表演地去表演”。这一表演原则截然不同于梅耶荷德在业余舞台演出中所掌握的技巧，也与当时充斥于莫斯科各剧场的表演风格不同，但梅耶荷德一心向往成为一个像连斯基[①]那样的演员，愿意为了演员崇高的天职而努力训练自己。他在老师涅米罗维奇 – 丹钦科那里得到了较为全面的表演训练，包括心理活动、日常特征、道德问题、与剧作家的情感融合、向往坦率和简洁、追求鲜活的表达，以及措辞、模仿、性格塑造和自信等，为将来的舞台表演奠定了新的基础。尽管当时的梅耶荷德对导演职业并没有太多的思考，但他还是成为涅米罗维奇 – 丹钦科授予导演练习的第一批学生之一，并“以出色的导演虚构和熟练的技术安排了学校小小的舞台”[②]，从而深深感动了涅米罗维奇 – 丹钦科。最终梅耶荷德以 5+ 的优异成绩毕业，与后来成为安 · 巴 · 契诃夫妻子的奥 · 列 · 克尼碧尔一起荣膺特别奖——大银质奖，并顺利地被吸收到刚刚成立的莫斯科艺术剧院当演员。

1898 年对于俄国戏剧历史而言具有里程碑的意义，正是在这一年弗 · 伊 – 涅米罗维奇 – 丹钦科和斯坦尼斯拉夫斯基共同创办了莫斯科艺术剧院（最初

---

① 亚历山大·巴甫洛维奇·连斯基（1847—1908），俄国著名演员、导演。

② [苏]К. 鲁德尼茨基：《梅耶荷德传》，童道明、郝一星译，中国戏剧出版社 1987 年版，第 39 页。

为莫斯科艺术普及剧院），开启了俄罗斯戏剧艺术的新篇章。成为刚刚成立的“特别的”艺术剧院的首批演员，对于梅耶荷德而言也同样具有里程碑的意义，他从此迈出了戏剧职业生涯的第一步。1898—1902 年既是莫斯科艺术剧院的初创期，也是梅耶荷德艺术生涯的起步阶段，无论对于整个俄罗斯戏剧史，还是对于梅耶荷德个人及其创作个性的形成都具有极其重要的意义。

早在音乐专科学校学习时，梅耶荷德就被认为是一个“戏路宽”，能够胜任各种不同角色的演员。因此，以优异成绩毕业的梅耶荷德对未来的戏剧之路满怀憧憬，充满了自信与抱负，渴望在舞台上出人头地，赢得更多的荣誉。然而，1898—1902 年，在头 4 个演剧季中梅耶荷德只扮演了 18 个角色，除了《海鸥》中的特列普列夫、《三姐妹》中的图森巴赫、《第十二夜》中的马里沃利奥、《伊万雷帝之死》中的沙皇以及《威尼斯商人》中的阿拉贡亲王，他给观众留下深刻印象的角色并不太多。

众所周知，《海鸥》是决定艺术剧院未来命运的重要作品，而在其中出演特列普列夫对梅耶荷德的戏剧命运也是至关重要的。在此之前，他所扮演的角色未能引起关注，有些表演还被指责“过于神经质”“演得过火”或是生硬、带有病态特征，这对一向自信的梅耶荷德无疑造成了压力，使他常常感到烦恼和不满。因此，当他面对契诃夫剧作中同样具有不妥协的精神、同样幻想着戏剧的新形式的特列普列夫时，他感到从未有过的激动，在特列普列夫身上梅耶荷德仿佛看到了自己。“追求必然不被人了解的事物的朦胧愿望，把自己完全献身于艺术的渴望——这些都和扮演者的内心结构和精神面貌相吻合。”① 由于与角色之间十分相近的形象特点，以及对契诃夫剧作艺术内核的独特理解，梅耶荷德对特列普列夫这个角色的诠释十分独特，使他取得了渴望已久的成功：“梅耶荷德先生演得很出色。演员这种有点冷淡，有些瞬间似乎应该多一点儿神经质和亲切感，没想到却更加强烈地表现出他的痛苦的、反常的、绷得紧紧的心弦。”② 更为重要的是，梅耶荷德带有个性发挥的表演给契诃夫留下深刻的印象，赢得了剧作家本人的认同与好感。而自从第一次见到契诃夫起，梅耶荷德就把他当成自己的偶像，从精神上努力接近他。继《海鸥》演出之后，在为莫斯科艺术剧院创作构思《三姐妹》时，契诃夫把男爵图森巴赫设计为一个德国人是绝非偶然的，他显然有意让这个角色接近于他心目

① [苏]K. 鲁德尼茨基：《梅耶荷德传》，童道明、郝一星译，中国戏剧出版社 1987 年版，第 61 页。

② [苏]K. 鲁德尼茨基：《梅耶荷德传》，童道明、郝一星译，中国戏剧出版社 1987 年版，第 65 页。

中的扮演者梅耶荷德。尽管梅耶荷德所扮演的图森巴赫未能如众人所期望的那样成功，但梅耶荷德与契诃夫之间的友谊却从此展开，契诃夫从此成为影响梅耶荷德戏剧创作方向的最重要的人物之一。梅耶荷德曾经自豪地回忆道："契诃夫热爱我。这是我一生的骄傲，最亲切的记忆之一。"①

在莫斯科艺术剧院从艺四年，梅耶荷德最大的收获莫过于直接接受了斯坦尼斯拉夫斯基戏剧观念与导演方法的影响。在梅耶荷德的眼中，斯坦尼斯拉夫斯基永远是他仰望的一座艺术高峰。如前所言，梅耶荷德是在狩猎者俱乐部观看《奥赛罗》时，第一次认识斯坦尼斯拉夫斯基的。斯坦尼斯拉夫斯基迥然不同于小剧院的自然清新的表演风格给梅耶荷德留下了深刻的印象，令他耳目一新，欣喜若狂。此后，在音乐专科学校的一次观摩教学演出中，斯坦尼斯拉夫斯基对梅耶荷德的表演也十分欣赏，直言不讳地赞许梅耶荷德说："我喜欢你。演得自然、清新。祝贺你。"②俄罗斯戏剧史上两位最重要的艺术大师之间的恩怨情仇是从彼此的欣赏与好感开始的。在艺术剧院的四年学艺期间，梅耶荷德受益匪浅，对戏剧表演有了新的认识。他对斯坦尼斯拉夫斯基十分尊重，从他那里学习表、导演艺术，并毫不犹豫地接受了艺术剧院的"信念的象征"："要求舞台上再现的'生活画面'真实可信。舞台不再是演员表演的露天舞台，渐渐变成人们生活的世界。从虚假的程式化的压迫下挣脱出来的生活的真实，被当作艺术的最高目标，当作演员道德上的职责。"③当时，梅耶荷德在自己的日记中写下了一句座右铭："或生或死，但求不是梦幻一场。"他还用一个简短的艺术公式来表明自己的追求和目标："艺术应该在人们面前描绘出真实的生活画面。让每一个人无须经过指示和有偏见的说明，就能自己在画面上找到他所需要的东西。"④追求"像生活一样真实"的戏剧观念也成为他后一个阶段戏剧创作的基石。

随着俄国社会现状的不断变化，尤其是在彼得堡目睹了喀山大教堂血案⑤

---

① [苏]K. 鲁德尼茨基：《梅耶荷德传》，童道明、郝一星译，中国戏剧出版社 1987 年版，第 71 页。

② [苏]K. 鲁德尼茨基：《梅耶荷德传》，童道明、郝一星译，中国戏剧出版社 1987 年版，第 42 页。

③ [苏]K. 鲁德尼茨基：《梅耶荷德传》，童道明、郝一星译，中国戏剧出版社 1987 年版，第 64 页。

④ [苏]K. 鲁德尼茨基：《梅耶荷德传》，童道明、郝一星译，中国戏剧出版社 1987 年版，第 69 页。

⑤ 1901 年 3 月 4 日，在彼得堡的喀山大教堂附近，警察和哥萨克士兵对抗议游行的大学生进行野蛮屠杀，造成重大伤亡。

之后，梅耶荷德敏感而激进的性格特点表现得更加明显，他不断思考"我们为什么表演，表演什么，通过自己的表演要教育谁、抨击谁"的问题。虽然在艺术观念上他仍然与以斯坦尼斯拉夫斯基为代表的早期艺术剧院的创作原则保持一致，但在创作上要使"舞台重新和现实联系起来"的思想已经萌芽。而与此同时，曾经的恩师涅米罗维奇－丹钦科对梅耶荷德思想意识中常常互相矛盾、碰撞的激进主义苗头深感不安、失望，认为其思想倾向"是一种混乱，是尼采、梅特林克和转变为忧郁的激进主义的狭隘的自由主义的奇特混合物"[①]。昔日备受称赞的梅耶荷德日渐失去涅米罗维奇－丹钦科的器重。生性率直而任性的梅耶荷德依然故我，他明确表态支持排演高尔基的剧本《小市民》而否定涅米罗维奇－丹钦科的剧作《在幻想中》，这一做法激怒了涅米罗维奇－丹钦科，并成为他不久之后被迫离开艺术剧院的导火索之一。

虽然涅米罗维奇－丹钦科的剧本如期上演，但演出却是失败的，观众席上发出的喝倒彩声被怀疑是梅耶荷德所为，这不但彻底激怒了涅米罗维奇－丹钦科，而且也使斯坦尼斯拉夫斯基十分愤怒。结果，在 1902 年公布的重组剧院的合伙股东名单中梅耶荷德被排除在外，令梅耶荷德"走投无路"。1902 年 2 月 2 日，他致信 M.E. 达尔斯基："我最终不可挽回地决定要放弃为艺术剧院服务。"[②] 毋庸置疑，这是直接促使梅耶荷德宣布与艺术剧院分道扬镳的一个重要原因。但是，客观而言，导致梅耶荷德离开莫斯科艺术剧院的原因更为复杂。

第一，作为演员的梅耶荷德是失败的。他在莫斯科艺术剧院一直"怀才不遇"，他所渴望的成功迟迟未能到来。除了特列普列夫、阿拉贡亲王、约翰尼斯等角色外，他并未得到更多的机会展示自己的表演技巧，因此未能引起评论界的关注。

第二，与剧院管理者涅米罗维奇－丹钦科关系的恶化。梅耶荷德曾经备受老师涅米罗维奇－丹钦科的欣赏与器重，但由于梅耶荷德过于率直、任性、忧郁的性格，二者关系日渐疏远，剧本事件加剧了二者关系的恶化。

第三，与剧院的绝对领导——"导演—独裁者"斯坦尼斯拉夫斯基存在分歧。一方面，梅耶荷德无法接受斯坦尼斯拉夫斯基早期过于独裁专断的导演作风，后者要求演员必须严格遵照他的导演构思进行表演，不能有分毫的偏差，极大地阻碍了演员个性的发挥，尤其压制了梅耶荷德这样富有个性的演员。另一方面，以斯坦尼斯拉夫斯基为代表的早期的莫斯科艺术剧院在戏

① 陈世雄：《导演者：从梅宁根到巴尔巴》，厦门大学出版社 2006 年版，第 263 页。

② В.Э.Мейерхольд: наследие 1 [M]. M.: О.Г.И., 1998. C.460.

剧创作原则上追求“唯美”的形式与“生活的逼真”，这与梅耶荷德追求的戏剧理想格格不入，他曾经为此发出质疑：“难道我们演员就应该只知道表演吗？为什么表演，表演什么，通过自己的表演要教育谁，抨击谁。”[①] 梅耶荷德热切渴望创作的自由，证明自己的创作才能。

第四，艺术剧院重组时被排除在合伙股东之外。

于是，别无选择的梅耶荷德毅然决然地踏上自己的新征程——独立的外省戏剧探索阶段。

二、赫尔松演剧季——“莫艺”方法的翻版

1902—1905 年是梅耶荷德在外省独立从事戏剧活动的三年，包括 1902—1903 年、1903—1904 年在赫尔松的两个演出季，1904—1905 年第比利斯的一个演出季，以及在尼古拉耶夫、塞瓦斯托波尔、波尔塔瓦、奔萨的巡回演出。在这个阶段，梅耶荷德身兼数职，既是剧院领导，又是导演、演员，还时常翻译一些剧作、评论。仅在赫尔松和第比利斯的两年里，他所领导的剧团就上演了 150 多部戏，平均每周 3—4 部戏。但是，在已有的梅耶荷德研究中，对于他独立创作的最初三年常常一笔带过，似乎认为这个阶段不过是梅耶荷德整个戏剧生涯中短暂的一个过渡，并没有什么实质意义。然而，外省的三年戏剧活动不仅仅是梅耶荷德创作履历中不可或缺的一页，它还是承上启下的重要一页。俄罗斯学者斯维尼戈罗茨卡娅将梅耶荷德在外省的三年戏剧活动形象地比喻为其独立自主创作的“孕育期”。正是在这个阶段，梅耶荷德实现了身份的转变，诞生了“导演梅耶荷德”。他从莫斯科艺术剧院的一个演员成长为独立探索新的舞台形式的导演，其间所产生的新思想不仅在他本人后来的探索之中举足轻重，而且在许多方面决定了俄罗斯及世界戏剧的发展进程。因此，对于由演员转变为导演的梅耶荷德来说，这个阶段具有独特的意义，它也是我们探寻梅耶荷德走向戏剧假定性道路的起点。

对满怀理想抱负和征服信念的梅耶荷德而言，离开莫斯科艺术剧院并不是件痛心疾首的事，独立探索戏剧的大路就此展开在他面前。梅耶荷德与昔日同事亚历山大·谢尔盖耶维奇·科舍韦尔罗夫在远离莫斯科的南国小城赫尔松共同组建了一个新剧团，所招募的都是清一色的年轻演员。由于剧院属

---

① [苏]К. 鲁德尼茨基：《梅耶荷德传》，童道明、郝一星译，中国戏剧出版社 1987 年版，第 69 页。

于私营性质，面临极大的生存压力，因此剧团不得不高速运转（快速排演大量剧目）以应对票房压力，不但要隔三差五保证每日早、晚两场演出，而且要不断推出新剧目以吸引观众。勇于挑战的梅耶荷德并没有被吓倒，反而以超人的精力、大胆的方式和奇特的工作能力，迅速地开始了征服赫尔松观众的工作。在 1902—1903 年赫尔松头一个演出季的 5 个月中，梅耶荷德和剧团的演员们就上演了 79 个剧目，包括契诃夫、高尔基、易卜生、霍普特曼、列夫 · 托尔斯泰和左拉的经典作品，这几乎相当于莫斯科艺术剧院四个演出季的全部剧目。一方面由于客观条件的限制，另一方面由于梅耶荷德本人对以斯坦尼斯拉夫斯基为代表的艺术剧院排演原则的认同，在这一阶段梅耶荷德仍是莫斯科艺术剧院原则的忠实拥护者，以仿效莫斯科艺术剧院为主，沿用了斯坦尼斯拉夫斯基的“写实”方法，不仅在舞台布景方面照搬莫斯科艺术剧院舞台美术家 B.A. 西莫夫的设计，而且还制造出各种“生活本身”的声音：蛙鸣、狗吠、雨滴声等。总之，在演出风格上是一丝不苟的自然主义，如同艺术剧院的“翻版”，被媒体戏称为“迷你型莫艺”。正如之后他自己所承认的：“作为一个导演，我是从模仿斯坦尼斯拉夫斯基开始的。……未敢越雷池一步。”[①] 在某种程度上效法艺术剧院是梅耶荷德证明自己才能，同时也征服赫尔松观众的一张王牌，而上演契诃夫的剧目《三姐妹》则是打响征服战的第一炮。结果，演出不负众望，如梅耶荷德所希望的“给赫尔松的居民以强烈的印象”。此后，新剧团又相继上演了契诃夫的另两部剧作《万尼亚舅舅》《海鸥》，霍普特曼的《亨舍尔》《沉钟》《孤独者》，易卜生的《野鸭》《海达 · 高布乐》《人民公敌》，高尔基的《小市民》，阿 · 托尔斯泰的《沙皇费多尔 · 约安诺维奇》《伊万雷帝之死》。此外，他还尝试排演了一些艺术剧院未曾排过的新戏。高强度的演出任务与简陋的演出环境自然削弱了演出的艺术性，许多戏排演得十分仓促、粗糙，然而这并未打消梅耶荷德的斗志，而是促使他快速完成了一个华丽的转身——逐渐从单纯的演员过渡成为兼具导演与演员的双重身份，而且以导演工作为主。

三、“新话剧社”——对“莫艺”方法的反思

赫尔松是位于黑海边上的一座小城，人口只有七万多，而戏剧观众更是不足千人。在第一个演剧季时，为了迎合有限的观众的观剧要求，在照搬莫

① ［苏］K. 鲁德尼茨基：《梅耶荷德传》，童道明、郝一星译，中国戏剧出版社 1987 年版，第 94 页。

斯科艺术剧院保留剧目的同时，梅耶荷德不得不排演一些同早期莫斯科艺术剧院原则相对立的剧本，不可避免地与他所遵循的创造逼真的“生活画面”的风格产生了不可调和的矛盾。最早的梅耶荷德研究专家 Н.Д. 沃尔科夫一针见血地指出：“在外省只排演与莫斯科艺术剧院同样的剧目是不可能的，实质上，正是这一点救了作为导演的梅耶荷德，因为排演其他新剧目是使之能够逐渐地偏离那些固有的形式，从而开始探索自己的形式。”[①] 一个偶然的机会，梅耶荷德接触到了剧作家弗兰茨 · 冯 · 申塔恩的剧本《技巧演员》，更加深了他对自然主义戏剧的质疑。《技巧演员》是一部情节喜剧，具有浓厚的杂耍色彩。这一全新风格的剧本令梅耶荷德兴奋不已，他亲自在剧中扮演年事已高的小丑兰多夫斯基。但是，在排演过程中梅耶荷德惊讶地发现，艺术剧院所创造的原则并不是万能的，完全的生活幻觉在舞台上并不一定需要，也不一定总能做到。于是，破坏“幻觉舞台”，打破“第四堵墙”成为必然之举。从意识到这一简单的事实起，梅耶荷德的戏剧创新之路就开始了。

从 1903 年第二个演剧季开始，梅耶荷德将剧团更名为“新话剧社”。名称上的变化实质上标志着剧团创作方向的转折——梅耶荷德要清除戏剧的陈规陋习，以排演“新剧”探索一种新方向，即与自然主义戏剧分道扬镳的新方向。

在梅耶荷德计划的“新剧”中，既包括人们熟知的易卜生、契诃夫、霍普特曼、高尔基的作品，也新增了梅特林克、汉姆松、邓南遮、普什贝舍夫斯基的作品，这些名字在当时的俄国还是十分陌生的。在昔日朋友阿 · 列米佐夫[②] 的影响与介绍下，梅耶荷德开始接触象征主义作品和一些青年诗人，如勃留索夫、巴利蒙特、勃洛克等。“梅耶荷德对象征主义的热衷，是由于他早就渴望着一种高度概括的艺术。”[③] 象征主义剧本本身所表现的怪诞离奇、朦胧不定吸引着梅耶荷德，他个性中潜藏的叛逆性、视“中庸”为洪水猛兽的极端性促使他跃跃欲试。于是，担负着新的戏剧使命的“新话剧社”开始尝试排演象征主义作品——普什贝舍夫斯基的《雪》和梅特林克的《莫娜 · 娃娜》，尝试将一些新的导演思想付诸演出实践中。在《雪》中梅耶荷德首次大胆运用光谱的对比、变化以加强舞台表现力，各幕之间所采用的不同色调的光都具有象征意义，以此体现导演的构思。列米佐夫在象征主义的杂志《天秤》

---

① Волков Н.Д. Мейерхольд[М]. М.—Л.:Academia. 1929. С.162

② 阿列克谢 · 列米佐夫（1877—1957），俄罗斯作家、文学理论家。

③ 陈世雄：《导演者：从梅宁根到巴尔巴》，厦门大学出版社 2006 年版，第 265 页。

上高度评价了梅耶荷德的创举："在色调上把此剧的象征意义的色彩和造型同它的现实情节结合起来。"[①] 遗憾的是，由于当地观众数量少且审美趣味十分保守，演出遇冷，观众对导演的"新方向"公然表示反感。

梅耶荷德生性喜欢挑战。随着导演工作磨合期的结束，在大量紧张的排戏过程中，梅耶荷德的实践经验明显增多，其挑战意识再度萌芽，对艺术剧院"情绪艺术"的社会消极性产生怀疑，并逐渐地不再严格照搬艺术剧院的排演方法。正如梅耶荷德自己所说："那时我在理论上已不接受他（指斯坦尼斯拉夫斯基）早期导演艺术的很多手法，我对他的那些手法是持批判态度的"。[②] 尽管在演出剧目上"新话剧社"仍然保留了莫斯科艺术剧院的所有剧目，但每次演出梅耶荷德都有出奇的新发明，而且常常是互相矛盾的发明。正是这些发明从根本上改变了人们普遍习惯的戏剧观念。这在某种程度带有挑衅性的姿态，既是直观地表明他的新方法与传统方法之间的不同，同时也想以此吸引大家关注他的戏剧创新活动。结果他的预想成功了："新话剧社"越来越频繁地出现在报刊和戏剧评论上，梅耶荷德的名字也成为"新戏剧"的代表，他俨然成为外省剧院戏剧革新的领军人物。

然而，此时的梅耶荷德已被象征主义深深吸引，他竭力想向观众介绍斯特林堡、梅特林克等欧洲戏剧革新家。但观众对上演的象征主义作品的"漠然"甚至反感的态度使他清醒地认识到，赫尔松、塞瓦斯托波尔、第比利斯、尼古拉耶夫、波尔塔瓦这样的小城根本无法为他提供戏剧革新所需要的环境，而只有在莫斯科或彼得堡才会有实验戏剧的广阔天地。

综上所述，1898—1904 年是梅耶荷德戏剧创作的起步阶段，它对梅耶荷德未来的戏剧道路具有重要的现实意义。

第一，梅耶荷德的戏剧创作是从效仿莫斯科艺术剧院的演出方法开始的，这在他一生的创作中留下了不可磨灭的印迹。

第二，三年的外省戏剧活动是梅耶荷德创作的第一个丰产期，在各种戏剧作品的磨砺中，梅耶荷德逐渐蜕变为独立的导演。

第三，在对自然主义戏剧局限性的反思中，梅耶荷德开始寻找新的戏剧形式与表现方法，在诠释契诃夫戏剧作品中逐渐明确未来新戏剧的方向——象征主义。

---

① ［俄］K. 鲁德尼茨基：《梅耶荷德传》，童道明、郝一星译，中国戏剧出版社 1987 年版，第 110 页。

② ［俄］格拉特柯夫辑录，童道明译编：《梅耶荷德谈话录》，中国戏剧出版社 1986 年版，第 34 页。

第四，这一阶段梅耶荷德无意识发现、采用的新的舞台表现手法构成其未来戏剧探索与创新的基础。

第二节 象征主义戏剧探索（1905—1907）

19世纪末在法国形成了一个新的艺术流派——象征主义，并迅速风靡欧洲。象征主义者宣称他们的艺术对立于平淡乏味的自然主义。如果说自然主义主要模仿外在和客观的物质世界，那么象征主义关注的则是内在和隐秘的精神世界。在对待生活与艺术的态度上，自然主义和现实主义侧重于模仿日常生活现象，而象征主义则着力揭示内心的本质生活，二者存在根本的对立。对于象征主义者而言，最为重要的是在日常生活及其环境中可以寻找到某种客观的对应物——象征，从而揭示生活的本质内涵。同样地，象征主义戏剧也是对自然主义戏剧的一种反拨，重在主观地表现个人的精神生活与内心世界，具有主观性与内向性的特点，充满神秘性和模糊性。此外，象征主义戏剧还具有双层次的结构，重视潜台词与停顿的运用，并追求作品的外在形式美。[①]总之，"一种和等同于自然主义的现实主义针锋相对的新的艺术流派——象征主义，脱颖而出；它能使创作腾空而起，挣脱日常生活的令人沉闷和厌倦的罗网，把艺术家引上风光无限的顶峰，那里看得到神秘莫测的事物，能发现理智所不能理解的、神秘的生活意义。"[②]

象征主义对19世纪末至20世纪初的俄国剧坛产生巨大的冲击，曾一度占据俄国剧坛的主导地位。因此，梅耶荷德与斯坦尼斯拉夫斯基在同一时期不约而同地将自己的戏剧探索转向象征主义也就不足为奇了，这其中既有艺术发展潮流推动的外在因素，也有自身美学趣味、戏剧创新等内在动力的作用。

1902年，梅耶荷德毅然离开莫斯科艺术剧院，踏上独立的戏剧创作之路，这条道路逐渐把他带向不同于早期莫斯科艺术剧院风格的新方向，带他走向象征主义潮流引导的假定性戏剧。在外省期间，他已经尝试排演了一些象征主义剧作，并在很短的时间里一跃成为象征主义戏剧探索的先驱人物，所导

---

① 陈世雄：《导演者：从梅宁根到巴尔巴》，厦门大学出版社2006年版，第48页。

② [苏]K.鲁德尼茨基：《梅耶荷德传》，童道明、郝一星译，中国戏剧出版社1987年版，第105页。

演的作品已显露出象征主义的风格特点。

众所周知，艺术剧院最初因上演契诃夫的剧本而声名鹊起，它以表现普通人的真实生活为己任。然而，1905 年俄国革命前夕，俄国社会生活急剧动荡，各种关系更加复杂。社会嬗变的时代孕育着艺术的革命，也使莫斯科艺术剧院面临方向的选择。斯坦尼斯拉夫斯基坦言："我们的艺术处于一个十字路口……我感到，我们的剧院走进一个死胡同了。旧的道路已经摧毁，但新的道路尚未明确。"[①] 斯坦尼斯拉夫斯基意识到时代的变化需要新的艺术表现形式，意识到"现实主义、日常生活场面已经过时了"，他需要寻找新的主人公，尝试不同风格的戏剧，用不同的方法和形式来表现"人的精神生活"。对于艺术剧院如何选择未来戏剧发展的方向，是否从"现实"路线转向"非现实"的路线，莫斯科艺术剧院管理层内部出现分歧。斯坦尼斯拉夫斯基之后在《我的艺术生活》中所说的这段话充分反映了他曾经的困惑以及最终的选择："出现这么一种难以推翻的观点，似乎我们的剧院只是现实主义的剧院，似乎我们只对日常生活感兴趣，而所有抽象的、非现实的东西我们都不需要，也做不到。事实并非如此。那时我几乎只对戏剧中的非现实的感兴趣，并寻找它的舞台表现手段、形式和方法。因此，安德烈耶夫的剧本[②] 来得正是时候，它恰好符合我们那时的需要和探索。"[③] 可以说，一种新的戏剧理想之光也在向他招手。恰在此时，通过列米佐夫刊登在《天秤》上的剧评，以及其他在外省看过梅耶荷德演出的演员的介绍，斯坦尼斯拉夫斯基了解到梅耶荷德的戏剧活动正在如火如荼地进行中，而且其中有许多令人耳目一新的东西。斯坦尼斯拉夫斯基发现："我们之间的差别在于我只是力图探求新的东西，而对于实现这些东西的途径和方法还不知道；梅耶荷德呢，看来他已经找到了新的途径和方法，不过由于物质条件和剧团人力薄弱，还不能完全加以实现。"[④] 于是，斯坦尼斯拉夫斯基决定邀请梅耶荷德回到莫斯科，为他提供继续进行象征主义戏剧实验的条件——位于波瓦尔斯卡娅大街的实验剧社。

梅耶荷德的象征主义戏剧实验阶段持续了两年半的时间，从时间和地域

---

① Арье Элкана Карл-Казимир-Теодор-Всеволод Мейерхольд[M]. M., 2006, C.209.

② 列奥尼德·尼古拉耶维奇·安德烈耶夫（1871—1919），俄国白银时代小说家、剧作家，代表剧作有《人的一生》。梅耶荷德与斯坦尼斯拉夫斯基先后排演了此剧。

③ [俄]斯坦尼斯拉夫斯基：《我的艺术生活》，瞿白音译，上海译文出版社 2002 年版，第 412 页。

④ [俄]斯坦尼斯拉夫斯基：《我的艺术生活》，瞿白音译，上海译文出版社 2002 年版，第 364 页。

关系上可以分为两部分：一是莫斯科部分（1905 年 5—10 月），二是彼得堡部分（1906 年 8 月—1907 年 11 月）。这一阶段始于波瓦尔斯卡娅实验剧社，结束于科米萨尔日夫斯卡娅剧院。这是一个比较完整的戏剧探索阶段，并在科米萨尔日芙斯卡娅剧院实现了质的飞跃。

一、波瓦尔斯卡娅实验剧社（1905—1906）

1905 年 5 月，梅耶荷德正式开始在新建的附属于莫斯科艺术剧院的波瓦尔斯卡娅实验剧社当导演。在 5 月 5 日召开的"实验剧社"同人会议上，斯坦尼斯拉夫斯基发表讲话，号召年轻的剧团成员全力以赴去实现自己的主要任务——以新的舞台表演的形式和方法去革新戏剧艺术。"日常生活场面已经过时了。非现实主义舞台的时代到来了。"① 这无疑为实验剧社未来的实验方向定好了基调。受到斯坦尼斯拉夫斯基讲话的鼓舞，梅耶荷德开始以饱满的热情投入新的挑战。然而，无论是阿庇亚、福克斯还是戈登 · 克雷，这些欧洲戏剧革新家们关于新戏剧的思想还只是停留在书面宣言和草图阶段，并未给梅耶荷德提供任何可资借鉴的实践经验。对于梅耶荷德而言，充满未知与挑战的探索之旅刚刚开始。于是，他将实验剧社的主要目标确定为：探索象征主义的美学原则能否适用于戏剧，怎样加以运用，以创造一种能够实现总体艺术综合的象征主义理想的戏剧。为此，他选择了清一色的象征主义戏剧作品，包括梅特林克的《丁达奇尔之死》和《普莱雅斯与梅丽桑德》、霍普特曼的《什留克与雅乌》、易卜生的《爱的喜悦》，以及在外省曾经尝试排演过的普什贝舍夫斯基的《雪》。显而易见，实验剧社就是以象征主义戏剧实验为目标的。

实验从梅特林克的《丁达奇尔之死》开始。如何实现剧作家对舞台设计的"极简"要求——这是梅耶荷德面临的第一个难题。根据莫斯科艺术剧院一贯的排演规范，舞台美术设计者的功能是有限的，必须严格服从导演的要求，必须与导演构思保持高度一致。莫斯科艺术剧院最权威的舞美设计 B.A. 西莫夫曾经为此感叹："我不止一次地想让色彩变得更加明快些，但我有意识地让自己的设计服从于导演的指令。" ② 梅耶荷德的戏剧实验就是从改变戏剧创作成员之间不平等的关系入手的，力求与舞台美术设计者建立新型的平等的

---

① ［苏］K. 鲁德尼茨基：《梅耶荷德传》，童道明、郝一星译，中国戏剧出版社 1987 年版，第 128 页。

② Симов В.А. Фрагменты из воспоминаний[А]. Нехорошев Ю.И. Декоратор Художественного театра Виктор Андреевич Симов[М]. М., 1984, С. 238.

伙伴关系。为了实施自己的戏剧革新主张，梅耶荷德首先将一批年轻画家吸纳到实验剧社，包括尼古拉 · 萨普诺夫、谢尔盖 · 苏杰伊金、尼古拉 · 乌里扬诺夫、瓦西里 · 杰尼索夫。他们才思敏捷、富有创意，在创作上不受任何陈规旧套的束缚，日后也成为梅耶荷德戏剧革新不可或缺的重要同盟。正是在这样一个富有朝气与开拓精神的集体中，梅耶荷德焕发出前所未有的工作热情。在布景设计过程中，梅耶荷德十分重视舞台美术设计师在创作中自我表达的权利，给他们以充分的创作空间。梅耶荷德力求摒弃模仿生活的"逼真"的戏剧理念极大地鼓舞着年轻的画家们，面对新戏剧的召唤，他们同样跃跃欲试。但是，首先摆在他们面前的难题就是如何解决舞台模型与演出的象征主义风格之间的冲突。为此，他们大胆地提出，应该摒弃莫斯科艺术剧院使用的传统设计方法——布景模型，拒绝教条地遵照剧作中的舞台指示进行设计，彻底抛弃"完全忠实于生活模型的户外和室内布景"的设计原则。锐意创新的画家们主张采用全新的表达手段——绘画嵌板的原则，以取代布景模型，主张赋予舞台美术设计对剧作理解和体现的权利。这些主张与梅耶荷德的思路不谋而合，因为他一直将布景模型视为自然主义戏剧的产物，早就恨不能立即消灭他深恶痛绝的带有自然主义戏剧色彩的一切。"模型在我们手中转动……我们想将模型付之一炬，一脚踏碎，我们已接近于要把自然主义剧院的陈规旧俗踩在脚下，扔去焚烧。"①

在梅耶荷德的鼓励下，萨普诺夫和苏杰伊金果然抛弃了传统的布景模型，创作出一系列与日常生活布景截然不同的绘画和具有概括性诗意的印象主义风格布景，充分体现了他们所想表达的对剧作的理解。无论是色调的美，还是光线的奇特效果都令梅耶荷德惊叹、欣喜，而且使他确信，这就是梅特林克戏剧要展现的神秘莫测、虚若梦幻、冷若冰霜的世界。

在表演方面，根据象征主义戏剧的特点，梅耶荷德提出"半浮雕"式的表演风格，即要求演员表演时要有"圣母像般"的动作，造成"雕塑化"的效果，从而实现象征主义"神秘性"与"模糊性"的特征。在台词诵读方面，梅耶荷德要求演员声音"庄重恬静而有力"，但没有个性也没有激情，使台词如同水滴落入深井，如坠深渊般没有回响。同时，强调对白中"停顿"的意义，把言犹未尽当作原则，不再是角色之间的交流，而是大声表白。在音乐方面，梅耶荷德起用名不见经传的年轻音乐人伊利亚 · 萨茨，他所创作的音乐造成了

---

① МейерхольдВ.Э. Статьи, письма, речи, беседы (1891-1917) [М]. М.:Искусство, 1968, С.108.

令人不安、万念俱灰的悲伤气氛，对渲染剧作主题起到很好的作用。

在波瓦尔斯卡娅实验剧社进行的实验中，最有意义的作品就是《丁达奇尔之死》。象征主义诗人瓦列里·布留索夫是为数不多的观看了现场排演的人之一，他认为那是自己有生以来所看过的最有趣的演出之一。他在《天秤星》上发表剧评，详细描述了当时排演的情景："在动作方面出现更多的造型，而不是摹仿现实生活。其他几组人看似庞贝城的壁画，被栩栩如生地再现出来。布景一点儿也不顾及现实生活的情况，房间都没有天花板，城堡的柱子缠绕着某种蔓藤……人物的对话始终伴有音乐背景，那种音乐将观众的心带入梅特林克戏剧的世界。"① 年轻艺术家们与导演共同以全新的方式诠释梅特林克的代表作，力图摆脱舞台的现实主义，将概括性的人的形象与"命运"有机地结合起来，与具有"假定性戏剧"精神的新的排演原则结合起来，产生了十分独特新颖的效果。因此，当斯坦尼斯拉夫斯基第一次看过《丁达奇尔之死》的局部场景的彩排后，他对演出中许多新颖出奇的方法给予了肯定，认为剧本的处理"优美、新鲜、给人以强烈印象！"② 高尔基甚至因演出而激动得热泪盈眶。

在波瓦尔斯卡娅实验剧社，梅耶荷德同时还排演了霍普特曼的《什留克与雅乌》、易卜生的《爱的喜剧》。根据斯坦尼斯拉夫斯基的建议，梅耶荷德将《什留克与雅乌》剧情发生的年代从中世纪改变为洛可可时代，突出路易十四"脂粉时代"的风格特征。为了体现这一时代特点，美术设计乌里扬诺夫最初按照真景拍摄的照片或临摹的插图来设计布景，但过于繁复。于是，梅耶荷德创造性地提出一个新的排演原则——"风格化"原则。根据梅耶荷德的定义，所谓"风格化"并不是指准确地去复制某个特定时期或特定现象的风格，而是"不可分割地与传统、概括和象征的思想紧密连接在一起的。使某一特定时期或现象'风格化'就是指运用每种可能的表现手段，以揭示出那个时期或现象的内在综合，来显示出那些深植于任何艺术作品风格之中的隐藏的特征"③。在梅耶荷德的定义中，与"风格化"密不可分的是假定性、概括性和象征的思想。因此，布景设计的难题迎刃而解。乌里扬诺夫最终设计的布景都以贯彻"风格化"为原则：第一场中巨大的城堡大门，第二场中

---

① МейерхольдВ.Э. Статьи, письма, речи, беседы（1891–1917）[M]. M.:Искусство, 1968, C.112.

② [苏]K. 鲁德尼茨基：《梅耶荷德传》，童道明、郝一星译，中国戏剧出版社 1987 年版，第 138 页。

③ МейерхольдВ.Э. Статьи, письма, речи, беседы（1891–1917）[M]. M.:Искусство, 1968, C.109.

豪华的女王卧榻，第三场中沿台口分布的宛如硕大篮子的园林凉亭，而且每个“篮子”中都坐着一个宫女。布景十分华美、迷人，如同“珍珠贝的交织”，与服装的色彩相协调，演员的动作、台词、姿态与对话都带有音乐的节奏感，它们共同体现出“脂粉时代”的精神内质。在《什留克与雅乌》中梅耶荷德还独出心裁地采用浅舞台，把舞台布景前移至脚灯附近。总之，许多设计都打破了常规范式，与《丁达奇尔之死》同样给人以新颖之感。二者区别在于，在《什留克与雅乌》中梅耶荷德想要传达的是另一种氛围——欢乐与优雅。

在排演过程中，实验剧社的年轻艺术家常常为各个部分的新奇亮点而激动、兴奋，但只有梅耶荷德为演出合成的效果隐约担忧，毕竟戏剧是高度综合的艺术。结果，在观看两部作品的联排时，斯坦尼斯拉夫斯基一改曾经表现出来的欣赏的态度，对梅耶荷德的构思并不满意——实验失败了。究其原因，至少有四方面的因素。

第一，布景设计的问题。由于初排是在粗布背景、钢琴伴奏之下进行的，反而容易使人产生神秘的印象，符合梅特林克剧作的氛围。一旦演出移入正式舞台表演，开足的灯光彻底破坏舞台布景想要营造的神秘、模糊的气氛，印象派风格的二维布景与演员现实的身体、动作格格不入，二者不相协调。

第二，演员的问题。年轻演员的表演能力远未达到梅耶荷德期望的效果，无论在台词诵读、音调方面，还是动作表现方面，仍然带有明显的艺术剧院的“痕迹”，显现出传统表演的习惯，距离梅耶荷德拟定的目标甚远。

第三，斯坦尼斯拉夫斯基与梅耶荷德对戏剧创新的理解和感觉各不相同，在象征主义戏剧的舞台体现手段上存在分歧。在斯坦尼斯拉夫斯基的美学体系中，象征应产生于现实，产生于人们相互关系的真实之中，他总是在追求象征主义主题的心理的、生活的依据。而梅耶荷德则注重另一个方面——表现，即形式的问题——造型、节奏、姿态的表现力和独特的读台词的方式。

第四，对象征主义戏剧本质与表现方法认识的不足。这也是导致戏剧实验失败的最根本的原因。多年之后，梅耶荷德形象地用克雷洛夫的寓言故事《天鹅、虾和梭鱼》来比喻说明问题症结所在：“由于我操之过急和缺乏远见，那时试图把迥然不同的因素——象征主义剧本、风格化的舞美和在早期莫斯科艺术剧院风格熏陶下的青年演员结合在一起。”①

尽管在莫斯科实验剧社的实验以失败告终，尽管在梅耶荷德面前仍然横

---

① ［俄］格拉特柯夫辑录，童道明译编：《梅耶荷德谈话录》，中国戏剧出版社 1986 年版，第 6 页。

亘着戏剧理想王国与戏剧现实之间的鸿沟，但这一阶段探索实践的意义不可抹杀。梅耶荷德及其同人以波瓦尔斯卡娅实验剧社为实验场，大胆地将阿庇亚、福克斯、戈登 · 克雷的戏剧革新思想进行熔炼，以求“炼得”象征主义戏剧演出形式和手段的“真金”，这是真正意义上的戏剧试验。在这一实验过程中，梅耶荷德不断寻找、探索并力图确定那些综合的、概括的原则，塑造象征主义剧本所体现的时代的形象，并且富有诗意地实现剧作者的构思，而不是以模仿再现现实本身。梅耶荷德对排演方法进行改革，重构与舞台美术设计者的合作关系，提出“风格化”的新原则，探索出一系列具有实际运用价值的新的舞台表现手段，形成了一套自己的象征主义戏剧演出理论，在整体空间、舞台布景、演员的身体造型、念台词的方法、音乐等方面都具有新的理解。对梅耶荷德而言，戏剧实验的另一个重要成果是他深刻地意识到，建设新戏剧必须以培养新型演员为前提，在原有基础上建设新戏剧是不可能的。毋庸置疑，所有这些都为他思考、探索、创立假定性戏剧体系提供了重要的实践依据。1907 年，在《关于戏剧的历史与技术》一文中，梅耶荷德回顾了这段历史，他写道：“尽管实验剧院并不对公众开放，但它在俄国戏剧历史上却发挥了非同一般的作用。在此之后先进剧院受到强烈鼓动并迫不及待地搬到自己舞台上的所有的一切，都可以肯定地说是与实验剧院同根同源的。”[①] 与此同时，梅耶荷德本人也表达了自己的遗憾：“剧院从未向公众开放，所以历史就无法估量它所获取的经验的全部价值。”[②] 事实上，随着时间的流逝，今天的人们已经充分认识到它的价值与深远意义所在。

在俄罗斯新戏剧实验的摇篮里，有两位同样重要的奠基人——斯坦尼斯拉夫斯基与梅耶荷德，他们的实验、探索以及创作的痛苦都具有非凡的意义。波瓦尔斯卡娅戏剧实验只持续了短短半年，有如一些戏剧评论所比喻的“未及盛开就已凋零”，但它仍然可以称得上是俄罗斯“探索戏剧”的起源，这一阶段的象征主义戏剧实验活动标志着俄罗斯新戏剧运动的开端，同时也是斯坦尼斯拉夫斯基与梅耶荷德戏剧创作的重要转折点。在斯坦尼斯拉夫斯基的导演活动中，自从在他的创作意识中完全树立了实验室的经验，他的导演艺术就开启了一个全新的地带，最终引导他走向创立著名的斯坦尼斯拉夫斯基体系。无论是积极的探索与发现，还是对梅耶荷德创作经验的放弃，波瓦尔

① МейерхольдВ.Э. Статьи, письма, речи, беседы (1891-1917) [M]. М.:Искусство, 1968, С.105.

② МейерхольдВ.Э. Статьи, письма, речи, беседы (1891-1917) [M]. М.:Искусство, 1968, С.112.

斯卡娅实验剧社的探索实验对于斯坦尼斯拉夫斯基形成最终的创作方向都具有重要的意义。这一阶段的合作也使斯坦尼斯拉夫斯基与梅耶荷德发生了更为内在的联系，并最终成为互为镜像、彼此映照的两大戏剧体系。

此后梅耶荷德婉拒了斯坦尼斯拉夫斯基的邀请，再度重返外省，重振“新话剧社”，并终于将倾注了他实验心血的《丁达奇尔之死》呈现给第比利斯的观众，得到了当地观众与评论界的热烈回应。在这一短暂的过渡阶段，半年之内，梅耶荷德继续以他惊人的导演速度排演了 21 部戏，其中包括许多富有挑衅性和进攻性的作品。

二、科米萨尔日芙斯卡娅剧院（1906—1907）

早在 1904 年，著名演员维拉 · 费德洛夫娜 · 科米萨尔日芙斯卡娅就曾邀请梅耶荷德到她位于彼得堡的剧院工作。1906 年 8 月，在波瓦尔斯卡娅实验剧社被关闭后，梅耶荷德最终接受了科米萨尔日芙斯卡娅的邀请，成为她剧院的首席导演，开始了象征主义戏剧实验的另一半旅程。1906 年 8 月—1907 年 11 月是梅耶荷德戏剧生涯中的一个重要时期。在短短的一年之间（一个半演剧季）里他以狂风暴雨般的节奏导演了风格各异的 15 部戏，其中既有自然主义流派作家易卜生的作品《海达 · 高布乐》《娜拉》《爱之喜剧》，也有象征主义作家梅特林克的《修女贝阿特丽莎》《普莱雅斯和梅丽桑德》，还有安德烈耶夫的《人的一生》、勃洛克的《滑稽草台戏》、索洛古勃的《智慧蜜蜂的恩赐》与《死亡的胜利》，以及谢 · 尤什科维奇的《在城里》，等等。鲁德尼茨基感叹道：“军官巷剧院速度如此之快，给观众提供了一个又一个选择——这种现象是绝无仅有的，在历史上是前所未有的。”[①] 可以毫不夸张地说，这一阶段不仅是梅耶荷德导演创作的高质高产期，同时更是他戏剧实验探索的关键期。

科米萨尔日芙斯卡娅是 20 世纪初俄国最为杰出的女演员之一，曾经在彼得堡亚历山大剧院的舞台上塑造了多个经典形象，包括《海鸥》中的妮娜、《万尼亚舅舅》中的索尼娅、《玩偶之家》中的娜拉等。1904 年，她在彼得堡建立了自己的剧团，演出剧目与风格与莫斯科艺术剧院极为相近。她与斯坦尼斯拉夫斯基一样，试图寻找一种不同于自然主义风格的新戏剧，以求从根本上改变自己戏剧活动的特点，使之朝着象征主义与新流派的方向发展。她同样

① Мейерхольд: к истории творческого метода: Публикации. Статьи [М]. Сост. Н.В.Песочинский, СПб.: Культ Информ Пресс, 1998. С.157.

需要一个新戏剧的闯将来协助自己实现戏剧革新的追求。无疑，梅耶荷德就是最佳人选。首先，三年的外省戏剧活动给梅耶荷德带来了“轰动”性的影响，为他赢得了戏剧革新“先锋”“闯将”的名声；其次，梅耶荷德是斯坦尼斯拉夫斯基器重的新生力量，主持过波瓦尔斯卡娅实验剧社的实验，在探索新戏剧方面积累了一定的经验；再次，梅耶荷德与象征主义代表人物维亚切斯拉夫·伊万诺夫、瓦列里·布留索夫、亚历山大·勃洛克等关系密切。所有这些条件决定了梅耶荷德成为即将转型的科米萨尔日芙斯卡娅剧院导演一职的最佳人选。

对于梅耶荷德而言，他之所以接受科氏的邀请，原因并不那么简单。1906 年 3 月 2 日，梅耶荷德在给妻子的信中写道：“这个剧院不是我想要的那个，不是。我将不得不花费许多精力，最终收不到成效。”[①] 经历了多年磨砺的梅耶荷德已经成熟多了。外省戏剧活动的经验告诉他，私人职业剧院的生存在很大程度上取决于票房是否成功，而票房又取决于所上演的剧目。因此，他已经清楚地意识到，他所要进行的系统性的戏剧实验难以在一个私人的职业剧院展开。但与此同时，另一个问题也在困扰着他。无论是在波瓦尔斯卡娅实验工作室的实验演出中，还是在第比利斯与波尔塔瓦的演出中，都暴露出一个最为薄弱的环节，也是他最急迫地想要解决的问题——演员的工作。未经良好训练的演员完全不是实验戏剧所需要的那种演员，完全不能满足他进行戏剧实验的要求。那时梅耶荷德已经意识到需要两套演员班子——一套为日常演出配备，另一套为进行新的戏剧实验配备。同时，他也非常清楚自己根本没有条件在短期内创办所需要的戏剧实验室与演员班子。于是，为了继续被迫中断的戏剧探索和实验，他最终还是决定接受科米萨尔日芙斯卡娅的邀请，到彼得堡的剧院工作。

《海达·高布乐》是梅耶荷德在科米萨尔日芙斯卡娅剧院亮相的头场戏，无论是观众还是科米萨尔日芙斯卡娅本人都对之寄予厚望，不想天才导演与头号女伶的初次合作却以失败开场。演出失败的首要原因在于：导演的舞台处理方法与剧作的风格产生冲突。彼时迷恋于象征主义的梅耶荷德以处理梅特林克作品的方式来解读易卜生，在舞台布景设计与表演原则方面，将高度日常生活与心理描写的剧作象征化，使得剧作所要体现的现实冲突被消解，与易卜生“完全是风马牛不相及”，于是《海达·高布乐》不可避免地遭到评论界的尖锐批评，连勃洛克也为“演出没有理解，至少没有体现出易卜生的用

---

① Громов П.П. Написанное и ненаписанное[M]. M.: Артист. Режиссер. Театр, 1994. С.49.

意”[①]而感到惋惜。《海达 · 高布乐》未能取得成功的另一重要原因在于科米萨尔日芙斯卡娅。与梅耶荷德合作多年，并且也十分熟悉、了解科米萨尔日芙斯卡娅创作天赋的演员 В.П. 维里京娜认为，舞台巨星科米萨尔日芙斯卡娅在创作本质上并不具备女主人公海达 · 高布乐的特点。作为演员的科米萨尔日芙斯卡娅擅长表现个人与社会志向融合一致的形象。尽管易卜生是科米萨尔日芙斯卡娅最喜爱的剧作家之一，她也曾在舞台上塑造过非常经典的易卜生笔下的人物形象，如娜拉和吉里达，取得过巨大的成就，但是《海达 · 高布乐》这个剧本的中心人物海达 · 高布乐不同于娜拉或吉里达，她出身名门，性格复杂，不满足于命运的安排，向往追求“美”，力图战胜资产阶级生活的平庸，但终是无果之花，无力与现实抗争，从而走向自我毁灭。作为艺术家与作为普通人的科米萨尔日芙斯卡娅是不可分割的统一体，她表演创作的力量恰恰无法把生活与艺术中的善良、创作与美分割开来。因此，人物形象与演员本色之间产生了不可调和的矛盾，科米萨尔日芙斯卡娅与海达是如此对立的两极，海达是她所痛恨反感、不愿意也不能够“再现”的那一类人。表演注定也是失败的。

但批评的声浪并没有阻碍梅耶荷德在戏剧内容与形式方面探索的脚步，反而激发他去思考一直以来未能解决的舞台技术难题——如何拓展舞台前部的表演功能，克服绘画类型舞台空间结构的局限性，以三维立体的全新方式来诠释舞台空间。1906 年 6 月在波尔塔瓦演出易卜生的《群鬼》时，梅耶荷德偶然发现了舞台前部的特殊功能。当时“新剧社”租用的海关剧院有一个很大的下沉式乐池，演员的声音难以穿过这个大乐池到达观众厅，于是梅耶荷德不得不让人用木板将凹陷的乐池盖上，结果就出现一个很宽阔的舞台前区，它一直延伸到池座的第一排。梅耶荷德尝试将表演集中在舞台前部进行，而且取消大幕、不更换布景与道具，独具匠心的表演形式收到意想不到的效果。此后梅耶荷德多次尝试这一新的舞台表演形式，逐渐领悟到在舞台前部隐含着某种特殊的力量。恰在此时，梅耶荷德接触到乔治 · 福克斯的论著《未来的舞台》，福克斯的舞台革新思想进一步推动了梅耶荷德对舞台前部问题的深入思考。福克斯坚持舞台必须是非幻觉主义的，主张摈弃欧洲舞台虚幻的绘画布景，提出“重新把戏剧剧场化”的口号。他断言，各地风行的深度舞台表演区是完全不必要的。相反，现代戏剧需要的是十分浅而窄的舞台，在

① [苏]К. 鲁德尼茨基：《梅耶荷德传》，童道明、郝一星译，中国戏剧出版社 1987 年版，第 169 页。

靠近脚灯的区域表演对演员最为有利，不但能让观众看得更真切，台词也可以听得更清楚。福克斯对现代舞台进行建筑改造的构想给梅耶荷德极大的启发，其舞台革新理念在许多方面与梅耶荷德的探索方向不谋而合，使梅耶荷德逐渐清晰地认识到自己在导演探索过程中有些无意识地走过的每一步的意义，从而更加自觉地走向戏剧表演结构的内部改革。正如Н.Д. 沃尔科夫所言："如果过去梅耶荷德是通过丰富光（如《雪》）或纯粹的绘画手段（如《丁达奇尔之死》《什留克与雅乌》）来获得情绪，那么现在他的注意力转移到结构设计、舞蹈节奏与新的舞台空间的组织上。"①

然而，锐意创新的梅耶荷德并未全盘接受福克斯的戏剧思想，而是从中汲取了有利于自己戏剧实验发展的见解，并在舞台实践中进行深刻而独特的诠释。在排演梅特林克的剧作《修女贝阿特丽莎》时，梅耶荷德颠覆性地采用浅舞台，大胆试验梅特林克的"静态戏剧""浮雕式舞台效果""延伸式舞台"等，获得了奇妙的效果。它是对象征主义戏剧舞台形式的一次全面展现，具有纲领性的意义。正如演出所示，它用一种和谐的幻觉来抚慰观众，并诱使观众参加到一种类似中世纪奇迹剧的共同的神秘体验中。

《修女贝阿特丽莎》被公认为科－梅同盟的成功之作。梅耶荷德的导演构思充分体现了梅特林克剧作的概括性、崇高的诗意性和矛盾的悲剧性，科米萨尔日芙斯卡娅的表演及所塑造的人物形象也与导演的艺术思想高度统一。贝阿特丽莎从此成为科米萨尔日芙斯卡娅塑造的又一个经典形象。

1906年12月上演的俄国象征主义诗人勃洛克的剧作《滑稽草台戏》对梅耶荷德有着十分特殊的意义，堪称改变其命运、决定其未来戏剧发展方向的关键之作。1912年，在《论戏剧》一书的前言中，梅耶荷德坦言："给勃洛克妙不可言的《滑稽草台戏》巧妙地设想种种方案成了决定我的艺术道路的最初的动力。"② 康·鲁德尼茨基在《梅耶荷德传》中也指出："在《杂耍艺人》（即《滑稽草台戏》）中他（指梅耶荷德）已经找到了自己，知道并感到从《杂耍艺人》开始了他探索的新领域。"③

《滑稽草台戏》是俄国象征派诗人亚历山大·勃洛克创作于1906年的一个小剧本，是应"神秘的无政府主义者"、年轻的象征主义诗人格奥尔吉·丘

---

① Волков Н.Д. Мейерхольд[М]. М.—Л.:Academia. 1929, С.244.

② МейерхольдВ.Э. Статьи, письма, речи, беседы（1917—1939）[М]. М.:Искусство, 1968, С.104.

③ ［苏］К. 鲁德尼茨基：《梅耶荷德传》，童道明、郝一星译，中国戏剧出版社 1987 年版，第 178 页。

尔科夫的要求而创作的，但作品中却借用神秘主义者的形象对他们进行嘲讽。勃洛克借用意大利即兴喜剧中的三个定型人物为剧作的主人公——丑角彼耶罗、阿尔列金与女仆科伦宾娜，以一个爱情纠葛为导线，表现的并非简单的爱情悲剧，而是对自己婚姻生活危机、创作危机的自我嘲讽，是产生于诗人灵魂深处的鞭挞一切的悲剧性反讽。正是勃洛克剧作中所汇聚的神秘与戏言，幻想与生活，自我讽刺以及怪诞、滑稽的表演吸引了梅耶荷德，为他提供了全新的戏剧素材，使他为“妙不可言”的剧本设想出种种具有里程碑意义的舞台表现形式。

根据勃洛克剧本的舞台指示，梅耶荷德与舞台美术设计萨普诺夫弃用了在《修女贝阿特丽莎》中刚刚试验过的浅舞台设计。他们在舞台的两侧与后面挂上蓝色的粗麻布，不但使整个舞台的深处变成无尽的蓝色空间，而且创造出全新的舞台空间处理方法——大舞台上的小戏台（台中台）。不仅如此，而且让舞台上的一切都直接暴露在观众眼前。在勃洛克剧作中有一个“剧作者”的人物形象，他不时地出现在舞台上抱怨自己的作品被篡改得面目全非。梅耶荷德为此在“小戏台”前、沿大舞台脚灯线留出一个空区，让这个“剧作者”不时地“冒”出来，仿佛充当着观众与“小戏台”上发生的故事的中间人。梅耶荷德独具匠心的舞台空间设计毫不留情地撕开了舞台幻觉的面纱，大胆直露的表现手法充分强调了演出的“剧场性”，有意识地改变观众惯常充当幻觉俘虏的角色，使之进入另一种戏剧接受状态，从而推倒了横亘在舞台与观众之间的“第四堵墙”，可谓是当众“剥去”戏剧的外衣，凸显戏剧假定性的本质。在这次演出中，梅耶荷德创造性地采用一种音乐、舞蹈和诗歌互相交替、互相烘托和强化的结构。情绪的突然变化、性格的急剧转变、幻觉的故意中断、面对着观众做旁白，这一切都要求智力和形体的敏捷灵巧和进行即兴表演的能力，是对传统的大众戏剧，从神秘剧、露天戏直到马戏和杂耍的各个方面进行的实践性实验。演出获得了巨大成功，观众的疯狂反应使梅耶荷德看到“真正剧场性”演出的光明。

梅耶荷德在科米萨尔日芙斯卡娅剧院工作的第一个演剧季季末所导演的《人的一生》获得了艺术与票房的双丰收，对于革命前带有严肃的艺术思想的私人剧院而言，它具有更加深远的意义。《人的一生》是俄国本土的一部象征主义作品，由 Л.Н. 安德烈耶夫创作。导演梅耶荷德继续发展了《滑稽草台戏》的排演方法与创作原则——讽刺性地强调自然主义戏剧与“情绪戏剧”的虚假性与局限性，着力打破“幻觉”，推倒“第四堵墙”。梅耶荷德接受了“灯光之父”阿庇亚的影响，在这部戏的戏剧技术结构中，把光作为主要的“建筑材料”，舞台空间通过灯光进行组织调度，以巧妙的手法表现出安德烈耶夫剧作的意图——一切宛如在梦中。演出中完全取消布景，没有任何墙壁，没有任何天花板，整个舞台挂满粗麻布充当布景，舞台唯有通过灯光的明、暗交替区隔表演空间，并形成统一的结构。灯光打在舞台上或是落在大厅的哪个角落，哪里就成为表演的区域。这种通过光来组织舞台空间的方法完全消解了脚灯的功能，消除了观众与舞台之间的隔阂。表演随着灯光延伸到观众席，实际上在观众中进行。梅耶荷德由此拓展了灯光在戏剧舞台上的表现力，同时达到消除观众与舞台之间隔阂的目的。因此，梅耶荷德对安德烈耶夫作品的诠释获得勃洛克的高度认可，他不但认为科米萨尔日芙斯卡娅剧团的演员与导演更接近作者的意图，比莫斯科艺术剧院更为成功，甚至认为它是梅耶荷德那一时期所取得的最大的艺术成就：“谈到《人的一生》时，不能不提到彼得堡的演出。可以非常肯定地说，这是梅耶荷德最好的导演作品。作者与导演的构思融为一体。《人的一生》是真正的为舞台创作的带有‘秘密’的舞台作品。”[①] 虽然勃洛克的评价多少带有重安德烈耶夫轻梅特林克之嫌，但是这一演出的艺术价值与历史意义是毋庸置疑的。

尽管梅耶荷德在一个演剧季连续导演了三部轰动之作，但科 - 梅同盟却在悄然瓦解。由科米萨尔日芙斯卡娅主演的《普莱雅斯和梅丽桑德》再受重创，遭到评论界的强烈抨击。它如同当年在莫斯科艺术剧院惨遭失败的《在幻想中》，成为引爆科 - 梅同盟的“炸药包”。表面看来演出失败的原因几乎与《海达 · 高布乐》如出一辙，既有导演构思、舞台设计的问题，也有女主角表演方面的“硬伤”。然而，导致梅耶荷德与科米萨尔日芙斯卡娅决裂的根本原因还是二者戏剧观深层的、本质的冲突与分歧。科米萨尔日芙斯卡娅曾经抱怨梅耶荷德将剧院带入了死胡同，使演员在戏中无事可做，尤其让曾经被成功光环环绕的女明星倍感失落。《死之胜利》是梅耶荷德在军官巷剧院导演的最后一部戏。首演之后三天，梅耶荷德就收到科米萨尔日芙斯卡娅的信，信中对冲突问题的阐述如下：“近来我想得很多，而且深信不疑我同您对戏剧的看法是不同的，我寻求的东西也不是您所寻求的。剧院中引进木偶的方法是一条路，您总是用这种方法，还不包括您在戏里把‘旧的’戏剧原则同傀儡戏原则结合起来的那些演出，例如《爱之喜剧》《死之胜利》。我深感遗憾，这一点我只是最近几天经过长久的思索之后才恍然大悟的。我正视未来，所以我说，我们不可能在这条路上携手并进了——这是您的路，但不是我的，在

---

① Громов П.П. Написанное и ненаписанное[M]. М.: Артист. Режиссер. Театр, 1994. С.112.

我们艺委会最近一次会议上，您说过一句话：也许我要离开剧院了，——现在我要说，是的，您必须离开。"[①]就这样，梅耶荷德当初的预感不幸应验了，他再次被解聘。

如同梅耶荷德前几场戏剧人生大戏一样，军官巷的演出再次以悲剧结尾。梅耶荷德与科米萨尔日芙斯卡娅之间从合作到决裂的过程，反映的不仅仅是导演革新家与追求革新的演员之间的冲突，实质上折射出艺术变迁与斗争的历史痕迹，是戏剧变革时代新、旧戏剧之间的冲撞、交替，是假定性戏剧与自然主义戏剧之间的矛盾与冲突。

或许，时间是化解矛盾的最佳溶剂。科－梅同盟瓦解一年之后，在一次接受媒体的采访中，科米萨尔日芙斯卡娅展现出一位真正艺术家的高尚与胸襟，她对梅耶荷德的创新才能给予了应有的评价："对于梅耶荷德本人，我仍然视他为一位非常有才华的创新者……他的作品，《滑稽草台戏》《修女贝阿特丽莎》《人的一生》，我认为都是杰作。"[②]A.P. 库格尔是俄国著名戏剧批评家，对梅耶荷德的戏剧创作一贯持批评态度，并将之称为"以自己的荒谬出名的导演"。因此，库格尔对梅耶荷德这一阶段创作的评价更加耐人寻味：在1906—1907年这段时间他（指梅耶荷德）是彼得堡戏剧天空上划过的一颗闪亮的流星。他是一位毫不妥协的创新者，也是一位为了追求自己的信仰不顾一切的暴君导演。[③]

1906—1907年这段时间对梅耶荷德而言具有非凡的意义。他在科米萨尔日芙斯卡娅剧院舞台上排演的15个剧目大大地动摇了彼得堡传统戏剧界的根基，《滑稽草台戏》《修女贝阿特丽莎》《人的一生》更是被载入俄国戏剧历史的经典之列，为假定性戏剧体系建立起大部分基本规则。此外，这一时期的创作为梅耶荷德带来了巨大的艺术声誉，更加巩固了其新戏剧领袖的地位，其影响逐步扩展到世界范围，为他进一步的戏剧探索创造了更为有利的条件。

---

① [苏]К. 鲁德尼茨基：《梅耶荷德传》，童道明、郝一星译，中国戏剧出版社1987年版，第213页。

② Громов П.П. Написанное и ненаписанное[М]. М.: Артист. Режиссер. Театр, 1994. С.116.

③ Мейерхольд в русской театральной критике»（1892–1918）[М]. М.:Артист. Режиссер. Театр, 1997, С.100.

第三节 多元化的“假定性”戏剧探索（1908—1917）

1908年3月，梅耶荷德意外地被聘请到彼得堡宫廷剧院工作，同时担任亚历山大剧院、马林斯基剧院和米哈伊洛夫剧院的导演和演员。在梅耶荷德戏剧旅程中这一站停靠的时间最长，近十年之久，直至1917年的十月革命。在长达十年的宫廷剧院阶段，梅耶荷德只排演了24部戏，其中包括3部歌剧。相较于之前那种“狂风暴雨”般的排戏速度，梅耶荷德明显放慢了自己戏剧创作的步伐，以至于有些学者认为，十月革命前十年是梅耶荷德戏剧创作的“停滞期”。但我们认为，虽然梅耶荷德前进的脚步似乎放慢了，但并不意味着他的创作停滞不前，而是他的戏剧艺术逐步走向成熟的标志，否则无法解释为什么被誉为梅耶荷德巅峰之作的《假面舞会》即创作于这一时期，也无法解释俄国历史上第一部导演专著《论戏剧》即问世于这一时期。此外，在这一时期梅耶荷德的创作从话剧扩展到歌剧，甚至跨越到一个更新的领域——电影，其作品体裁、形式更加丰富多样，且同样不乏经典之作。他与杰出的舞台设计大师亚历山大·戈洛温默契合作，上演了莫里哀的《唐·璜》（1900）、格鲁克的《奥菲欧》（1911）、奥斯特洛夫斯基的《大雷雨》（1916）和莱蒙托夫的《假面舞会》（1917），每一部戏的上演都引起轰动，都被公认为十月革命前戏剧领域的重大事件，《假面舞会》更被誉为可与莎士比亚的《奥赛罗》相媲美的剧目。

对梅耶荷德而言，宫廷剧院时期的创作极具戏剧性——他以“双面人”的身份进行戏剧活动，一面是冠冕堂皇的宫廷剧院的导演兼演员，另一面则是化名“达佩尔图托博士”的业余戏剧爱好者，频频出现在各种家庭剧院、戏剧爱好者俱乐部、戏剧学校、私人小戏院，甚至出国演出。因此，在宫廷剧院舞台上公开排演严肃剧目、进行古典剧目的创作活动的同时，梅耶荷德常常以“秘密”的形式对戏剧的各个领域进行实验，从哑剧、芭蕾、古代与中世纪亚洲、欧洲的戏剧技术到舞台与观众席的建筑结构，等等，都是他积极探索的内容。“官方”的创作路线和业余实验同时并行，而且相互交织，看似背离，但目标是统一的——建设全新的、包罗万象的、前所未有的戏剧：富有节庆性、游戏性、音乐性、美的戏剧，对戏剧艺术进行最高意义的诠释，使之能够感染人的心灵，进而促使人进行思考。

梅耶荷德这一时期的戏剧活动包括三个方面：一是在宫廷剧院的“官方”

舞台上演出；二是在“塔楼剧院”“小喜剧之家”等业余戏台上演出；三是在实验剧社、讲习所进行戏剧教学实践。

一、亚历山大剧院与马林斯基剧院

1908—1917 年，在宫廷剧院工作阶段，梅耶荷德创作的特点是在创作自由和国家监督之间寻找妥协。

众所周知，亚历山大剧院与马林斯基剧院属于皇家宫廷剧院，以保守、僵化著称。刚刚接任剧院院长职务的 B.A. 捷里亚科夫斯基是一个聪明、主动、果断、敢于同旧习和各种偏见作斗争的人，对剧院的现状——因循守旧、自我欣赏、人心涣散、耍心眼儿、演出不叫座等十分不满，为改变宫廷剧院的僵局，他决定铤而走险，克服各种守旧势力的阻碍，聘请因军官巷事件而“声名狼藉”的梅耶荷德到剧院担当导演，理由似乎很玄妙，捷里亚科夫斯基认为“一个被所有人骂的人一定很有意思”。更加出乎人们意料的是，以戏剧革新的代表人物而出名的梅耶荷德竟然接受了这份聘请，并且声称自己已经改变了想法，将以排演俄罗斯和外国古典剧目为主要目标。梅耶荷德昔日的同人和追随者们一时无法接受梅耶荷德如此大幅度的“急转弯”，甚至担心自己心目中的革新先锋将偃旗息鼓，终日与保守僵化的宫廷剧院为伍。然而，唯有梅耶荷德本人清楚地知道自己想要的是什么，他确实需要一个“间歇”。无论是在莫斯科的波瓦尔斯卡娅实验剧社，还是在彼得堡的科米萨尔日芙斯卡娅剧院，梅耶荷德始终都处于高速、紧张的戏剧实验之中，一部接着一部的新戏，一个接着一个的新发现、新念头，让他无暇顾及整理尚且凌乱的思绪。之前的戏剧实验有太多成功的经验需要总结，也有太多痛苦的教训需要吸取。因此，梅耶荷德需要一个相对稳定的时期把所有的想法整理就绪。这应该是他接受捷里亚科夫斯基邀请的直接原因之一。

宫廷剧院历来是欧洲戏剧革新家们最为痛恨并力图摧毁的顽固堡垒，那里聚集着许多一流的演员，但都十分世故保守，对初来乍到的“新戏剧”人物梅耶荷德十分不屑，甚至称他是“从动物园跑出来的疯袋鼠”。梅耶荷德的同人 B.П. 什卡菲尔曾经在回忆录《俄罗斯歌剧舞台上的四十年》中详尽描绘了梅耶荷德当时的处境：“我承认，剧团里的一些情绪给我们的工作带来了很大的难度。我每时每刻都能感受到。仿佛 B.Э. 梅耶荷德是‘瘟疫’，会在剧院传染一样，而我，他的战友，差点没成撬动歌剧旧桥墩的卑鄙小人。”[①] 面对非议、排挤、敌对、不信任，梅耶荷德表现出前所未有的忍耐，不得不压制内心的傲气，忍受对他的不解，有时甚至是演员表现出来的无知和粗鲁，小心翼翼地在极其压抑的环境下开始排演工作。

为了实践自己的承诺，梅耶荷德选择汉姆松的《国门》作为他在亚历山大剧院的处女秀，不仅担任导演，还兼卡列诺一角的表演。结果，与科米萨尔日芙斯卡娅剧院相同的一幕再度上演——开场大戏遭受重创，梅耶荷德被批得体无完肤，陷入四面楚歌的境地。几个月后，梅耶荷德转向马林斯基剧院。他首先选择了自己最喜欢的音乐家瓦格纳的作品《特里斯坦与伊索尔达》。在大量前期准备与思考的基础上，梅耶荷德大胆地对瓦格纳的作品进行革新，不但使之“莎士比亚化”——将主题诠释为反抗冷酷无情的世界的“罗密欧与朱丽叶式”的爱情悲剧，而且综合运用阿庇亚、戈登·克雷的戏剧革新理念，把克雷的垂直结构和阿庇亚的水平表演区熔为一炉，形成独具一格的歌剧舞台结构，从而有助于造成演员动作的雕塑性，使演出形式具有稳固性和简洁性。他还打破惯例，使舞台行动服从的不是“剧本”，也不是歌剧脚本，而是音乐的总谱、神经和节奏。[②] 演出出人意料地大获好评，梅耶荷德的舞台驾驭能力得到最好的证明。此后上演的德国作家哈尔特的《舒特·唐特里斯》则反映平平，只不过是“《特里斯坦与伊索尔达》辉煌演出的余响而已”[③]。

梅耶荷德独特的导演天分在莫里哀的《唐·璜》中再次展现出来。梅耶荷德将潜心研究、积累的东方戏剧与中世纪欧洲戏剧这二者的思想和技术进行“合成”，所获得的各种新方法构成了排演莫里哀作品的舞台结构基础。梅耶荷德复兴了华美的路易十四的宫廷戏剧，演出的场景、道具极尽华丽、富贵，让那一时代最细微的特征包围着演员和观众。演出没有大幕，也没有脚灯，半圆形的幕前部分盖住了乐池，向前一直延伸到观众席的池座。最为别出心裁的是——演出的全部过程都由几个在舞台上来回走动的小黑人推动、控制和组织着：他们跑上舞台，点燃枝形烛台上的蜡烛，摇起开场小铃，宣布演出开始。他们摇动香炉，大声宣布“幕间休息”。演出过程中小黑人无处不在：时而捡起从唐·璜手中掉落的花边手巾，时而为疲乏的演员摆上凳子，时而为主人公系鞋带，时而为演员递上佩剑……演出中还糅合许多舞蹈，演员的对

---

① Гликман И.Д. Мейерхольд и музыкальный театр, Л.: Советский композитор, 1989, С. 343.

② 陈世雄：《导演者：从梅宁根到巴尔巴》，厦门大学出版社 2006 年版，第 273 页。

③ [苏] К. 鲁德尼茨基：《梅耶荷德传》，童道明、郝一星译，中国戏剧出版社 1987 年版，第 255 页。

白接近于唱歌，动作非常夸张，手势造作——一切都彰显出戏剧的假定性特征。诚如陈世雄先生在《导演者》中所分析的："在梅耶荷德的构思中，这些小黑人的存在具有双重的意义。他们既是活动在幕前幕后的无处不在的仆人，同时又是让人觉得整个演出都是按照他们的古怪念头和为了他们的开心而进行的。'小黑人'的设置增强了演出的假定性，体现出梅耶荷德戏剧观念的新发展。"①

接着梅耶荷德连续排演了三部歌剧：普希金的《鲍利斯·戈东诺夫》（1911）、格鲁克的《奥菲欧和埃弗里季克》（1911）和理·施特劳斯的《厄勒克特拉》（1913），以及卡尔德隆的《忠诚的王子》（1915）、亚·奥斯特洛夫斯基的《大雷雨》（1916）、达尔戈梅日斯基的《石客》（1917）、莱蒙托夫的《假面舞会》（1917）及苏霍沃·卡贝林的三部曲《克列钦斯基的婚礼》《案件》与《拉斯普留耶夫的快乐时日》。

在宫廷剧院时期，准备时间最长、耗费梅耶荷德心血最多的演出当属《假面舞会》。为把莱蒙托夫的名作《假面舞会》搬上舞台，梅耶荷德准备了长达五年多的时间，演出结构几经更改，光设计的草图就达四千张。梅耶荷德将原作的四幕分割成十个场景，通过升降式幕布魔术般的起落区隔出不同的场景：当大幕垂下掩住舞台深处的时候，表演就在舞台前区或者离观众更近的幕前部分进行；当大幕升起显现出新的场景时，演出又重新移到舞台深处进行。沿用《唐·璜》的舞台表现手法，半圆形的幕前部分从乐池一直延伸到池座的第一排，彻底将舞台与观众席合二为一，打破了横亘于舞台与观众之间的"第四堵墙"。为了加强渲染舞台氛围，导演还在舞台两侧分别放置了一面高大的镜子，仿佛告诉观众：瞧，这就是你和你的生活！与《唐·璜》中的"小黑人"一样，《假面舞会》中"陌生人"贯串于整个演出过程，始终伴随主人公阿尔别宁左右，推动演出的进程，而且这一"形象"比"小黑人"有所发展，在关键时刻扮演着"命运的预言家"的角色。正如鲁德尼茨基所评价的：这出戏乃是一个罕见的协调一致的创作的样板，它的全部因素——绘画、音乐、演员的表演、舞台调度、节奏，都被导演总谱牢牢地连成一个统一的整体。②它堪称梅耶荷德艺术生涯的巅峰之作。

莱蒙托夫是杰出的诗人和剧作家，与俄国农奴制度和窒息自由的专制制

① 陈世雄：《导演者：从梅宁根到巴尔巴》，厦门大学出版社 2006 年版，第 274 页。

② [苏]К.鲁德尼茨基：《梅耶荷德传》，童道明、郝一星译，中国戏剧出版社 1987 年版，第 357 页。

度势不两立。他借主人公阿尔别宁之口抨击尼古拉时代的黑暗，充满对现实的否定精神。阿尔别宁说：我到处看见凶暴，我没有在它面前屈膝，深感骄傲。人们认为，阿尔别宁形象的意义在于对上流社会的无情揭露，他是个反叛者。梅耶荷德以极大的激情导演了这出戏，他把最后一场戏处理成灵堂——幕布换为半透明的黑纱，镜框边裹着黑纱，墙上蒙着黑呢子，门旁放着花圈，哀歌连连。当阿尔别宁倒在地上，陷入精神错乱之时，合唱队唱出给他妻子尼娜的送葬歌。在那特定时刻，听到这样的葬歌，不禁使人们产生联想：这是宣告了旧时代的一去不复返。尽管梅耶荷德本人并没有因此而宣称自己先知先觉，但历史出现惊人的巧合：该剧首演的日子——1917 年 2 月 25 日，恰好是二月革命的前夜。第二天就爆发了革命，推翻了沙皇政府。因此，无论从演出的艺术价值还是历史意义来看，《假面舞会》都可以称得上是梅耶荷德对自己前半生戏剧实验探索的一次全面总结，是其戏剧创新成果的大荟萃，它标志着梅耶荷德已经迈入艺术成熟阶段。

二、“塔楼剧院”与“小喜剧之家”

在与宫廷剧院签订聘任合同之时，梅耶荷德就曾明确表态，他将以排演俄罗斯国内外古典剧目为主要任务，但这并不意味着他不再进行任何戏剧实验，而是把一系列的实验性创作严格地限制在实验室里。于是，梅耶荷德充分施展其天性中的“双重个性”：一面严谨地导演着宫廷剧院的大戏，一面出现在各色小剧场里表演哑剧、讽刺小品、小喜剧；一面表现得沉稳老练、有理有据，一面嬉笑怒骂、标新立异、怪诞百出。梅耶荷德就这样游走在“人”与“假面”之间。开始时两条路线平行而行，后来逐渐交织贯通，人们在亚历山大剧院舞台上所看到的种种创新就是梅耶荷德在“塔楼剧院”和“小喜剧之家”等实验剧场实验的产物。

维亚切斯拉夫·伊万诺夫是俄国象征主义的代表人物，他集神秘主义作家、抒情诗人、语文学家、哲学家、革新家与优雅的怀疑主义者于一身。自 1905 年秋天起，在伊万诺夫夫妇位于彼得堡塔夫里大街的住所里每个星期三都要举办艺术沙龙活动，它成为彼得堡乃至莫斯科各色名流趋之若鹜之处。因其住宅顶层的高度超过了这所建筑的顶楼，因此被人们戏称为“塔楼”。彼得堡文学界、演艺界和社会界的精英们成为出入“塔楼”的常客，包括勃洛克、索洛古勃、佳吉列夫、安德烈·别雷、别尔嘉耶夫等在内的象征主义代表人物常常聚集在“塔楼”里高谈阔论。他们讨论的话题非常之广，从宏观的文学、美术、哲学、宗教到当前日常生活中的一些热点问题，也热烈地探讨戏剧乌托邦等新奇超众的话题。可以说，俄国象征主义戏剧的发展与“塔楼”有着密不可分的关系，“塔楼”艺术沙龙对梅耶荷德象征主义戏剧观念的形成与实验更是产生了重要的影响。不但如此，“塔楼”同时还是梅耶荷德恣意发挥戏剧想象力的另一个舞台。在“塔楼剧院”中梅耶荷德一手导演了卡尔德隆的《十字架的崇拜》。简陋的条件充分激发了导演梅耶荷德与画家苏杰伊金的创造力：餐厅作舞台，破布当布景，简单的两扇屏风就将表演区与观众席区隔开，一张白纸裁成的十字架就充当演出中重要的道具。在《唐 · 璜》及其他演出中推动演出进程的“小黑人”就诞生于此——梅耶荷德给看门人的小孩脸上抹上黑烟、缠上头巾、穿上长袍，他们就成了“著名”的“小黑人”，时而站在“舞台”两侧，时而躲到幕后。演出就在几分娱乐、几分胡闹、几分游戏之中展开，但给参加者和观众都留下了深刻难忘的印象和体验，它使梅耶荷德再度认识到民间戏剧的无穷魅力，意识到戏剧假定性的本质意义。有剧评预言“这次演出的诸原则必将以这样或那样的方式走上大舞台，并且会为自己赢得赞扬”①。果不其然，《唐 · 璜》《奥菲欧和埃弗里季克》《假面舞会》无一不是最好的例证。

自“塔楼剧院”的成功之后，梅耶荷德更加痴迷于不受任何约束与监督的小剧场表演了。不久之后，在彼得堡就出现了一个新人物“达佩尔图托博士”——戴着另一张“面具”的梅耶荷德。达佩尔图托博士是梅耶荷德最喜爱的德国浪漫派作家霍夫曼塑造的人物，他象征着梅耶荷德从自己身上发现的许多矛盾性格。正如意大利语中“达佩尔图托”所表示的意义——“到处”，化名的梅耶荷德频频出现在各种业余演出场所，表演哑剧、讽刺小品、短小喜剧等，随心所欲地实验着他的戏剧理想，其间在“小喜剧之家”② 排演的《科伦宾娜的围巾》则是达佩尔图托博士的杰作。《科伦宾娜的围巾》是阿尔图尔 · 什尼茨莱尔创作的一出哑剧，通常以芭蕾和歌舞剧的形式表演，梅耶荷德第一次让它呈现在话剧舞台上。之所以选择哑剧，是因为梅耶荷德相信：“当代导演必须从哑剧开始古老戏剧的重构，因为在这些没有台词的剧本中，在改编时戏剧最原始的所有力量都会向演员和导演展现出来：面具、手势、动作和情节的力量。”③《科伦宾娜的围巾》中的角色与布景都与当年上演的《滑

① [苏]К. 鲁德尼茨基：《梅耶荷德传》，童道明、郝一星译，中国戏剧出版社 1987 年版，第 260 页。

② “小喜剧之家”是鲍里斯 · 普罗宁借用位于彼得堡大街上的一座私邸改建的小剧院。

③ Арье Элкана Карл-Казимир-Теодор-Всеволод Мейерхольд[M]. M., 2006, C.297.

稽草台戏》有几分相似，但演出更充分地吸收了意大利即兴喜剧的表演方法，充满浓烈的杂耍、怪诞的味道，给彼得堡的观众造成了强烈的冲击，令人印象十分深刻，还赢得了斯坦尼斯拉夫斯基的赞赏。

在此期间，梅耶荷德于 1914 年第三次排演勃洛克的《滑稽草台戏》。不同于之前的演出，这次《滑稽草台戏》是和勃洛克的另一部抒情剧作《陌生女郎》同时上演，剧中人物都是由新开办的鲍罗丁大街实验剧社的学员扮演。梅耶荷德对剧本进行了新的诠释，更加凸显出他对东方戏剧的态度。演出是在杰尼舍夫斯基学校的礼堂进行的。梅耶荷德打破了惯常的舞台空间，撤去观众席的所有椅子，制造出一个三面敞开的表演区，好似杂技演出的圆形演技场的一半。表演区后面，用粗木板钉成一个高台，让人想起游艺场的草台子。后面的舞台通过两边的阶梯与主要表演区连接起来，阶梯的左右两侧都有很宽的通道，通向观众休息室。梅耶荷德把这些通道以及中间过道也利用起来进行表演。结果出现了一个相当明显的民间游艺场（草台子）和杂技（圆形演技场）基本因素的组合，更具粗俗的民间戏剧表演的属性。

梅耶荷德以充满讽刺的怪诞形式来诠释勃洛克的剧作。一群庸俗之人在街头小酒馆中，在“陌生女郎”的资产阶级的客厅中，戴着假鼻子和五颜六色的假发套：有的戴绿色的纸质假发，有的戴红黄相间的条纹假发。梅耶荷德把《滑稽草台戏》中的那群神秘主义者变成了机械的玩偶，他们穿着硬纸板做的礼服。根据勃洛克的舞台指示，他们在“受惊吓”一场戏中全都躲到桌子底下，留在桌面上的只是他们的由硬纸板裁成的空荡荡的礼服。梅耶荷德给演员分别配上彩色的假发，让穿着日本和服和灯笼裤的仆人出现在幕前区。在《陌生女郎》中他给幕前仆人以更大的自由，他们好似演员表演的伴奏。和服宽大的衣袖让他们的手能够自由地进行实物表演。仆人出现在演出的最开始，他们有时搬来家具和道具，有时当众把分成两半的活动拱形桥合拢，有时用竹竿举起五彩的幕布，有时把象征飘雪的白纱抛向演员，有时把演员身上斗篷的皱褶捋平。

为了突出创新精神和有别于资产阶级沙龙观众的趣味，梅耶荷德用特殊的“脚灯”将舞台与观众席分隔开：沿着舞台几个幕前仆人跪成一排，他们手持燃着蜡烛的烛台，面朝“客厅”，背对观众——这就构成了别具一格的“活人脚灯”。第一个剧本演出结束后，幕间休息时舞台上出现一群真正的中国艺人，他们是在大街上表演时被梅耶荷德发现并特意招募而来的，目的就是让他们在幕间休息时表演杂技。梅耶荷德认为，在演出的幕间休息时观众的注意力同样不该被分散。为了让观众准备好观看接下来的演出，不能让他在短暂的间隙期间失去情绪，按照梅耶荷德的观点，应该像在古希腊的剧院、旧时日本和中国的剧院那样充分利用幕间休息，即在休息时保持演出的节奏，或者按照对立反差的原则，给观众提供某种完全独特的东西，这也是其他许多传统的戏剧体系所采用的手法。对立反差的舞台熏陶培养着观众，使他们对戏剧演出的接受更加紧张，让他们的意识从滑稽可笑的转向严肃悲剧性的。梅耶荷德重新在怪诞方法中发现民间戏剧的真谛，发现了自己肩负的戏剧使命——复兴古老的民间戏剧传统。

由此可见，勃洛克的剧作对梅耶荷德而言具有纲领性的意义，正是通过这一演出梅耶荷德宣告象征主义戏剧阶段的结束，宣告更为宏伟的戏剧时代的到来。

第四节 倡导“戏剧的十月”

1917 年 10 月 25 日，在具有划时代意义的这一天，彼得堡的各大剧院依然坐满了观众，就在剧场里的灯火刚刚熄灭，舞台上的演出刚刚开始，从涅瓦河传来沉重的炮声。宣告旧世界结束的一声炮响，预示着戏剧新时代的到来。新的制度垂青于新的艺术与各种先锋的元素，为梅耶荷德提供了广阔的用武之地，也为他开辟了一条崭新的戏剧道路。十月革命标志着梅耶荷德的戏剧创作迈入全新的里程。《假面舞会》的大幕刚刚落下，“二月革命”就结束了统治俄国长达 300 年之久的罗曼诺夫王朝，俄国社会进入一个充满不安、混乱的过渡时期。尽管梅耶荷德仍然继续在宫廷剧院工作，但面对突然发生的革命，他与俄国当时许多进步知识分子一样，面临着何去何从的选择，一时陷入慌乱与犹疑之中。梅耶荷德一直为建设新戏剧而执着探索，他渴望建立一座属于自己的、自由的剧院，不受任何政治、政权的制辖。“二月革命”的爆发使他重新看到了一丝希望，他甚至还向临时政府的一位部长表达了自己的宏愿。从 1917 年 11 月 5 日梅耶荷德在宫廷剧院演员大会上发表的讲话，可以清楚地看到他的戏剧愿景：“艺术应该与国家分离，独立于政治。”① 他还呼吁“建立唯一能够从破坏中拯救艺术作品并给艺术创作者真正自由的世界艺术公社”②。尽管那时他本人对艺术国际主义的认识还是模糊不清的，但他的

① Золотницкий Д.И. Зори театрального Октября[М]. Л.: Искусство, 1976, С.63.

② Золотницкий Д.И. Зори театрального Октября[М]. Л.: Искусство, 1976, С.63.

“戏剧大同”的理想与追求已人尽皆知。1917 年 11 月 7 日，全俄中央委员会下设的戏剧委员会号召“一切关心国立剧院命运的演员和拥护社会主义的艺术家”前往斯莫尔尼宫开会，受邀 120 人，最终文艺界中只有寥寥 5 人响应号召前去参加会议，而戏剧界中唯有梅耶荷德一人参加。而正是这一前卫之举决定了他此后相当长一段时间的政治命运。梅耶荷德是十月革命爆发后第一个率先投入苏维埃新政权怀抱的艺术家之一，这一特殊的历史背景为他积聚已久的戏剧革新潜能创造了绝好的机会，使他的创作热情如洪水开闸一般喷涌而出，也因此造就了他十分辉煌的一个戏剧创作时期。

革命爆发不久，和梅耶荷德一样对艺术的新生机充满期待的艺术家们发表声明，公开表明对革命的接受。对于梅耶荷德为什么如此迅速地接受并加入革命，苏联学界历来有所争议。最为普遍的观点认为，梅耶荷德本质上是反抗资产阶级、仇恨专制制度的，是梅耶荷德与生俱来的叛逆性格和革命精神促使他立即接受了十月革命及新兴的苏维埃政权。这种观点在某种程度上无异于因梅耶荷德导演的《假面舞会》就视其为革命的预言家一样过于片面。帕 · 马尔科夫一针见血地指出：“很多人在梅耶荷德的天生的叛逆性格中，找到了关于他的动摇不停的浮浅解释。在他们看来，似乎要理解梅耶荷德的创作，与其在他的艺术特征中去寻找，还不如到他的性格特征中去找。似乎，梅耶荷德的创作力量就在于他对老剧院的破坏性攻击——而这种行为的性质与其说是正面的，毋宁说是反面的。”[①] 在苏联科学院与苏联文化部艺术史研究所主编的《苏联话剧史》中表达了这样的观点：“梅耶荷德是在本人创作发展的逻辑推动下参加革命的。”[②] 梅耶荷德学者达 · 扎洛特尼茨基的观点颇具说服力：“无论对于梅耶荷德还是马雅可夫斯基，‘接受还是不接受（革命）？’——这个问题并不存在。过去的美学反抗获得了现实的土壤与新的前景，把自己交给历史、人民和未来的创作。过去迷茫朦胧的感觉其实预示的是未来的愿景。”[③] 综合上述观点，我们认为，梅耶荷德之所以迅速表达对革命的认同，并不是单一由性格所决定的，而是内外多方面因素作用的结果。

首先，梅耶荷德生性具有强烈的叛逆精神，具有无所畏惧的摧毁旧的、创造新的舞台形式的勇气和胆略。

其次，梅耶荷德将自己对戏剧大同理想的不懈追求与信念寄托于苏维埃

① 童道明编选：《梅耶荷德论集》，华东师范大学出版社 1994 年版，第 9 页。

② 苏联科学院、苏联文化部艺术史研究所：《苏联话剧史》，白嗣宏译，中国戏剧出版社 1986 年版，第 205 页。

③ ЗолотницкийД.И. ЗоритеатральногоОктября[М]. Л.: Искусство, 1976, С.62.

新政权。他曾经对格拉特柯夫说："当革命发生之后，我和其他一些人，包括高尔基、马雅可夫斯基、布留索夫等都明白，革命不仅仅是破坏，同时也是建设。而那些认为革命只会带来破坏的人，就诅咒它。"① 早在1901年在给自己的"精神教父"安·巴·契诃夫的信中，梅耶荷德就表达了自己的"戏剧大同"理想："戏剧把各个阶层、不同党派团结在一起，让所有人感受同一种哀苦，表达同一种喜悦。戏剧以此表明自己的无党派性质，并告诉我们，它的舞台将保护那些为了全人类的自由将掌管国家的人免受鞭打。"②1906年初，梅耶荷德继续憧憬着自己的戏剧理想："对我而言，戏剧应该能够从教堂中把信徒吸引到剧院。在这里应该实现宗教式的教育、净化。"③ 由此可见，梅耶荷德渴望继续自己的戏剧探索道路，渴望建设新的、前所未有的新戏剧，并将实现自己戏剧理想的希望寄托于革命的苏维埃政权。

再次，对创作自由的极度渴望，是被压抑已久的创作热情的爆发。宫廷剧院时期是梅耶荷德一生中最为压抑的十年，他不得不以"双面人"的方式进行戏剧创作活动，因此，对革命的接受实质也是对保守僵化的宫廷剧院的抗议与报复。

如同梅耶荷德自己所说的："在我的一生中，在每一个新的攀登之前，总有一刻充满着痛苦的思考和疑虑的停顿，有时几乎是处于绝望的边缘。只有两次（而且是最为重要的）生活的抉择，我是毫不动摇地做出的。一次是从戏剧学校毕业时……另一次是十月革命爆发后，我一下子理解了它的意义，并立即投入了革命的怀抱。走向这样的抉择，我有充分的思想基础。"④就这样，梅耶荷德将十月革命精神作为直接表达其内心巨大激情的新锐武器，再次以其特有的敏锐做出了的选择，并以超凡的革命热情、激情投入到革命戏剧的建设事业之中。

由于梅耶荷德兼具革命热情与导演才能，1920年9月16日卢纳察尔斯基委以他重任——教育人民委员会戏剧局局长，领导莫斯科的俄罗斯社会主义联邦共和国剧院。上任伊始，1920年10月11日梅耶荷德在戏剧局全体人员会议上发表讲话，宣布了戏剧的任务和对戏剧局进行大幅改革的措施。梅耶

① Арье Элкана Карл-Казимир-Теодор-Всеволод Мейерхольд[M]. M., 2006, C.343.

② Арье Элкана Карл-Казимир-Теодор-Всеволод Мейерхольд[M]. M., 2006, C.352.

③ Мейерхольд В.Э. Статьи, письма, речи, беседы（1891-1917）[M]. M.:Искусство, 1968, C.140.

④ [俄]格拉特柯夫辑录，童道明译编：《梅耶荷德谈话录》，中国戏剧出版社1986年版，第5页。

荷德提出要在艺术领域进行一场如同 1917 年对国家社会制度进行的十月革命那一规模的革命性变革。

“戏剧的十月”这个名称最初是由梅耶荷德的战友、戏剧批评家 B. 勃留姆想出来的。梅耶荷德十分欣赏这个名称，他甚至倾向于对戏剧局的俄文缩写词作“一语双关”的解读，因为俄文中戏剧局为 Театральный отдел，其缩写为 TEO，这恰巧也是“戏剧的十月”——Театральный Октябрь 的缩写形式。梅耶荷德如此阐述“戏剧的十月”的纲领：“舞台上不要任何停顿、心理和‘体验’……许许多多的光明、欢乐，宏大的规模，强烈的感染力，轻松的创作，吸引观众到剧情中来，集体地创造演出过程。”① 为了实施这一纲领，梅耶荷德计划在整个俄罗斯境内建立先进的专演革命剧目的“俄罗斯联邦共和国剧院”体系，首先将自己领导的剧院改造成即将来临的“戏剧的十月”的时代的第一信使，改称其为俄罗斯联邦共和国第一剧院，涅兹洛宾剧院为俄罗斯联邦共和国第二剧院，如此继续在整个俄罗斯境内建立第三至第十个这样的剧院，构成“俄罗斯联邦共和国剧院体系”。所有这些剧院都得演出由戏剧局推荐的剧目。此外，他还设想重新调动和分配人力财力资源，即把戏剧工作者动员起来，把他们从导演和演员力量过于集中的首都调到外省去，并从模范剧院调拨多余的服装道具给穷困的外省剧团。政治思想的戏剧、共产国际性的戏剧——这就是梅耶荷德的理想。

如果说十月革命前的梅耶荷德与其他类型的剧院只是在艺术观念上存在分歧的话，革命后的他被“戏剧的十月”的思想燃烧着，甚至发誓“尽可能不再与职业剧院打交道”。梅耶荷德将无产阶级独立剧院与旧的职业剧院视为对立的两极，认为前者是未来苏维埃艺术的保证。他声明要集中自己所有的力量在莫斯科中心建立一座国际无产阶级文化剧院。关于艺术与政治的关系，梅耶荷德认为：“职业剧院演员的典型特点之一就是虚假的非政治倾向。事实上，非政治倾向是彻头彻尾的胡扯，没有任何人（任何演员）任何时候是不问政治的，他总是社会环境的力量对他产生影响作用的产物。”② 因此，梅耶荷德认为革命剧院是唯一能够以合法的形式表现最伟大的革命时代的职业剧院。

自梅耶荷德担任戏剧局局长之后，《戏剧信使报》就变成了宣传“戏剧的十月”思想的喉舌。1921 年 2 月 8 日《戏剧信使报》上刊登了一篇题为《艺术的十月口号》的社论，进一步阐明了“戏剧的十月”的目标：

---

① 陈世雄：《导演者：从梅宁根到巴尔巴》，厦门大学出版社 2006 年版，第 278 页。

② МейерхольдВ.Э. Осовременномтеатре[J]. Вестник театра. 1921（70）: 12.

——艺术的十月要战胜那些虚假传统的催眠，它们掩盖了对新形式的不接受和有害的因循守旧，而且往往对共产主义建设原则抱有敌视的态度。

——艺术的十月要与刻板公式化的狭隘教育的倾向的斗争，这一倾向用封建主义的、农奴制的、资产阶级的意识形态来强制拉拢无产阶级。

——艺术的十月明确了对待艺术的真正的马克思主义观点。

——艺术的十月为当代激情澎湃的内容探索新形式。

在这些口号式的宣言中，“戏剧的十月”的倡导者号召与“封建的、农奴制的、资产阶级的意识形态”进行斗争，其矛头显然直指国立模范剧院。梅耶荷德甚至直言不讳地说，要给那些剧院“挂上锁”。1921 年 1 月 21 日《戏剧信使报》上曾经刊登一篇文章《戏剧的国内战争》，文中甚至使用“戏剧战线”的说法，充满论战的味道。

梅耶荷德这种过于极端、片面的言行显然不适合戏剧局局长的身份，引起许多艺术界人士的不满和抱怨。对于激情四射的梅耶荷德及其同盟的行为，卢纳察尔斯基开始顾虑“戏剧的十月”可能带来的后果。相较而言，卢纳察尔斯基更具政治远见与开阔的胸襟，主张继承与创新并举。他一方面大力支持鼓励新的探索，另一方面主张要保护旧时代的优秀剧院，以亲和包容的态度对待传统剧院。因此，他将模范剧院直接纳入自己的管辖范围，并不让梅耶荷德插手管理。1920 年 12 月，他声明说：“我可以让梅耶荷德同志去摧毁旧的不好的东西，建设新的好的东西。但我无法让他去保护旧的好的东西，而且是具有活力的，能够在革命的环境下独立发展的……现在正在进行小写的戏剧的十月革命，当然，把这些在伟大的十月革命风暴中好不容易保护下来的珍贵的东西交给他是可笑的。”①

人民委员含有警告意味的这些话深深刺痛了梅耶荷德，尤其是卢纳察尔斯基针对“小写的戏剧的十月”的评价，显然表达了他对待“戏剧的十月”的态度。但是被激情燃烧得欲罢不能的梅耶荷德仍然坚持要高举旗帜继续战斗：“我不会放下武器，直至最后的胜利。伟大的戏剧的十月革命万岁、万岁、万万岁！”② 梅耶荷德全心投入戏剧统帅的角色之中。

卢纳察尔斯基与戏剧局局长在思想上产生了明显的分歧。正如卢纳察尔斯基后来所说的：“尽管我热爱梅耶荷德，但我不得不与他分道扬镳……在完全同意教育人民委员会同人与党的指示的情况下，我必须承认，从国家管理

---

① Луначарский А. Моим оппонентам[J]. Вестник театра. 1920（76-77）:4.

② МейерхольдВ.Э. J’　accuse! [J].Вестник театра. 1920（76-77）: 5.

的立场出发，梅耶荷德的极端路线是不可接受的。”[①]1921 年 2 月，教育人民委员会戏剧局结束了自己的使命，梅耶荷德被解职。“戏剧的十月”的喉舌——《戏剧信使报》于 8 月 15 日出版了最后一期（第 93—94 期）后亦停刊。同年 9 月，俄罗斯联邦共和国第一剧院被关闭。“戏剧的十月”阵营试图以国家的名义来领导戏剧的希望落空了，但他们并未放下“武器”，而是通过戏剧创作继续战斗。梅耶荷德不顾一切地要打破剧院的商业化管理和前宫廷剧团的霸权，力求使剧院革命化，创造出新的舞台形式。

十月革命给戏剧提出了极为重要的社会政治任务：作为苏维埃国家建设的积极参与者，在戏剧艺术领域里开展革命工作，感染影响观众的意识和感情，以巩固无产阶级专政，促进新时代人的成长。而能够完成上述任务使命的唯有从本质上建立有别于革命前剧院的新剧院，探索实现新任务要求的新方法以及新的组织形式。在十月革命后的最初年代，在大多数人尚在徘徊、犹疑、观望之时，梅耶荷德率先勇敢地迈出了革新探索的步伐，坚定而干脆地提出了关于“戏剧的十月”的纲领，明确了那些模糊地萦绕于戏剧工作者脑际的想法。显然，他的戏剧革命精神与热情是值得肯定的。但他“否定任何思想和文化的继承性，以虚无主义态度对待过去的遗产”[②]的言行是不可取的，反映出他对革命的接受和认识模糊不清、极端化，暴露出其政治方面的幼稚与目光短浅的缺点。然而，不可否定的是，在“戏剧的十月”纲领中即将诞生的广场戏剧、革命宣传鼓动剧的雏形已经清晰可辨。同时，其更为深远的影响还表现在对苏联未来戏剧艺术政治化倾向的导向上，20 世纪三四十年代出现的以尼古拉·包戈廷为代表的政治戏剧家的创作都受到这一戏剧运动的直接影响。

第五节　广场戏剧的复兴与政治宣传鼓动剧

梅耶荷德剧院在成立之初就明确提出了宣传无产阶级革命的主题。为此梅耶荷德重新改编了维尔哈伦的剧本《曙光》，还排演了革命诗人马雅可夫斯基的作品《宗教滑稽剧》。从戏剧形式上，梅耶荷德实现了复兴广场戏剧的夙愿；从戏剧内容和意义上，梅耶荷德达到了意欲推翻资产阶级戏剧基础的宏

---

① Луначарский А. О театре им. Мейерхольда[A]. Собр. Соч., Т. 3, С.303.

② 苏联科学院、苏联文化部艺术史研究所：《苏联话剧史》，白嗣宏译，中国戏剧出版社 1986 年版，第 213 页。

愿。新经济政策也决定了戏剧发展的下一个阶段的特点。1918—1920年，年轻的苏维埃国家经历了最为艰难的时期，国内战争加剧了社会经济的恶化，有限的物质都供应前线之需，因此后方市场萧条，商品奇缺，政府被迫实行食物配给制。但就是在这样的环境下，俄罗斯的戏剧领域却出现了“大跃进”式的发展。城市、农村的剧院如雨后春笋般大量涌现，参加业余戏剧演出的人更是不计其数。据统计，当时莫斯科每40人中就有一个戏剧工作者。戏剧出现如此惊人的发展，其首要原因是：在特殊的历史时期，苏维埃新政权为大力宣传革命，普及革命思想，赋予戏剧以特殊使命——宣传、教育、鼓动广大群众，以取代宗教对百姓精神的影响和地位，以剧院代替教堂，让更多劳动群众走进剧院，接受教育。由于当时俄国文盲人数众多，约占总人口的80%，在各种艺术形式中，相对于音乐、绘画，戏剧更易于被理解、接受、普及。因此，国家对戏剧发展采取特殊鼓励的倾斜政策。其次，国内战争造成经济极度困难，采取“战时共产主义”政策，实行食物配给制。许多人加入戏剧工作者行列以获取有限的食物配额。俄罗斯戏剧史上第一部政治宣传鼓动剧《宗教滑稽剧》在某种意义上也是食物配给制的成果：职业剧院的演员拒绝出演带有“亵渎”性质的剧作，而许多饥饿的大学生为了获得食物自愿充当业余演员，参加演出。此外，长期受压制的平民百姓以进剧院看戏为荣。对他们而言，这也是身份、地位改变的象征，大有翻身做主人的感觉。而且，在剧院观看演出，重要的不是理解多少，而是可以无拘束地讲话、嬉笑，这比教堂肃穆的气氛自由多了。因此，一个特殊的历史环境为革命宣传鼓动剧的诞生创造了有利的条件。

投身革命的艺术家们不仅是在口头上表达对新政权的支持，更是以实际行动——以各自的创作来确立自己在新生活中的位置。勃洛克创作了长诗《十二个》，马雅可夫斯基与梅耶荷德则以《宗教滑稽剧》作为向十月革命一周年的献礼。

一、《宗教滑稽剧》

对于在十月革命后最早树立明确政治信念的梅耶荷德来说，重走老路、重演旧戏的戏剧生活是完全不可能的。梅耶荷德再度思考早在莫斯科艺术剧院时期就困扰着他的那个问题：我们为什么表演，表演什么，通过自己的表演要教育谁，抨击谁。早在十月革命前，梅耶荷德就试图将古老的民间广场演出形式加以改造。他相信，过去多年来在古老的民间戏剧和杂耍艺术范围内积累起来的戏剧探索的经验将大有用武之地了。梅耶荷德以前所未有的热情投入到由马雅可夫斯基创作的政治宣传剧——《宗教滑稽剧》的排演之中。1918 年 11 月 7 日,《宗教滑稽剧》成为向十月革命一周年献礼的唯一专业戏剧节目，它也是苏维埃政治宣传剧的开篇之作。

马雅可夫斯基是俄罗斯未来主义诗人团体的领袖，20 世纪上半叶欧洲理性戏剧最具代表性的剧作家之一。其戏剧突出的一个特征，就是它具有最为鲜明的政治倾向性。在梅耶荷德看来，倾向性是作为剧作家的马雅可夫斯基最根本的特征。马雅可夫斯基也曾说过，他从事戏剧工作的实质就是要“让舞台成为论坛”。他直言不讳地声称文学应“把目的性放在首要地位”,“艺术是阶级斗争的工具”。与此同时，马雅可夫斯基同样主张戏剧中应该重视动作，反对“心理主义戏剧”和“情绪戏剧”。共同的趣味与美学观点使梅耶荷德与马雅可夫斯基迅速地走到一起。马雅可夫斯基积极地参与十月革命后的戏剧生活，热烈地支持梅耶荷德的戏剧革新尝试，成为梅耶荷德戏剧体系的重要剧作家之一。他们共同缔造了 20 世纪 20 年代苏联新型的政治宣传鼓动剧。

为了便于阐述宏观的政论，将思想“物化”，马雅可夫斯基剧作的背景往往具有全球性的规模，采取史诗般的开阔视角，运用气势恢宏的极度夸张的手法。在《宗教滑稽剧》中，马雅可夫斯基借用《圣经》中关于世界洪水和“挪亚方舟”的神话故事来描写十月革命，但反其意而用之，对其进行革命性的改造：剧中的大洪水不像《圣经》中那样象征上帝的惩罚，而是象征着淹没旧世界的无产阶级革命洪流。剧中最后出现的“乐园”也不是《圣经》中宣扬的极乐世界，而是共产主义公社。《圣经》中一对肮脏的畜类和七对飞鸟被改为七对肮脏的人（劳动者），而七对干净的动物被改为七对干净的人（压迫者）。当洪水泛滥，陆地沉没时，肮脏人建造方舟。在方舟上他们备受干净人的压迫和剥削，他们被迫夺取武器，推翻了干净人的政权，在一个未来人的号召下，为创立公社——真正的天国而斗争。他们捣毁了可怕的地狱和徒有虚名的天国。在战争和革命之后，肮脏的人又战胜了饥馑女王、私贩，修复了轮船、机车和工厂，看到了未来的曙光。最后，他们建起林立的大厦，生产了堆积如山的食物，实现了电气化。肮脏人终于建起地上的天堂。《宗教滑稽剧》曾动用 350 个演员，各种阶层的人物和魔鬼、天使、天主、已经死去的托尔斯泰等“圣者”“未来人”以及乐园中拟人化了的面包、盐、糖等几十种物品同台演出。政治与艺术、诗与歌、崇高与滑稽“混凝体”般地结合在一起。在马雅可夫斯基的革命性改造中，剧情与当时政治形势、社会环境异常鲜明地呼应起来，从而大大加强了它的宣传鼓动性。此外，剧本具有类似布莱希特戏剧的叙述性特征：剧中人物的台词直抒胸臆，传达作家本人的心声；运用类似中国戏曲里“自报家门”的手法，让舞台与观众之间进行积极的交流；采用多场景、开放型的叙述性结构，以电影蒙太奇手法拼接场景。[①] 因此，如果将此剧放入一个更为宽广的戏剧历史中看，马雅可夫斯基可以称得上是布莱希特的先驱者，他的戏剧可以说是从 19 世纪末的象征主义、20 世纪初的未来主义、表现主义通向布莱希特叙事体戏剧的一座桥梁，是欧洲戏剧发展史上一个不可或缺的环节。

更为重要的是，《宗教滑稽剧》中糅合的民间杂耍的手法和英雄主义的诗意为梅耶荷德提供了一个极好的用武之地，他终于实现了早已有之的愿望——复兴广场戏剧，将积累已久的创新手法付诸戏剧实践，呈现给更广大的新观众了。

尽管由于排演时间仓促，大部分角色是由业余演员扮演，表演技巧生硬，整体显得粗糙，但是，在“战时共产主义”这一特殊的历史背景下，在新兴的苏维埃国家政治、经济面临极度困难的情况下，《宗教滑稽剧》在新观众中产生了强烈的宣传鼓动效果，显示出其特殊的政治历史意义。《宗教滑稽剧》第一次上演便取得了轰动效果。卢那察尔斯基对它给予热情赞美，称其为第一部“艺术的革命剧本，唯一的在我们的革命影响下构思出来的剧本，因此它带有这个革命的烙印——热情、勇猛、乐观、咄咄逼人”[②]。《宗教滑稽剧》掀开了苏联政治戏剧的新篇章，因此作为“第一部苏联剧作”被永久地载入史册。

1921 年，为庆祝十月革命三周年，在 1918 年版的基础上，梅耶荷德再度排演《宗教滑稽剧》，更加全面彻底而且成功地把自己戏剧探索中最有价值的成果体现在演出之中。没有大幕，舞台与观众席连成一片，表演在多个空间进行，多场景结构的“杂耍蒙太奇”，等等。演出彻底改变了传统的观演关系，使演员与观众之间的相互关系具有最大限度的自由和无拘无束。在表演风格上呈现出一种“宣传画”与“群众大会”式的特点，创造了符合国内战争年代群众精神需求的政治鼓动戏剧，创造了真正的人民艺术。

二、《曙光》

1920 年末，梅耶荷德组织了一个青年剧团，占用了莫斯科中心的“索恩剧院”，把它重新命名为“俄罗斯联邦共和国第一剧院”。梅耶荷德选择比利

① 陈世雄、周宁：《20 世纪西方戏剧思潮》，中国戏剧出版社 2000 年版，第 429—430 页。

② 苏联科学院、苏联文化部艺术史研究所：《苏联话剧史》，白嗣宏译，中国戏剧出版社 1986 年版，第 208 页。

时象征主义诗人埃米尔·维尔哈伦创作于1898年的叙事诗剧《曙光》作为新剧院的揭幕演出，也是“戏剧的十月”的处女作。该剧描写了奥皮杜马涅这座神秘城市里对抗的士兵将一场资本主义战争改变为一场国际的无产阶级起义的故事，在俄国一直被禁演，因为剧中描述的情景几乎就是俄国命运的写照：战争变成了人民起义，剧中人物为了解放自己的伟大之城不断斗争、动摇、争论，最终为了在城市中建设社会主义的乌托邦王国。早在波瓦尔斯卡娅实验剧社及科米萨尔日芙斯卡娅剧院时，梅耶荷德就产生过排演《曙光》的想法，但一直未能如愿。如今梅耶荷德试图把它改编成一部“革命悲剧”，使之具有时代的印迹。梅耶荷德认为：重要的不是完全照搬维尔哈伦剧本的台词，而是要传递出对现实具有尖锐思想意义的情绪。是否深入到人物的内心世界也不是根本的，更为重要的是给他们以明确的评价。根本不需要表现主人公的内心活动，最主要的任务是点燃观众的革命热情，激发他们的革命斗志。因此，不需要任何的日常生活的细节、环境、气氛。

演出在十分简陋破旧的剧场里进行，没有暖气，这恰好符合导演的需要，他正好不想赋予剧场以通常的舒适感和节日气氛，他构思中的群众集会恰好需要这样的环境。观众厅的墙壁上挂满标语牌，幕间休息时传单像雪片似的飞向观众。演员的雄辩演说风格也具有群众集会的特征，他们大都保持不动的姿势直接向观众发表演说。最让观众激动兴奋的是，在演出过程中导演别出心裁地插入战事进展的公报。在11月18日的演出中，梅耶荷德首次尝试将时事新闻加插到台词中。在第五幕戏演出进行过程中，一个信使在开始朗读台词前，将刚刚接到的来自前线的胜利喜讯加进台词里，使得这一场戏成为演出的最高潮，赢得了暴风雨般的掌声和欢呼声。最为令人惊奇的是，虽然当时全体观众都不由自主地起立，静静地聆听战报，但它并未打乱演出的节奏，反而加强了演出的现实性。梅耶荷德的英雄气概与独具匠心不得不令人折服。这无疑达到了他本人所期望并不懈追求的“使舞台与观众融合起来”的目的，无形之中把观众变成了戏剧行动的参与者，使观众逐渐淹没于集体的庆典之中。

新剧院所寻找到的原则使梅耶荷德逐步开始进行戏剧形式更加复杂的实验，使之成为加强宣传鼓动感染力的手段。这一阶段他开始扩大自己的社会工作，在广大观众的意识中确立工人和红军战士剧院。梅耶荷德通过群众集会式的舞台与表演形式彻底推倒了横亘于舞台与观众席之间的那堵无形的“第四堵墙”，扫除了演员与观众之间的一切障碍，在赢得观众叫好的同时也引来了评论界的激烈争论，各派互不相让，火药味浓烈。首演次日，《消息报》就发表评论，总体上肯定了演出的宣传鼓动意义，对“令人喜悦、激动人心的演出”表示欢迎，称它“第一次尝试将观众积极地吸引到戏剧活动中”，尤其盛赞令人振奋的最后一场戏——全场观众和演员同声高唱《国际歌》。帕·马尔科夫更是将之誉为“梅耶荷德剧院的《海鸥》”。在批评的声音中无产阶级文化协会戏剧部主任克尔仁采夫指责梅耶荷德“剥光”了戏剧的一切技术。针对种种批评指责，梅耶荷德对自己的戏剧创新原则的意义进行了解释：“对我而言前舞台不是什么技术，而是向融合舞台和观众迈出的第一步，这也是克尔仁采夫同志本人所希望的。在建立前舞台时，我的注意力转向融合演出的参与者和所有观众这个问题，对我来说这只是把戏剧从狭小的、令人窒息的戏剧盒子中解放到宽阔的广场的第一步。”[①] 在众多的支持者中，卢纳察尔斯基对演出的评价较为全面客观：“尽管梅耶荷德追随政治的与形式主义的‘左’倾思想，但他导演的演出是成功的……这的确是真正向前迈进的一步，是革命戏剧的一缕真正的曙光”，“这是一种新形式，纯粹的、宏伟的、质朴的形式”[②]。从某种意义上说，卢纳察尔斯基的评价客观地反映了《曙光》的成功与不足，对于它在戏剧进程中的历史意义给予了充分肯定。它预示着新型演出——革命政治和鼓动杂剧的出现。

总之，尽管《曙光》在演出中存在各种不够完善之处，但它仍然以其大胆的、新颖独特的导演方法被载入史册，在戏剧时代的转折关口占据着重要的地位。应该说，《曙光》与《宗教滑稽剧》不但是“戏剧的十月”纲领的最佳体现，同时也标志着梅耶荷德戏剧探索的转折点，他开始由假定性戏剧体系迈向革命政论戏剧。

政治宣传鼓动剧是特殊历史时期的特殊产物，它在戏剧功能、演出内容、舞台形式、表演方法上都颠覆了传统的戏剧观念：宣传鼓动功能取代戏剧娱乐的功能；剧本的非文学化倾向，演出内容紧密配合当时的政治需要；舞台布景、装置、道具的极简化；增强表演的即兴成分，演出体现群众节庆的风格；舞台行动具有招贴画的风格，台词带有标语口号性质；等等。以《宗教滑稽剧》为代表的政治宣传鼓动剧彻底打破了观演界限，具有十分强烈的感染力和煽动性，体现出其独特的戏剧魅力。

“戏剧的十月”运动虽然短暂，但是在其思想引领下的戏剧创作意义深远。正如扎洛特尼茨基在《“戏剧的十月”的常日和节日》一文中所总结的：“二十

① Давид Золотницкий. Роман с советской властью [M]. M.:Аграф, 1999, C.55.

② Луначарский А. Театр РСФСР[J]. Печать и революция. 1922（7）: 89.

年代具有英雄主义和讽刺色彩的苏联政治戏剧传统，尽管在以后的戏剧生活中出现了种种的变化和发展，仍不失为我们共同的财富。革命戏剧把它烈日当空时的光芒照射到了今天。这个传统是具有生命力的。它继续在影响着整个苏联戏剧艺术，它也卓有成效地影响着世界戏剧艺术发展的进程。”①

三、《臭虫》与《澡堂》

在第一版《宗教滑稽剧》上演之后十年，梅耶荷德与马雅可夫斯基再度携手合作，于1929年2月与1930年3月分别排演了《臭虫》与《澡堂》两部作品，在新的时代背景下寻找现代政治宣传鼓动剧的新形式，以期再续由他们共同缔造的政治宣传鼓动剧的辉煌。剧作仍然延续了马雅可夫斯基隐喻式的讽刺风格与宣传鼓动性，但在形式上更加夸张、怪诞。在充满幽默的《臭虫》和《澡堂》中，马雅可夫斯基那种“愤怒的笑”的天才得到最充分的体现。他塑造了典型的讽刺性形象，其成就可与俄国历史上的讽刺喜剧作家格里鲍耶多夫、果戈理、苏霍沃－科贝林相媲美。不同于《宗教滑稽剧》中那些类型化的人物，两部新作中的人物形象普利绥普金、巴扬、波别达诺西科夫、奥普齐米斯捷科等都具有生活的具体性。梅耶荷德的舞台处理方法充分体现出剧作家的讽喻性描绘现实的特点，他以夸张、怪诞的手法将剧中人物的种种品性、癖好、丑行、陋习在舞台上加以“放大”，许多场面处理得十分独到、精彩。在《臭虫》中肖斯塔科维奇的作曲与伊里因斯基的表演都为演出增色不少。但是，剧本对“拉普”派主要创作原则“活人论”的嘲笑，以及对莫斯科艺术剧院的暗讽，引起了当时主宰文坛的“拉普”派批评家们的猛烈攻击，指责剧作不应该将暂时的、个别的、缺乏典型意义的现象在戏剧舞台上过度“放大”，指责梅耶荷德犯了“技术主义”和“机械性”的错误，从而否定了作品艺术创作的讽刺性概括和讽刺性夸张的原则。演出并未取得预想的成功，除了“拉普派”的敌对攻击之外，时代变迁所带来的大众戏剧审美趣味的变化也是一个重要因素。进入20世纪30年代后，新的时代与环境、新的观众对戏剧都提出了新的要求，简单的表现和讽刺性的戏剧已成为一种历史的表现手段，不再能够满足、征服观众。这也是始于20世纪20年代的政治宣传鼓动剧走向危机的征兆，它迫使梅耶荷德重新思考、寻找另一条通往新艺术的途径——以新的审美形式来更好地表达革命激情，达到宣传鼓动剧的政治意向。

---

① 童道明编选：《梅耶荷德论集》，华东师范大学出版社1994年版，第133页。

第六节　构成主义戏剧实验

被解除戏剧局的行政职务后，梅耶荷德逐步回归到其戏剧探索的大路上。“戏剧的十月”运动前期所具有的大规模性的特点不得不被改变，他转而进行对戏剧动作原理的研究分析，制定革命戏剧的原则，培养新的戏剧干部等。由此，1922 年他排演了第一部系统体现舞台构成主义原则的作品——由比利时剧作家克罗梅林克创作的《宽宏大量的乌龟》。此剧与这一阶段所排演的另一部作品《丁达奇尔之死》都带有十分鲜明的构成主义戏剧实验特征。

构成主义是 19 世纪初俄国的艺术流派之一，在诗歌、建筑领域都有所表现。在造型艺术方面，构成主义以点、线、面、块组成与客观世界毫无联系的抽象骨架式雕塑，绝不模仿、写实，是一种反现实主义的造型艺术，具有鲜明的“反艺术性”。梅耶荷德之所以将构成主义移植到戏剧领域并使其发扬光大，有四个方面的原因。

第一，构成主义的美学趣味契合梅耶荷德创作的需求。梅耶荷德极力排斥心理现实主义和唯美主义，正在寻找反传统的艺术表现形式，构成主义所主张的反现实主义、反艺术性恰好符合梅耶荷德当时的创作需要。

第二，舞台构成主义非常符合当时苏联社会人们对未来理想社会的幻想，是人们对未来憧憬的舞台表现。“舞台构成主义仿佛物化了关于未来和技术的幻想，技术将会使国家摆脱贫困，走向机械化的、电气化的、组织得非常好的社会主义王国。”①

第三，梅耶荷德戏剧观演变所致。梅耶荷德认为，表演艺术是戏剧的基石，戏剧的一切手段都应该为演员服务。“正是为了演员，梅耶荷德才传播构成主义的。”②而构成主义舞台方法也创造了新型的演员。

第四，受演出场所的客观条件所限。“索恩剧院”条件十分简陋，破旧不堪，而国家正处于新经济政策实施时期，资金非常有限，这一客观条件制约了梅耶荷德剧院的舞台演出条件，不可能采用装饰性强的舞台布景。

在上述内外因素的作用下，梅耶荷德自然而然地与年轻的构成主义艺术

---

① 苏联科学院、苏联文化部艺术史研究所：《苏联话剧史》，白嗣宏译，中国戏剧出版社 1986 年版，第 387 页。

② 苏联科学院、苏联文化部艺术史研究所：《苏联话剧史》，白嗣宏译，中国戏剧出版社 1986 年版，第 385 页。

家结为同盟，运用构成主义的美学原理改造当时的戏剧舞台，用非幻觉式的舞台结构来解放传统舞台。演出没有大幕、天幕，灯光不加掩饰，演员的表演有许多急速的动作，感染力很强，给观众的冲击力很大。舞台美术设计柳波芙·波波娃在几乎是赤裸裸的舞台上放置了一个带有框架、轮子、风车的机械装置，以取代传统的舞台道具。由两台木质车床以及连接在一起的平台、楼梯、转盘等构成了一个奇特的表演区。穿着同样的蓝色连衫裤、既不化装也不戴假发的演员在这些奇特的“布景”中往来、跳动，把杂技的、滑稽的手法与技巧运动糅合在一起，充满天真和动感。置身于空荡荡的、略有坡度的平面上，演员的动作自然具有独特的浮雕感、鲜明性和冲击力。梅耶荷德的构成主义舞台原则有意识地把舞台剥光，把舞台美术师、服装师、道具师乃至化妆师一一“赶出”剧院，真正实践了“把剧院剥光”的思想。其目的是给演员的创作提供最佳条件，使演员的形体动作获得前所未有的重要意义。“仿佛是体现了新人，这种新人摆脱了物件势力，摆脱了因循守旧的呆板的环境，站在高处宽阔的世界里，充满了能使他极其准确地计算自己一举一动的生活动力。”① 如此一来，舞台的幻觉完全被破除，留下的是“质朴的”戏剧。

在这一时期的作品《塔列尔金之死》（1922）、《天翻地覆》（1923）、《森林》（1924）中梅耶荷德仍然继续实践、探索着构成主义的舞台原则。但永不止步的梅耶荷德并没有简单重复已有的成就，而是不断地“自己推翻自己”，从洋溢着乐观主义情绪的《宽宏大量的乌龟》转向悲剧性的闹剧《塔列尔金之死》。

苏霍沃－科贝林的剧本为导演提供向喜剧演员、技巧运动员和杂技演员剧院再迈进一步的许多条件。以此为基础，梅耶荷德再一次创造了新的舞台布景结构和装置。B. 斯杰潘诺娃设计的舞台由一个介于牢笼和大型绞肉机之间的机床构成，但结构主义在这里以戏谑的形式出现，演员不再在“机床”上表演，而是利用机床的一些小零部件——大棒、充气的木棍、皮囊等进行“有实物”的表演，彻底改变了表演的性质，成为梅耶荷德戏剧的又一大创举。尽管演出中交织着民间杂耍与戏谑的闹剧成分，但剧作的悲剧性讽喻得到充分体现。

在《天翻地覆》中，梅耶荷德与波波娃对构成主义进行更加大胆的实验，舞台装置从单一的“机床”发展到“舞台装置—摄影—宣传画”：灯光宣传画协助构件达到一定效果。舞台上甚至出现真正的卡车、摩托车、自行车、机枪、

① 苏联科学院、苏联文化部艺术史研究所：《苏联话剧史》，白嗣宏译，中国戏剧出版社1986年版，第385页。

收割机等。从表现形式上它给人以震撼的效果，但从艺术思想的体现上却意义不大，有风格“极端化”“公式化”的倾向。

如同梅耶荷德之前的大多数作品一样，《宽宏大量的乌龟》与《塔列尔金之死》同样引起激烈的争论，褒贬不一。但这丝毫不影响它们在梅耶荷德戏剧创作中的显著地位。梅耶荷德本人尤其看重自己的首部构成主义作品，他断言：“这部戏应当给在新的舞台环境里表演新技术提供论据，这种环境废除了用侧幕和正面框架围住表演场所的做法……”[①] 正如梅耶荷德所预言的，构成主义舞台原则为未来戏剧开辟了一片新的天空。今天，当我们谈论格洛托夫斯基具有划时代意义的“质朴戏剧”的思想，或是思考彼得·布鲁克的“空的空间”时，都不应该忘记他们的引路人——梅耶荷德。

第七节　古典剧作新阐释

20 世纪 20 年代是梅耶荷德戏剧探索与戏剧思想日渐成熟的阶段，其社会知名度与艺术影响力渐入高峰。这一时期梅耶荷德的戏剧创作中古典剧作再度“活跃”，这既是一种“深化现实主义”的政治任务，同时更是对艺术的不断探索与创新。

一、《森林》

1923 年对于梅耶荷德的人生具有十分特殊的意义，在他即将庆祝自己从事导演创作 20 周年和演员舞台生活 25 周年之时，他收获得了两份厚礼：不但终于拥有一座以自己的名字命名的剧院——梅耶荷德剧院，而且还被苏联政府授予共和国“人民演员”的称号。媒体出现不少对他充满溢美之词的文章，他开始被冠以“大师”的头衔。但梅耶荷德仍一如既往地继续他的戏剧探索之路，进入又一个多元化的戏剧创作阶段，其中一个重要的特点就是对经典剧作进行大胆而独特的重构与新的阐释。

20 世纪 20 年代初，卢纳察尔斯基向戏剧界发出“向奥斯特洛夫斯基回归！”的号召，提倡关注新的生活现实，深化现实主义，鲜明的戏剧形式和

① 苏联科学院、苏联文化部艺术史研究所：《苏联话剧史》，白嗣宏译，中国戏剧出版社 1986 年版，第 384 页。

明确的政治倾向。作为左翼戏剧的旗手，梅耶荷德率先响应这一号召。但究竟应该如何对待古典作家？如何排演古典剧作？这些问题不仅摆在整个苏联戏剧界的面前，也是梅耶荷德迫切需要解决的问题。梅耶荷德再次以自己的戏剧创作对所提出的现实问题做出了最好的回答，他先后排演了奥斯特洛夫斯基的两部作品《肥缺》（1923）和《森林》（1924），对古典剧作进行了独具个性的诠释。

赋予历史题材以现实意义——这是梅耶荷德诠释古典剧目的一条重要原则。为此，在《肥缺》里，梅耶荷德通过布景的单调和服装及贵重物件的多彩之间的对立矛盾，凸显现在和过去之间的联系。一方面是一切如剧作所描写那样摆设的布景、道具，但它们被刻意粗俗化、功能化；另一方面是人物服装和发式上体现的异常精细的真实；还有代表奥斯特洛夫斯基时代风格的钢琴、铜烛台、酒杯、长烟斗等。博物馆式的展品、历史真实的服饰和时代风格的实物——这三种互相反差的因素组合在同一个舞台上，形成了反常和怪诞因素的结合，它们最大限度地体现出奥斯特洛夫斯基剧本的揭露和讽刺的意义，使历史的昨天和现实的今天交织在一起，使奥斯特洛夫斯基的讽刺与揭露获得了现实的意义。在苏联新经济政策的历史背景之下，《肥缺》针砭时弊的主题与揭露批判的态度显得更加鲜明突出，具有时代感，这是一部令人回味无穷的杰作。

在解读奥斯特洛夫斯基的另一部经典作品《森林》时，梅耶荷德则以“罕见的敏锐感体会到20世纪20年代中期苏维埃观众的精神需求同奥斯特洛夫斯基作品生动的情感、鲜明的倾向性和民主性之间的深刻一致性”[①]。因此，导演采用了更加鲜明、犀利的表现手法——夸张的“社会面具”原则。为使旧的戏剧转化为新的战斗力，梅耶荷德刻意强化剧作中包含的社会冲突因素，使之更加尖锐化，而最有效的手段就是把剧中人物分别作为敌对的两个阵营、两个阶级集团的代表来处理。在这一原则指导之下，人物按阶级属性被分为左、右两派，舞台布景也被一座自上蜿蜒而下的小桥分割成代表“自由”和“奴役”的左右两侧，左侧有通往高处和未来的道路，右侧则是低洼地，是保存

① 苏联科学院、苏联文化部艺术史研究所：《苏联话剧史》，白嗣宏译，中国戏剧出版社1986年版，第409页。

着一切旧时代的污泥浊水的所在。[①]而舞台中央不时高高荡起的秋千则是男女主人公放飞心灵、向往自由的象征。此外，人物的彩色发套从传统符号象征的角度也同样起着区分“属性”的功能。总之，结构是图解的，但同时也是优美的。

梅耶荷德对奥斯特洛夫斯基作品的个性阐释还体现在对原作结构的重构上。最初他将五幕的原作切割成33个场景，后来减少到26个，最后变成16个，而且把前两幕的情节相互穿插、交织。它们看似凌乱分散，但夸张的讽刺与抒情贯串于整个演出之中，同时将电影“平行蒙太奇”的原则创造性地运用于多场景的结构中，使整个戏的结构像舞台中央那个巨大的秋千，时而飞上令人眩晕的高空，时而落到伪善、野蛮的深渊，产生了十分奇特的效果。

《森林》之所以被称为“社会面具剧”，还有一个重要的原因，是梅耶荷德将意大利假面喜剧的表演手法移植到演出中，作为表演的基本原则。在意大利假面喜剧中有许多定型人物：面具勃里格拉代表奸诈之人、骗子；面具潘塔隆代表贪婪；面具加皮塔则是牛皮精和胆小鬼的代表。在广场演出中，当面具掩盖住演员真实的面容，便要求从形体、手势、声调方面进行补偿，即演员必须做出鲜明、夸张的系统动作，声调必须抑扬顿挫。早在鲍罗丁大街实验剧社时期，梅耶荷德——“达佩尔图托博士”就被意大利假面喜剧的“面具”功能与魅力所吸引，曾经在许多实验性演出中尝试这一古老而新鲜的方法。虽然在《森林》中演员的脸并未被面具所掩盖，但涂满油彩的面容实质等同于“面具”。演员真正的面部表情、细微变化、个性都丧失了功能，取而代之的是夸张的形体造型和手势动作，构成的是阶级类型学的面具。梅耶荷德的形体训练再次找到了用武之地。伊里因斯基、查哈瓦、列米佐娃这一群训练有素的演员构成了一幅生动的漫画式群像，表现新生活胜利的社会面具和讽刺的、漫画式的面具一起出现在舞台上，古老的即兴喜剧在这里得到重生，并焕发出新的光芒。正如鲁德尼茨基所评价的：“在《森林》中，历史愉快地被夸张的哈哈镜映现着。这种对过去时代的冥顽、伪善和暴虐所做的尖锐的漫画式描绘，在寻找而且找到了有现实意义的讽刺目标。”[②]

随着结构的重新组合，梅耶荷德不仅以“隐蔽”的方式删改了原作的台词，而且创造出“反台词”的方法，即赋予台词原剧作所没有的意义，甚至故意

① [苏]К. 鲁德尼茨基：《梅耶荷德传》，童道明、郝一星译，中国戏剧出版社1987年版，第476页。

② [苏]К. 鲁德尼茨基：《梅耶荷德传》，童道明、郝一星译，中国戏剧出版社1987年版，第467页。

推翻和背离原作的台词。无论是对结构的重构，还是对台词的改造利用，都已经显露出梅耶荷德即将公开大胆的宣告——导演是“演出的作者”。

为排演《森林》，梅耶荷德“潜入”到作家与作品的精神深处，寻找奥斯特洛夫斯基为当代服务的源泉。与此同时，他积极贯彻“新戏剧必须动员一切时代的优秀手法”的号召，在20世纪20年代的舞台上不但再现并复兴了古老的东西方戏剧传统的精华，而且创新运用现代艺术——电影的元素，使古典戏剧焕发出新的生机与活力。“批判地掌握古典作品同天才地使古典作品服务于当前迫切要求，服务于政治鼓动的任务，二者完美地结合在一起了。”[①]这也是当年《森林》能够经久不衰（连演1700多场）的奥秘所在。

二、《钦差大臣》

《钦差大臣》是俄国批判现实主义文学奠基人尼·瓦·果戈理的戏剧杰作，曾经无数次被搬上俄罗斯的戏剧舞台，这一经典名剧成为许多剧院的保留剧目。但在俄苏戏剧历史上没有一台演出像1926年梅耶荷德导演的《钦差大臣》那样引人注目。继《森林》之后，梅耶荷德选择排演果戈理的经典名剧《钦差大臣》，并为此进行了一年的前期准备工作。在客观分析总结1836年亚历山大剧院演出失败的基础上，梅耶荷德力求以全新的方法诠释这一古典文学作品。他彻底打破了以往演出的所有传统，无论在剧本内容上还是在演出形式上都进行了大胆的创新，取得了根本性的突破，使《钦差大臣》的演出达到了前所未有的艺术高度，具有里程碑式的意义。

早在1920年导演《曙光》时，梅耶荷德就对维尔哈伦的原作进行了大幅度的改编，并在演出海报上首次将自己称为“演出的作者”（автор спектакля）。在此后导演的几部作品，如《宽宏大量的乌龟》《塔列尔金之死》《森林》中他仍然将自己的角色定位为“演出的作者”，并不断探索戏剧内容与形式之间的契合点。

梅耶荷德从三个方面对果戈理的作品进行了个性化的诠释。首先，对原剧的结构进行重构。在认真查找相关历史文献的基础上，梅耶荷德一方面将果戈理的五幕喜剧切分为三幕15场戏；另一方面将源于果戈理其他作品的情节、人物、台词移植到演出的脚本中，以新的场次顺序、场景组合、穿插打

① 苏联科学院、苏联文化部艺术史研究所：《苏联话剧史》，白嗣宏译，中国戏剧出版社1986年版，第416页。

乱的对话来表现果戈理的剧作，给人以“颠倒”“错乱”的感觉，显现果戈理的怪诞风格。其次，在演出中增加角色。受果戈理原作的启发，梅耶荷德在演出中增加了“过路军官”的角色。新增的这个角色始终一言不发，犹如活生生的道具人，他不但活跃了主角赫列斯塔科夫的表演，丰富了舞台调度，而且富有深刻的心理内涵，令观众尤为难忘，可以称得上是梅耶荷德的神来之笔。再次，对剧中人物形象进行独特的诠释。对于果戈理笔下的人物，梅耶荷德不再采用“社会面具”式的人物诠释方法，而是从漫画式的脸谱形象深入到人物与社会现实的更深层次。在诠释全剧核心人物赫列斯塔科夫时，梅耶荷德不再简单表现他的空虚、愚蠢，而是把他设计成一个更为复杂的形象——既是带有冒险主义的撒谎者，又是一个卑鄙、胆小和轻浮的矛盾体。为此他对演员的造型、表演也提出相应的要求，一个看似高贵却轻浮庸俗的“幻影式”的人物就此呈现在观众面前，令人耳目一新，同时更加耐人寻味。此外，梅耶荷德还大胆地精简、删改原作的台词，以加快演出节奏，达到高度凝练的讽刺效果。通过上述改编，果戈理剧作由表面的喜剧化转向更为深刻的讽刺悲剧性的怪诞。

在梅耶荷德是否有权改编果戈理的经典作品这一问题上，针对“左派”戏剧批评的质问，时任人民教育委员会委员的卢纳察尔斯基给予了最有力的驳斥：“要求梅耶荷德剧院遵守博物馆式保守分子的职责不是可笑之至吗？毕竟连应该遵守这些职责的小剧院都无法做到，在排演传统风格剧目的同时他们也排演了新的剧目，那么禁止一个完全是实验性的、探索性的剧院从事最大胆的幻想性的飞行，岂不毫无道理吗？”[①]大师在与古典文本的对话中，不是简单地进行主观的改编，而是深入到古典作家的精神世界，进行具有个性思想的创作。他竭力打破《钦差大臣》过去演出的传统，展示一种新鲜的、前所未有的脚本，以激发观众以全新的眼光看待演出，达到警醒世人的效果。在既是《钦差大臣》又非《钦差大臣》的演出中，观众分明看到了一个具有现代精神的果戈理，一个痛苦、复杂和矛盾的果戈理。因此，米·契诃夫对梅耶荷德的大胆创新予以高度的评价：“梅耶荷德把自己称为演出的作者是正确的。他之所以是作者，那是因为果戈理只是引领他通往那个形象的世界……而果戈理在自己的幻景中所暗示的许多东西要由梅耶荷德完整地加以体现，

① Мейерхольд в русской театральной критике»（1920–1938）[M] М.:Артист. Режиссер. Театр, 2000, С.229.

准确地加以构形。"[①] 人们可以对梅耶荷德关于《钦差大臣》的解释提出异议或表示不接受，但没有任何一个导演能像他那样洞察出果戈理作品的现实主义内涵，真正实现果戈理的理想——将他"当时在俄罗斯看剧的一切丑恶现象，一切需要人们主持正义的场合所发生的非正义的行为都汇集起来，然后给予淋漓尽致的嘲笑"。

在排演经典作品时，要从内容与形式两个方面实现对传统的超越，是非常困难的。梅耶荷德无愧戏剧艺术的普罗米修斯，以"凤凰涅槃"之伟大精神，使《钦差大臣》浴火重生。"戏剧的十月"的高歌者梅耶荷德以现实主义风格完成了"戏剧的十月"所提出的探索新的戏剧形式的任务。这不是对革命戏剧的否定与背叛，而是对革命戏剧的革新与发展。正如马尔科夫所言："人们喜欢说他是自己的过去的否定者，然而，他还是紧紧地和早在革命前就产生的他的那些戏剧思想紧密联系着，革命使得这些戏剧思想获得了明晰和严格的形式。"[②] 梅耶荷德以现代的精神谱写出独具一格的《钦差大臣》，无论是艺术性还是思想性都有别于过去任何版本的演出，达到了前所未有的高度。俄罗斯著名导演 Г. 托甫斯托诺戈夫在《谈谈梅耶荷德》一文中，为梅耶荷德的伟大艺术做了最好的总结："在《钦差大臣》中，梅耶荷德又是自然主义者，又是幻想家，又是结构主义者，又是风格化艺术家。既是日常生活的描绘者，又是哲学家；既是讽刺艺术家，又是悲剧诗人。这里既有心理，又有有机造型术；既有电影蒙太奇，又有卓别林……他把艺术的所有新发现都吸引过来，综合到一起。"[③]

三、《智慧的痛苦》[④]

在梅耶荷德所制订的"活跃"古典剧作的计划中，格里鲍耶多夫的《智慧的痛苦》（1928）也是其中之一。为了追求剧本的时代感和新鲜感，梅耶荷德仔细研究了所有保留下来的剧作者的手稿，吸收了不少迄今无人在舞台上用过的手稿中的片段，由此创作出全新的、"自由的"演出脚本。这也是梅耶

---

① Мейерхольд в русской театральной критике»（1920-1938）[М] М.:Артист. Режиссер. Театр, 2000, С.241.

② 童道明编选：《梅耶荷德论集》，华东师范大学出版社 1994 年版，第 9 页。

③ 童道明编选：《梅耶荷德论集》，华东师范大学出版社 1994 年版，第 117 页。

④ 格里鲍耶多夫的剧作原名为 «Горе от ума»（《智慧的痛苦》），梅耶荷德为体现其悲剧性色彩，故意将剧名更改为 «Горе уму»（《智慧痛苦》）。

荷德排演古典剧目的重要方法之一。对原作的重构从更改剧名开始，将喜剧性的《智慧的痛苦》改为阴沉的、带有威胁性的剧名《智慧痛苦》。虽然《钦差大臣》达到了创作的高峰，但梅耶荷德的“顶点”永远属于未来。在《智慧痛苦》中他要的不再是高度概括的象征，不再是面具型的勾勒，而是历史地、具体地描绘19世纪的画面，包括它的生活和风尚。因此，剧中人物也不再是或左或右的两个阶级的对立，而是单个的人——恰茨基与生活，与法穆索夫、斯卡洛茹勃、莫尔恰林等组织而成的“厚颜无耻的世界”的对立，从而揭示出导演对格里鲍耶多夫的理解：由孤独与理想破灭而带来的智慧的痛苦。导演构思的全部线索最终都引向这个悲剧性的题旨与象征。在舞台体现上，《森林》与《钦差大臣》中的许多手法在《智慧痛苦》中继续得到运用、发展，其中“传谣”一场戏令人联想起二十年前《滑稽草台戏》中的“神秘主义者会议”那场戏，昔日经典再次重现，具有相当的讽刺意义。然而，20世纪20年代苏联评论界的空气被拉普派分子严重毒化，舆论再次大肆攻击梅耶荷德的演出，各种批判之声犹如一股“尖利的冷风”再次向梅耶荷德席卷而来，甚至危及梅耶荷德剧院的生死存亡。

在排演上述古典剧作过程中，哪怕他们是他最为喜爱的经典作家，梅耶荷德也并没有一味盲目、教条地追随剧作者，而是鲜明、公开地表达导演的态度。正如梅耶荷德本人所指出的：“在排演古典剧作的时候，应该表明演员的态度，或者是导演的态度，使观众得以越过剧中人物的头顶，认清由于这种或者那种社会条件而引起的复杂处境。这就是我们的主要任务。”① 正是在这一原则指导下，梅耶荷德大胆地以“演出的作者”的名义对古典剧作进行个性化的诠释，从新的现实的角度去发现、发展剧作者的思想，创造出具有现代感的古典剧目，使经典艺术长盛不衰。

第八节　从古典走向现代

20世纪20年代，梅耶荷德剧院成为苏维埃戏剧政治斗争的“前沿阵地”，成为展示戏剧先锋潮流的一个重要舞台，其中就包括盛极一时的表现主义戏

① [俄]格拉特柯夫辑录，童道明译编：《梅耶荷德谈话录》，中国戏剧出版社1986年版，第159页。

剧。表现主义戏剧的发源地在德国，是作为印象主义的反拨而产生的。其主要特点是主观性，试图通过舞台演出表现心理的、精神的真实，表现人类潜意识的真实。不同于“静态的”象征主义戏剧，表现主义戏剧追求狂喜入迷，强烈地表达精神上的紧张和吞没一切的激情。虽然梅耶荷德并没有排演过任何德国作家的表现主义戏剧作品，但在20世纪20年代他所导演的作品《天翻地覆》《柳利湖》《拿下欧洲》中都显现出表现主义戏剧的一些特征。

继《森林》之后，梅耶荷德转向现代题材的作品：青年剧作家阿列克谢·法依科的《教师布布斯》。梅耶荷德试图以音乐戏剧的形式来处理法依科的剧作，同样以自己的理解与目的对剧作进行大幅改编，在演出中重新赋予“节奏”以突出的地位。舞台上放置着一架钢琴，整个演出过程都有音乐的演奏声，每个动作都与一种音乐伴奏相谐调，台词的朗诵则像一种吟诵。在此梅耶荷德最大的创新是引进了“前表演”的方法，即要求演员每一句尾白都要有造型准备，在说出台词之前，都要在音乐伴奏下进行一种无言的、哑剧性的表演，然后才出声朗诵台词。“前表演”实质上是要求用完美的造型轮廓代替台词，目的在于预先“引导”观众理解场景的意义，如同给台词加上注释，将“言下之意”——人物内心的真实情感传达出来。然而，评论界与观众并不理会梅耶荷德的“良苦用心”，给演出贴上“唯美主义”的标签。也许如埃·加林所回忆的：“这是一个技巧负担过重的壮观场面，是一次供演员和导演们欣赏的演出”，大有曲高和寡的意味。

《教师布布斯》在某种意义上也是梅耶荷德下一部作品《委任状》的“前表演”。1925年4月，梅耶荷德导演了尼古拉·艾尔德曼的《委任状》，第一次体现了真正意义上的新式讽刺喜剧。到1925年，新经济政策的效果初现，苏维埃政府通过容许私人企业从事经营活动，国家经济在一定程度上得到恢复。但是相伴而生的是一些欺骗、弄虚作假风气及地下黑社会活动的猖獗。艾尔德曼的作品就是描写、揭露这一历史时期的社会现象的。梅耶荷德非常喜欢艾尔德曼的剧作，认为它是“按照果戈理和苏霍沃-科贝林的真正传统写成的一部当代描写日常生活的喜剧”①。梅耶荷德吸取了《教师布布斯》的教训，彻底摒弃了“华丽性”与“甜滋滋”的美，把日常生活高度的逼真性与反常的怪诞性结合起来，将剧作诠释为现代版的果戈理式讽刺喜剧。

梅耶荷德一如既往地将自己所探索积累的全部经验运用于作品之中，创

① 苏联科学院、苏联文化部艺术史研究所：《苏联话剧史》，白嗣宏译，中国戏剧出版社1986年版，第420页。

造出许多令人惊奇的效果。在《委任状》的舞台美术中，梅耶荷德在舞台上装置了几个同心圆（他称之为“活动人行道”），还有曾在《拿下欧洲》中使用过的活动墙片，造成十分强烈的戏剧效果。这两个别出心裁的装置轻易就完成了各种不同舞台结构形式的转换，舞台空间由此像神奇的魔方那样快速地改变形态，配合以灯光的作用，达到很强的表现力。

显然，“社会面具”式的人物形象不适于《委任状》，因为人物没有截然对立的不同阶级属性，而是来自同一阶层的“渺小人物”。在表演方面，夸张滑稽的风格在《委任状》中得到极致的体现，许多突然间停顿、瞬间僵滞的动作如同电影中的“特写镜头”，将人物的心理状态“放大”“定格”，令人拍案叫绝。“渺小人物的生活”是剧作的主题，但梅耶荷德反其道而行之，把各色渺小人物刻意放大尺寸，如同在放大镜下观察他们的生活和心理。在表现手法上，梅耶荷德要求将剧作中滑稽小品式的台词用慷慨激昂呼口号的力量宣读出来；生活中的细小琐事被表现为强烈的震动。这便是梅耶荷德表演体系中的怪诞风格。早在 1914 年排演《陌生女郎》与《滑稽草台戏》时，梅耶荷德就尝试了怪诞的手法。1922 年，在与别布托夫和阿克肖诺夫合作撰写的《演员的角色类型》中，梅耶荷德对“怪诞”进行了如下阐释：“怪诞是对自然的有意识的夸张和变形，是把自然的或我们日常生活经验所认为不能组合的因素加以组合。”① 讽刺性怪诞手法逐渐成为梅耶荷德表演体系中的一个重要原则，在夸张、变形与漫画式隐喻中让观众开怀大笑，但同时也让他们进行思考，从而彰显了戏剧的教育、讽刺、鞭挞时弊的功能。

《委任状》得到众口一致的称赞。卢纳察尔斯基称之为“最重大的戏剧现象”“是深刻的现实主义手法”。斯坦尼斯拉夫斯基也高度评价了梅耶荷德的舞台艺术处理，他表示：“梅耶荷德在这幕戏里达到了我幻想着要达到的境界。”② 正如戏剧批评家所评价的，“梅耶荷德的讽刺戏剧，情绪上愉快而不恭，既能对那些正在倒退到过去时代的人们进行蓄意地嘲笑，又能突然中断笑声，停下来进行反省。它的表演开始感动人们。它的声音中还开始以悲剧的旋律占主导地位”③。

20 世纪的文学艺术同现实的联系，同各种哲学流派和政治思潮的联系，都比以前更为密切，更为复杂。④ 各种思潮、宣言涌现，文学艺术领域呈现出

① Мейерхольд В.Э., Бебутов В.М., Аксенов И.А. Амплуа актера[M]. M., 1922, C.16.

② Марков П. Станиславский[J]. Театр. 1962（1）:135.

③ Алперс Б. Театр социальной маски[M].M,–Л., 1931, C.48.

④ 陈世雄：《现代欧美戏剧史》，四川教育出版社 1994 年版，第 443 页。

流派林立、论争不断、五花八门的局面。身处社会过渡、转型时期的梅耶荷德，其戏剧思想与创作不可避免地受到社会变革、意识形态斗争、戏剧政治化趋势的直接影响。如果说十月革命前梅耶荷德的创作道路可以以时间为序，比较清晰地显现出其戏剧探索的发展脉络的话，那么，十月革命后的20年，其戏剧创作则呈现出更加复杂并带有跳跃式发展的特点。十月革命后，梅耶荷德以极大的热忱将自己巨大的才华贡献给革命的戏剧事业，他曾经被各种光环所环绕，享有极高的声誉，拥有以自己名字命名的剧院，荣获各种奖励，被授予“人民演员”的称号。其间他不仅演绎了激情澎湃的革命宣传鼓动剧，也对古典剧目进行了讽刺怪诞性的重构，创造了令人目不暇接的戏剧舞台新术语：“构成主义舞台”“有机造型术”“活动墙片”“前表演”等。

十月革命为梅耶荷德的戏剧创新、实验及成功提供了宽广的舞台，梅耶荷德的戏剧革命有其必然性，不是偶然的、天才的爆发，而是十月革命前他的艺术思想积累的结果，十月革命为他提供了释放戏剧创作才能的舞台与空间。十月革命之后，梅耶荷德逐渐远离了象征主义的潮流，成为苏维埃新戏剧的积极参与者和建设者。然而，假定性戏剧的原则并未从此消失，而是进入一个新的发展周期，得到进一步巩固。“人们喜欢说他（指梅耶荷德）是自己过去的否定者，然而，他还是紧紧地和早在革命之前就产生的他的那些戏剧思想紧密联系着，革命使得这些戏剧思想获得了明晰和严格的形式。”① 导演与年轻的苏维埃政权之间意识形态立场不谋而合，它产生于与因循守旧的传统不断斗争的土壤之中，这使得梅耶荷德成为国家戏剧生活中最关键、最积极的人物之一，使他的创作生命焕发出新的生机与活力。

从梅耶荷德戏剧创作的历史纵轴上不难发现，其戏剧中象征主义概括的符号性转变成政论与宣传鼓动政治性合一的演出风格。在此改变的是意识形态方面，而不是演出的美学成分。例如马雅可夫斯基的《宗教滑稽剧》和《臭虫》《澡堂》、维尔哈伦的《曙光》、波特卡耶茨基的《天翻地覆》、特列季雅科夫的《拿下欧洲》、谢尔文斯基的《第二军长》等，在这些演出中梅耶荷德仍然采用假定性戏剧最为主要的表现手段——怪诞的强化、夸张、强烈的舞台隐喻等，它们是对假定性戏剧观念的不断发展与完善。梅耶荷德由此轻松地实现了意识形态语言的转变，由假面喜剧的面具类型转变为社会面具，甚至仍然保留着民间广场戏剧中传统的讽刺性风格。

在回归古典戏剧时，梅耶荷德在这一阶段导演的作品中体现了对台词的

① 《梅耶荷德论集》，华东师范大学出版社1994年版，第9页。

分离和手势的突出。例如，奥斯特洛夫斯基的《肥缺》，苏霍沃－科贝林的《塔列尔金之死》与《克列钦斯基的婚礼》，果戈理的《钦差大臣》，格里鲍耶多夫的《智慧痛苦》。虽然这一时期的作品已经进入未来主义和构成主义的美学轨道，而不是象征主义的，但是假定性戏剧的基本观念仍然保持着完整统一。

应该承认，20世纪30年代梅耶荷德对假定性戏剧的立场发生了一些改变，其结果是促使他与斯坦尼斯拉夫斯基的体验派开始产生新的接近、融合。最为典型的例子是：梅耶荷德开始研究普希金的美学思想，并于1935年在列宁格勒小歌剧院着手排演普希金的《黑桃皇后》，而且他还接受斯坦尼斯拉夫斯基的邀请到歌剧院工作。这从另一方面也可以说明斯坦尼斯拉夫斯基在美学观念上发生了一定的转变，他开始在戏剧体系中重视舞台的假定性了。此外，歌剧艺术与音乐戏剧中的任何形式一样，本质上与现实主义戏剧流派是完全对立的。但在对待普希金的美学观点方面，梅耶荷德早在1918年为“简化的假定性形式的戏剧”论辩时，就以包括普希金戏剧创作的美学为基础，认为其美学思想完全符合真正的剧场性规律，即他本人毕生为之奋斗的假定性戏剧。

梅耶荷德的命运、使命就是建设新戏剧，建设新的、灵活的、包罗万象的戏剧体系，以取代旧的、文艺复兴式的戏剧体系，十月革命后他更是全身心致力于实现政治理想并成为这些理想的忠实宣传者与积极的实践者。纵观梅耶荷德十月革命后所走过的创作道路，既有激情澎湃、热情四溢的革命宣传鼓动剧阶段，也有积极“活跃”古典剧作的经历。其间有过辉煌的成功，也有过令人沮丧的失败。从《唐·璜》《假面舞会》到《宗教滑稽剧》《曙光》《宽宏大量的乌龟》《森林》《钦差大臣》及《黑桃皇后》，梅耶荷德跨越了历史与时空，从古典走向现代，创造了假定性现实主义的戏剧体系，成为戏剧艺术最高形式的代表、体现，为未来戏剧提供了无穷的源泉。

第四章　梅耶荷德的演员观

演员是公认的导演艺术中最主要的因素，也是戏剧作品艺术思想最直接的体现者，是导演艺术的核心问题。在梅耶荷德的戏剧思想体系中，演员问题属于第一性范畴的问题，占据最为核心的地位。“导演最主要的工作是对演员的工作。导演创作方法的根本问题，就是导演和演员的关系问题。”① 梅耶荷德的戏剧生涯始于表演，其戏剧革新同样源于表演，演员观贯穿其戏剧创作全过程，并随之逐步形成、发展。在梅耶荷德导演方法论的结构中，他与演员的关系主要体现在如何发现新型演员、培养新型演员、创立“有机造型术”训练体系以及不同时期的戏剧教育活动上。

第一节　“三角式”与“直线式”戏剧导演方法

梅耶荷德是一个名副其实的戏剧革新家、实践家，一生少有著述。1913年出版的《论戏剧》是俄罗斯历史上第一部导演学专著，也是梅耶荷德唯一的一部专著。该书是梅耶荷德撰写的一些论文的合集，其中《关于戏剧的历史和技术》一文最集中地反映了梅耶荷德的戏剧观，囊括了他 1913 年之前的戏剧纲领，以及他对莫斯科艺术剧院、波瓦尔斯卡娅实验剧社、科米萨尔日芙斯卡娅剧院创作的总结。《论戏剧》对于我们认识、理解梅耶荷德戏剧思想的发展、演变意义重大。

在《论戏剧》中梅耶荷德总结了波瓦尔斯卡娅实验剧社的象征主义戏剧实验，富有创见地提出两种不同的导演创作方法——“三角式”与“直线式”，

① 陈世雄：《导演者：从梅宁根到巴尔巴》，厦门大学出版社 2006 年版，第 12 页。

它们以不同的方式构成导演与演员之间的相互关系。

按照梅耶荷德的观点，所谓“三角式”导演方法就是以导演、剧作者、演员为三个不同的角，顶端为导演，两个底端分别是剧作者和演员。在创作集体的力量对比上，导演始终占据主导地位，观众通过导演的创作来接受处于底端的两者——剧作者和演员的创作（参见图 4-1）。梅耶荷德指出：“导演在各个细节方面揭示自己的方案，指示出他所看到的形象，标注出所有的停顿，一直排练到他的构思在所有细节方面都被准确地体现出来，直到他听不到也看不见那个剧本原来的样子，即他独自一人研究剧本时听到的和看到的样子。”[①] 梅耶荷德将“三角式”导演方法中的导演比喻为交响乐队的指挥，是统领戏剧创作的人物。与“三角式”导演方法相对的就是“直线式”导演方法，即戏剧的四大元素——剧作者、导演、演员、观众——从左向右按水平方向直线排列，构成另一种戏剧类型（参见图 4-2）。对于“直线式”导演方法，梅耶荷德进行如下解释：“导演化身为剧作者，把自己的创作带给演员（剧作者和导演在此融为一体）。演员通过导演接受了剧作者的创作，与观众面对面（剧作者和导演都在演员身后），在观众面前自由地敞开自己的心灵，并以此强化戏剧的两大元素——演员与观众——的相互影响。”[②]

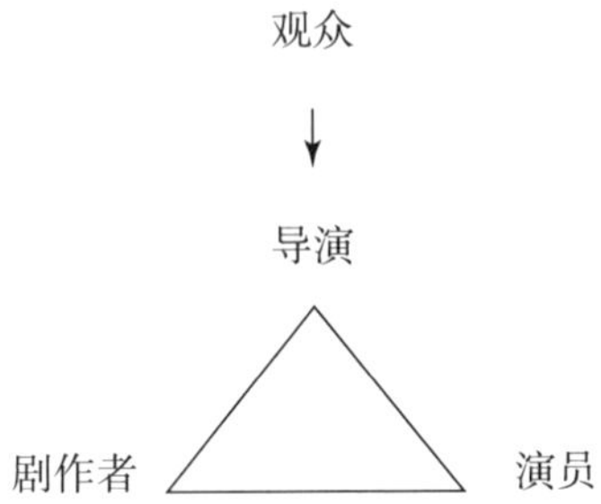

图 4-1 “三角式”导演方法

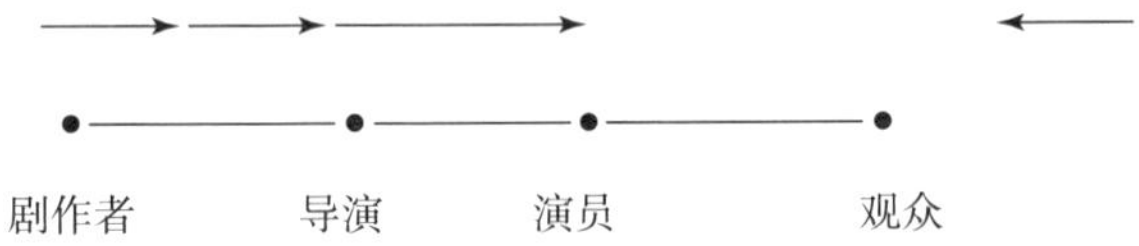

图 4-2 “直线式”导演方法

① МейерхольдВ.Э. Статьи, письма, речи, беседы（1891-1917）[M]. М.:Искусство, 1968, С.130.

② МейерхольдВ.Э. Статьи, письма, речи, беседы（1891-1917）[M]. М.:Искусство, 1968, С.131.

对比图 4-1 和图 4-2，我们不难发现：在“三角式”戏剧中观众是“隐身”不见的，而“直线式”戏剧中观众则是直线运动的终点。不但如此，在结构对比上，“直线式”戏剧中演员与观众是构成“戏剧的两大元素”，而导演不再是戏剧创作的“主宰”，他的身份由交响乐队总指挥转变为“接力赛”中的一棒。不过，他仍然是关键的“一棒”，担负着准确理解、把握剧作者思想，并将之灌输、传递给演员的承上启下的任务。为此，梅耶荷德强调：“为了不让直线变成波浪线，导演应该独自给作品确定基调和风格特点，但在‘直线式戏剧’中演员的创作仍然是自由的。”[①] 具体而言，导演负责召集组织关于剧本的“谈话”，首先公开自己的排演计划，阐述自己对剧本的理解，以此“给作品着色”[②]，同时把剧作者的精神与自己的诠释灌输给演员。但在“谈话”之后，戏剧的所有创作者都享有完全的独立自主性。之后导演再次把大家召集到一起，以使创作集体的各个部分达成和谐统一，以保证演出中的和谐与统一。最后，“他（指导演）就可以躲在幕后期待那一时刻——让演员或是‘烧毁舰船’，如果演员与导演和剧作者不和谐；或是敞开自己的内心，几乎是用即兴式的补充，当然不是对台词，而是对导演仅有的暗示，就让观众通过演员创作的棱镜同时接受剧作者和导演。戏剧就是表演。”[③]

显而易见，崇尚创作自由的梅耶荷德主张的是“直线式”而非“三角式”戏剧。后者赋予导演至高无上的权利，但抑制、束缚了演员的创作个性与自由，使观众成为被动的接受者、旁观者；前者不仅给演员以创作的自由与即兴表演的快乐，同时使观众获得发挥想象力的动能，成为戏剧活动的共同参与者。不仅如此，梅耶荷德还由此揭示出戏剧的本质属性——表演。梅耶荷德认为，现实是由人作为主体有意识地从“表演”中呈现出来，因此，表演是戏剧的核心要素。

---

① МейерхольдВ.Э. Статьи, письма, речи, беседы（1891–1917）[М]. М.:Искусство, 1968, С.131.

② МейерхольдВ.Э. Статьи, письма, речи, беседы（1891–1917）[М]. М.:Искусство, 1968, С.131.

③ МейерхольдВ.Э. Статьи, письма, речи, беседы（1891–1917）[М]. М.:Искусство, 1968, С.111.

第二节 戏剧教育原则与体系的创立

一、新戏剧与新型演员的培养

反对自然主义戏剧，创造假定性、表演性的戏剧是梅耶荷德戏剧革新的宗旨。1905 年，当梅耶荷德接受斯坦尼斯拉夫斯基的邀请，主持波瓦尔斯卡娅实验剧社的实验时，他就十分明确自己所肩负的建设新戏剧的使命。在《论戏剧》一书中，梅耶荷德写道："实验剧院是由斯坦尼斯拉夫斯基创办的。不过，我以导演的身份带领新话剧社的优秀成员一同加入到这项事业中——这也是事实。尽管斯坦尼斯拉夫斯基希望实验剧院成为艺术剧院的分部，但事实并未如他所愿。说明这一点是为了让人们了解实验剧院的创作生活是自由的，就像我所认为的，正因如此它迅速而轻松地摆脱了艺术剧院的创作羁绊，并同样迅速而轻松地拒绝了那些现成的形式，迅速地奔向新世界，以从头开始自己的建设。"[①] 尽管戏剧实验活动以失败告终，但梅耶荷德坚持认为"它对俄国戏剧未来命运所产生的巨大影响"[②] 是难以估量的。正是在波瓦尔斯卡娅戏剧实验中，梅耶荷德发现了培养新型演员的必要性与重要性。在参加戏剧实验的演员中，大部分是艺术剧院舞台培训班的学员，只有少数来自梅耶荷德在外省创办的"新话剧社"。因此，作为导演的梅耶荷德所面临的任务不是培养演员如何去体现剧作，而是首先使他们接受新戏剧的观念以及表演风格。显然，梅耶荷德的努力并未取得成功。时任波瓦尔斯卡娅实验剧社文学部主任的瓦列里 · 勃留索夫对 1905 年梅耶荷德的实验演出进行了详细的描述，由此可以管窥梅耶荷德戏剧实验失败的原因："导演的训练一结束，演员就开始平庸的表演，于是立刻就能看出演员的表演很拙劣，既没有真正的流派，也没有任何的特质。实验剧院告诉人们，在原有基础上重建戏剧是不可能的。或是应该继续建造安都昂 - 斯坦尼斯拉夫斯基的戏剧大楼，或是从头开始建设（新的戏剧大厦）。"[③] 换而言之，新戏剧的建设必须从演员的培养开始，这不仅是勃留索夫的观点，也是梅耶荷德的认识。从此如何培养新型演员成为

① МейерхольдВ.Э. Статьи, письма, речи, беседы（1891−1917）[М]. М.:Искусство, 1968, С.106.
② МейерхольдВ.Э. Статьи, письма, речи, беседы（1891−1917）[М]. М.:Искусство, 1968, С.132.
③ МейерхольдВ.Э. Статьи, письма, речи, беседы（1891−1917）[М]. М.:Искусство, 1968, С.111.

梅耶荷德戏剧探索的又一个目标和任务。

1908—1917年，在宫廷剧院担任导演的十年期间，梅耶荷德扮演着“双面人”的角色，那个不时活跃于各色私人剧院、戏剧卡巴莱（酒吧）的“达佩尔图托博士”，他一边在嬉笑怒骂、插科打诨、怪诞百出的戏剧实验之中尽情体验着民间戏剧带来的无比快感，一边也在认真地思考未来戏剧的问题。对于自然主义戏剧的表演方法和舞台形态，梅耶荷德深恶痛绝。他认为，戏剧艺术里最主要的东西就是演技，“即令是舞台上表现生活部分，戏剧也要借助舞台固有的特殊技巧来重新组织生活片段，这种技巧的格言就是‘演技’。在舞台上表现生活，也就意味着是表演生活，严肃的东西常常变得滑稽可笑，而滑稽可笑的东西又往往变得凄凉悲惨。”[①] 在梅耶荷德看来，斯坦尼斯拉夫斯基学派的内心演员仅仅是“生活”在舞台上，而非在“表演”，这显然违背了戏剧艺术在本质上是假定的规律：“观众来剧院是来看人的艺术的……观众期望看到的是虚构，是表演和技艺，而他们（指斯坦尼斯拉夫斯基学派的内心演员）所给予观众的要么是生活，要么便是地地道道的生活仿制品。”[②] 而“内心派演员”之所以只会“生活”而不懂“表演”，是因为他们高傲自负，不但“对‘表演’这个具有魔力的演剧词汇已感到莫名其妙了”，而且他们根本无力借助中世纪喜剧演员那种千变万化的技术手法进行即兴表演，因而唯有“依赖自己的情绪，而不愿强制自己的意志，去驾驭技术手法”。[③] 在此梅耶荷德公开阐明了自己对待以莫斯科艺术剧院为代表的“内心派”的态度，从而鲜明地表达出自己的表演观：依靠古代民间戏剧的传统，把演员培养造就成为技艺精湛，具备伶俐、娴熟、敏捷、随时准备完成导演的任何任务的喜剧演员的专业技术。梅耶荷德赋予演员的形体动作以特别重要的意义。在《论戏剧》中，梅耶荷德这样写道：“瓦格纳借助乐队来表现内心对话。由歌唱家所唱出来的音乐的话语似乎不够强烈，不足以表达主人公的内心感受。于是瓦格纳让乐队来帮忙，他认为只有乐队能够说出未尽之言，在观众面前揭示秘密。无论是音乐剧中演员唱出来的话语，还是话剧中的台词，它们都不足以表达内心的对话。假如台词是表达悲剧本质的唯一手段，那岂不是所有人都

---

① [苏]梅耶荷德：《梅耶荷德论演技》，孙德馨译，载《外国戏剧资料》，1979年第3期，第72页。

② [苏]梅耶荷德：《梅耶荷德论演技》，孙德馨译，载《外国戏剧资料》，1979年第3期，第72页。

③ [苏]梅耶荷德：《梅耶荷德论演技》，孙德馨译，载《外国戏剧资料》，1979年第3期，第69页。

可以上台表演了？说台词，甚至说得很好，这并不意味着言尽。因此有必要寻找新的手段，以表达未尽之言，表达隐秘之意。如同瓦格纳让乐队来说出主人公的内心感受，我则让形体动作来说话。”① 为此，梅耶荷德亲自担任鲍罗丁实验剧社“舞台动作”课的教师。他认为：“动作在戏剧表演创作中，是一种最有力的表现手段。舞台动作的作用，比其他戏剧成分更重要，丢掉语言、服装、脚光、边幕、剧场建筑，只留下演员及其精巧的动作，戏剧依然不失为戏剧：演员的思想和动机，观众能够从他的种种动作、手势和面部表情里看出来……”② 为了使演员的形体得到高度锻炼，使演员唯一的生产工具——身体——日臻完美，拥有造型性、节奏感与即兴能力，必须编制一套完整的技术训练准则。这就是“有机造型术”诞生的基础。

尚在鲍罗丁大街实验剧社授课时，梅耶荷德就曾经幻想“没有任何布景”的舞台，甚至“最好应该尝试完全取消戏剧舞台，把所有一切都拿掉！那么演员就能够彻底展现自己的所有技艺。而观众将以想象力补充舞台上所发生的，并且由观众自己决定动作发生的地点。这样的实验是必要的”③。具有革命宣言性质的《宽宏大量的乌龟》不仅是构成主义舞台的展演，而且在某种程度上它实现了梅耶荷德的这一幻想。构成主义的舞台设计真正实践了“把剧院剥光”的思想，在“消灭舞台幻觉、舞台的美”的同时，为演员的表演提供了更宽广的空间，也为梅耶荷德“有机造型术”的形体训练提供了可能。1926 年，在《〈宽宏大量的乌龟〉是如何排演的》一文中，梅耶荷德坦言：“这部戏应当给在新的舞台环境里表演新技术提供论据……我们想通过这部戏为新型的舞台动作奠定基础。这种动作既不需要假想的布景，也不需要复杂的道具，只需要手边最普通的物件……”④ 经过“有机造型术”训练的这次实验性公开课，梅耶荷德更加明确地意识到演员创作的首要意义，意识到“必须将演出的重心转向演员的表演”⑤，从而将戏剧探索的方向从为了表演的“装

---

① МейерхольдВ.Э. Статьи, письма, речи, беседы（1891—1917）[М]. М.:Искусство, 1968, С.135.

② [苏]梅耶荷德：《梅耶荷德论演技》，孙德馨译，载《外国戏剧资料》，1979 年第 3 期，第 71 页。

③ Титова Г.В. Мейерхольд и художники[А]. Мейерхольд: к истории творческого метода: Публикации. Статьи [С]. Сост. Н.В.Песочинский, СПб.: Культ Информ Пресс, 1998. С.104.

④ 苏联科学院、苏联文化部艺术史研究所：《苏联话剧史》，白嗣宏译，中国戏剧出版社 1986 年版，第 384 页。

⑤ Титова Г.В. Мейерхольд и художники[А]. Мейерхольд: к истории творческого метода: Публикации. Статьи [С]. Сост. Н.В.Песочинский, СПб.: Культ Информ Пресс, 1998. С.98.

置”走向“表演的组织”，转向培养造就新型演员的任务。

二、戏剧实验与戏剧教育

演员问题是梅耶荷德戏剧革新思想的核心，如何培养训练适应新的戏剧理念，即假定性戏剧的新型演员，自然成为梅耶荷德最为关切的问题，戏剧教育伴随其戏剧革新实践的全过程。如前所述，作为演员出身的导演，梅耶荷德深知演员于戏剧、于导演的重要性。波瓦尔斯卡娅戏剧实验最终以失败而草草收场，总结实验的所得所失，梅耶荷德充分意识到演员培养的重要性：“大师必须亲自培养一批高徒……每一个表演艺术大师，都应该后继有人……”①

梅耶荷德反对“学派→学校→剧院”的演员培养模式。1907 年梅耶荷德发表的《论戏剧的历史与技术》可以看成是对 1905 年波瓦尔斯卡娅戏剧实验的总结。他在文中直截了当地阐述了对演员及其培养问题的观点：“戏剧实验剧社没有自己的剧团，两三个演员来自艺术剧院的学校，两三个是新话剧社的演员，他们接受了新的表演方法。但大部分演员来自艺术剧院的舞台培训班。因此，实验剧院的导演们面临的任务不是培养演员去体现剧目，而只是通过一系列的谈话、试验来训练演员，使他们适应这项工作，接受新方法的风格特点。于是那时我就产生了一个想法……学校应该独立存在，不应该在那里教学生现在该如何表演。学校应当办成一所能从中诞生出剧院的学校。”②以此为出发点，梅耶荷德在未来的戏剧教育中始终坚持将理论教学与实践相结合，将戏剧实验与戏剧教育相结合，以不同时期创办的戏剧实验社、戏剧讲习班等为载体，实践其戏剧教育理念，并逐步形成、确立了构成其戏剧思想重要组成部分的戏剧教育体系。

论及梅耶荷德的戏剧教育活动，大部分学者将鲍罗丁戏剧学校及其之后的国立高等导演讲习所等作为主要研究对象。但是，我们认为，梅耶荷德的戏剧教育意识应该萌芽于“新话剧社”时期，戏剧实验与实践始于 1905 年的莫斯科波瓦尔斯卡娅的实验剧社，经过茹科夫斯基戏剧学校（1908）、鲍罗丁的戏剧学校（1914—1918）、演员技巧学校（1918—1919）至 1921 年成

① ［俄］格拉特柯夫辑录，童道明译编：《梅耶荷德谈话录》，中国戏剧出版社 1986 年版，第 23 页。

② МейерхольдВ.Э. Статьи, письма, речи, беседы（1891-1917）[M]. М.:Искусство, 1968, С.111.

立的国立高等导演艺术学校，发展形成了独具特色的梅耶荷德戏剧教育原则。

1. “实践导演学校”的萌芽

1902 年，梅耶荷德毅然脱离莫斯科艺术剧院，开始独立的外省戏剧探索。在为期三年的外省演出季活动中，梅耶荷德的戏剧教育意识已经开始萌芽。迫于生存压力，初出茅庐的梅耶荷德不得不身兼演员、导演与艺术指导的重任于一身，组建“新话剧社”，排演大量不同风格的剧作，这一阶段被梅耶荷德本人称为“实践导演学校”。在教学过程中，梅耶荷德主要依据斯坦尼斯拉夫斯基和涅米洛维奇－丹钦科的教学理念，教学过程直接与排演平行进行。第一演剧季结束时，梅耶荷德开始对“效仿”进行反思，强烈意识到必须突破莫斯科艺术剧院的窠臼：“我需要新体裁的演员。新体裁的本质在于一个特色的姿势会延展到整个舞台，一个令人痛苦的语调会延伸到整个剧本。要使得声音因为悲痛而颤抖，要使得戏剧呈现一种未尽神秘的感觉，从而产生深深的神秘感。”[①] 于是，梅耶荷德确定了新的任务，为了实现新戏剧艺术必须发掘新的演员存在方式。

2. 波瓦尔斯卡娅实验剧社

1905 年，梅耶荷德应斯坦尼斯拉夫斯基之邀，在莫斯科艺术剧院附属的波瓦尔斯卡娅实验剧社进行象征主义戏剧实验。根据梅耶荷德 1913 年合集出版的《论戏剧》中的相关阐述，梅耶荷德富有创见性地将这一戏剧实验载体称为 театр–студия（实验剧社）：“由斯坦尼斯拉夫斯基召集的演员、导演、画家和音乐家们以前所未有的热情准备开办一个新型的年轻的剧院。但是这个剧院并不是为了对外展示自己的工作，无论是广大的观众，还是对这一新型戏剧单位感兴趣的小范围的人群。尽管实验剧院并不对公众开放，但它在俄国戏剧历史上却发挥了非同一般的作用。在此之后，先进剧院受到强烈鼓动并迫不及待地搬到自己舞台上的所有的一切，都可以肯定地说是与实验剧院同根同源的。театр–студия 与艺术剧院的联系主要是原则上的，即贯彻‘艺术地’排演作品的那些原理，但在剧目方面二者有些区别。”[②]Студия 一词源于意大利语 studio，意为“画室、工作室、学校”。根据苏联百科全书的词条注释，戏剧 студия 指“由一定的世界观和美学观所维系的志同道合的集体，是信奉相同的创作原则的文艺创作界的知识分子自愿结合的团体”。童道明先

---

① Мейерхольд В.Э. Нужны артисты нового жанра.//Театральная жизнь [J].1990（2）:С.22.

② МейерхольдВ.Э. Статьи, письма, речи, беседы（1891–1917）[M]. М.:Искусство, 1968, С.105.

生在《梅耶荷德传》中将其音译为“斯图基雅”，原因就是这一词汇所蕴含的意义甚广，可以理解为“研究所”“实验所”“讲习所”“实验小剧场”种种。根据梅耶荷德本人对波瓦尔斯卡娅戏剧实验的阐述，我们认为将此词理解翻译为“实验剧社”较为恰切，能够充分体现出该词所承载的内涵。

波瓦尔斯卡娅实验剧社以探索实践假定性戏剧演出法则为首要任务，梅耶荷德要求演员摒弃心理戏剧的影响，不是以模仿生活的逼真性为目的，而是共同塑造一个统一的角色形象、富有诗意地体现作者的构思。然而，年轻演员的表演能力远未达到梅耶荷德的要求，而梅耶荷德本人也没有掌握充足的教学经验，无法使演员们面对新戏剧的挑战，获取与之相适应的表演技能。戏剧实验初尝苦果并未使梅耶荷德沮丧退缩，反而激起他更大的革新热情与勇气，更加坚定“排演 = 课堂教学”的演员训练模式。

梅耶荷德认为，教学过程应是排演性质的，想影响演员必须先进行教学工作。创作过程应该自然形成于戏剧课堂教学之中，在这种方式中演员应该形成自我完善的内在要求，应该自觉地进行相应的专业的训练。为此导演试图通过近乎蛮横专断的方式实施自己的理念。遗憾的是，身居私人剧院之长的科米萨尔日芙斯卡娅并不认同梅耶荷德的“演员观”，虽然演出获得赞誉，但导演与演员的合作却以失败告终。究其原因，勃洛克的分析不无道理：“在培养演员的时候，他（指梅耶荷德）给了演员一条线索，拟订了一个共同的计划，他抛弃了演员们个人的才能。必须看到这种方法的危险性，要知道在这种情况下成功与否不仅取决于团队的个人才能，每一个拥有个人才能的演员都可能陷入矛盾和双重风险之中。新戏剧与此同时也是演员们的戏剧：在演出之时，他们也应该学习并拟定新的排练方法。”① 梅耶荷德由此更加确定作为戏剧核心的演员的重要性，以及演员同周围环境的平衡关系。他清楚地意识到，对于创建新戏剧来说，必要的不是一个临时团队，而是一个团结一致的演员团体，这个团体中的每个演员都应该赞同导演的诗意审美，否则会产生所谓的“道不同不相为谋”的现象。

3. 宫廷剧院之外的家庭实验剧社

波瓦尔斯卡娅实验剧社与科米萨尔日芙斯卡娅剧院的经历使梅耶荷德充分意识到培养新戏剧演员的重要性与必要性，它也是通往新戏剧建设的必由之路。1908 年，三位驰名世界的女演员，即美国舞蹈家邓肯、法国女演员杜

① Блок А.А. Драматический театр В.Ф.Комиссаржевской（Письмо из Петербурга）// Мейерхольд в русской критике（1892–1918）[М].Артист.Режиссер.Театр.1997, С.82.

丝和别尔纳特先后到访彼得堡。她们的巡回演出盛况空前，也使梅耶荷德大受启发。邓肯充满灵感的即兴舞蹈表演，杜丝自然、抒情、热情洋溢的艺术，使梅耶荷德再次深思发展舞台艺术的新途径。梅耶荷德比以往任何时候都更加明确地意识到演员形体动作的重要性，不只是面部、眼睛和声音可以和观众“交谈”，身段也应该加入。梅耶荷德更加深切地感到，如果没有与自己的观点一致、配合默契的演员，自己的戏剧追求将难以实现。梅耶荷德试图建立一个新剧院，同时以两条路线实施新戏剧的建设任务：一条采用模范剧院的演出路线，另一条为未来戏剧建设铺路，主要由年轻演员通过系统训练，排演新戏，进行各种戏剧实验。于是，创办实验剧社，训练培养青年学生，自由地发展民间演艺和喜剧手法——它们成为梅耶荷德在宫廷剧院时期具有重要意义的“副业”。

尽管当时的宫廷剧院里聚集着一批被认为是俄国一流的演员，但要想在宫廷剧院内部解决演员与新戏剧建设之间的矛盾是不可能的。在梅耶荷德看来，亚历山大剧院的演员没有任何的职业素质，没有像芭蕾舞或歌剧演员那样的技艺。最为致命的是，他们早已被固化，艺术生命早已枯竭：“这些演员没有任何的‘自我’，没有一丁点反抗精神……是穿着外衣并且完全感觉不到风格的生物。”[①] 梅耶荷德确信，当时俄罗斯培养演员的学校根本无法满足他建设新戏剧的需要，于是他要寻找另一条自己的道路——创办戏剧实验室、戏剧学校、讲习所，以探索培养新型演员的方法手段。

十月革命前的十年间，梅耶荷德在这方面的探索也是富有成果的。在亚历山大剧院工作的第一个演剧季时，梅耶荷德创办了位于茹科夫大街的实验剧社。工作室以世界各国的剧目为练习素材，从《安提戈涅》到梅特林克的《米连娜公主》。梅耶荷德负责讲授技术课——形体造型。他特别强调日本戏剧的象征，用外在的程式化的手势、姿态、表情来取代内在的感情：眼泪、喜悦、痛苦、愤怒，等等。

第二个演剧季时，梅耶荷德在波拉克话剧讲习班授课。他十分重视手势与姿态，首先训练学员的形体表达能力，其次是台词。这时他不再利用完整的剧本为素材，而是哑剧片段小品，以训练学员的造型形象。借助于哑剧，他力求达到日本演员的方法。梅耶荷德将东西方戏剧加以综合运用。

1908 年 1 月，丹涅曼音乐学校开设了戏剧专业，被称为“梅耶荷德课堂”。梅耶荷德在尚未转入皇家剧院工作前就开始在这里讲授戏剧理论和舞台艺术

---

① Арье Элкана Карл-Казимир-Теодор-Всеволод Мейерхольд[M]. M., 2006, C.292.

的实践课程。据梅耶荷德第一部传记作者沃尔科夫的讲述，梅耶荷德在这所学校的教学工作纯粹出于经济原因。数月后，梅耶荷德在茹科夫斯基大街11号开设了“家庭”戏剧学校。这所学校对入学者的要求并不高，主要教授的课程包括戏剧的合唱朗诵与音乐朗诵、塑形体操、舞台说唱等。在学校的正式教学计划中，音乐课程占据明显的主要地位。此外，形体和言语的节奏技巧也是舞台表演的重要技能。然而，这所学校只保持了一个演出季的教学，期间学生的质量和数量也多次发生变化。梅耶荷德逐渐萌生成立一所封闭式的演员学校的念头，他迫切希望“戏剧学校应该由为数不多的、愿意为艺术事业牺牲一切的亲密团体组成，通过几年的努力工作及天才创作，培养出能够真正在舞台艺术中做出实质性一步、为实现梅耶荷德的思想展现其生命力并以此证明导演不是偶然现象的演员们”①。通过培养和指导这些青年演员，梅耶荷德成为教学相长的最大受益者，逐渐蜕变为真正的导演。梅耶荷德延续其“排演 = 课堂教学”的实践教学模式，鼓励学生们走上舞台，推出了戏剧《海湾》，并于1908年12月5日进行了首演。遗憾的是，演出未能成功，给观众留下了冗长、消极的印象，评论界戏弄地称它为《糟老头》。家庭实验剧社的失败使梅耶荷德开始思考形成自己的戏剧观点以及新型演员的迫切性问题。梅耶荷德指出，当下戏剧颓势的原因在于演员缺乏对自身职业的热情。“演员没有任何自我，在创作中没有任何反抗的迹象。演员不明白画面的所有力量，而艺术家却可以在对画面和线条的理解中得到培养。目前演员只是一种‘套上服装’却感受不到风格的动物”②。为此，梅耶荷德开始在传统戏剧中寻找对当代戏剧的艺术支撑。他吸收了不同文化背景下的戏剧传统，中国戏曲、日本能剧、意大利的假面喜剧以至于杂技都被他吸收进来。除了借鉴古典戏剧，他还改造舞台，拉近舞台与观众的距离。在演员的培养方面，梅耶荷德要求演员们放弃现代舞台对形体表达的束缚，破除专业限制的封闭性。他的戏剧学校向所有真诚渴望变革、扩展自己的眼界、参与到崭新的戏剧实验中来的青年们打开了大门。这一时期，梅耶荷德将注意力从对演员的塑形、动作的节奏感转移至静默的形体动作表达上来。在导演施尼茨勒的戏剧《科罗宾娜的围巾》中，动作本身不是在将言语讲述完全，动作、姿势、步态、身体的姿态、舞台场面设计的节奏感都不再是戏剧文学的辅助因素，而是它们本身

① Мейерхольдовский сборник. Выпуск второй: Мейерхольд и другие. Документы и материалы [ред.-сост. О.М. Фельдман]. М.: О.Г.И., 2000. С.294.

② Волков Н.Д. Мейерхольд: в 2 т[М]. М.–Л.: Academia, 1929. Т. 1: 1874–1908. С.51.

就在“说话”“歌唱”“呐喊”。于是，演员们不再是借助言语，而是回归戏剧艺术的源头——舞蹈来表达自我。

4. 鲍罗丁大街实验剧社

1913 年秋天，由梅耶荷德与导演 B.H. 索洛维约夫共同创办的鲍罗丁大街实验剧社成立了，它延续并发展了梅耶荷德之前的戏剧教育与实验活动，培养新型演员、创建新型戏剧成为其教育的主要目的，对发展与完善梅耶荷德的戏剧思想和戏剧教育理念意义重大。鲁德尼茨基认为，在梅耶荷德革命前的所有试验和教育活动中，鲍罗丁大街实验剧社是最为重要的。化名为达佩尔图托博士的梅耶荷德团结了一批志同道合的年轻人，不仅探索新的舞台形式，而且还试图检验并确立自己全部的革新戏剧计划。

梅耶荷德为鲍罗丁大街实验剧社制定了详细的教学大纲和课程计划。在新的教学体系中，他将自己导演的哑剧、弗 · 索洛维约夫的意大利假面喜剧和格涅辛的音乐朗诵相结合，从而使演员对已经掌握的技巧形成一种节奏感并在实践中加以应用。音乐、舞蹈、动作、台词等都在训练之列，在十三个重点讨论的主题中既有“19 世纪俄国古典戏剧”，也有“当代戏剧理论”，其中“滑稽假面喜剧”与“民间戏剧、马戏团、印度和东方戏剧”等专题尤为引人注目。梅耶荷德本人仍然主讲舞台动作课，聘请著名作曲家 M.Ф. 格涅辛教授音乐课、B.H. 索洛维约夫教授开设假面喜剧的专题讲座。梅耶荷德最痛恨在舞台上机械地模仿、复制现实生活的一切。他认为，当下的演员从未“表演”，而只是“生活”在舞台之上。这样的演员根本不理解戏剧中最富磁力的一个字眼——表演，因为模仿者永远无力达到即兴表演的高度。因此，实验剧社的目标就是想把年轻学员造就成技艺精湛的演员，把最平凡的演技训练到光彩照人和无意识表演的程度。伶俐、娴熟、敏捷、随时准备完成导演的任何任务的喜剧演员的专业技术——这就是梅耶荷德所要做到的。[①] 梅耶荷德强调，演员应该具有自己的个性，大胆表达自己对演出的理解，而不是匠艺式的技巧。他要寻找对应于演出任务的技巧的体系、风格，以取代“体验”，即寻找“表演”的手段。

在索洛维约夫的假面喜剧课堂上，戏剧情景通常是被严格确定的，演员的位置活动同样需要遵循一定的规律。戏剧学校的学生们锻炼出了一种用内在力量洞察全部舞台的空间、自身和其他演员的能力，这种能力被梅耶荷德

① [苏]K. 鲁德尼茨基:《梅耶荷德传》，童道明、郝一星译，中国戏剧出版社 1987 年版，第 309 页。

称为“镜视”能力，即从旁观者的角度观察自身和调节自身心理身体表现的能力。学生们最理想的状态是应该成为能在舞台上展现所有必须可能的大师。没有任何秘密。最简单的技能应该锻炼到至善、完美和自如的程度。[①] 梅耶荷德坚信自己的理念，认为情感战胜理智有损于外部表现，知识服从于直觉对演员的心理有极大危害，他始终在与“情绪”作斗争，强调舞台“表演”的重要性，而非“感受”“体验”。如果说波瓦尔斯卡娅戏剧实验剧社阶段教学的主要目的是展现演员的内心精神，那么，鲍罗丁实验剧社的主要目的则是培养演员的职业技巧。

鲍罗丁实验剧社的演员们被分成多个级别，首先是核心演员，其次是主要演员，再次是新手演员，最后是协作者。根据演员的兴趣和自身条件，演员又被分成了不同的小组。核心演员是由梅耶荷德亲自挑选的，他们参加各种公开演出和表演，核心演员构成了“怪诞”戏剧的主要成员。主要演员包括与梅耶荷德早已开始合作的彼得堡演员以及亚历山大剧院的青年演员。主要演员参与的演出剧目主要是19世纪三四十年代的戏剧作品，西班牙戏剧和象征主义戏剧等。这无疑也有力地驳斥了对梅耶荷德导演作品风格单一的批评。此外，还有专门表演意大利即兴喜剧的表演团体，他们以表演中的快速反应、轻巧和灵活著称。还有从核心演员和主要演员中抽调出来的18世纪剧目表演团体，他们以浪漫题材、优雅的表演技巧为特征。新手演员的组成总是处于不断更新中，而协作者则包括诗人、作曲家、画家和艺术评论家等。因此，在某种程度上鲍罗丁实验剧社已经显现出梅耶荷德戏剧教育体系的雏形。

“实验＝排演＝教学”逐渐形成一个自足完善的戏剧教育体系。1914年4月7日，鲍罗丁实验剧社在杰尼舍夫中学举行了勃洛克戏剧晚会，上演了诗人的两部戏剧作品——《陌生女郎》和《滑稽草台戏》。表演是在由舞台和池座组成的类似古希腊半圆形剧场上举行的。观众席像体育场一样被灯光照亮，幕布也被撤掉，而所有幕间换场都是在观众的眼前发生的。这一演出方式是梅耶荷德从日本的戏剧传统中借鉴而来的。在日本传统戏剧中，舞台服务人员为演员整理服装、为人物角色手把递剑，这些都被梅耶荷德吸收进来。舞台形式的改变也同时带动了戏剧创作成员之间关系的改变。原来的“幕后人”被推到台前，幕间服务人员成为戏剧演出的真正参与者，就连导演梅耶荷德本人也亲自上场拖拽幕布和道具。在此后的《假面舞会》《唐·璜》中，我们多次看到那些幕间“小黑人”的身影，这无疑都是鲍罗丁实验剧社结出的“果实”。

① Рудницкий К.Л. Режиссер Мейерхольд[M]. M.: Наука, 1969. С.172.

1915 年 2 月 12 日，鲍罗丁实验剧社向观众开放展演排演的剧目。无论是哑剧、音乐形式，还是丰富的表演技巧都令观众耳目一新，显现出高水平新型职业演员的才能以及蕴含的传统戏剧元素。梅耶荷德以此印证源于古老戏剧传统的哑剧与即兴喜剧的表现力。梅耶荷德认为，"学校的喜剧演员从来都是用最简单的方式表达最简单的方案，而不会将时间浪费在无用的、探寻根本就不存在的复杂内容上"①。从生物力学的观点出发，就是在掌握角色外部形式的情况下，演员将角色的内在内容外在地理解并传达出来，并以此来节省自己的心力和体力。"当我和你们谈哑剧以及通过哑剧训练的必要性时，我不是指一定需要情节。哑剧的方便之处在于，没有情节你们可以发展自身的对舞台形式的感觉。在此拿掉了台词，而为了表达思想，你们不得不拒绝使用人用以表达的惯有方式，而是像动物那样行为，以原始的方式进行表达。"②

此外，梅耶荷德和索洛维约夫还特别强调对舞台空间的充分利用，包括舞台的纵向空间和远近空间，注重培养演员利用每寸舞台、从空间上将故事情节分割为单独却又相互交织的线的能力。演员们在不知不觉中吸收了梅耶荷德的戏剧理念，同时也锻炼出从旁观者角度观察自己和同伴、在演员角色的边缘控制自己的身体动作、在舞台结构中把握整体与部分关系的能力，因而也获得了一种在戏剧中的自主性并同时在导演范畴行动的能力。

在进行戏剧教育实践活动的同时，梅耶荷德还创办了一份私人杂志——《三桔之爱》，以从理论上宣传推广戏剧实验的成果。虽然《三桔之爱》不定期出版，且只发行了九期，但每期都包含有《实验剧社》栏目，梅耶荷德和索洛维约夫在该栏目中定期发表他们组织下的戏剧活动总结，真实地记录了鲍罗丁大街实验剧社的实践活动，还刊登了许多剧本、诗歌及剧评。《三桔之爱》成为传播实验剧社新戏剧思想、探讨新戏剧实践方法、推广戏剧教育理念的重要园地，它呼唤被人遗忘的假面喜剧，古代民间戏剧，古希腊罗马戏剧以及中国、日本戏剧传统。梅耶荷德最著名的戏剧理论文章《杂耍艺人》就是首刊在《三桔之爱》上的。

特别值得一提的是，鲍罗丁实验剧社的组织结构同样具有创新性。根据实验剧社的章程，不论学生的个人倾向和兴趣爱好如何，将所有学员分为在校学生和喜剧演员两个类别。在校学生只有通过入学和中期课程、学院领导

---

① Мейерхольд в русской театральной критике （1892-1918） [M]. M.: Артист. Режиссер. Театр., 1997. C.293.

② Мейерхольд В.Э. Лекции:1918—1919[M]. M.:О.Г.И., 2001, C.124.

的考核期满后才能成为喜剧演员。而获得承认的、有能力最终获得演员成就的喜剧演员则有可能被推荐加入剧院管理层。这一举措大大激发了学员的学习热情，为学员开辟了一条通往导演梦的通道。为此，学员们除了传统的体能训练外，还需要进行大量的理论学习，掌握不同时代、不同风格的表演方式，以便更快地了解自身的角色特点，进行戏剧理论的比较和研究，吸纳东西方优秀的戏剧传统为我所用。

鲍罗丁实验剧社被称为“美学的地下室”，梅耶荷德广泛吸纳各国各时期的戏剧经验，在博采众长的基础之上建立新的戏剧教育体系。它是梅耶荷德十月革命前投入时间最长的一段戏剧教育活动教学实验，可谓梅耶荷德未来剧院、未来演员的摇篮，培养出一批具有表演技巧、在体力和心理素质上高度发展的演员，为陷于泥沼的俄国戏剧注入一股新鲜血液，为有机造型术演员训练体系的形成、发展奠定了坚实的基础。

1914—1915 年演出季是鲍罗丁实验剧社发展最辉煌的时期。由于第一次世界大战的爆发，学校经营举步维艰，1916 年索洛维约夫不再在学校担任教职，1917 年春鲍罗丁戏剧学校四年后被迫关闭。四年的戏剧教育实验为梅耶荷德带来了丰厚的戏剧教育经验，在教学中探索出的新方法被运用在职业剧院的导演工作中，因此梅耶荷德更加渴望创建自己的剧院，实现自己的戏剧抱负与理想。

5. 十月革命后的演员艺术学校

1918 年夏天在梅耶荷德的倡议之下，在彼得格勒举办了舞台排演技艺教学的教员讲习班，1918—1919 年再次举办舞台排演技艺讲习班。梅耶荷德与Л.С. 维威耶恩共同制定了教学大纲，内容包括总则、阶段性工作内容、课程设计，十分详尽地规划了未来演员培养的原则、纲领。

在《表演艺术学校建设方案》(以下简称《方案》) 中，梅耶荷德明确指出：将戏剧视为独立的艺术并以统一的法则来管理戏剧中的一切是戏剧艺术学校教学与活动的基础。办学目标为：通过提高学生的舞台素质、传授专业的表演方法、加强完善每个学员的个性化来培养专业的演员。办学任务为：（1）组建一支高素质的、能灵活驾驭不同类型戏剧的演员队伍；（2）提高演员在国内的影响力；（3）传播戏剧表演技巧的专业知识。[①] 学期设置：四个学期，每

① Мейерхольд В.Э. Лекции:1918-1919[М]. М.:О.Г.И., 2001, С.218-224.

学期为期四个月。

在《方案》的第二部分，梅耶荷德将学校的教学工作分为三个阶段：准备阶段、个性化培养阶段与完善阶段。同时详细制定每学期的教学目标及相应课程。

第一阶段：准备阶段（第一学期）

目标：全面锻炼新生的舞台素质并使其掌握基本的表演方法。

时间：一个学期。

课程：舞台动作和台词是演员在舞台上的表演手段，因此第一学期的课程分为两个大方向：

1. 台词

（1）增强呼吸；

（2）练声；

（3）语音纠正；

（4）词语发音；

（5）诗歌节韵体系（练习简单和复杂的诗歌形式）。

2. 动作

（1）体操（旨在发展和增强柔韧性和灵活性，而非片面的锻炼力量），包括：①持棍和持瓶练习；②器材：鞍马、双杠、吊环、平梯、竖杠；③跳高、从高往下跳、跳远；④地面体操。为此要求学员进行以下体育运动：跑步、掷铁饼、骑术空中腾跃、草地网球、帆船运动、滑雪运动。

（2）击剑运动（花剑和佩剑）。

（3）手技，即转换物品的手部技巧训练，旨在强健躯干，训练注意力的集中。

（4）舞蹈：古典舞。

（5）舞台动作：舞台动作课程，检验并且增强学生的情绪表现力。具体包括：①动作规范；②动作的图式化；③掌握动作的节奏；④增强时间感；⑤建立情感和动作之间的联系；⑥即兴动作（无主题的和有主题的）。

3. 辅助课程

（1）音乐课：基础培训、乐器、韵律操；

（2）歌咏：视唱、合唱、独唱、二重唱；

（3）绘画：画出想象中事物的能力，包括情境、姿势、脸、服装、计划等。

4. 科学理论课程

（1）解剖学和生理学（基本原理）；

（2）戏剧学和舞台学；

（3）类比不同类型的艺术，戏剧是艺术的综合；

（4）哑剧、舞蹈（基本知识）；

（5）诗歌创作；

（6）感觉心理学（基本原理）。

第二阶段：个性化培养阶段（第二、第三学期）

目标：（1）台词结合动作；（2）发展学生的创作想象力。

时间：两个学期。

第二学期：

1. 台词和动作。台词是动作的结果。动作是台词的推动器。台词的形成源于呼喊。选取不同剧作家的具有鲜明的情感与独特形式的作品。

2. 训练创作想象力：（1）情景（确定已读小说中单独的最具有冲突性和戏剧性的片段）；（2）面具（学习作为角色起源的传统的意大利面具）。

3. 辅助课程：（1）舞蹈；（2）歌咏；（3）脸谱；（4）击剑。

4. 科学理论课程：（1）舞台风格介绍；（2）舞台表演手法：①时代和国家；②按照作者；③戏服；④美学。

第三学期：

1. 在第一、第二学期的基础上进行实习、实践：（1）哑剧；（2）幕间剧；（3）轻松戏剧；（4）言语和动作的即兴作品。

2. 辅助课程：同第二学期。

3. 科学理论课程：（1）舞台构理论；（2）"表演"与"体验"（两个体系）；（3）表情，最低程度——不做任何美化的模仿，最高程度——面具、怪诞手法；（4）演员及其表演分析；（5）表演方法（创作）：戏剧性、自然性；（6）戏剧表演的种类；（7）不同舞台风格的表演：时代风格、写实风格；（8）场面调度及其任务。

第四学期：

在前三个学期中培养了学生的素质，先使其了解不同风格的戏剧和不同剧作家的戏剧特点，才能让学生的作品进入自由工作室。因此，第四学期的目标在于让学生学习具有典范意义的戏剧实践经验和理论知识：（1）希腊戏剧；（2）罗马戏剧；（3）文艺复兴时期的意大利戏剧；（4）18世纪的意大利戏剧；（5）繁荣时期的西班牙戏剧；（6）法国古典戏剧；（7）德国戏剧；（8）莎士比亚及之前的戏剧；（9）俄罗斯戏剧（格里鲍耶多夫、普希金、莱蒙托夫、果戈理、亚·奥斯特洛夫斯基等）；（10）其他国家（印度、日本、中国）的戏剧；（11）现代戏剧。

辅助课程：（1）舞蹈；（2）化妆；（3）击剑。

科学理论课程：（1）风格；（2）戏剧结构；（3）剧作理论；（4）戏剧历史；（5）戏服历史；（6）化妆历史。

第三阶段：完善阶段

这一阶段时间不受限，由舞台艺术大师领导组织一系列的自由工作室活动；学员自由选择大师；个性化的工作室项目。

在课程师资方面，为了完成上述戏剧教育教学任务，梅耶荷德邀请安·别雷讲授《格律诗》这一课程，K. 埃尔别尔格和 A. 列维松讲授《戏剧艺术和其他艺术》和《哑剧》这两门课程。

具体课程如下：

第一阶段：准备阶段（第一学期）

台词	动作	辅助课程	科学理论课程
呼吸	体操	音乐课	解剖学、生理学、戏剧学、舞台学、戏剧艺术、其他类型艺术（比较）、 哑剧、舞蹈（基本知识）、 诗歌创作、感觉心理学（基本原理）
练声	击剑运动	歌咏	
言语纠正	手技		
词语发音	舞蹈	绘画	
节律诗（练习）	舞台动作		

第二阶段：个性化培养阶段（第二学期）

台词和动作相结合	发展想象力	辅助课程	科学理论课程
情绪 （选取不同剧作家的具有鲜明的情感与独特形式的作品）	情景：中长篇小说（确定最具有冲突性和戏剧性的片段）； 面具（传统意大利面具）	舞蹈 歌咏 脸谱 击剑	舞台风格介绍 舞台表演方式（按时代和国家划分、按作者划分、戏服、美学）

（第三学期）

实习实践	辅助课程	科学理论课程
哑剧 幕间剧 轻松戏剧 言语和动作的即兴作品	歌咏 脸谱 击剑	舞台结构理论； “表演”与“体验”（两个体系）； 表情（最低程度——不做任何美化的模仿，最高程度——面具、怪诞手法）； 演员及其表演分析； 表演方法（创作）：戏剧性、自然性； 戏剧表演的种类； 不同舞台风格的表演：时代风格、写实风格； 场面调度及其任务

（第四学期）

最具典范意义的戏剧的实践经验和理论知识	辅助课程	科学理论课程
希腊戏剧 罗马戏剧 文艺复兴时期的意大利戏剧 18 世纪的意大利戏剧 繁荣时期的西班牙戏剧 法国古典戏剧 德国戏剧 莎士比亚及之前的戏剧 俄罗斯戏剧（格里鲍耶多夫、普希金、莱蒙托夫、果戈理、亚·奥斯特洛夫斯基等） 其他国家（印度、日本、中国）的戏剧 现代戏剧	舞蹈 化妆 击剑	风格 戏剧结构 剧作理论 戏剧历史 戏服历史 化妆历史

第三阶段：完善阶段（时间不受限）

舞台艺术大师下辖的自由工作室
学生自由选择大师； 个性化的工作室项目

如此全面而完善的戏剧教学大纲，即便对于今天的戏剧专业人才培养而言也具有非凡的意义。这既是梅耶荷德对过去戏剧实验与戏剧教育的经验性总结，同时也是在描绘未来戏剧的建设蓝图。毋庸置疑，在梅耶荷德的这些讲稿中孕育着未来戏剧发展的明确方向，显现出导演、演员和戏剧研究等教学的未来发展纲要。梅耶荷德在授课时立足于两个基本原则：第一，戏剧人应该无所不能，这是基于戏剧这门艺术的包罗万象的特点；第二，戏剧历史的建立应该从民间杂耍出发，而不是从文学出发。剧本只是戏剧表演的一个部分，而不是文学的章节。

在梅耶荷德的讲稿中可以意识到现代戏剧体系是完全有别于古老戏剧时代的。为了排演经典剧目，导演应该研究和掌握某一时代古老戏剧的所有戏剧体系，对现代戏剧体系的自我意识正是通过掌握古老的戏剧文化而获得的。新旧戏剧体系有着鲜明的界限，导演应该跨越这一界限。梅耶荷德让演员重视学习研究古老的戏剧舞台，而不是老旧的生活。这方面再次体现了他与斯坦尼斯拉夫斯基之间的分歧。

历经波折，萌芽于外省独立戏剧演出阶段的戏剧教育理念、酝酿于波瓦尔斯卡娅实验剧社的设想——创办自己的戏剧学校，以培养新型演员——终于被付诸行动。在梅耶荷德的戏剧教育思想中，学生与老师进行融洽互动，通过共同探讨寻找戏剧艺术的真实和完美的表达，即将新型戏剧的探索与教学实践相结合，吸引更多的青年优秀人才加入到新型戏剧体系的建设中。梅耶荷德培养新型演员的戏剧教育活动伴随其戏剧革新探索的全过程，并在十月革命后使之发展成为孕育俄罗斯戏剧艺术家的摇篮。

第三节 “有机造型术”演员训练体系

一、“有机造型术”概述

众所周知，构成主义的舞台设计在“消灭舞台幻觉、舞台的美”的同时，为演员的表演提供了更宽广的空间，同时也为梅耶荷德“有机造型术”的形体训练提供了可能。

梅耶荷德的一生都在孜孜不倦地进行探索，他想方设法不断地试验新的表演方法。在梅耶荷德的表演理念中，“动作”是戏剧表演创作中最有力的表现手段，不仅能说明人物的思想、感情、动机和行为，还能表达时间和环境。这也是他与斯坦尼斯拉夫斯基最大的分歧所在。梅耶荷德认为："舞台动作的作用，比其他戏剧成分更重要，丢掉语言、服装、脚光、边幕、剧场建筑，只留下演员及其精巧的动作，戏剧依然不失为戏剧。"[①] 他还引用詹姆斯·兰格的观点："特定的肌肉活动的样式引起特定的情绪。"因此，演员的创作是空间的造型创作，他必须通晓自身的力学。演员必须善于正确运用自身的表现手段，以便能在瞬间履行从外部所接受的任务。演员的形体应该成为演员本人手中理想的"乐器"，演员应当勤奋地完善形体表现力。走向形象和感情的道路不是从内部和体验开始，而是从外部——动作开始。"演员，一方面与音乐背景融为一体，一方面学会了在空间中控制自己的身体……这就能够掌握舞台节奏的动感，就像孩子一样渴望表演。这种快乐成为一种氛围，没有它，演员就无法生存，哪怕他在舞台上死去。"[②] 因此，这种源于对自己身体可能性和"能力"的了解而产生的快乐的主题，便成为梅耶荷德生物力学理论的一部分。为此，他为演员制定了一套特殊的形体训练方法——有机造型术。他认为戏剧的本质是演员的表演艺术，身体是最具表现力的舞台元素，因此要加以严格的训练，使它拥有造型性、节奏感与即兴能力，令演员可以发掘自己的各种潜质。

梅耶荷德的"有机造型术"训练体系由 20 个戏剧化的单独表演和小组练习或"小品"组成，其中有不少来自传统的杂技和意大利即兴喜剧的特技，甚至还包含了日本戏剧和中国戏剧中的经验。该方法主要从以下三个方面训练演员：

第一，发展自身在空间里的感觉——平衡的技巧，掌握身体平衡，达到类似杂技演员的平衡功夫；

第二，节奏感和时间感——把对音乐由本能的爱好变为自觉地引导自己作为一个音乐家；

第三，精通表演方法——"从外到内"的表演方法。

"有机造型术"训练的目的是使经过严格训练的演员具有音乐节奏感和灵敏反应能力。具体而言，练习主要集中在体能、速度、跳跃方面。正是得益于这一表演训练方法，梅耶荷德剧院培养出了一批优秀的演员，如伊里因斯基、加林、巴巴诺娃等，他们训练有素，表演富有节奏感和造型感，时刻准

---

① [苏] 梅耶荷德:《梅耶荷德论演技》，载《外国戏剧资料》，1979 年第 3 期，第 71 页。

② Мейерхольд В.Э. Студия. // Любовь к трем апельсинам. 1914(1)：62.

备完成任何技巧动作，在导演设计的许多舞台结构中，他们信心十足地控制着自己的形体和嗓音。

“有机造型术”是梅耶荷德戏剧思想不可或缺的重要组成部分，在他这一时期导演的戏剧作品中都有鲜明的体现。今天，“有机造型术”对戏剧实践的指导意义已经众所周知，它早已纳入俄罗斯戏剧学校的课程之中。

正如梅耶荷德心目中理想的导演应该集剧作家、演员、舞美设计师、服装师等才能于一身，他认为演员同样应该无所不能，因为戏剧是一种包罗万象的艺术形式。1913 年，梅耶荷德创办了鲍罗丁实验剧社，制定出培训演员的基础教学大纲，开始对演员进行全面、系统、科学的训练。其中《舞台动作》是教学计划中的重点课程。课程内容包括：①体操；②击剑；③耍手技；④舞蹈（古典舞基本练习）；⑤舞台动作。建议的体育项目有跑步、铁饼、骑马、帆船与滑雪运动。此外，梅耶荷德还将学习“日本和中国剧院的表演方法”纳入学习大纲，而日本和服则作为训练时的服装，以日本歌舞伎演员作为勤学苦练的典范。梅耶荷德坚持认为，唯有通过定期训练，演员才可能不断发展、日臻完善自己的先天条件，才能轻松自如地进行创作。梅耶荷德说过，如果没有有力的双手与双脚，就无权到舞台上。[①] 他训练学员掌握各种行走、奔跑的方法，学习跳跃、耍手技，研究分析技巧运动与马戏小丑的成分，等等。在当时这个体系堪称创新式的话剧演员教学体系。鲍罗丁大街实验剧社的演员训练为梅耶荷德创造“有机造型术”训练体系奠定了坚实的基础，使他逐步走向自己的宏伟目标——培养造就技术完备、善于在空间掌握自己的形体的演员。

“有机造型术”（биомеханика）这一术语源于希腊词“Βιος”（生命）与“μηχανικη”（机械构造）的组合，即生物力学——研究生物组织、器官与整个机体的机械性能的科学。梅耶荷德借用这一科学术语，以定义表达自己所创立的一套演员训练体系。在《中国大百科全书》戏剧卷中对有机造型术的解释是：苏联戏剧家梅耶荷德训练演员的一种方法体系，又译“生物技能学”“生物力学”。它包括对演员进行体操的、造型的、杂技的技巧训练。目的是使演员能够自觉地、准确地、有目的性地而又自然地掌握自己身体的运动。“有机造型术”借助各种技巧手段和造型小品来提高演员的形体素质，使其善于在舞台上调整自己的动作，服从于一定的节奏构图，迅速而准确地完成导演

① 本小节内容主要参考维拉 · 波利修克的论著《符谢沃洛德 · 梅耶荷德：表演艺术手册》，莫斯科，2010 年，第 30 页。

要求。[①]“有机造型术”训练体系是梅耶荷德多年潜心研究的成果，他博采众长，广泛汲取古代民间戏剧、意大利假面喜剧、杂技、中国京剧、日本的傩剧与能剧，乃至拳击中的各种技巧，寻找其中最本质的东西，把它们综合、凝练成为演员训练的通用之术。在向古老传统汲取养分的同时，他还积极学习借鉴科学的最新成果。在创立“有机造型术”训练体系过程中，梅耶荷德同时借鉴了美国工程师弗莱德里克·温斯勒·泰勒创造的一套科学组织劳动方法——泰勒法，以“节约能量”为准则来选取动作，其本质是消耗最小的能量以达到最大化的表现力。泰勒法十分契合梅耶荷德对演员训练的主旨，因为梅耶荷德认为，演员也应该学会节约体力与表达的手段，那样才能达到动作的精确性；演员要让“物理机器”即自己的身体总是处于准备之中，因此必须知道自己身体的重心，具有准确的目测力，拥有良好的动作协调性。这就产生了作为纯粹身体训练的“有机造型术”的基本要素——节约性、节奏感、稳定性。“有机造型术”的另一个重要科学基础是巴甫洛夫的“条件反射理论”。梅耶荷德从巴甫洛夫的动物实验原理中寻找到演员训练的另一个要素——应激性。

作为演员训练体系的“有机造型术”是在20世纪20年代初形成并逐步发展完善的。作为演员表演的技术，它最充分地体现在《宽宏大量的乌龟》及其他演出中。构成主义被梅耶荷德运用于戏剧主要是为了确立新的演员表演的技术，即有机造型术——通过专门设计出来的练习来发展和提高演员的身体材料，使演员能够在表演中充分利用自己的“材料”。1921—1922年，梅耶荷德在剧院教授“有机造型术”时谈道：“所有的艺术都是材料的组织。为了组织自己的材料，演员必须拥有技术资源的巨大储备。表演艺术的困难与特点在于，演员在同一个时间既是材料又是组织者。”[②]由此可见，构成主义的方法已经被贯彻到表演创作的意识之中。

创立“有机造型术”训练体系，梅耶荷德旨在使演员的身体成为自己手中的理想乐器，使之能够服从演员的意志，如同木偶要听从木偶操纵者一样。因此，演员应该不断地完善身体表现力的文化，发展自己身体在空间中的感觉。

---

① 《中国大百科全书》（戏剧卷），中国大百科全书1989年版，第494页。

② МейерхольдВ.Э. Статьи, письма, речи, беседы（1917-1939）[М]. М.:Искусство, 1968, С.487.

二、“有机造型术”训练方法原理

“有机造型术”的最初实验始于鲍罗丁大街实验剧社的“舞台动作”课，但直到20世纪20年代初它才被正式命名。1922年，梅耶荷德以《未来的演员与有机造型术》为题发表演讲，阐述了有机造型术的具体训练方法。在大量理论与实践研究的基础上，梅耶荷德以生物力学原则为基础，选取了16个小品练习作为“有机造型术”训练的基本方法。梅耶荷德认为：“有机造型术试图通过实验途径确立演员在舞台上行动的规律，它是根据人的日常动作的原则为基础而制定的演员训练方法。”①

梅耶荷德创造的有机造型术首先是对演员的“培育”，是演员教育的方法体系。它通过使演员的身体形成指定的形态而将演员的情绪解放出来，发展演员在舞台上所必需的大量技能。主要包括：②

其一，富有表现力的动作的技能——善于从紧张过渡为放松；让行动服从一定的节奏；检验平衡；确定身体的投影比。

其二，从旁观的角度看见自己的能力（即“镜视”的能力）。

其三，利用物件一起表演的能力，与群体和舞台空间相互影响的能力。

其四，为了创造性的工作充分调动整个心理物理器官的能力。

根据“有机造型术”的规则，通往形象与感情的道路并不是从体验开始，不是由内而发，而是由外向内，从训练有素的、具有平衡的技巧、音乐的节奏性与灵巧的反射应激性的演员的动作开始。技艺精湛的演员的身体对他而言犹如理想的乐器。组成教学法的有机造型术练习训练演员思想与动作的放射性关联，以及动作与情绪、台词之间的关联。在表现力手段发达的反射性相互制约的基础上，演员准备去实现构思。“有机造型术”练习是完成一定的行动总谱，这一总谱考虑到由一个成分激发另一个成分的反射性动因。在思维、动作、情绪与台词相互制约的情况下，培养演员有意识地表演，使演员善于“镜视”（зеккалить），即像在镜子中看见自己一样，如同从旁观的角度看自己的表演。“有机造型术”训练非常重视即兴表演，它被看作是有意识地进行表演并顾及观众反应的一种能力，在演出中与观众保持不间断的情感联

---

① МейерхольдВ.Э. Статьи, письма, речи, беседы（1917−1939）[M]. М.:Искусство, 1968, С.582.

② 本小节内容主要参考维拉·波利修克《符谢沃洛德·梅耶荷德：表演艺术手册》，莫斯科，2010年，第30—39页。

系。这些联系的主要意义在于研究舞台艺术中造型结构的问题。此外，梅耶荷德创立的许多体操练习要求两个或几个演员密切合作完成，以此体现集体主义的理想。

根据梅耶荷德的弟子爱森斯坦的回忆，“有机造型术”这一科目最初的全部课程共包含 44 条原则。但目前被复原并加以积极运用的只是其中一小部分练习。维拉 · 波利修克总结了梅耶荷德形体动作结构的主要原则，它有助于我们理解有机造型术训练体系的本质内涵。

1. 对立法则（закон контраста）

梅耶荷德谈过运动与静止之间对比的必要性，这种对比被用于建构每一片段的舞台调度。他充分利用了动作的对比性特点：时间的（速度的对比）与空间的（运动方向的对比——同心式运动与离心式运动）。根据目视接受的规则，同心式运动（即从边缘向中心方向、从上向下的运动）给人的感觉是紧缩的、收拢的、对外部世界“关闭”的，并且受外部压力作用，其结果使观众产生明显的带消极特点的情绪感。而离心式运动（由中心向外、自上而下的运动）使人联想到展开、解放、放松，引起观众正面积极的情绪感。

2. 情绪受制于身体法则（закон зависимости эмоций от тела）

与“对立法则”相联系，人的情感状态直接受制于自身的身体位置及动作方向。因此，为了唤起自己所希望的感觉，必须采用一定的姿势，并完成相应的动作。梅耶荷德认为，向心运动或离心运动与其说是对演员内在的自我感觉产生影响，不如说是对观众接受舞台调度的情绪产生影响。这一发现对于导演而言是十分重要而有意义的，它从观演关系的角度为实现导演的构思提供了保证。

3. 身体作为统一体系的法则（закон тела как единой системы）

梅耶荷德曾说：“有机造型术的基本原则很简单：让整个身躯都参加到我们的每个动作中来。”[①] 人体的整个系统都参与到处理任何一个动作的任务之中。换而言之，演员的整个身体都参与到身体其中一个部分的任意一个动作中。如果整个运动器官没有“运转起来”去完成每一个动作，那么，如果大幅度地挥手就会导致失去平衡并摔倒。在此人们看到的只是这一“运转”的结果，即所完成的动作，而保证动作完成的运动器官的所有活动并没有表现在外部形式上，或是表现得很微弱，几乎不易察觉。受此启发，梅耶荷德意识到一个不为人们所察觉的日常动作规律。于是他提出一个口号：“把手的动

① 童道明：《梅耶荷德本人是怎么说的》，载《外国戏剧》，1983 年第 4 期，第 76 页。

作转变为身体的动作。”也就是说，应该让所有辅助性的、伴随手势的身体动作变得显而易见、夸张。这一发现将演员“解放”出来，不必时时刻刻面对观众表演。得益于“造型的伴奏”，坐在观众厅任何角落的观众都能够看见所有的动作，甚至猜出背对着他的演员在做什么。

基于上述形体造型法则，爱森斯坦总结出两个要点。

第一，整个有机造型术基于一点：如果鼻尖在动，整个身体都在动。

第二，动作手势是整个身体工作的结果。

梅耶荷德在创立作为演员体系的有机造型术时就非常清楚，他要寻找的就是非日常生活戏剧的演员的技术。任何完整的演员体系都是建立在一定类型的关系基础之上的：“演员—形象”“演员—伙伴”“演员—空间”“演员—观众”等。“有机造型术”作为练习，很自然地应该培养演员在假定性的（非日常生活的）戏剧中进行表演，即帮助掌握表达这一戏剧体系的语言。“有机造型术”是一个循序渐进式的训练体系，从最初的简单动作开始，如同从竖弯钩开始学习写汉字，从A、B、C开始学英语一样。梅耶荷德认为，在“有机造型术”训练中存在动作的三个基本成分，它也是任何表现力动作的“三段式”结构：反向预备（отказ）—发出动作（действие）—固定（фиксация），或是意向（намерение）—实现（осуществление）—反应（реакция）。

在《梅耶荷德、爱森斯坦与有机造型术：革命的俄罗斯的演员训练》（1996）一书中，美国研究者梅尔·戈登（Мэл Гордон）与阿尔玛·罗乌（Альма Лоу）介绍了有机造型术训练方法中的一种：“长短格”练习。其目的在于：第一，让练习者集中注意力；第二，平衡——让身体在空间中协调，并在进行练习前与其他练习参与者建立联系。之所以称为“长短格”练习，是因为这一练习有着和诗歌相同的组合规律，即由一个重的（长的）和两个不重的（短的）音节组成。因此，“长短格”练习是旨在加强节奏训练的一种方法，它赋予整个练习以节奏感。

“长短格”预备活动以下列方式完成。

（1）演员以肌肉完全放松的姿势站立，两足平行并轻微叉开（类似拳击的站立姿势）。双膝略微弯曲，双手自然放在两侧。

（2）演员根据信号快速向上举起双手，身体跟随双手的动作，身体的重心前移至两脚前部。双掌相对，与额头同高。

（3）双手急速落下，并做两次短的拍打动作（在齐胸处或腹部位置）。拍打（击掌）过后一秒双手快速移至肩后。

（4）双手的激烈动作将演员的身体向前、向下移动，以使能量涌向小腿肚与双脚。演员准备去完成练习。

“长短格”练习是一种为完成小品练习而进行的预备练习，是对整个机体的“总检查”。

三、有机造型术训练体系的意义

20世纪30年代，在一片反形式主义的声浪中，梅耶荷德创立的“有机造型术”被指为典型的形式主义，指责有机造型术培养的是没有精神、没有情感、没有内心体验的运动员式、杂技型的演员。对此梅耶荷德本人予以坚决反驳。梅耶荷德强调，“一定的动作和手势可以唤起情感”。他坚持认为，那些精确的、训练有素的形体动作能够“提示”必要的感觉，激发内心的情感。“有机造型术”并非斯坦尼斯拉夫斯基表演体系的对立，它的任务不仅在于检验演员身体材料的“素质”，还在于检验他们的心理过程。梅耶荷德强调演员动作的重要性，并不是排斥心理器官的重要性，他描述了有机造型术产生准确感受的过程：“‘有机造型术’”给演员一种动力，使所有的感受非常轻松、非常令人信服地从这个过程中产生出来，如同扔出去的球自然下落一样。思想与动作、动作与情绪、情绪与台词之间的联系都在‘有机造型术’中得以实现。”[①] 因此，并不是像许多人认为的那样，“有机造型术”中的动作并非最终目的，而是实现思想的一步，演员的思想通过动作迫使他内心发生的活动接受自己的意志。大师力图寻找演员存在于舞台上的更有效的方法。在“有机造型术”中，“感受”与“情绪”具有特别的意义。梅耶荷德认为，“从动作到情绪”的联系只有在不断完善演员自身材料的过程中才能实现，唯有技巧的、动作感强的推动因素才能催生现实的“状态”感。

在“有机造型术”中，尤为重要的是体育和演员的身体表达能力。梅耶荷德努力赋予戏剧表演具有几何般精确的形式，具有杂技般的轻盈灵巧，具有运动的姿势。正如梅耶荷德的高足伊里因斯基所指出的：梅耶荷德需要通过身体练习使演员的身体灵巧发达、训练有素。梅耶荷德希望在年轻演员身上找到舞台职业演员所缺乏的动力，期望将演员动作的规律运用于表演舞台，在人的行动规律的基础上制定出一套演员表演的训练练习。事实证明，梅耶荷德是富有远见卓识的伟大艺术家，他为俄罗斯培养出一代的电影导演，戏

---

① 本小节内容主要参考维拉·波利修克的论著《符谢沃洛德·梅耶荷德：表演艺术手册》，莫斯科，2010年，第35页。

剧导演、演员：爱森斯坦、伊里因斯基、M. 扎洛夫、Г. 马尔吉松、Э. 加林、M. 芭芭诺娃、Я. 斯维尔德林、H. 奥赫洛普科夫等，他们总是能够让人们知道他们是属于“有机造型术派”的。在俄罗斯之外也有许多梅耶荷德的追随者，耶日·格洛托夫斯基、尤金尼奥·巴尔巴等都将梅耶荷德的方法运用到自己的创作中。巴尔巴曾经告诉奥丁剧院的演员，在自己的戏剧理论研究和实践过程中都受到梅耶荷德的影响。2000 年，在法国巴黎举行的“梅耶荷德·导演艺术·世纪”的国际学术研讨会上，主办方专门安排两天时间用以戏剧实践教学和演示活动。梅耶荷德剧院的演员尼古拉·古斯托夫（1976 年去世）的学生格纳吉·波格丹诺夫和阿列克谢·列维斯基主持了“有机造型术”的现场演示课，再度引起世界各国戏剧研究者的共鸣。

综上所述，梅耶荷德复活了久远的被人遗忘的古老戏剧传统，为当代戏剧注入了新的生命。他敢冒天下之大不韪创立的“有机造型术”演员训练体系包含着极其科学与丰富的思想，今天人们看到的只是它的冰山一角，那些深藏于冰面之下的宝藏还在静静地等待我们去发现、挖掘、发扬光大。

第五章　梅耶荷德的舞台空间观

众所周知，梅耶荷德戏剧探索的一生，就是为追求假定性戏剧而斗争的一生，他所有的革新实验都是围绕着“戏剧假定性”这一命题展开的，目的就是运用假定性的魔力来解放镜框式舞台、解放心理体验的演员、解放观众的“幻觉”意识。梅耶荷德的假定性戏剧思想首先体现在“时空的假定”上。空间是戏剧艺术最重要的组成部分，导演的空间观念直接影响到戏剧的舞台呈现形态。然而，导演空间思想的体现在很大程度上取决于舞台美术设计师，后者是舞台空间的创造者与直接体现者，是决定舞台演出风格、基调及演员表演空间的重要人物。因此，现代导演戏剧的历史在某种意义上是导演与舞台美术设计师合作的历史，二者之间的相互关系成为导演必须面对的最现实的问题之一。导演与舞台美术设计师的默契与合作是演出的总体构思与外部形式最终取得统一与协调的可靠保证。作为统一、完整的艺术作品的戏剧演出必然是导演与舞台美术设计师携手合作产生的结晶。

在梅耶荷德眼中，理想的导演“应该同时是剧作家、演员、画家、音乐家、安装师、服装师”①，同时兼具导演与舞美才能的戈登 · 克雷是他心目中的榜样。梅耶荷德曾经感叹：“在我本人没成为一个布景设计师之前，我的任何构思都不可能完全被体现在舞台上。”② 由此可见，梅耶荷德深知理想与现实之间难以逾越的障碍，因此他更加重视舞台美术师在戏剧创作中的作用。本章将从梅耶荷德不同创作阶段与舞台美术设计师合作的历史这一角度，探讨总结其舞台空间美学观念的演变与发展。

---

① ГладковА. Мейерхольд[M]. Т.2, М., 1990, С.307.

② Мейерхольд В.Э. Черновые записи 1907/1908[J].1974（2）:29.

第一节　绘画式舞台布景

1902 年，梅耶荷德毅然决然地离开了莫斯科艺术剧院，但在外省进行戏剧探索的最初几年，他仍然主要以贯彻莫斯科艺术剧院早期的美学原则为主，在舞台空间处理上亦是如此。在赫尔松演剧季期间，他根据斯坦尼斯拉夫斯基和涅米洛维奇－丹钦科的舞台调度，按照艺术剧院舞台美术家 B.A. 西莫夫的舞台设计，排演了一系列的戏剧作品，包括《三姐妹》《万尼亚舅舅》《海鸥》《沙皇费多尔 · 伊凡诺维奇》《伊凡雷帝之死》等。舞台装饰的逼真性与各种写实元素给赫尔松的观众留下了深刻的印象。那时由于外省戏剧演出条件有限，以效仿为主的梅耶荷德并未认真思考舞台空间的问题，也未触及与舞台美术家合作过程中的矛盾冲突。1905 年，在斯坦尼斯拉夫斯基的邀请下，梅耶荷德在波瓦尔斯卡娅戏剧工作室开始了象征主义的戏剧实验活动。为了实施自己的戏剧革新主张，梅耶荷德将一批年轻画家吸纳到实验工作中，包括尼古拉 · 萨普诺夫、谢尔盖 · 苏杰伊金、尼古拉 · 乌里扬诺夫、瓦西里 · 杰尼索夫。正是在与他们进行合作的过程中，梅耶荷德才真正触及到如何与舞台美术设计师合作这个棘手的问题，梅耶荷德首次意识到戏剧创作者之间难以协调的现实矛盾。

艺术剧院所制定的导演与美术设计的合作原则显然不再适合梅耶荷德的象征主义戏剧实验，这不仅因为他要摈弃以那一原则赖为基础的写实主义戏剧，而且在他看来，绝对服从执行导演的意志的美术设计亦是写实主义戏剧的诟病之一。他要为美术设计师在舞台创作中提供平等的伙伴关系，重视美术设计师在创作中自我表达的权利。然而，戏剧实验室的年轻的舞台设计者们本能地想要更多的东西——他们想通过自己的舞台“绘画”传达他们独特的艺术形象的感觉，在“色彩”中体现剧作的内涵，为剧作及其人物找到对应的绘画体现。布景革新最直接的方法就是摒弃莫斯科艺术剧院使用的传统设计方法——布景模型，转而采用全新的表达手段——绘画嵌板的原则。于是传统的布景模型被革新家们“付之一炬，一脚踏碎”，以表达他们要把自然主义剧院的陈规旧俗踩在脚下、扔去焚烧的决心和勇气。苏杰伊金和萨普诺夫为梅特林克的剧作《丁达奇尔之死》设计出与日常生活布景毫无二致的印象主义风格布景，无论是《丁达奇尔之死》中“概括性的、诗情画意般始终保持统一色阶的布景”[①]，还是乌里扬诺夫在《什留克与雅乌》中采用的表现“脂粉年代”特点的风格化布景处理，都源于一个共同的目标——拒绝照搬莫斯科艺术剧院的舞台美术设计原则，不再教条地遵照剧作中的舞台说明进行设计，而是大力主张舞台美术师在创作上主观地诠释剧作的权利。

虽然年轻画家们的创新精神与舞台设计令梅耶荷德十分欣喜，也使他确信，那就是梅特林克戏剧中神秘莫测、虚若梦幻、冷若冰霜的世界，虽然导演本人也同样追求个性创作的自由，但戏剧是高度综合的艺术，作为戏剧演出“指挥家”的导演还必须同时考虑到戏剧演出中另外两个客观的组成部分——演员和观众。无论年轻画家们设计的舞台布景多么新颖独特，多么富有诗意、华美、迷人，但是通明的灯光彻底破坏了舞台设计师想要营造的神秘、模糊的气氛，印象派风格的布景与演员现实的身体、动作格格不入，从“华丽帐幔下芬芳扑鼻的床上懒散地躺着醉醺醺的雅乌，还有他那肮脏、肥胖的躯体”这一描写中可以发现一个本质的问题，即布景外观与导演制定的演员舞台动作的总谱之间存在冲突的关系。张扬创作个性自由的舞台美术设计实验遭到严峻的考验。尚未掌握舞台空间奥秘的年轻画家把布景想象成画作，致力于单纯的绘画布景任务，而忽略了必须为表演组织空间的重要使命，忽略了戏剧演出的核心要素——表演，只是让演员作为附加的色彩投射到绘画嵌板上。年轻设计师美好的愿望一旦脱离导演的总体构思，势必导致矛盾冲突，导致演出的失败。

尽管波瓦尔斯卡娅戏剧实验持续的时间有限，也并未向观众开放演出，只是未来新戏剧探索的一个预备阶段，然而，它对于梅耶荷德本人以及俄罗斯新戏剧运动都具有实质性的意义。正如今天我们所看到的，实验室探索的原则为未来戏剧的发展带来了丰硕的成果。在某种意义上，波瓦尔斯卡娅大街的戏剧实验可以称得上是20世纪方兴未艾的戏剧革新运动的鼻祖。正是在这个层面上，梅耶荷德在《论戏剧》一书中，将波瓦尔斯卡娅戏剧工作室定义为“第一座探索剧院”。在认真反思、总结戏剧实验的经验与教训时，梅耶荷德指出：“戏剧总是会发现在观众面前集体出演的创作者之间的不和谐。剧作者、导演、演员、布景师、道具员在集体创作中从未理想地融合在一起。因此，我不认为瓦格纳的艺术的综合是可能的。他们（指舞台美术设计师和

---

① ［苏］K. 鲁德尼茨基：《梅耶荷德传》，童道明、郝一星译，中国戏剧出版社1987年版，第132页。

音乐家）自然都想往自己的方向走，本能地都想独立出来。”[1] 梅耶荷德面临如何掌控新的舞台语言权利的挑战。

1906年8月，受科米萨尔日芙斯卡娅之邀，梅耶荷德开始在军官巷剧院担任导演，这一阶段的演出被认为是始于波瓦尔斯卡娅戏剧工作室的象征主义戏剧实验探索的继续。梅耶荷德力图将他实验探索发现的新思想、新方法通过一个正式的舞台呈现给观众。仅在一年间他就以惊人的速度排演了15部戏，其中不乏像《修女贝阿特丽莎》《滑稽草台戏》《人的一生》这样的经典之作。为了继续被迫中断的象征主义戏剧实验，梅耶荷德仍将与之志同道合的年轻画家萨普诺夫、苏杰伊金和杰尼索夫等作为自己的合作伙伴，引起演员“二维空间感”的绘画嵌板原则仍然是导演处理舞台布景的主要方法。梅耶荷德选择易卜生的作品《海达·高布乐》作为他与科米萨尔日芙斯卡娅合作的第一部戏，并将舞台设计的任务交给自己最为欣赏的萨普诺夫。

《海达·高布乐》的舞台设计继续沿用波瓦尔斯卡娅戏剧工作室的方法。演出中舞台的深度被缩小到3.5米，宽度则增加到约10米，形成一个浅而宽的小舞台。根据梅耶荷德的要求，萨普诺夫按照象征性诗意的精神进行舞台设计。海达“寻找美”的主题直接体现在十分美妙的绘画布景设计之中。梅耶荷德把舞台调度建立在色调的节奏基础上，把剧作的主题定义为“美好秋季的凋零”，隐喻海达梦幻破灭的不可避免和其追求的不可实现。于是在舞台绘画布景与服装色彩的搭配中金黄色和冷色调的蓝色成为主色调。道具仍然是非写实风格的，绘画嵌板与舞台环境在色彩与形式上十分和谐，它们共同制造出围绕着海达的“蓝色的、冰冷的盛大华丽的印象”[2]。海达梦寐以求却觅而不得的梦境被直接体现在舞台上，仿佛是已经实现的梦想，在梦境与现实的冲突中凸显主人公命运的悲剧。在体现导演构思过程中，萨普诺夫将设计中心放在演出的整体绘画形象上，忽略了易卜生笔下主人公内心的激烈冲突，忽略了易卜生剧作的现实主题。尽管在话剧历史上绘画首次获得了如此巨大的权利，但批评界与观众并不认同这种舞台呈现方法。斯卡娅戏剧实验的“悲剧”再度重演——绘画布景充满象征与诗意，但与剧作的主题格格不入。导演以梅特林克“静态”戏剧的方法处理充满激烈碰撞与冲突的心理现实主义作品，严重背离了原作的风格，演出被几乎众口一词的批评所淹没，戏剧批

① МейерхольдВ.Э. Статьи, письма, речи, беседы（1891–1917）[M].М.:Искусство, 1968, С.108.

② Михайлова А.А.Мейерхольд и художники[M]. М., 1995, С.20.

评家 A. 库格尔的指责最有代表性："完全不可思议，全都颠倒过来了。"[①] 在众多批评声中，Ю.Д. 别利亚耶夫的观点既带有对梅耶荷德的嘲讽，也表现出一种犀利的洞察力，他敏锐地捕捉到了梅耶荷德对易卜生剧本进行象征化处理的深刻意义，指出："《海达·高布乐》的实验非常之大胆。导演完全抛弃了剧作中的日常生活，将易卜生进行象征主义风格化。为此他遭遇的困难最多。但是想法并不能消除观众冷漠的态度，也无法抑制评论家们激烈的抨击。……人们会问：也许不久也将对奥斯特洛夫斯基和果戈理进行象征化？但为什么不试着将《大雷雨》或《钦差大臣》象征化呢？！"[②]

第二节　浮雕式浅舞台

世纪之初，欧洲戏剧革新之风吹到了俄国，以阿庇亚、戈登·克雷、乔治·福克斯为代表的欧洲戏剧革新家的思想对俄国正在兴起的新戏剧运动产生了积极的推动作用。1904 年，德国舞台美术家乔治·福克斯的著作《未来舞台》问世，舞台革新先驱所宣扬的舞台革命思想对梅耶荷德产生了极大的触动，直接促使他从舞台布景的绘画原则迈向建筑原则——从建筑结构上探索新的舞台设计语言。乔治·福克斯对现代舞台进行建筑改造的完整构想尤其契合梅耶荷德舞台探索的需求，福克斯的观点使梅耶荷德更加清晰地认识到建设新戏剧的途径之一就是从建筑结构上改造传统舞台，并由此解决二维性绘画布景与演员的三维身体相冲突的问题。

福克斯之所以吸引梅耶荷德的特别注意，还因为福克斯主张的浮雕式浅舞台特别适合表现梅特林克的象征主义剧作。福克斯断言，各地风行的深度舞台表演区是完全不必要的。相反，需要的是十分浅而窄的舞台。对演员最有利的地方是靠近脚灯处，这样他们的表演观众看得更真切，台词听起来也更清楚。福克斯的思想被彻底贯彻到《修女贝阿特丽莎》的舞台设计中。梅耶荷德颠覆性地采用浅舞台，大胆试验梅特林克的"静态戏剧""浮雕式舞台效果""延伸式舞台"等，获得了奇妙的效果。在舞台设计技术方面，担当《修女贝阿特丽莎》舞台美术设计的苏杰伊金采用了与《海达·高布乐》类似的

① ［苏］К. 鲁德尼茨基：《梅耶荷德传》，童道明、郝一星译，中国戏剧出版社 1987 年版，第 169 页。

② Беляев Ю.Д. О Комиссаржевской[J]. Новое время. 1906.

原则，以前拉斐尔派和文艺复兴早期绘画的风格为基础，使风格化舞台形式有了更进一步的发展。舞台被缩小、变窄，布景被放置在脚灯边，所有情节都在距离观众十分近的地方发生，使观众不由自主地产生置身于诵经台的幻觉，这也是导演构思中所要表现的中世纪神秘剧的元素。导演力图用一种和谐的幻觉来抚慰观众，并诱使观众参加到一种类似中世纪奇迹剧的共同的神秘体验中。伊万诺夫复兴狄奥尼索斯戏剧的思想在此可见一斑。导演曾经设想将演出舞台延伸到观众席，但这一设想并未完全得到实现。不过，在表演上延续了《丁达奇尔之死》实验演出的那种壁画式、浮雕式的静态性："所有的人都穿同样的衣服，做出整齐划一的姿势。以缓慢而又节制的动作准确地一个跟随一个，在一段时间内她们均以侧面形象移动，保持浅浮雕的平静状态……"①——群体的浮雕式造型给人印象十分强烈。"群组场面"也是演出中导演处理得最为成功的场景。

客观而言，苏杰伊金的舞台布景设计明显逊色于萨普诺夫的绘画布景，然而，演出效果却是出奇的好，大获成功。究其原因，《修女贝阿特丽莎》成功的秘密首先在于导演方法与作者构思的高度一致，演出的舞台形象与文学原著高度接近。梅耶荷德的导演构思充分体现了梅特林克剧作的概括性、崇高的诗意性和矛盾的悲剧性。众所周知，梅特林克的象征主义剧作以高度的象征、凝练的语言和静态的造型而著称，因此在舞台上呈现其剧作尤为困难、复杂。关于梅特林克的创作特点，勃洛克有过十分精辟的分析："梅特林克从西方剧作中偷出主人公，把人类的声音变成嘶哑的低语，把人变成木偶，夺去他们的自由行动、光、意志、空气。……梅特林克独特的诗意的力量就在于抒情风格——无定形的、混合的、失去了清晰的个性轮廓的群体主人公。他打开一扇寂静的门，透过它我们仔细聆听纯洁晶莹的艺术水珠滴落的声音。梅特林克对于我们是一个金色的梦，是令人愉悦的过去……"②1905 年，俄国爆发的革命运动使知识分子阶层经历了不安、彷徨与恐惧，梅特林克笔下主人公所经历的痛苦的精神危机清晰地反映出伟大个性的瓦解过程。演出中梅耶荷德致力于改造舞台，使之能够揭示出时代的精神与冲突，揭示出新时代人们内心生活的特殊性，因此引起俄罗斯知识分子阶层尤为强烈的广泛的共鸣。其次，演出中科米萨尔日芙斯卡娅的表演及其所塑造的人物形象也与导

① ［英］爱德华・布朗：《梅耶荷德导演艺术》，杜定宇译，载《戏剧艺术》，1985 年第 3 期，第 87 页。

② ГромовП.Написанное и ненаписанное[M]. М.Артист. Режиссер. Театр. 1994,С.67.

演的艺术思想相统一。导演所营造的舞台环境为演员的表演提供了理想的平台，主人公修女贝阿特丽莎的个性特征与女主角的表演个性在此得到完美的结合。关于演出的舞台风格，梅耶荷德在《论戏剧》一书中专门做了说明："如果认为演出是指重复这个时代某个画家的色彩和观点，那是错误的。在演出之后所写的剧评中，作者都在寻找戏中对各个不同画家的体现，他们提到乔托[①]、波提切利[②]等画家。在《修女贝阿特丽莎》中只借用了先辈大师的表达方法，而在动作、群组、道具、服装方面则综合了文艺复兴初期艺术作品中的线条和色彩。"[③]由此可见，梅耶荷德不再简单地以模仿某一时代风格为榜样，而是开始走向"综合戏剧"的探索之路。在梅耶荷德所排演的梅特林克的剧作中，唯有《修女贝阿特丽莎》使他达到完全的、毫无争议的、公认的成功。而这一成功并非偶然得到的结果，之前所经历的种种失败为这次所取得的巨大成功奠定了探索的基础，失败与成功之间有着不可分割的内在联系与发展规律。

第三节 民间游艺式舞台——"台中台"

在专著《论戏剧》的前言中，梅耶荷德写道："对我改编方法产生特别重要影响的是我在排演两个剧本时所采用的方法，一是莫里哀的《唐·璜》，二是 A. 什尼茨莱尔的《科伦宾娜的围巾》，由达佩尔图托博士改编。然而，给勃洛克妙不可言的《滑稽草台戏》巧妙地设想种种方案成了决定我的艺术道路的最初的动力。随着这三部戏的排演，我主要关心的内容逐渐变为解决与前舞台（просцениум）问题相关的戏剧问题。"[④]梅耶荷德在此提到了两个相互关联的问题：一是《滑稽草台戏》的舞台设计，二是前舞台。

所谓"前舞台"，原指古希腊剧场中演员的表演台，后多用以指剧场中舞台最前部，最靠近观众席的舞台部分。按照福克斯的观点，"前舞台是剧院中最重要的建筑部分。它决定了进行神秘转变的那个空间，在这个空间里人、物、

---

① 乔托（1267—1337），意大利画家、建筑设计师。

② 波提切利（1445—1510），意大利文艺复兴时期的画家。

③ МейерхольдВ.Э. Статьи, письма, речи, беседы（1891-1917）[M]. М.:Искусство, 1968, С.247.

④ МейерхольдВ.Э. Статьи, письма, речи, беседы（1891-1917）[M]. М.:Искусство, 1968, С. 103.

声、光、影汇聚成为一个精神的统一体”[①]。1907 年，福克斯与欧勒共同创办了慕尼黑艺术剧院，在舞台改造试验中，他们曾经尝试将下沉的乐池盖上木板，由此形成一个向前延伸至观众席前排的宽阔的表演区，即前舞台。事实上，梅耶荷德早在 1906 年尚在外省的波尔塔瓦巡演时，在排演霍普特曼的《群鬼》过程中，他就以相同的方式“构建”出一个“前舞台”，并且发现了舞台前部对于表演的特殊意义。此后在科米萨尔日芙斯卡娅剧院排演《海达 · 高布乐》《修女贝阿特丽莎》时又多次尝试过利用前舞台来完成演出。那为什么梅耶荷德唯将《滑稽草台戏》称为自己艺术道路发展的原动力，视为自己戏剧探索新阶段的起点呢？首先，勃洛克的剧本迥异于梅特林克的象征主义剧本，《滑稽草台戏》中所汇聚的神秘与戏言，幻想与生活，自我讽刺以及怪诞、滑稽表演深深吸引了梅耶荷德，为他提供了全新的戏剧素材，使他设想出具有鲜明假定性意义的舞台处理方法。其次，福克斯关于前舞台的理论在《滑稽草台戏》中得到进一步的实践与发展，解决了过去未能彻底解决的舞台技术难题——拓展舞台前部的表演功能，克服绘画类型舞台空间结构的局限性，以三维立体的全新方式来诠释舞台空间。无论是在《群鬼》，还是在《海达 · 高布乐》与《修女贝阿特丽莎》中，梅耶荷德都尚未完全掌握作为表演区的前舞台，变得狭窄的舞台表演区只适用于构建壁画式的、浮雕的造型，演员无法在这个狭小的空间移动，因此舞台调度只好采用绘画类型的造型与结构。这样的方法只有当文学作品的形象更具抒情性而非戏剧性，且不需要更多层面的、三维的特点时才能取得好的效果（如《修女贝阿特丽莎》）。但是，正如我们所看到的，如果需要表现更为宽广的生活题材与现实风格的作品时（如《海达 · 高布乐》），那么就会出现舞台设计与表演不协调、相冲突的问题。

显然，之前使用的浮雕式浅舞台不再适合具有强烈讽刺、怪诞与假定性意义的《滑稽草台戏》了。根据勃洛克剧本的舞台指示，梅耶荷德与其首席舞台美术设计师萨普诺夫一改浅舞台的设计，在舞台的两侧与后面挂上蓝色的粗麻布，不但使整个舞台的深处变成无尽的蓝色空间，而且独具匠心地创造出一种全新的舞台空间处理方法——大舞台上的小戏台（台中台）。在《论戏剧》中梅耶荷德对这个舞台结构进行了描述：“整个舞台的两侧与后面挂上蓝色的粗麻布，这片蓝色的空间构成一个背景，并衬托出搭建在舞台上的‘小戏台’的布景颜色。‘小戏台’有自己的木板台、幕布、设在台口的提词室、入口与檐幕。戏台上方并没有用传统的檐幕遮盖起来，布景格架与细绳、钢

① Арье Элкана Карл-Казимир-Теодор-Всеволод Мейерхольд[M]. M., 2006, C.186.

丝线等都暴露在观众眼前：当‘小戏台’上的布景被吊上去时，观众就可以看到布景格架上的一举一动。”① 梅耶荷德在描述中特别强调“剧场化”，以及整个演出结构的“假定性”特点。环绕舞台空间的蓝色“帷幕”打消了观众寻找远景的可能，而由“小戏台”区隔出来的两个空间不仅意味着“剧场化”，同时也表明舞台的假定性特征。在鲁德尼茨基撰写的《梅耶荷德传》中，曾经记录了梅耶荷德年轻时的一段逸事。在莫斯科艺术剧院排演《沙皇费多尔》时，“苏伊斯基花园”那场戏的舞台设计给梅耶荷德留下十分深刻的印象。根据斯坦尼斯拉夫斯基的导演指示，沿着舞台的脚灯排列着许多树，在舞台的一侧搭建起一个露台。昔日的印象激发了梅耶荷德创新的灵感，莫斯科艺术剧院舞台上的“露台”而今变身为科米萨尔日芙斯卡娅剧院中的“小戏台”，它们可谓是异曲同工之妙，让舞台空间如此富有诗意地被人们感觉到。由此再次证明，梅耶荷德多么善于吸收借鉴好的方法，包括当时被认为是与之对立的斯坦尼斯拉夫斯基的方法。演出的“假定性”还体现在勃洛克剧作中设置的“作者”一角身上。梅耶荷德让“作者”不时出现在“小戏台”与脚灯线之间，他仿佛充当着观众与“小戏台”上发生的故事的中间人，以此强调演出的“假定性”特点，强调故事的“剧场化”特点。据文献记载，1908 年梅耶荷德离开科氏剧院后，在外省进行短期巡演时再度上演了《滑稽草台戏》。舞台上也搭起一个“小戏台”，而“作者”不是从后台走到“小戏台”，而是直接从观众厅池座的前几排走出来的——一种更加鲜明、直露的“假定性”。梅耶荷德独具匠心的舞台空间设计充分强调了演出的“剧场性”，使观众从惯常充当幻觉俘虏的观剧状态中走出来，凸显出戏剧假定性的本质。

在梅耶荷德导演的《滑稽草台戏》中，“裸露的剧场性”首次把所有的舞台空间都完全置于戏剧演出的内在精神之下。俄罗斯的梅耶荷德研究学者П. 格罗莫夫指出：“把整个舞台表演空间纳入演出情节中，使它为演出的现实内容所服务，利用它来突出强调戏剧艺术作品结构的特定思想——这就是《滑稽草台戏》的本质意义所在。”② 格罗莫夫认为，演出中具有创新意义的双重空间设计对俄国戏剧运动未来的发展具有深远的影响，无论是在瓦赫坦戈夫导演的《图兰朵公主》，还是在留比莫夫导演的《四川好人》这些演出中，都可以寻找到《滑稽草台戏》的舞台空间的踪迹，在塔伊洛夫作品中也折射出这

① МейерхольдВ.Э. Статьи, письма, речи, беседы（1891-1917）[М]. М.:Искусство, 1968, С. 250.

② ГромовП.Написанное и ненаписанное[М]. М.Артист. Режиссер. Театр. 1994,С.81.

一舞台空间原则的独特意义，甚至在斯坦尼斯拉夫斯基 1926 年导演的《图尔宾一家的日子》中也运用了双重空间设计的方法。

俄罗斯著名戏剧批评家帕 · 马尔科夫同样高度评价了《滑稽草台戏》的历史意义，认为它是“假定性”戏剧最有代表性的演出。“观众习以为常的舞台盒子被打破了。舞台的结构也应该像色彩、灯光、形态和声音一样为表现主旨而服务。这就是与戏剧相邻的艺术的作用，它们被新戏剧的导演应用于舞台，并以全新的方式加以运用。声音和色彩根据导演的构思服务于改变现实。新的基于精细艺术的细微方法为构建艺术上完整的演出而服务。”① 毋庸置疑，《滑稽草台戏》堪称梅耶荷德戏剧创作的里程碑，它标志着梅耶荷德已经结束了绘画式舞台布景与浅浮雕式舞台的历史，并与象征主义戏剧渐行渐远。

在科米萨尔日芙斯卡娅剧院的导演工作中，梅耶荷德与舞台美术设计师在戏剧探索、创新意识方面具有高度的共识，在彼此磨合之中逐渐形成了和谐、默契的合作关系，为达到戏剧演出的总体构思与舞台表现形式的统一性提供了可靠的保证。这也是梅耶荷德为什么能在短短一年之间接连创造出三部成功之作的奥秘之一。

第四节　传统主义舞台

1905—1907 年期间，梅耶荷德在波瓦尔斯卡娅戏剧工作室与科米萨尔日芙斯卡娅剧院进行了大量的象征主义戏剧试验，探索发现了许多象征主义戏剧的舞台表现方法，穷尽了象征主义的潜力，创立了与自然主义戏剧、写实戏剧相对立的象征主义戏剧舞台原则，极大地丰富了戏剧舞台的表现手段。然而，正如米哈伊尔 · 契诃夫所指出的，“他不会等待，某种东西在催促着他。他的天才，他对于革新和创作的不可遏制的愿望在催促他”②。的确，对于新锐导梅耶荷德而言，那些曾经让观众与戏剧界耳目一新且争论不休的象征主义戏剧实验已经成为过往的历史，在不可知的远方还有更新的目标在召唤着他，“充满暴风雨的独立导演之路”才刚刚开始。

---

① Марков П.А. Новейшие театральные течения: Опыт популярного изложения（1898-1923）[M]. M.: 1924, C.29.

② [苏]K. 鲁德尼茨基：《梅耶荷德传》，童道明、郝一星译，中国戏剧出版社 1987 年版，第 216 页。

自 1908 年起，梅耶荷德开始在宫廷剧院担任导演，也开始了与舞台美术设计师亚历山大 · 戈洛温的亲密合作。梅耶荷德在宫廷剧院停留了近 10 年时间，导演了 24 部作品，其中绝大部分都是与戈洛温共同合作完成的，包括话剧 12 部，歌剧 3 部以及 1 部芭蕾舞剧，创造出俄罗斯戏剧史上的经典作品《唐 · 璜》与《假面舞会》。在与梅耶荷德合作过的众多舞台美术设计师中，戈洛温是与之合作时间最长、排演剧目最多、合作关系最为融洽的美术设计师，这也创造了梅耶荷德创作生涯之最。因此，导演梅耶荷德与舞台美术设计戈洛温的合作历史、所创作作品的舞台风格特点是我们研究梅耶荷德舞台空间思想极其重要的一个部分。

亚历山大 · 雅科夫列维奇 · 戈洛温（1862—1930）比梅耶荷德年长十余岁，在梅耶荷德受聘到宫廷剧院之前，已经是享有很高声望的宫廷剧院的首席舞台美术师了。因与科米萨尔日芙斯卡娅关系的破裂，梅耶荷德背负着“颓废分子”“造反派”等各种“恶名”，他之所以能够被宫廷剧院的经理捷利亚科夫斯基聘用，也得益于戈洛温的大力推荐。戈洛温对梅耶荷德革新精神与实验方法的欣赏态度为二者长期合作奠定了重要的基础。戈洛温是一个十分杰出的戏剧绘画大师，身为宫廷剧院的总布景师，拥有绝对的威望与权力。对艺术创作的崇高追求使他并不居功自傲，而是自觉地把自己的创作特点与新的戏剧要求相协调。在舞台设计上，尽管戈洛温倾向于唯美主义的绘画性布景，但他并不固守自己的一家之长。在与戈洛温合作过程中，梅耶荷德并未“有意识地抑制住与生俱来的创新的惯性”[①]，但不再过于张扬自己的个性。于是二者相得益彰，形成了相互尊重、互相影响、互为补充的戈洛温 - 梅耶荷德美学联合体。在此，我们将重点分析梅耶荷德与戈洛温合作完成的两部重要作品——《唐 · 璜》（1910）与《假面舞会》（1917）的舞台设计特点，探讨梅耶荷德舞台空间思想的又一新方向——传统主义舞台设计。

梅耶荷德以前所未有的“低调”开始在宫廷剧院的工作，并承诺以排演俄罗斯和外国古典剧目为主要任务。万物都有辩证的两个方面。素以保守著称的宫廷剧院一方面制约了梅耶荷德戏剧创新思想的发展，但另一方面剧院所拥有的舞台技术装备、雄厚的资金保障也为梅耶荷德打开了戏剧探索的另一扇门。正如我们所知，在象征主义戏剧实验阶段，简洁性是梅耶荷德舞台设计的主要特点之一，这既是由象征主义戏剧本身的特点所决定，同时也是

① Титова Г.В. Мейерхольд и художники[A]. Мейерхольд: к истории творческого методак: Публикации. Статьи [C]. Сост. Н.В.Песочинский, СПб.: Культ Информ Пресс, 1998. С. 97.

由戏剧实验的客观条件所决定的，一切都必须以经济、节约、节俭为前提。进入宫廷剧院之后，梅耶荷德不再为排演条件所困，甚至可以为一个剧目准备一打的幕布、不计其数的道具，为一个人物准备数十套的服装，为绣出一幅布景图案花费 80 个女工一整年的工夫，等等，因此，客观环境已经为排演古典剧目的舞台风格做出了唯美、至善的选择。

戈洛温的创作个性特点符合时代的美学需求，其戏剧绘画丰富多样，色彩、图案精美绝伦，对舞台深度、演出风格的把握也特别精准。它们使梅耶荷德的导演构思能够充分、完善地体现在舞台上，在某种程度上决定了梅耶荷德宫廷剧院十年创作的基本风格与形态。从另一方面梅耶荷德也对戈洛温产生了一定的影响，使舞台美术大师学会了不单从绘画的角度来思考舞台空间设计，而是站在更高的角度，“以戏剧演出的范畴思考，去感觉剧场的灯光、舞台的平面、戏剧演出与建筑之间的关系”①等，使之由舞台绘画大师升华成为舞台建造大师。梅耶荷德与戈洛温的美学联合体为俄罗斯戏剧带来了具有华美表演性质的传统主义舞台风格。有别于极简的象征主义戏剧舞台，《唐·璜》的舞台布景极尽华美，路易十四时期宫廷戏剧的富贵之气充盈着剧场。然而，惯常的大幕被取消了，脚灯也消失不见，取而代之的是一张暗蓝色的巨大的地毯，十分醒目地将向前一直延伸到观众席的半圆形的幕前部分凸显出来。前舞台成为演员表演的主要区域。尽管在宫廷剧院期间梅耶荷德仍然无法培养自己的演员，无法研究表演技艺的理论，但他与戈洛温都没有忘记戏剧舞台的核心人物——演员。舞台空间设计应该为演员的表演提供一切便利——这也是梅耶荷德与戈洛温达成高度统一的舞台空间构思的基础。梅耶荷德的舞台调度与戈洛温的舞美设计都围绕着这一核心任务。在梅耶荷德的影响之下，前舞台成为戈洛温演出空间设计的重点，几乎所有演出都充分利用前舞台的功能，为了使演员三维的身体与舞台布景相协调，戈洛温通常把绘画布景放到舞台的深处。在亚历山大剧院的舞台上按照戈洛温的草图在剧院工作室制作的道具等物件也都要服从于演员这个核心人物。戈洛温与梅耶荷德的和谐、默契令人惊讶：对于导演的构思，舞台美术师总是心有灵犀、心领神会，而且总是以惊人的想象力、新颖的手法和独特的审美趣味将之精美地呈现在舞台上。

在此，我们不妨引用一段弗·别布托夫对《唐·璜》首演的生动描述：“我

① Титова Г.В. Мейерхольд и художники[А]. Мейерхольд: к истории творческого методак: Публикации. Статьи [С]. Сост. Н.В.Песочинский, СПб.: Культ Информ Пресс, 1998. С. 98.

在开演前很早就走进观众厅，出现在我眼前的场面使我惊讶。没有帷幕。椭圆形观众厅有挂着红色天鹅绒帷幔的厢座，大厅中有一座供演出用的高大正门，它把观众厅同舞台结合成和谐的整体。我用赞赏的目光仔细观看华美的侧幕、屏风、门窗楣饰和衬景上织花壁毯的帷幔。它暂时掩盖住戈洛温那些绝妙绘画的奥秘。由于从舞台前沿到宽阔的乐池都铺上了木板，整个这艘演出大船就好像驶入观众大厅的港湾。"[①] 作为梅耶荷德的弟子，别布托夫还以特有的敏锐发现了《唐·璜》演出的独特性：导演与舞美共同为观众带来的集"视觉、听觉、嗅觉、触觉、味觉"五感于一体的完美享受。毋庸置疑，《唐·璜》创造了彼得堡乃至俄罗斯演剧史上的一大奇迹，演出场场爆满，观众的欢呼声在整个演出中此起彼伏，而剧评人也毫不吝啬地对它大加赞扬。

继《唐·璜》之后，梅耶荷德与戈洛温又携手排演了多部古典作品：歌剧《鲍里斯·戈东诺夫》(1911)、《奥菲欧和埃弗里季克》(1911)、《厄勒克特拉》(1913)和《石客》(1917)，还有卡尔德隆的《忠诚的王子》(1915)及亚·奥斯特洛夫斯基的《大雷雨》(1916)，其中以歌剧《奥菲欧》最为成功。这些作品的舞台设计延续了之前的传统主义风格，但并非简单的重复，而是有着各自的新意。例如，在《石客》中，梅耶荷德力图创造出一个摆脱庸俗的歌剧程式的纯净的演出，再次从舞台建筑结构上寻找破解的方法：在马林斯基宽大的舞台上另外隔出一个小而深的舞台，而且略高于大舞台，使之与向前延伸的前舞台相连接。对应于梅耶荷德的构思，戈洛温设计出一个正门的巨大廊柱，把舞台镜框减小了一半。由此构成了一个十分新颖奇特的舞台空间：最小的舞台镜框和最大的舞台深度，以及扩大的前舞台。它彻底颠覆了歌剧演出的传统舞台，实现了梅耶荷德的导演构思——为创立悲剧的诗剧建构一个深远幽暗与神秘交织的舞台空间。

1917年2月，梅耶荷德与戈洛温精心准备了五年之久的《假面舞会》终于与彼得堡观众见面，那层神秘面纱终于渐渐揭开。一走进剧场，高高升起的主幕将舞台上的布景一目了然地呈现在观众眼前，立刻把他们带入那个时代的"氛围"之中。这也是梅耶荷德当年在《唐·璜》演出中取消主幕的原因。与《唐·璜》不同，戈洛温为《假面舞会》设计了色调、图案各异的五道幕布：演出开始前的第一道幕布红里带黑色，带有扑克牌的图形标志，低沉的色调与图案预示着即将上演一场可怕的"赌博"；其后的三道幕布在演出中不

① [苏]帕·马尔科夫等：《论梅耶荷德戏剧艺术》，孙维善等译，文化艺术出版社1987年版，第39页。

断变换起落，或白或蓝或绿，与故事情节一同推进；最后一道幕布是半透明的黑纱，与缭绕剧场的哀歌一道烘托出全剧悲剧性的主题。通过起落式幕布的一起一落，演出的场景被魔幻般地制造出来："它们轮番起落，把剧本分解成一块块的，给每一个段落渲染出新的情绪，仿佛在催赶着事件，使人有事件层出不尽的感觉。……大幕魔术般的表演给演出的轮廓增添了飘忽不定、变化无常的感觉，给它的壮丽增添了忐忑不安感，同时也使导演有可能把许多片段用'特写镜头'来表现，突然把它们推向前方。"① 在此，戈洛温手中的幕布如同戈登·克雷的"条屏式布景"，又如阿庇亚的"灯光"，它们都被赋予了神奇的表现力，产生渲染情绪、表情达意的能量。无论是舞台布景还是服装、道具，仍然延续着戈洛温的唯美、细腻的风格，但在富丽堂皇、美轮美奂中却令人滋生出不安，甚至是恐惧的感觉。《假面舞台》是传统主义的完美展现，是导演构思与舞美设计高度统一的典范，堪称梅耶荷德戏剧生涯的巅峰之作。正如鲁德尼茨基所评价的："这出戏乃是一个罕见的协调一致的创作的样板，它的全部因素——绘画、音乐、演员的表演、舞台调度、节奏，都被导演总谱牢牢地连成一个统一的整体。"②

第五节 构成主义舞台

在梅耶荷德的戏剧空间思想中构成主义无疑占据着最为重要的地位，它标志着梅耶荷德导演艺术的重大转折。如前所述，梅耶荷德将构成主义运用于戏剧舞台是在一个特殊的政治经济环境下，在"战时共产主义"的时代背景之下。宫廷剧院优厚的经济基础为唯美的传统主义戏剧舞台创造了条件，而物质极度匮乏的时代再度为梅耶荷德开辟了新的探索道路。因此，梅耶荷德身不由己地发生了由《假面舞会》向《宗教滑稽剧》《曙光》的"突转"。莱蒙托夫剧中的布景、道具、服装——所有的一切都极尽华丽完美，而马雅可夫斯基和维尔哈伦的剧中则是拒绝日常生活和历史风格的实物，向革命戏剧跨出最坚决的一步。

---

① [苏]K.鲁德尼茨基：《梅耶荷德传》，童道明、郝一星译，中国戏剧出版社 1987 年版，第 348—349 页。

② [苏]K.鲁德尼茨基：《梅耶荷德传》，童道明、郝一星译，中国戏剧出版社 1987 年版，第 357 页。

艺术发展有其自身规律，梅耶荷德的戏剧道路也遵循着一条有机联系的规律向前发展。事实上，梅耶荷德走向构成主义绝非偶然。1914 年在杰尼雪夫斯基艺术学校排演勃洛克的《陌生女郎》时，梅耶荷德曾经与美术家尤里·庞蒂[①]合作。梅耶荷德称他为“戏剧构成主义的奠基人”[②]。这是因为在演出的第二场戏，即第二个“幻象”中，观众亲眼看到拱桥由两个活动的半片组合而成，它就是庞蒂奇思妙想的杰作。此外，尚在宫廷剧院任职期间，梅耶荷德就与构成主义运动的代表人物弗拉基米尔·塔特林[③]合作拍摄电影。如同象征主义被作为自然主义的反拨一样，构成主义也是梅耶荷德用以对抗自然主义戏剧与“幻觉”剧场最新式的“武器”。从梅耶荷德对构成主义的定义就可以更加明确他走向舞台构成主义的根本原因：“构成主义并非新的设计风格，而是摧毁旧的自然主义戏剧的手段。它的主要任务是消除观众接受戏剧的固有模式。”[④]

《宽宏大量的乌龟》被公认为梅耶荷德运用构成主义的第一部作品。演出的舞台美术设计师是构成派代表人物之一的柳波芙·波波娃，她是 1921 年举办的“5×5=25”展览的参加者之一。1921 年 11 月，构成派公开宣布将参加戏剧生产的计划。波波娃作为“生产者”的代表来到梅耶荷德剧院，参与戏剧生产活动，同时兼任梅耶荷德讲习所的舞台装饰课教师。于是，梅耶荷德与她进行了短暂而富有成果的合作。

根据波波娃对《宽宏大量的乌龟》的舞台设计要求，索恩剧院的工作人员动手制作未来装置的部件。波波娃本人还参与了那些部件的安装工作。由于缺乏人手，首演时甚至连梅耶荷德也亲自出马转动剧中那些著名的轮子。为此，梅耶荷德专门致信《消息报》，称：“我认为有职责指出，在演出创作过程中柳·谢·波波娃教授具有重要的意义，但没有得到报社应有的评价。在表演计划开始前建筑的模型是由我决定的，演出计划中许多东西来源于构成主义装置。”[⑤]由此可见梅耶荷德对波波娃设计的认可。从剧院工作坊里搬出来机床架被放置在没有脚灯和大幕的光秃秃的舞台上，新的砖墙充当了后面的背景，取代了先前的绘画布景。机床由一些“工作”部件组成：平台、阶梯、

---

① 尤里·庞蒂（1889—1926），生于巴库，舞台美术家、剧作家。

② ГладковА. Мейерхольд[М].Т.2, М., 1990, С.311.

③ 塔特林（1885—1953），俄罗斯画家，构成主义运动的主要发起人。

④ АфишаТИМ 4, М., 1927, С.20.

⑤ Титова Г.В. Мейерхольд и художники[А]. Мейерхольд: к истории творческого методак: Публикации. Статьи [С]. Сост. Н.В.Песочинский, СПб.: Культ Информ Пресс, 1998. С. 106.

斜坡、可旋转的轮子、吊架、秋千、绳梯等，它们共同组成一个装置，为演员提供表演的空间。在机床架的后面有两个转动的轮子和小小的叶片，动作速度加快时它们就会加大自己的运动。舞台上的结构主义就此确立：装置取代布景，宣告几个世纪以来统治戏剧舞台的布景的终结；装置同时取代传统舞台的表演区，为演员开辟另一片表演的天地。演员的表演从平面的舞台转移至这些奇特的“布景”中，他们在机床的各个部件之间往来、跳动，把杂技的、滑稽的手法与技巧运动糅合在一起，产生动感十足的效果。在搭建机床架时梅耶荷德与波波娃采用最经济节约的办法，去掉所有多余的装饰，全部成本不足 200 卢布，堪称史上最低成本的舞台设计。构成主义舞台意味着梅耶荷德与原先的舞台设计原则进行了一次彻底的决裂。不仅如此，构成主义舞台同时确立了新的建立在有机造型术基础上的表演艺术。阿·格沃滋杰夫把波波娃的装置比作技巧运动员的吊杠，认为吊杠对运动员而言并不具有“独立意义的美学价值”，其价值更多地体现在为演员表演技巧的发展提供了平台，以此强调舞台演出中构成主义装置的实用功能。格沃滋杰夫指出：“此后没有任何结构超越波波娃的设计，它是狭义上的‘第一机床架’，它不是用以演员表演，而是用以表演本身，就像钢琴师或小提琴手不是用钢琴或小提琴表演，而是在钢琴或小提琴上表演一样。”[①] 这一观点十分耐人寻味，它充分揭示出梅耶荷德运用构成主义设计舞台的根本用意——它不仅是为了践行“把剧院剥光”的口号，更是为了解放演员的表演意识，确立新型演员的表演技术。构成主义的实用性在许多方面不仅与时代的环境相契合，而且与梅耶荷德关于表演艺术的许多新想法不谋而合。舞台设计的新技术与表演艺术的新技术在《宽宏大量的乌龟》中首次进行组合实验，“尽管是作为实验作品排演出来的，仍然具有极大的严整性，具有演出外部形式与演员表演最有机的一致性。”[②] 构成主义舞台实践为梅耶荷德创立全新意义的演员表演训练体系——“有机造型术”提供了实验平台。因此，鲁德尼茨基断言，梅耶荷德的表演体系首先是以构成主义为支柱的。

此后，梅耶荷德与构成主义设计师继续合作，排演了《塔列尔金之死》《天翻地覆》《森林》等，演出手法一次比一次更加大胆，演出有的成功，有的失败。在导演奥斯特洛夫斯基的《森林》时，梅耶荷德继续采用构成主义舞台布景，

---

① Гвоздев А.А. Театр имени Мейерхольда[А].Мейерхольд: к истории творческого методак: Публикации. Статьи [С]. Сост. Н.В.Песочинский, СПб.: Культ Информ Пресс, 1998. С. 106.

② 苏联科学院、苏联文化部艺术史研究所：《苏联话剧史》，白嗣宏译，中国戏剧出版社 1986 年版，第 388 页。

取消了帷幕和侧幕，让舞台上方的吊杆暴露无疑，光秃秃的材料——钢铁和木材构成的坚硬、冷峻的线条真正实现了要“把剧院剥光”的思想。然而，以结构装置来推动演员动作发展的尝试在《塔列尔金之死》中并不成功。究其原因，是因为构成派设计师 В.Ф. 斯捷帕诺娃的“装置”太过积极地“自我表现”，结果影响了演员表演，没有完成导演构思的任务。梅耶荷德赋予结构装置的任务是把演员置于“仿佛连续不停运动的空间”，使演员在上面绣上“自己即兴表演的图案”，从而帮助建构导演的节奏主线。1923 年，在排演《天翻地覆》时，梅耶荷德与波波娃再度合作，采取“实物组合”的方式以加强演出的宣传影响作用。于是，真正的“军事用具”——卡车、摩托车、机关枪等被搬上舞台，真正的“军事革命运动”在舞台上如火如荼地展开，噱头十足。演出中，梅耶荷德把现实事件剪辑组合，“摩托车、汽车通过观众厅被推到舞台上，嘈杂喧闹不止”——这不仅仅产生令人震惊的表演效果，而且重新使动作实体化。演出中一切绘画性的布景、象征性的道具都被赶下舞台，取而代之的是实物，具有功能性意义的实物。从去实物化重新回归实物性，这不是简单的从起点回到原点，而是预示着梅耶荷德开始更高层次的戏剧探索。尽管对演出有大加赞赏者，也有猛烈抨击者，但对于在戏剧革新道路上勇往直前的梅耶荷德来说，他无所顾忌，因为目标还在更远的远方。

在总结舞台构成主义实验的经验时，梅耶荷德开始反思构成主义舞台设计的局限性，客观地承认了存在“公式化”“极端化”的问题。1923 年，梅耶荷德总结说：“结构如同路标，演员的想象可以沿着航标的方向前进。现在必须将演出的重心转向演员的表演。”① 俄罗斯戏剧理论家、舞台美术家尼 · 塔拉布金的观点清晰地说明了梅耶荷德对舞台构成主义运动认识的变化、发展：“舞台上的物件不仅是用作表演的机床架，它们同时应该具有表达剧作思想的功能。它们不仅仅是机械的，而且也是形象的。不仅是技术性的物件，而且也是思想和美学性质的物件。”② 舞台构成主义实验由此告一段落。

---

① Титова Г.В. Мейерхольд и художники[А]. Мейерхольд: к истории творческого методак: Публикации. Статьи [С]. Сост. Н.В.Песочинский, СПб.: Культ Информ Пресс, 1998. С. 98.

② Тарабукин Н.М. Зрительное оформление в ГОСТИМе[А].Тарабукин о Мейерхольде, М.:О.Г.И., 1998, С.66.

第六节　回归与综合

梅耶荷德既是第一个在舞台上放置结构的人，也是第一个拒绝使用结构的人。20 世纪 20 年代是梅耶荷德戏剧创作的另一个丰产期，导演了风格各异的作品 16 部，既有现实题材作品，也有古典作家的戏剧作品。从《天翻地覆》开始，舞台上纯粹的结构主义设计被“实物装饰”（вещественное оформление）原则取代，并逐渐向全面综合的方向发展。

1. 实物装饰原则

为了排演《天翻地覆》，波波娃曾经开出一份“道具”清单，包括一副棺材、红色罩布、小机枪、自行车若干辆、三部电话机、行军床、一张大桌子、地图、两部打字机，还有汽车、摩托车等。这些大大小小的实物被搬上舞台，取代了机床架，但与机床架一样具有实用性的功能，而非一般意义上的模型道具。当它们出现在舞台上时，产生了十分强烈、震撼的效果。此后，在《森林》中，梅耶荷德继续发展“实物装饰”的原则，从水果到镜子、长椅、钢琴等各色物品被当众搬上舞台，一些小物件，如鱼竿、茶壶、手绢、手枪不仅是实实在在的可用之物，而且成为演员进行实物表演的道具，不禁让人想起中国的杂耍。随着“实物装饰”原则的运用，梅耶荷德对物件的质量也有所要求，在《教师布布斯》《委任状》《钦差大臣》和《茶花女》中这一特点得到十分鲜明的体现，尤以《钦差大臣》与《茶花女》的实物道具与服装最为华丽，堪比当年宫廷剧院的《唐·璜》与《假面舞会》，大有戈洛温的舞台设计风范。

在梅耶荷德眼中，每一个物件都是有血有肉有神经的生命，而且它的生命就蕴含在动态之中。正是在这一观念的主导下，梅耶荷德竭力使本无生命的实物在他的舞台上焕发出鲜活的生命，显示出强大的表现力。在《钦差大臣》中依然没有布景，而是让实物参与“表演”。为突出实物的“真实性”，演出中的物品都略大于普通物品。舞台上摆放着十分精美考究的红木和白桦木家具，沉重而漂亮的沙发，闪闪发光的银质器皿，柔滑的丝绸，各色水果、点心散发出诱人的香气。市长夫人安娜·安德列耶夫娜的服装尤为华丽。总之，梅耶荷德再次以舞台上的实物让观众大开眼界，不同于波波娃的那些真枪和卡车，《钦差大臣》中所有实物都令人赏心悦目，让观众得到一种视觉与感官的享受。然而，这些被剧评人称为“唯美的蜜糖”的东西并非只是满足视觉的需求，而是作为导演空间构思的一个部分，参与到演员的表演之中，共同为演出的思想服务——在民不聊生的俄国边远小城，在自我标榜“清廉”的市长家中却有如此奢华的一切——它无疑最生动地呼应了果戈理剧作的辛辣讽刺与怪诞。

2. 戏剧“电影化”

十月革命后期梅耶荷德的舞台空间设计朝着综合化的方向发展，将阿庇亚、戈登 · 克雷、乔治 · 福克斯等舞台空间理念综合地贯彻到自己导演的戏剧作品之中，使实物、灯光、音乐、声响、动作与台词融为更为和谐统一的整体，从而体现出他对于综合戏剧的理想追求。此外，梅耶荷德还积极探索新的舞台组织方法，创造性地运用电影技术与音乐，形成了戏剧“电影化”与戏剧“音乐化”两大舞台组织原则。

善于学习借鉴相邻艺术的经验是梅耶荷德导演艺术不断创新的法宝之一。早在排演《森林》和《柳利湖》时，梅耶荷德就开始尝试借鉴电影的技术成就，运用电影“蒙太奇”手法将两幕的“戏”互相穿插、交杂在一起，一些戏剧行动以电影镜头式的明快节奏开展着，还用字幕的形式向观众提示场景的名称，这些新颖奇特的表现方式给当时的观众留下深刻的印象。而《钦差大臣》则将戏剧与电影的关系进一步扩展深化。

同样也是在《关于排演〈钦差大臣〉15 场戏的 15 条提纲》中，梅耶荷德确定了另一重要排演原则——运用电影大师格里菲斯、克鲁兹、基顿、卓别林等所取得的电影技术成果，运用他们的表演手法来克服“舞台滑稽”，创造演员表演的新方法。为此，导演排除了惯常使用的宽大的舞台场景，独具匠心地设计了可以移动的小平台，舞台动作就是在这个不大的活动平台上展开。早在 1911 年排演列夫 · 托尔斯泰的《活尸》时，梅耶荷德就与舞美设计师康斯坦丁 · 卡罗文尝试使用过活动平台的方法。在《钦差大臣》中这一方法得到更加完美的展现，它不再简单地停留在新颖的形式上，而是化形式为舞台调度的重要手段。平台的面积仅有 3 米 ×4 米，呈梯形，更宽的一面朝观众席倾斜。演出开场之前，从舞台黑暗的深处一个摆满豪华家具、坐满演员的活动平台慢慢向脚灯处游移。一场戏结束时，这个活动平台就与演员一同消失在黑暗中，随后出现另一个平台，开始另一个新的场景。这种极为奇特的手法给观众带来一种十分强烈的视觉冲击，在聚光灯的作用之下，它仿佛一个五光十色的万花筒，各种物件、各色人物在那里聚焦，又如一道道丰盛的各色美食被魔幻般地呈现出来，而什克洛夫斯基则将之嘲讽为“把演员当作盛在盘子似的小平台上的菜肴端了出来”[①]。然而，就是在这个“小盘子”里绽放出了最灿烂绚丽的戏剧奇葩，开创出具有深远历史意义的戏剧“电影化”手段。

阿·费甫拉利斯基在《戏剧的电影化》一文中指出：“就构思设想和对观众的影响而言，《钦差大臣》是梅耶荷德导演的最复杂、最深刻的演出之一。正是在这个演出中，梅耶荷德的戏剧表演艺术和电影的联系深化了，扩展到了戏剧艺术的中心环节——演员的表演上。”[②] 的确，梅耶荷德所设计的这种独特的舞台表演空间，不但便于舞台场景的快速变换，而且将演员从镜框式舞台中解放出来，同时对演员的表演提出更高的要求。它一方面将观众的注意力吸引并集中于舞台上的主要动作，另一方面将演出的重心转移到演员的表演上，要求演员尤其注意面部表情与手势动作。同时，狭小有限的表演空间使演员不得不尽量约束自己的表演，避免出现行动和步法上的“随意性”，避免过度夸张和滑稽的表演，从而使舞台场面显得更准确、鲜明、富于表现力，使演出达到节奏紧张、气氛严肃的效果。

具体而言，根据电影艺术原理，将宽大的舞台切分、缩小为独立的表演区，导演依靠灯光技术来调节舞台空间，将主表演区与舞台空间的其他部分区隔开：当活动平台被投光灯聚焦时，舞台的其余部分就处于半黑暗状态，而活动平台上的一切则如同电影中的特写镜头那样被清晰地凸显出来，观众的注意力很自然地就落在这个区域。卢纳察尔斯基形象地将梅耶荷德所发明的这种舞台体现形式比喻为“井然有序的万花筒”，所有的人和物如同“不断变动的、一个接着一个的彩色版画”。[③]

电影技术的运用离不开蒙太奇方法。梅耶荷德通过并列对比两个甚至更多的场景，犹如从一个分镜头过渡到另一个分镜头的蒙太奇手法，使观众仿佛在电影银幕上看到了“现在”与“过去”情景的交错，看到市长夫人安娜·安德列耶夫娜对情欲的幻想，看到赫列斯塔科夫醉酒后的梦境……类似“联想蒙太奇”的手法在《钦差大臣》中比比皆是，它强化了演出的概括性，十分生动地展现出人物复杂的内心活动与心理幻想，不仅产生富有感染力与冲击力的舞台效果，而且使隐喻得以物化，使思想性得以提升。如此富有创造性的戏剧电影技法，让电影大师谢·爱森斯坦不得不感佩老师超人的艺术才智。

---

① [苏]К. 鲁德尼茨基：《梅耶荷德传》，童道明、郝一星译，中国戏剧出版社 1987 年版，第 531 页。

② 童道明编选：《梅耶荷德论集》，华东师范大学出版社 1994 年版，第 145 页。

③ Мейерхольд в русской театральной критике（1920–1938）[М].М.:Артист. Режиссер. Театр, 2000, С.231.

3. 戏剧“音乐化”

阿庇亚在许多方面继承了音乐大师瓦格纳的衣钵，强调音乐在艺术中至高无上的地位。在《音乐和舞台演出》中，阿庇亚尤为强调音乐于舞台演出的意义：“演员在音乐的流动性和布景的稳定性之间起着协调的作用，演员的动作、姿势和行为都为音乐的时限和节奏所决定，因此音乐决定了舞台演出中的一切因素。”[①] 梅耶荷德深受阿庇亚戏剧思想的影响，在戏剧实践中不断探索音乐在戏剧舞台上的张力。在梅耶荷德看来，舞台调度并不是“静止的队形组合，而是一个过程：时间对于空间的作用。除了造型的因素外，其中还有时间的因素，即节奏和音乐的因素”[②]。在梅耶荷德排演的歌剧作品中，音乐的主导作用自不必言。在话剧演出中，梅耶荷德导演思想中的音乐性并非简单的音乐伴奏，并不是运用音乐对作品的思想和情绪进行“图解”，而是贯穿于演出过程的内在气氛和总的节奏。正如帕·马尔科夫所言：“梅耶荷德从诗的角度来认识戏剧，强调演出的音乐性。……梅耶荷德的话剧演出实质上是音乐性的。这个音乐存在于运动的节奏，舞台调度的画面和演员的台词之中。梅耶荷德创造了复杂的演出音乐总谱。”[③] 在《修女贝阿特丽莎》《假面舞会》等梅耶荷德的早期作品中，音乐性已经有所显现，在《教师布布斯》《钦差大臣》等演出中，梅耶荷德把音乐作为“共同结构”（со-конструкция）纳入导演构思，音乐性逐步发展成为一种“空间的音乐”，即“它不仅是通过时间，而且也是通过空间形象表现出来的”[④]。

梅耶荷德戏剧思想的音乐性与中国传统文化也有着深厚的渊源关系。通过俄国汉学家阿列克谢耶夫的著作《关于诗人的中国诗》，梅耶荷德领会到笛声所奏出的动人诗篇：“竹笛的声音在早晨响起，当浓浓的花香飘来，当大地渐渐温暖，笛声深深地回荡在空气中，它像泉水般清澈，与琴声和谐地交融在一起”[⑤]。这一充满诗情画意的诗篇被梅耶荷德以戏剧的形式再现于舞台上。梅耶荷德用竹条编织而成的帘幕把椭圆形的、高于整个舞台平面的表演平台

---

① 吴光耀：《西方演剧史论稿》（上），中国戏剧出版社 2002 年版，第 341 页。

② [俄]格拉特柯夫辑录，童道明译编：《梅耶荷德谈话录》，中国戏剧出版社 1986 年版，第 42 页。

③ [俄]马尔科夫：《一封谈论梅耶荷德的书信》，见童道明编选：《梅耶荷德论集》，华东师范大学出版社，1994 年版，第 16 页。

④ [俄]维列霍娃：《和梅耶荷德的对话》，见童道明编选：《梅耶荷德论集》，华东师范大学出版社 1994 年版，第 89 页。

⑤ Алексеев В.М.Китайская поэма о поэте. Стансы Сыкун Ту (837—908), М., 1916, С.40。

围满，每当演员挑开“竹林帷幕”进入舞台时，就会制造出一系列“伴奏声”，使得“布景变成了声音，并且与动作融合在一起”[①]。这也是梅耶荷德所希望达到的特殊“音响”效果。在《教师布布斯》中音乐成为最重要的舞台组织手段：“演出按照非常复杂的总谱进行，其中物品、灯光、声音、音乐、动作与台词——各自起着乐队不同器乐的作用，共同铺设一条通往创造戏剧交响乐的道路。”[②] 演出被有机地调和成富有节奏、韵律的“音乐”，实现了戏剧的音乐化。

尽管果戈理将自己的作品称为五幕喜剧，但实质上它并非引人逗乐的轻松喜剧，而是充满讽刺寓意的悲喜剧。在梅耶荷德之前，大多数导演都以轻松喜剧的方式来处理演出的基调，博取了满场观众的笑声。但梅耶荷德以其超乎常人的敏感性与洞察力发现《钦差大臣》所隐含的悲剧成分，并以亚历山大剧院的演出为戒，要求在演出中尽量控制轻松喜剧的强度，保持演出的严肃性，并强化剧作中的“揭露性倾向”，从而使演出具有鲜明的现实主义色彩。为了使演出达到讽刺与揭弊的效果，梅耶荷德彻底摈弃了怪诞与轻松喜剧的表演方法，破旧立新，以“现实主义的风格”来排演《钦差大臣》，并创造性地运用新的排演原则——“音乐现实主义”。

在梅耶荷德的戏剧演出中，音乐始终占据着举足轻重的地位。他幻想着根据音乐的规律来排戏，寻求以音乐模式来构思演出，让音乐贯穿整个演出，与戏剧行动和谐统一。他导演的《森林》具有交响乐的性质，而《钦差大臣》则是沿着一部奏鸣曲的路子设计的。演出充满了鲜明的音乐：既有在演唱和表演中传达出来的音乐，也有在台词对话的语调中表现的音乐，还有观众听不见却无时不在的音乐。梅耶荷德指出：音乐的组织功能在于根据乐队总谱的构成法来组合完成戏剧演出，每一个角色的“声部”都要混合加入到大量的音乐—角色组群中，让它们交织组成复杂的奏鸣曲，在这一复杂的结构中找出引导主题的道路，使演员、灯光、动作及其舞台上所有的东西共同演奏出交响乐队的声音。于是，导演按照复杂的奏鸣曲结构来组织整部戏，15 场戏都是音乐—舞台动作的一个组成部分，它们逐渐由喜剧发展成为悲剧，构成整体上不可分割的悲喜剧奏鸣曲，汇合成揭露俄罗斯所有丑恶的惊心动魄的合唱。

---

① Гвоздев А.А. Театр имени Мейерхольда[А].Мейерхольд: к истории творческого методак: Публикации. Статьи [С]. Сост. Н.В.Песочинский, СПб.: Культ Информ Пресс, 1998. С. 112.

② Гвоздев А.А. Театр имени Мейерхольда[А].Мейерхольд: к истории творческого методак: Публикации. Статьи [С]. Сост. Н.В.Песочинский, СПб.: Культ Информ Пресс, 1998. С. 112.

梅耶荷德巧妙地运用音乐来表达最重要的内容，表达那些无法用语言来表达的内容。整个导演总谱和15场戏的内部结构都遵循着音乐逻辑的规律，如同作曲家在引导着交响乐的音乐主题，使各个乐章之间相互联系、相互作用，既有对立、冲突，也有和谐统一。演出中平行发展的两个主题——钦差大臣与官吏们，钦差大臣与女士们——在音乐的结构中不断延伸。在观看《钦差大臣》之后，演出的音乐性给阿·格沃兹杰夫留下了极为深刻的印象，他详细生动地进行了描述：赫列斯塔科夫与商贩们吵吵闹闹的会面，如同交响乐猛烈而狂暴的序曲。而随后的两场戏（士官的寡妻与小炉匠妻）听起来则像斯特拉文斯基俏皮怪诞的音乐。当士官的寡妻在说话时，多个警察组成的合唱则不时打断、插入她的话，叫骂声交织在一起，好像“汪、汪、汪”的狗叫声，不断重复如同音乐的再现一般。在赫列斯塔科夫吹牛说谎的一场戏中，台词和动作都是伴随着格林卡的华尔兹进行的，音乐的运用达到了极致。在钦差大臣丑行败露后，官吏们互相通告自己给赫列斯塔科夫送了多少钱，挤在门边的他们以不同的声音、不同的音调反复地说：“他向我借了300卢布”“向我也借了300卢布”，等等，由此仿佛形成了音乐的赋格曲。第一场戏中督学赫洛波夫的声音加入到市长的独白中，“受贿”这场戏中泽姆利亚尼卡的声音与多布钦斯基、博布钦斯基之间的对话重叠在一起，如同音乐的创意曲。所有这些“乐章”最终汇聚在声势浩大的结尾——哑场中，通过傀儡来表现“僵化的人群”，持续了2—3分钟，全场一片肃静，为这部杰出的“交响乐”点上了一个完美的休止符。格沃兹杰夫为梅耶荷德在《钦差大臣》中展现的“音乐现实主义”做了如下总结：“梅耶荷德将果戈理五幕喜剧的个性化的人物变成了综合的、集体的合唱，悲喜剧融合地揭露了旧俄罗斯的惊心动魄的合唱。那些被添加入到剧中的无声的角色借助哑剧表演，构成了多声部中的支声，揭示了演出的意义，注释了演出场景的总体构思。而丰富的戏剧手段——灯光、道具、平台、音乐、舞蹈、手势——它们以新的手段揭示了演员的每一个词，仿佛是现代戏剧乐队的乐器，获得演奏复杂而丰富的以果戈理与《钦差大臣》为主题的交响乐的力量。”①

总之，梅耶荷德在《钦差大臣》中运用丰富多样的音乐形式，使音乐与戏剧行动和谐统一，由此奠定了戏剧艺术中音乐现实主义的基础，拓展了音乐与戏剧的结合形式，成为戏剧舞台新体裁的典范之作。

---

① Мейерхольд в русской театральной критике（1920-1938）[M]. М.:Артист. Режиссер. Театр, 2000, С.253.

舞台设计的实用功能问题一直吸引着梅耶荷德。在梅耶荷德的不同演出的舞台处理中都可以看到它的雏形。首先是在革命前与戈洛温共同创作的背景处理，其次是革命后的演出中的表演处理。可以说，对梅耶荷德而言，理想的舞台空间正是功能与表演合二为一的舞台所提供的。十月革命后期，梅耶荷德把两种舞台空间类型结合起来，努力使构成主义的因素适应新的舞台条件。在引人注目的《钦差大臣》和《森林》中这一想法得到实现，即构成主义与风格化的实验的综合。这一现象可以被看作是迈向了纯粹的“戏剧的构成主义”，超过了自己建筑学之源的范围。在《钦差大臣》和《森林》中，通过隐喻化和唯美化使表演舞台获得特殊艺术作用，这为戏剧舞台设计展示了最为宽阔的前景和出乎意料的潜能。梅耶荷德不仅培育了它们，而且预见到了它们。因此，这一事实也有力地驳斥了“梅耶荷德创作在倒退”的观点。

在俄罗斯戏剧史上，梅耶荷德以最积极活跃的方式在自己的演出中完成了对戏剧空间的新探索。他第一个尝试运用“绘画性”“音乐性”“雕塑性”“建筑性”等方法来诠释戏剧艺术的“剧场性”特征，从象征主义戏剧风格走向传统主义戏剧风格，并大步跨越到现代主义的舞台构成主义，坚定不移地迈向“综合戏剧”的理想目标。梅耶荷德创造出的一个又一个富有新意的空间舞台，给世界戏剧舞台留下大量宝贵的财富和珍贵的启示。

第六章　梅耶荷德的观演观

20 世纪出现了由戈登 · 克雷倡导的包罗万象的戏剧艺术家——导演，梅耶荷德无疑是其最全面的体现。他的包罗万象既体现在不断创新的表导演方法上，同时也体现在所导演剧目的丰富多样上。梅耶荷德一生导演的剧目近 300 部，排演过的作家既有古典的，也有现代的。在《论戏剧》中梅耶荷德分别阐述了两类戏剧导演方法：一是“三角式”的，二是“直线式”的。无论前者还是后者，在戏剧创作集体中，导演与剧作者的联系都是最为紧密的。如何处理导演与剧作家、与观众的关系，这也是构成梅耶荷德戏剧思想体系的重要参数。

第一节　“文学创造戏剧”

众所周知，梅耶荷德的戏剧创作是在“白银时代”艺术高涨的历史背景之下展开的，他对于假定性戏剧的探索与追求是从象征主义戏剧实验开始的。在这一过程中，象征主义作家对他戏剧实验与戏剧思想的形成发展产生了直接而重要的影响。因此，我们不难理解，为什么梅耶荷德在《论戏剧》中表达了这样一种观点：文学创造戏剧。梅耶荷德说：“我曾经读到过这样的话：舞台创造文学。事实并非如此。如果说舞台对文学有影响，那也只有一种：舞台在创造一代杰出作家的同时也多多少少阻碍了文学的发展进程。新戏剧成长于文学。文学总是积极倡导打破话剧形式的窠臼。”[1] 毋庸置疑，在戏剧历史

① МейерхольдВ.Э. Статьи, письма, речи, беседы（1898–1917）[M]. M.:Искусство, 1968, C. 123.

上不乏这样的例子：正是契诃夫创作的《海鸥》为莫斯科艺术剧院带来了巨大的声誉，“海鸥”从此成为该剧院永远的标志；正是梅特林克的《修女贝阿特丽莎》为科米萨尔日芙斯卡娅本人及剧院带来莫大的成功，使得女演员终身以“贝阿特丽莎”这个角色为傲；正是马雅可夫斯基的《宗教滑稽剧》使得梅耶荷德成为苏维埃革命政治鼓动剧的先锋，维尔哈伦的《曙光》成为梅耶荷德剧院的“海鸥”。然而，梅耶荷德所言的“文学创作戏剧”有着更加深刻的寓意：“文学指点了戏剧。给予戏剧指点的是那些剧作家，他们提供了需要另一种技术的新形式的范本……”[①] 成为梅耶荷德这一观点最好佐证的当属勃洛克的《滑稽草台戏》。

本书已多次引用梅耶荷德在《论戏剧》一书前言中的一句话：“给勃洛克妙不可言的《滑稽草台戏》巧妙地设想种种方案成了决定我的艺术道路的最初的动力。”[②] 以此说明作家勃洛克及其作品《滑稽草台戏》对于梅耶荷德创作的重要而特殊的意义。

《滑稽草台戏》是俄国象征派诗人亚历山大 · 勃洛克创作于 1906 年的一个小剧本。当初年轻的象征主义诗人格奥尔吉 · 丘尔科夫与梅耶荷德及鲍利斯 · 普罗宁曾经共同设想成立一座新型的剧院“火焰”（факел），由梅耶荷德担任剧院的导演，以实施他们的新戏剧纲领。为此，丘尔科夫请求勃洛克为计划中的新剧院创作一部作品，这就是勃洛克戏剧三部曲之一的《滑稽草台戏》。当成立“火焰”剧院的计划破产后，《滑稽草台戏》被刊登在神秘主义者创办的同名刊物《火焰》上。勃洛克借用意大利即兴喜剧中的三个定型人物为剧作的主人公——丑角皮耶罗、阿尔列金与女仆科伦宾娜。单从剧情而言，这似乎只是一个传统老套的三角恋故事：皮耶罗等候爱慕已久的“未婚妻”科伦宾娜，可轻浮的她却离开彼耶罗而投入阿尔列金的怀抱。然而，作者旨在表现的并非落入俗套的爱情纠葛，而是产生于诗人灵魂深处的鞭挞一切的悲剧性反讽。创作《滑稽草台戏》时，勃洛克正经历着婚姻生活与创作思想的双重危机。一方面，作者在剧中直接影射自己的婚姻生活——他深爱的妻子柳波芙 · 门捷列耶娃（即剧中的科伦宾娜）爱上了另一个象征主义诗人安德烈 · 别雷（即剧中的阿尔列金），这种复杂的三角关系使昔日浪漫的幻想破灭，令勃洛克痛苦不已。另一方面，诗人对早期诗作《丽人集》进行“亵渎神明似的嘲笑和讽刺性的模拟”：剧中那群神秘主义者所期待的“遥远国度

① МейерхольдВ.Э. Статьи, письма, речи, беседы（1898-1917）[М]. М.:Искусство, 1968, С. 123.
② МейерхольдВ.Э. Статьи, письма, речи, беседы（1898-1917）[М]. М.:Искусство, 1968, С. 104.

的圣女”先是成了皮耶罗的未婚妻科伦宾娜，而后又成了没有生命的硬纸板做的玩偶；阿尔列金所歌唱的世界——“远方”的、飘浮在高空的“春天”的世界只不过是纸上描绘的世界；小丑的血原来是红莓苔子汁……[①] 为神秘主义者而创作的作品却充满对神秘主义者的嘲讽，这本身就具有莫大的讽刺意味。可见，此时的勃洛克与曾经迷恋的神秘主义思想已渐行渐远。诚如勃洛克传记作者图尔科夫所言：《滑稽草台戏》的讽刺不单是对诗人所在的文学圈的一个打击，也是对因循守旧的戏剧形式的一次“撞击”。[②] 正是勃洛克剧作中所汇聚的神秘与戏言，幻想与生活，自我讽刺以及怪诞、滑稽表演吸引了梅耶荷德，为他提供了全新的戏剧素材，使他为“妙不可言”的剧本设想出种种具有里程碑意义的舞台表现形式。

根据勃洛克剧本的舞台指示，梅耶荷德与舞台美术设计萨普诺夫再次改变了浅舞台的设计，在舞台的两侧与后面挂上蓝色的粗麻布，不但使整个舞台的深处变成无尽的蓝色空间，而且创造出全新的舞台空间处理方法——大舞台上的小戏台（台中台）。所谓“台中台”就是在原有舞台上搭建起一个“小戏台”，其舞台、幕布、提词室、入口及檐幕等一应俱全。与大舞台所不同的是，“小戏台”上方的吊顶与布景格架并没有用传统的檐幕遮蔽起来，而是让绳索、钢丝线等直接暴露在观众面前。当“小戏台”的布景往上升到真正的布景格架上时，舞台上的一举一动就尽收观众眼底。此外，环绕舞台空间的蓝色“帷幕”打消了观众试图寻找虚幻远景的可能，明确地显示出舞台的现实边界。在“小戏台”上萨普诺夫设计了一个有三面墙的“厅”，剧中那群神秘主义者就围坐在“厅”中举行会议。会议结束后，布景连同凳子、爱神像及台座一块被当众升上去，随即又当着观众换景——落下“带柱廊的舞厅”，开始舞会这场戏。不仅如此，梅耶荷德还在“小戏台”前、沿大舞台脚灯线留出一个空区，剧中人物之一“作者”不时地出现在那里，仿佛充当着观众与“小戏台”上发生的故事的中间人。梅耶荷德独具匠心的舞台空间设计毫不留情地撕开了舞台幻觉的面纱，大胆直露的表现手法充分强调了演出的“剧场性”，有意识地改变观众惯常充当幻觉俘虏的角色，使之进入另一种戏剧接受状态，从而推倒了横亘在舞台与观众之间的“第四堵墙”，可谓是当众“剥去”戏剧的外衣，凸显戏剧假定性的本质。

---

① 俄罗斯科学院高尔基世界文学研究所集体：《俄罗斯白银时代文学史》（Ⅲ），谷羽、王亚民等译，敦煌文艺出版社 2006 年版，第 121 页。

② ［苏］图尔科夫：《勃洛克传》，郑体武译，东方出版中心 1996 年版，第 125 页。

在这次演出中，梅耶荷德首次创造出一种音乐、舞蹈和诗歌互相交替、互相烘托和强化的结构。情绪的突然变化、性格的急剧转变、幻觉的故意中断、面对着观众做旁白，这一切都要求智力和形体的敏捷灵巧，以及进行即兴表演的能力。这种能力不仅要求演员扮演出那个角色，而且要演出他本人对角色的态度。这无疑是对传统的大众戏剧，从神秘剧、露天戏到马戏和杂耍的各个方面进行的实践性实验。演出获得了巨大成功，观众的疯狂反应使梅耶荷德看到“真正剧场性”演出的光明。1912 年，梅耶荷德在题为《民间游艺》的文章中，总结了这次演出及进行实验所取得的经验教训。非常重要的一点是，他探索了面具的含义，认为传统即兴喜剧中的面具与作为表演风格时的面具所具有的意义并不十分相同：情感的自我控制和形体的敏捷灵巧，可能使演员扮演角色时采用各种不同的姿态。并且评论他本人及其同台人物的行动，从而向观众提供一个各种人物形象的蒙太奇（剪辑效果）和一种多侧面的描写。他首次将面具与定义为“怪诞”风格之间的密切关系等同起来。他写道：“这是一种对创造性艺术家显示出最美妙天地的风格。‘我’，我个人对生活的态度，优于一切别的东西……怪诞艺术不主张纯粹地贬低或纯粹地拔高。怪诞艺术把对立的东西混合在一起，有意识地创造出粗糙的首尾不连贯的事物，完全利用其自身的独创性……怪诞艺术深化生活的外部面貌直到生活显得不再仅仅是自然的那一点为止……怪诞艺术的基础是艺术家那种不断创造的欲望，把观众从刚刚到达的领域带向以前从未见过的另一个领域。”① 正如英国学者爱德华 · 布朗在《梅耶荷德的戏剧》中所阐述的观点：对于梅耶荷德，怪诞艺术不仅仅是风格的设计，而且显示出悖理性和接受这个用语的自身含义。阿 · 马茨金说：“对于梅来说，一旦他遇见了勃洛克，怪诞艺术就不只是一个表现的手段，一个提高色彩的途径了，它正是那种现实的内容，那种现实即他本人所处其中并构成他艺术题材的那个被弄乱秩序的世界。”②

由此可见，正是勃洛克的这部“奇妙”之作为梅耶荷德的戏剧探索指引了新的方向与路径，促使他大步迈向新的艺术道路，梅耶荷德因此赋予文学如此之高的地位。

---

① МейерхольдВ.Э. Статьи, письма, речи, беседы（1898-1917）[М]. М.:Искусство, 1968, С. 224.

② [英] 爱德华 · 布朗：《梅耶荷德导演艺术》，杜定宇译：《戏剧艺术》，1985 年第 3 期，第 91 页。

第二节 “演出的作者”

1920年在《曙光》的演出海报中，梅耶荷德首次称自己为“演出的作者”。这一新现象一直延续到此后的许多演出中。梅耶荷德从最初主张“文学创造戏剧”转变为“文学为戏剧提供启示”，再到宣称“导演是演出的作者”，这一演变过程实质上反映了他剧作观的重要变化——非文学化的倾向，反映出他对待剧作与剧作者态度的变化。这一变化产生于十月革命后，在某种意义上它是时代与社会对戏剧创作影响作用的直接反映。1928年，梅耶荷德在国立新闻学院举行的“智慧的痛苦”讨论会上发表的讲话，可以充分地说明他的主要观点：“我们今天排演古典剧作，不能袭用1917年以前排演这些剧作的方法。那时人们一味盲目地追随剧作者，演员也不像我们今天的演员那样具有思想意向。演戏时不仅力图通过某个角色表现自己对某个角色的态度，而且还要表现自己对这种或那种戏剧冲突的社会环境的态度，也就是和易卜生的创作立场相接近。……所以，我们在排演古典剧作的时候，应该表明演员的态度，或者是导演的态度。应该这样来处理剧本：使观众得以越过剧中人物的头顶，认清由于这种或者那种社会条件而引起的复杂处境。”[①] 梅耶荷德所宣称的“演出的作者”并不是一般意义上的“改编”，也不仅仅是导演权利的象征与标榜，而是使演出的所有成分都朝着统一的演出总谱发展、聚合。在此，我们再以《钦差大臣》为例加以分析说明。

《钦差大臣》是俄国批判现实主义文学奠基人尼·瓦·果戈理的戏剧杰作，曾经无数次被搬上俄罗斯的戏剧舞台，成为许多剧院的保留剧目。但在俄苏戏剧历史上没有一台演出像1926年梅耶荷德导演的《钦差大臣》那样引人注目：仅在1927年就出版了三本评论集，针对《钦差大臣》演出的剧评、论文、杂文多达数百篇。其中既有如潮的好评，也有无以数计的恶贬，由此引发的大辩论更是史无前例，不同阵营、不同派别的评论家、作家纷纷加入论战的行列，针锋相对，或支持赞扬，或攻击批评，毫不夸张地说，梅耶荷德导演的《钦差大臣》已然成为20世纪戏剧史上重要而奇特的现象之一。在俄罗斯导演史上，《钦差大臣》早已成为解读经典之作的新范本，也是我们分析解读梅耶荷德提出的“导演是演出的作者”这一名言的最佳范例。

---

① [俄]格拉特柯夫辑录，童道明译编：《梅耶荷德谈话录》，中国戏剧出版社1986年版，第159—160页。

继“戏剧的十月”之后，苏联人民教育委员会发出“回归奥斯特洛夫斯基”的号召。作为回归经典的实际行动，1925 年 6 月，梅耶荷德选择排演果戈理的经典名剧《钦差大臣》，并进行了大量的前期准备工作。为了排演古典剧作，查找历史文献与各种版本的脚本已经成为梅耶荷德必做的功课。在《关于排演〈钦差大臣〉15 场戏的 15 条提纲》中，梅耶荷德所列的第一条就是：“果戈理对 1836 年演出的《钦差大臣》不满，这是 1926 年演出该剧的出发点。”[①]1835 年 12 月 4 日，果戈理完成了《钦差大臣》的写作，在经历了严格的戏剧检查之后，于次年 4 月出版。之后不久，1836 年 4 月 19 日就在彼得堡的亚历山大剧院举行了首场演出。演出在当时引起了强烈的反响，犹如一颗重磅炸弹，震动了俄国社会的各个阶层。据说，看完演出之后，沙皇尼古拉一世说道：“一出好戏啊！人人都受到敲打，而我比大家受到的尤甚尤烈！”[②]然而，作者本人果戈理却对演出十分不满，认为首演是失败的。在排演之前，作家曾一再提醒演员“千万别流于漫画化”。然而，亚历山大剧院的演出滑稽娱乐成分过多，虽然观众不时地被逗得大笑，但过度夸张的表演与漫画化的风格却大大削弱了剧本的社会意义与讽刺意味，背离了果戈理“你们笑什么？笑你们自己”的寓意所在。有鉴于此，梅耶荷德以前所未有的认真态度对待果戈理的《钦差大臣》，他认真查找各种版本的脚本，细心解读果戈理书信中所表达的微妙心理与暗示，以期还原果戈理当年创作《钦差大臣》的原貌，并以特有的敏锐发现了果戈理本人对作品及作品主人公的心理变化历程。在客观分析总结 1836 年亚历山大剧院演出失败的基础上，梅耶荷德力求以全新的方法诠释这一古典文学作品。他彻底打破了以往演出的所有传统，无论在剧本内容上还是在演出形式上都进行了大胆的创新，取得了根本性的突破，使《钦差大臣》的演出达到了前所未有的艺术高度，成为其戏剧探索的又一里程碑。

十月革命后，梅耶荷德开始积极追求独立于文学的舞台体现。在梅耶荷德看来，戏剧既不是文学文本的图解者，也不是文学作品机械的传声器，戏剧应该担负起自己的任务——进行独立自主的创作活动。早在1920年导演《曙光》时，他就对维尔哈伦的原作进行了大幅度的改编，并在演出海报上首次将自己称为“演出的作者”。在此后导演的几部作品，如《宽宏大量的乌龟》《塔

① МейерхольдВ.Э. Статьи, письма, речи, беседы（1917–1939）[M]. М.:Искусство, 1968, С.133.

② [俄]维·魏列萨那夫，周启超主编：《果戈理全集附卷》，周启超、吴晓都译，安徽文艺出版社 1999 年版，第 97 页。

列尔金之死》《森林》中他仍然将自己的角色定位为“演出的作者”，并不断探索戏剧内容与形式之间的契合点。在《钦差大臣》中，梅耶荷德本人的美学倾向和创作原则与果戈理的创作本质一脉相传，梅耶荷德导演艺术与作家的风格和语言相对应，从而走向统一的艺术世界。这种统一帮助梅耶荷德把《钦差大臣》排演成表现“全部果戈理”的成功之作。无论在技巧方面还是艺术思想方面，《钦差大臣》都堪称“导演与剧作家对话”的典范。具体而言，梅耶荷德通过以下几个方面来体现导演是“演出的作者”。

首先，改变剧本的结构。

在针对梅耶荷德版《钦差大臣》的各种论争中，批判的矛头直指梅耶荷德“亵渎神明”。究其原因，是梅耶荷德对果戈理的剧作进行了结构性的改编，不但将果戈理的五幕喜剧切分为三幕 15 场戏，而且在喜剧中引入悲剧性。梅耶荷德不是仅以现有的《钦差大臣》剧本来建构演出脚本，而是根据多个稿本加以改编，移植了源于果戈理的其他作品，如《涅瓦大街》《死魂灵》《赌徒》中的情节、人物、台词，甚至将果戈理笔下俄国偏远小城变成了尼古拉时代繁华的都市。即使在一场戏内也常常出现故意制造的场面的混合与对话的穿插。简言之，梅耶荷德以新的场次顺序、场景组合、穿插打乱的对话令观众震惊。无怪乎莫斯科的剧评家惊呼：“一切都颠倒了！”

其次，增加剧本的角色。

梅耶荷德天才地在演出中增加了一个无台词的人物——过路军官。由于在果戈理笔下提到过一个与赫列斯塔科夫路遇过的军官，于是梅耶荷德就充分利用起这个人物，让这个赌徒和酒鬼如影随形地跟着赫列斯塔科夫。他脸色苍白，眉毛弯曲，表情极其悲观、忧郁，始终一副半梦半醒的醉态，如行尸走肉一般的表情——所有一切都绝妙地反映出那个时代的人物特征。这个活生生的道具人不但活跃了赫列斯塔科夫的表演，丰富了舞台调度，而且富有深刻的心理内涵，令观众尤为难忘，可以称得上是梅耶荷德的神来之笔，其独创性令人称奇。

再次，对剧中人物形象进行个性化诠释。

在梅耶荷德导演的《钦差大臣》中，所有角色都不是停留在漫画式的脸谱形象上，他们是有着各自履历的现实中的人——这也是梅耶荷德在人物塑造上的突破与创新之处。

在对剧中主人公赫列斯塔科夫的形象定位上，梅耶荷德提出了与众不同的诠释，在某种程度上颠覆了传统的认识。过去人们所知道的赫列斯塔科夫首先是一个极为空虚的人，而正是这个空虚愚蠢的人却被误认为钦差大臣，荒诞的故事由此展开。然而，梅耶荷德在1846年果戈理写给索斯尼茨基[①]的信中发现了过去人们从未发现和表现的东西——一个带有冒险主义的撒谎者，一个集卑鄙、胆小和轻浮于一身的复杂综合体。在挑选演员时，梅耶荷德独具匠心。为了达到形象的真实性，梅耶荷德要求演员的外形要尽可能符合导演对角色的想象，这样连化装也不需要了。埃·加林就是梅耶荷德眼中的赫列斯塔科夫，一个幻影式的人物：身穿黑色礼服，头戴高筒礼帽，鼻梁上架着一副直角的牛角眼镜，始终保持着冷漠而不祥的高傲。但是，与那个“说话快，走路也快得像飞”的赫列斯塔科夫不同，加林扮演的赫列斯塔科夫无论说话还是行动都很慢，外形并不猥琐，甚至看似高贵，步履蹒跚，语调古怪，目光迷离恍惚。梅耶荷德将果戈理笔下的赫列斯塔科夫孕育扩展成为一个更加现实的复杂的综合体，诠释得更加耐人寻味。与此同时，梅耶荷德巧妙地利用一些细节动作来表现赫列斯塔科夫看似高贵外表下的轻浮庸俗的本性。在第六场戏《行进》中，酒足饭饱之后的赫列斯塔科夫陶醉于自己的谎言中，他得意地哼唱起“享乐的花朵”的小调，突然他的歌声被清亮的打嗝声打断，还“不经意”令人作呕地吐了口痰。只是一个简单的动作，却达到了高度的概括，导演讽刺小市民享乐主义的意图不言而喻，给人留下了非常深刻的印象。

在多布钦斯基与博布钦斯基这两个角色的处理上，梅耶荷德也采用了与众不同的手法——故意放慢人物的手势动作和说话的速度，甚至带着很长的尾音。对这个永远处于昏昏欲睡之中的、单调乏味的、慢节奏生活的外省小城而言，急促与忙碌反而是难以理解的，正是在梅耶荷德导演的戏中观众第一次看到了现实的活生生的人，而不是被刻意丑化、夸张的两个丑角。

此外，为了达到辛辣的现实主义，避免表演的拖沓与造作，梅耶荷德还在台词上下足了功夫——精简原作中的一些台词，将原有的冗长的独白改为对白，故意将不同人物的对话穿插在一起，这样一方面减少了台词在整个演出中占据的时间，另一方面使得演出高度浓缩，节奏加快。

人们不禁要问，难道梅耶荷德只是为了追求与众不同而挖空心思地改编剧本结构、刻意地颠倒一切吗？难道他甘愿承受“亵渎”经典的骂名吗？1932年，在观看了莫斯科艺术剧院排演的《死魂灵》后，梅耶荷德有过这样一段讲话：“果戈理的作品里，有忧虑、惶惶不安、日益逼近的毁灭感，异峰突起、现实和幻想的离奇的交换，可是，在莫斯科艺术剧院的演出中，没有

---

① 伊万·伊万诺维奇·索斯尼茨基（1794—1871），彼得堡亚历山大剧院演员：《钦差大臣》中市长一角的第一个扮演者。

听到这种忧心忡忡的悲痛的音调。那里也没有荒诞不经。排演果戈理的戏，不能仅仅把他当作写日常生活的作家来看待，后者是按现实主义方式准确反映生活的。……如果演出中没有隐喻性，这就意味着那里没有果戈理，因为没有隐喻，就不可能有诗的戏剧！”[①] 虽然时隔《钦差大臣》的演出已经多年，但梅耶荷德意味深长的这番话无疑是对当年的那些指责最强有力的回应。Г.托甫斯托诺戈夫曾将梅耶荷德喻为戏剧艺术的普罗米修斯——文化的伟大的反叛者和伟大的献身者。勇于反叛与敢于创新的个性赋予梅耶荷德不断超越传统、超越自己的精神，他反对戏剧艺术中一切僵化的东西。正因如此，他竭力打破《钦差大臣》过去演出的传统，展示一种新鲜的、前所未有的脚本，以激发观众以全新的眼光看待演出，达到警醒世人的效果。在既是《钦差大臣》又非《钦差大臣》的演出中，观众分明看到了一个具有现代精神的果戈理，一个痛苦、复杂和矛盾的果戈理。因此，米·契诃夫对梅耶荷德的大胆创新予以高度评价：“梅耶荷德把自己称为演出的作者是正确的。他之所以是作者，那是因为果戈理只是引领他通往那个形象的世界……而果戈理在自己的幻景中所暗示的许多东西要由梅耶荷德完整地加以体现，准确地加以构形。”[②] 人们可以对梅耶荷德关于《钦差大臣》的解释提出异议或表示不接受，但没有任何一个导演能像他那样洞察出果戈理作品的现实主义内涵，真正实现果戈理的理想——将他“当时在俄罗斯看到的一切丑恶现象，一切需要人们主持正义的场合所发生的非正义的行为都汇集起来，然后给予淋漓尽致的嘲笑”。[③]

由此可见，梅耶荷德所主张的导演是“演出的作者”实质上包含了两个层面的意义：一个是体现在演出的导演构思上，另一个是指导演与剧作者、剧作文本之间的积极对话。通过导演个性化的诠释，许多经典作品焕发出新的生机，更加贴近时代的精神与大众的需求。在苏霍沃－科贝林的《克列钦斯基的婚事》中，梅耶荷德再度脱离原剧的喜剧形式，采用讽刺怪诞性手法，揭示出作者的悲观主义世界观，从而达到以古讽今的效果。在《茶花女》中，梅耶荷德试图“使小仲马的平平常常的情节剧具有巴尔扎克的力量”[④]。如此等等。正如帕·马尔科夫所指出的：“他进行自己的探索，并不是为了无聊地娱

---

① [苏]帕·马尔科夫：《论梅耶荷德戏剧艺术》，文化艺术出版社 1987 年版，第 118 页。

② Мейерхольд в русской театральной критике» (1920—1938) [M]. M.:Артист. Режиссер. Театр, 2000, C.241.

③ [苏]尼·斯杰潘诺夫：《果戈理传》，张达三、刘健鸣译，黑龙江人民出版社 1984 年版，第 189 页。

④ [苏]帕·马尔科夫：《论梅耶荷德戏剧艺术》，文化艺术出版社 1987 年版，第 15 页。

乐观众，而是为了揭示出生活的意义和艺术与戏剧的崇高使命……他所追求的是规模巨大、富有诗意、充满社会内容和哲理的戏剧演出。”①

第三节　论梅耶荷德的观演观

在《迈向质朴戏剧》一书中，耶日 · 格洛托夫斯基发现了构成戏剧的两个最根本的组成部分：演员和观众。他说：“经过逐渐消除被证明是多余的东西，我们发现没有化妆，没有别出心裁的服装和布景，没有隔离的表演区（舞台），没有灯光和音响效果，戏剧是能够存在的。没有演员与观众中间感性的、直接的、‘活生生’的交流关系，戏剧是不能存在的。”② 的确，无论是在古希腊戏剧中，还是在中世纪的英国和法国戏剧中，甚至在现代众多的实验戏剧中，观众都是戏剧发生、发展必不可少的条件，是决定戏剧内部结构成分矢量变化的重要因素。河竹登志夫说：“在戏剧中，观众的作用，观众与演员或舞台的关系，是和戏剧与社会、戏剧与人、戏剧如何存在等根本问题相关的。”③ 在某种意义上，观众成为划分不同戏剧与导演类型的关键因子。在《导演者》中，陈世雄先生指出：“在现代欧美剧坛，导演大体上可以分为两类：一类试图用一面看不见的‘第四堵墙’将舞台和观众分隔开来；另一类则主张打破这个第四堵墙，让观众和舞台有所交流，甚至主张打破演员和观众的界限，让观众参与到剧情的发展中来。”④ 显然，前一类以安都昂、斯坦尼斯拉夫斯基等自然主义、现实主义流派的导演为代表，后一类以梅耶荷德、布莱希特等实验戏剧的导演为代表。对待戏剧观众的态度决定了导演所采用的戏剧表现形式与手段。

1887年，法国自然主义导演安都昂在成功地导演了《雅格 · 达莫尔》之后，他的代言人让 · 柔琏提出了著名的第四堵墙的理论：“演员要表演得像在自己家里那样，不去理会观众的反应，任他们鼓掌也好，反感也好。舞台前沿是一堵第四面墙，它对观众是透明的，对演员是不透明的。”⑤ 就此自然主义戏

---

① [苏]帕 · 马尔科夫：《论梅耶荷德戏剧艺术》，文化艺术出版社1987年版，第16页。

② [波兰]耶日 · 格洛托夫斯基：《迈向质朴戏剧》，中国戏剧出版社1984年版，第9页。

③ [日]河竹登志夫：《剧场与观众》，见童道明主编：《现代西方艺术美学文选 · 戏剧美学卷》，春风文艺出版社、辽宁教育出版社1989年版，第357页。

④ 陈世雄：《导演者：从梅宁根到巴尔巴》，厦门大学出版社2006年版，第28页。

⑤ 吴光耀：《西方演剧史论稿》（下），中国戏剧出版社2002年版，第882页。

剧的追随者和奉行者为戏剧舞台装上了一道镜框，穷尽一切手段在舞台上制造“幻觉”，使演员“生活”在舞台上，使观众不由自主地陷入“幻觉”。由于镜框式舞台的限制，专心创造角色的演员与凝神注视着镜框深处演出的观众，他们之间存在着双重障碍：一是乐池、帷幕与观众席之间的物质障碍；二是“目中无人”的表演者与冷漠的旁观者的心理障碍。[①]高举反幻觉主义旗帜的梅耶荷德采取了针锋相对的立场，他穷尽一切所能创造假定性戏剧，力图消除的就是横亘于舞台及舞台上的演员与观众之间的有形与无形的障碍，打破镜框式舞台的束缚，推倒直至彻底铲除第四堵墙。

在梅耶荷德戏剧思想形成之初，维亚·伊万诺夫等象征主义作家对他产生了十分重要的影响。伊万诺夫是古希腊文化的崇拜者，竭力复兴狄奥尼索斯戏剧。他敏锐地感觉到俄国社会环境的灾难性，力主构建“新戏剧”，提倡戏剧的教育与净化功能。因此，戏剧舞台应该改变与观众分离的特点，使观众积极参与到舞台行动中，成为“合唱演出”的参与者。伊万诺夫竭力反对自然主义戏剧中那种被动的观众。他说：“在演员与观众之间有一条神奇的界限，它至今还以脚灯的形式将剧院分为两个格格不入的世界：只有表演者和只有受众，没有静脉能通过创作能量的共同血液循环将这两个分离的身体连接起来。”[②]由此应该在舞台建筑结构上进行改革——取消欧洲的镜框式舞台，突出“半圆形剧场”的作用，让演出超出观众厅，使演员与观众共同融入“神话创作”、宗教的神秘剧，同时也是“生活创作”。

受伊万诺夫与福克斯共同戏剧观的影响，在演出中梅耶荷德积极探索新的舞台表现形式。首先，取消了脚灯、大幕，消除舞台的神秘感与幻觉感，从建筑结构上改造舞台——构建“前舞台”，把舞台前部延伸进观众厅，以一种更加尖锐、更加准确的舞台表现方法反映当代人的生活。通过前舞台表演，一方面使演员更加靠近观众表演，将演员从沉重的舞台设置的日常生活细节中解放出来，让演员的表演更加自由，富有更强的表现力，有助于演员的声音具有更加细微的色彩；另一方面拉近了观演的空间距离，使表演离观众厅更近，提高观众的接受性，打破观众的“幻觉”，消除观众厅与舞台之间的鸿沟。其次，以全新的方式组织舞台演出，从空间上缩短观演距离：让表演区和观众席都亮着灯，不以光线的明暗来造成空间区分，演员当众化妆、更换服装，

---

① 林克欢：《舞台的倾斜》，花城出版社 1987 年版，第 28 页。

② МейерхольдВ.Э. Статьи, письма, речи, беседы（1891–1917）[М]. М.:Искусство, 1968, С.138.

公开检场。再次，从心理上缩短观演距离，设法与观众建立直接的交流，改变观众旁观看戏的心理状态。表演与欣赏的森严界限被打破了，观众脱离了被动的状态，获得自娱欲、参与创作欲的满足。最后，高度重视观众的意见与观剧的反应，将观众视为检验戏剧演出的“航向标、指南针、温度计”[①]。梅耶荷德鼓励观众直接参与创作，邀请观众参观排戏，撷取发生在观、演之间双向交流的那些瞬时的火花，寻找创作新灵感，并将之付诸实践。他采纳观众意见的方法之一是从第一次排练开始，就邀请来自剧院以外的，职业、身份、年龄各异的二三十人观看排练，听取他们的意见。同时，还采用问卷调查的形式，以获取更加广泛的意见。1921 年，在《宗教滑稽剧》演出之后，剧院分析了回收的 187 份问卷，发现 70% 的观众喜欢该演出，按照人群分类之后，又发现在工人、农民、知识分子当中喜欢该剧的人也恰好是 70%，而有钱人当中喜欢的比例就低了很多。通过社会问卷调查的方式，梅耶荷德直接掌握了演出的基本观众群，也是对当时指责他“不能被新时代观众理解”的有力反击。十分有趣的是，梅耶荷德同时还采用另一种更为复杂、严谨的方式，真实、详尽地对观众的反应进行记录，内容包括：演出日期、本场演员表、上座情况、观众类型，而且将每场戏分为若干时间间隔，如 6 分钟、10 分钟、20 分钟，观众在各个时间段里的现场反应都相应地被精确记录下来。观众反应被划分出“静场”“叹息”“嘘声”“吹哨”“烦躁跺脚”“朝台上扔东西”“中途退场”“鼓掌”“喝彩”等共 20 种。根据所记录的观众的反应，对之后的演出进行调整。把观众的想象力与理解力纳入戏剧审美的过程，重视观众的信息反馈，是戏剧生命一次关键性的突破。由此可见，梅耶荷德是一个以科学的方式对待戏剧创作的人。

作为对写实主义—幻觉主义舞台的反拨，梅耶荷德提出假定性戏剧的原则，他的“观演观”正是建立在戏剧的假定性本质基础之上的，是以“戏剧在本质上不同真的一样”为出发点，把舞台看成“表现生活”的场所，努力恢复舞台自身的本来面目。这一观念对于现代戏剧艺术的发展具有质变的意义，它开启了人们的思路，使舞台造型面对更多的选择和更多的创造可能性。“戏剧摆脱了舞台上制造逼真的描述性环境的束缚，同时调动自己和广大观众的想象力与创造力，从表面上看破坏了真实生活的规律，创新创造出一个不可思议的戏剧世界，去揭示生活内在的规律性与复杂性。在有限的舞台天地

---

① ［苏］帕·马尔科夫：《论梅耶荷德戏剧艺术》，文化艺术出版社 1987 年版，第 197 页。

里创造出无数令人倾倒的无限自由的戏剧场景。”① 如同他发现“演员”与“表演”对于戏剧的首要意义一样，“假定性的方法最终在戏剧中安放了在剧作者、导演和演员之后的第四个创作者——观众。假定性戏剧创造了一种排演方法，它使观众通过自己的想象创造性地将舞台所给的暗示补充完整”。“假定性戏剧使观众每一分钟都不忘记，在他面前表演的是演员，而演员面前的是观众席，脚下是舞台，两侧是布景。”② 他认为：“凡是来看戏的观众，都能发挥想象来填补那抒发未尽的地方。正是这种秘密和要猜中这种秘密的愿望，把许多人吸引到剧院里来。”③ 雨果说：“舞台是一个视觉的集中点。世界上、历史上、生活中和人类中的一切都应该而且能够在其中得到反映，但必须是在艺术魔棍的作用下才成。”④ 受此启发，梅耶荷德极力挥动他的假定性艺术“魔棍”，竭力挥洒他那不可遏制的、源源不绝的、充满灵感的想象力——“魔怪式的想象力”⑤，“这想象力重新创造、改造，有时甚至破坏着现实性”⑥。在这独有的“魔怪式的想象力”的驱使下，梅耶荷德善于洞察隐藏在戏剧作品深处的本质意义，总是令人惊异地发现最残酷、最黑暗、最令人恐怖的东西。因此，他通过独特的舞台表现形式与表演方法，呈现给观众的不是充满喜剧、幽默色彩的果戈理，而是能够充分激发观众想象力的讽刺怪诞性悲剧。

俄罗斯著名导演塔伊洛夫曾经说：“决定观众在戏剧中所起的主要作用——究竟是旁观者还是创造者——意味着在很大程度上解决了当代和未来剧场的整个结构问题。”⑦ 显然，梅耶荷德的戏剧创作坚守“以艺术的方式改造世界”的主张，要让观众成为积极的“创造者”而非被动的旁观者。他倡导“戏剧的十月”，赋予戏剧以特殊使命——宣传、教育、鼓动群众，要让戏剧舞台上充满光明、欢乐、宏大的规模，使戏剧创作具有强烈的感染力，吸引观众到剧情中，以集体的形式创造演出过程。梅耶荷德力图复兴古老的民间广场

---

① 林克欢：《舞台的倾斜》，花城出版社 1987 年版，第 220 页。

② МейерхольдВ.Э. Статьи, письма, речи, беседы（1917–1939）[M]. М.:Искусство, 1968, С.133.

③ [苏] 梅耶荷德：《梅耶荷德论戏剧》，孙德馨译，载《外国戏剧资料》，1979 年第 3 期，第 69 页。

④ 林克欢：《舞台的倾斜》，花城出版社 1987 年版，第 217 页。

⑤ [俄]M. 契诃夫：《关于五位俄国著名导演》，见童道明编选：《梅耶荷德论集》，华东师范大学出版社 1994 年版，第 41 页。

⑥ [俄]M. 契诃夫：《关于五位俄国著名导演》，见童道明编选：《梅耶荷德论集》，华东师范大学出版社 1994 年版，第 40 页。

⑦ [美] 艾・威尔逊：《论观众》，李醒译，文化艺术出版社 1986 年版，第 123 页。

演出形式，无论是《宗教滑稽剧》还是《曙光》，都彻底改变了传统的观演关系，实现了演员与观众之间的“零距离”，使演员与观众之间的相互关系达到最大度的自由，无形之中使观众变成了戏剧行动的参与者，并逐渐淹没于集体的庆典之中。革命宣传鼓动戏剧以强有力的煽动性与感染力颠覆了自然主义的“幻觉”剧场，发展了戏剧的社会政治功能。

努力消除有形与无形的障碍，改变观众在剧场中的消极被动状态，把“第四堵墙”从台框移至观众席后面或干脆打碎它，恢复戏剧活动应有的炽热的创造气氛，使剧场回归到演员与观众彼此交融、浑然一体的理想境界，一直是无数戏剧革新家梦寐以求的目标。梅耶荷德以超人的胆识与超前的艺术表现方式实现了这一梦想。

第七章　梅耶荷德戏剧之论争

梅耶荷德桀骜不驯的性格与敢于挑战、反叛经典教义的精神决定了他戏剧性的人生与悲剧性的结局。他敢于反对戏剧之神康·谢·斯坦尼斯拉夫斯基的经典教义，勇于革新，敢于创新，冲破藩篱，颠覆了固化的戏剧模式与观念，毫不畏惧尖锐的批评、嘲笑与讽刺性的仿拟，为充满现实的戏剧增添了真正的魔力，因此被叶赛宁最好的朋友安纳托里·马里耶果夫称为“戏剧的撒旦”。

第一节　戏剧批评中的梅耶荷德

戏剧批评、论争犹如一面棱镜，折射出梅耶荷德每一个创作阶段所处的历史、人文、政治环境，它亦如风向标，左右着那个站在“风口浪尖”的人物的命运。在众说纷纭的梅耶荷德评论中，由 T.A. 拉宁娜主编的两卷本《戏剧批评中的梅耶荷德》，选编了 1982 年至 1938 年期间关于梅耶荷德戏剧创作的评论文章一百余篇，集中展现出社会与戏剧界对梅耶荷德的褒贬。

1913 年，梅耶荷德具有戏剧纲领性宣言的《论戏剧》一经发表，立即引发了各种评说，在此我们可以通过各家之言管窥处于戏剧批评中的梅耶荷德。

安德烈·列维松在《当代世界》1913 年第 3 期上发表文章，首先充分肯定了梅耶荷德《论戏剧》的重要意义：《论戏剧》是梅耶荷德的导演自传，是当代艺术自觉意识的最令人好奇的篇章。梅耶荷德长期的戏剧探索十分执着，内容丰富，这本专著涵盖其五年的戏剧创作与思考，尽管结构并不统一，也未能穷尽一切，但他从大量戏剧试验中总结归纳戏剧活动的理论标准，十分有趣。导演革新家的实践活动尚有争议，也颇有教益……这些理论所体现的内容具有多重意义。列维松对梅耶荷德的戏剧探索之路颇为赞赏：从令人称奇的舞台呈现（假定性戏剧）到怪诞的鲜明双重性，从宏伟的祭祀性到哑剧的生动性，从梅特林克、易卜生的“心灵戏剧”到杂耍，从文学性到面部表情的即兴表演，这是一条漫长而曲折的探索之路。梅耶荷德通过形象的对戏剧主要类型的图画式结构，归纳总结了两种联系戏剧：“三角式戏剧”和“直线式戏剧”，这是将剧作者、导演、演员与观众结合在一起思考的结果。在肯定的同时，批评家也指出《论戏剧》中的“不足之处”：梅耶荷德天性本能颇强，艺术变革充满跳跃性，其客观的依据有时被主观论述所取代。对于梅耶荷德与科米萨尔日芙斯卡娅从合作到破裂的关系，列维松表达了自己的观点：针对已故的科米萨尔日芙斯卡娅的指责，因其想要回到过去，因物质条件为剧院生存而被迫做最后的挣扎，听起来不甚公平，科米萨尔日芙斯卡娅为了剧院的复兴做出了力所不能及的英雄般的牺牲。历史的这一页不能抹去。最后，作者对该书给予了十分明确的正面评价，称其为“对于当代戏剧具有重要意义和价值的文献”①。

梅耶荷德的艺术同道者弗拉基米尔·索洛维耶夫在杂志《阿波罗》1914年第4期上发表题为《戏剧的传统主义》的文章，可以视为对梅耶荷德假定性戏剧探索的热情赞歌。对于批评者提出的梅耶荷德论著存在的矛盾性，索洛维耶夫给予回应：梅耶荷德的《论戏剧》按时间顺序分为三部分。有些评论者试图证明此书中存在的矛盾性，以作者在不同时期的文章为例。但是他们忘记了，科米萨尔日芙斯卡娅时期的梅耶荷德与写作《杂耍》《俄国剧作家的经验》的作者属于两个不同的人。在导演与戏剧批评活动之初（见《论戏剧的历史与技术》），在观察了自然主义戏剧和情绪剧院的诸多缺点时，梅耶荷德倾向于探索新技术和假定性戏剧，将静态戏剧思想和古希腊、古罗马戏剧的外在形式相结合。现在的梅耶荷德，作为《唐·璜》和《科伦宾娜的围巾》的导演，他首先坚持真正戏剧的传统，认同意大利即兴面具喜剧和西班牙语繁荣时期的戏剧。他的文章《杂耍》是对新技术的捍卫，是“矫揉造作的表演艺人”的热情鼓吹者。②

索洛维耶夫不无客观地指出：探索舞台形式的简约、演员表演技巧的完善与规律性、高度专注于手势表演（哑剧）、面具的即兴戏剧、领导的统一意

① Андрей Левинсон: Вс. Мейерхольд. О театре. СПб., Товарищество. Просвещение[J]. Современный мир, 1913（3）:2.

② Владимир Соловьев. Театральный традиционализм[J]. Аполлон. 1914（4）.

志——这些都是当代理论思想对戏剧提出的要求。这些要求因其过于极端、新奇，并不适合舞台实践，即便对于最前卫的剧院也力所不能及。一个早已有之的真相，即理论与实践不相符，或许从未像今天的剧院如此直观鲜明地被证实。尽管关于戏剧来源、戏剧艺术有许多道理和谈论，但是对戏剧总体而言，作为完整统一体，它距离创新和探索仍然相距甚远，不应将自己的顺利建立在个别演员的表演上，或是建立在联合的剧团上。他积极呼吁当代戏剧理论家团结起来，参与到对自然主义戏剧的斗争中，阐释舞台艺术的基本规律。

索洛维耶夫将梅耶荷德称为“一个导演理论家兼古老戏剧迷恋者”，深刻理解梅耶荷德对古老戏剧传统的恢复与发扬。他认为，表演应该是完善且精致的，应该是欣赏技艺。由此梅耶荷德对即兴喜剧产生浓厚兴趣，从技术表演角度看它是最完善的。对即兴喜剧的兴趣源于他对面具的兴趣，面具帮助观众深入到思想的国度，不仅仅看到这一个阿尔列金，而是所有留存在他记忆中的阿尔列金。[①] 在众多对梅耶荷德怀疑与质疑的声音中，索洛维耶夫的观点有力地捍卫了自己的“同盟”，声称“梅耶荷德继续发展了戈登·克雷的传统主义思想。如果克雷仅限于提出问题而没有确定所有不同特征的总和的话，那么梅耶荷德则提出了一个解决办法，使之走向浪漫民族的古老戏剧”[②]。这显然是对梅耶荷德戏剧革新的最高评价。

第二节　梅耶荷德与斯坦尼斯拉夫斯基之比较

20 世纪俄罗斯戏剧的历史，因为有了斯坦尼斯拉夫斯基和梅耶荷德这样的艺术大师而大放异彩。他们穷尽一生，大胆创新，不断超越自己，为俄罗斯戏剧乃至世界戏剧留下一个又一个美丽的神话。无论在生前还是死后，他们的名字常常被放在一起比较，他们的导演方法和戏剧思想成为 20 世纪俄罗斯戏剧论争的焦点和主题。虽然斯坦尼斯拉夫斯基及其“体系”早已是家喻户晓，但对梅耶荷德戏剧理论与实践的研究仍有许多未解之谜，以致很长一

---

① Мейерхольд в русской театральной критике (1892–1918) [M]. M.:Артист. Режиссер. Театр. 1997, С.390.

② Мейерхольд в русской театральной критике (1892–1918) [M]. M.:Артист. Режиссер. Театр. 1997, С.390.

段时间以来，人们错误地制造并相信了那样的一个神话，即“形式主义者”梅耶荷德和“现实主义者”斯坦尼斯拉夫斯基之间是相互“对抗”的关系。随着时间的推移，在那个特殊的历史环境下虚设的“神话”渐渐被打破，梅耶荷德与斯坦尼斯拉夫斯基之间的相互联系、相互关系再度成为戏剧研究者关注的话题。本节将从导演方法论的角度比较、探讨两个不同体系间的交叉与融合。

一、分合之中的斯坦尼斯拉夫斯基与梅耶荷德

从已有的史料记录我们可以看到，斯坦尼斯拉夫斯基与梅耶荷德之间经历了几度的分分合合，这一过程漫长而曲折。俄罗斯戏剧评论家阿·格拉特柯夫形象地将他们的关系比喻为：既有相互吸引的早晨，也有充满冷淡、新的亲近、愤怒的论争的长日，还有再度合作与友谊的夜晚。[①]

梅耶荷德一生都承认自己是斯坦尼斯拉夫斯基的学生。在梅耶荷德的眼中，斯坦尼斯拉夫斯基永远是他仰望的一座艺术高峰。自从 1896 年梅耶荷德在狩猎者俱乐部第一次看到斯坦尼斯拉夫斯基的表演，就对他迥然不同于小剧院的自然清新的表演风格产生了深刻的印象。而斯坦尼斯拉夫斯基在观看了梅耶荷德在音乐专科学校的汇报演出后，对他也是赞许有加。1898 年，成绩优异的梅耶荷德在聂米罗维奇－丹钦科的举荐下来到刚刚诞生的莫斯科艺术剧院当演员。此后的四年间，梅耶荷德对斯坦尼斯拉夫斯基十分尊重，从他那里学习表导演艺术，并毫不犹豫地接受了艺术剧院的“信念的象征”，将从虚假的程式化的压迫下挣脱出来的生活的真实，当作艺术的最高目标，当作演员道德上的职责。当时，梅耶荷德在自己的日记中写下了一句座右铭：“或生或死，但求不是梦幻一场。”他还用一个简短的艺术公式来表明自己的追求和目标：“艺术应该在人们面前描绘出真实的生活画面。让每一个人无须经过指示和有偏见的说明，就能自己在画面上找到他所需要的东西。”[②] 由此可见，这一阶段梅耶荷德的艺术观念与以斯坦尼斯拉夫斯基为代表的早期艺术剧院的创作原则是完全一致的。

斯坦尼斯拉夫斯基与梅耶荷德两人的第一次决裂发生在 1902 年。个性张扬、观念激进、充满戏剧理想抱负的梅耶荷德由于得不到聂米罗维奇－丹钦

---

① ГладковА. Мейерхольд[М]. Т.2, М., 1990, С.245.

② [苏]К. 鲁德尼茨基：《梅耶荷德传》，童道明、郝一星译，中国戏剧出版社 1987 年版，第 69 页。

科的重用，除在《海鸥》中扮演的特列普列夫和《三姐妹》中扮演的图森巴赫给人的印象比较深刻之外，他扮演的大都是小角色，因此一直以来都郁郁寡欢。在是否排演由高尔基创作的、在政治上有争议的剧本《小市民》的问题上，梅耶荷德与斯坦尼斯拉夫斯基、聂米罗维奇－丹钦科意见相左，梅耶荷德极力推崇“暴风雨的预言家”高尔基的作品，而聂米罗维奇－丹钦科则执意要排演他自己创作的剧本《在幻想中》。而《在幻想中》的首演不但未能获得预期的成功，甚至遭到部分观众喝倒彩。有人将观众席上发出的“嘘声”与“喝倒彩”归咎于梅耶荷德，怀疑是由他一手“导演”的结果。这一“归罪”自然加剧了斯坦尼斯拉夫斯基和丹钦科对梅耶荷德的不满，激烈冲突的导火索由此点燃。梅耶荷德认为自己蒙受了不白之冤，情绪异常激动，愤然之中于 1902 年 1 月 26 日、30 日连续致信斯坦尼斯拉夫斯基，试图澄清不实传闻。“康斯坦丁 · 谢尔盖耶维奇阁下！我等够了。自我请求与您见面已经过去三个星期了。您写信说您没有一分钟空闲，可据我所知，您却拨冗和学校的学生们见面。我无法继续等待。我在三天之内（1 月 28、29、30 日）等着与您见面。不会多等。……”[①]“如果您至今都不明白我如此执着要与您见面的原因，那么错不在我，而在您。……”[②]梅耶荷德希望斯坦尼斯拉夫斯基在 1 月 31 日和 2 月 1 日回复他的致信，然而，言辞越加激愤的“逼宫”更加激怒了斯坦尼斯拉夫斯基。其结果就是，在随之而来的莫斯科艺术剧院的改组中，梅耶荷德被排除在外，最终促使梅耶荷德与艺术剧院分道扬镳。1902 年 2 月 2 日，梅耶荷德没有等到斯坦尼斯拉夫斯基的“回信”，断然决定离开艺术剧院而自立门户，踏上外省创业之路。尽管如此，在乌克兰赫尔松的第一个演剧季（1902—1903），梅耶荷德领导的剧团仍然主要仿效艺术剧院，沿用了斯坦尼斯拉夫斯基的“写实”方法，演出风格是一丝不苟的自然主义。他自己也曾承认说：“从盲目地仿效斯坦尼斯拉夫斯基开始……未敢越雷池一步。”[③]可以说，此时的梅耶荷德仍是莫斯科艺术剧院原则的忠实拥护者，他虽然身在外省却心随艺术剧院。

梅耶荷德生性喜欢挑战。早在莫斯科艺术剧院做演员时，他的挑战意识就已经开始萌芽，对“情绪艺术”的社会消极性持怀疑态度。正如梅耶荷德自己所说：“那时我在理论上已不接受他（斯坦尼斯拉夫斯基）早期导演艺术

---

① В.Э.Мейерхольд: наследие 1 [M]. M.: О.Г.И., 1998. С.458.

② В.Э.Мейерхольд: наследие 1 [M]. M.: О.Г.И., 1998. С.460.

③ [苏]К.鲁德尼茨基：《梅耶荷德传》，童道明、郝一星译，中国戏剧出版社 1987 年版，第 94 页。

的很多手法，我对他的那些手法是持批判态度的……”[①] 对自然主义戏剧的反思在排演情节剧《技巧演员》时得以凸显，年轻的导演梅耶荷德第一次涉及了一个新的主题——象征主义。他惊讶地发现，艺术剧院所创造的原则并不是万能的，完全的生活幻觉在舞台上并不一定需要，也不一定总能做到。于是他开始对象征主义戏剧进行大胆的尝试。这一阶段，梅耶荷德俨然成为外省剧院戏剧革新的领军人物，因此再度进入斯坦尼斯拉夫斯基的视野。1905年，在斯坦尼斯拉夫斯基的召唤下，梅耶荷德走进了波瓦尔斯卡娅戏剧工作室，去完成斯坦尼斯拉夫斯基赋予他的“探索早已为其他艺术所发现，而还没有在我们的艺术中运用的东西”的重任。期间梅耶荷德排演了几部象征主义作品，他所做的一些戏剧试验虽然得到斯坦尼斯拉夫斯基的部分认同，但由于两人对象征主义本质认识的不同，这一短暂的合作最终仍以梅耶荷德的二度离开而结束。

这次分手之后的二十余年，斯坦尼斯拉夫斯基与梅耶荷德都加快了自己的戏剧探索步伐。他们一个在莫斯科，一个在彼得堡，各自以自己的一套方法训练学生，又以不同的方式想象着未来的戏剧。1907—1910年，无论在戏剧实践还是戏剧理论上，梅耶荷德都与斯坦尼斯拉夫斯基针锋相对。十月革命更加激发了梅耶荷德的革命热情，他提出“戏剧的十月”的口号，把矛头直接指向斯坦尼斯拉夫斯基和他领导的艺术剧院，对斯坦尼体系进行全盘否定和批判。在《演员的角色类型》一书中，梅耶荷德公开批判以斯坦尼斯拉夫斯基为代表的艺术剧院，讽刺其作品，甚至说“应该把他那洋洋大观的体系，按果戈理的方式，投入熊熊燃烧的壁炉”。

20世纪30年代中期，梅耶荷德在经历了幼稚病的狂热之后，进入了艺术成熟期。他认识到：对政治鼓动剧、革命初期的悲壮的讽刺剧来说，假定性戏剧手法比艺术剧院的方法更有效。而且，假定性戏剧的这些手法可以以新的形式运用于揭示新社会、社会主义社会人们的性格和命运。但是，要完成这一任务同时需要更复杂的演员技巧。于是，他开始在斯坦尼斯拉夫斯基的创作和教学体系中寻求帮助。与此同时，过去只注重“心理”的斯坦尼斯拉夫斯基注意到“词、诗歌、音乐、音调”这些一直被他忽视的东西，尤其在准备排演《哈姆雷特》时，他发现了“体系”的不足。作品宏大的思想、整体的和谐、整体的形象、音响等逐渐回归斯坦尼斯拉夫斯基的探索轨道。于是，

① ［俄］格拉特柯夫辑录，童道明译编：《梅耶荷德谈话录》，中国戏剧出版社1986年版，第34页。

在戏剧实验室排演莎士比亚的《第十二夜》时，出现了富有戏剧性的一幕：斯坦尼斯拉夫斯基对剧本进行大刀阔斧的改造，不但缩短了剧本，甚至要求演员们忘记“体验”，把所有可能吸引演员回到他们习惯了的“体验”的地方全部抹去。事后他的一个学生说：“《第十二夜》实际上就是动作课。”[①] 斯坦尼斯拉夫斯基以“形体行动”说进一步完善了自己的体系，从而完全实现了从内心体验到外部行动的转化。无怪乎 1938 年梅耶荷德不止一次地重复：斯坦尼体系最后阶段的“形体行动”说与他在自己导演和教学实践中探寻的内容非常接近。

真正促使斯、梅两人再度聚首的是梅耶荷德剧院被关闭一事。1938 年，在得知梅耶荷德剧院被关闭后，斯坦尼斯拉夫斯基第一个向回头的“浪子”梅耶荷德伸出救援之手，邀请他担任斯坦尼斯拉夫斯基歌剧院的导演，并直接参与莫斯科艺术剧院的工作。事实上，早在 1936 年，当梅耶荷德剧院还未面临危机之时，斯坦尼斯拉夫斯基就萌生了将自己创立的戏剧事业交给梅耶荷德的想法，将梅耶荷德视作他最可信赖的继承人，因为他确信“我们需要梅耶荷德”。

虽然斯坦尼斯拉夫斯基和梅耶荷德在莫斯科的居所距离只有十几分钟的路程，但他们却用了 30 年的时间才“走完”这短短的距离。令人欣喜的是，他们从亲近到疏远，又从疏远到亲近，两位艺术大师最后的“亲近”已经是彼此吸引又彼此“保持自我”的更高层次的“亲近”了。[②]

二、分歧中的斯坦尼斯拉夫斯基和梅耶荷德

1. 对象征主义戏剧的探索

19 世纪末在法国形成了一个新的艺术流派——象征主义，它迅速风靡欧洲，对俄国剧坛产生了巨大的冲击，20 世纪初曾一度占据俄国剧坛的主导地位。斯坦尼斯拉夫斯基与梅耶荷德则是象征主义戏剧探索的先驱人物，在这一阶段的戏剧探索中已经可以看到两位戏剧大师今后的戏剧发展方向。

象征主义戏剧是对自然主义戏剧的一种反拨，重在主观地表现内心世界个人的精神生活，充满神秘性和模糊性。梅耶荷德与斯坦尼斯拉夫斯基在同

---

① [俄]格拉特柯夫辑录，童道明译编：《梅耶荷德谈话录》，中国戏剧出版社 1986 年版，第 34 页。

② [苏]K. 鲁德尼茨基：《梅耶荷德传》，童道明、郝一星译，中国戏剧出版社 1987 年版，第 3 页。

一时期不约而同地将自己的戏剧探索转向象征主义，既有艺术发展潮流推动的外在因素，也有自身美学趣味、戏剧创新等内在动力的作用。大获成功之后的斯坦尼斯拉夫斯基并未止步不前，他意识到时代的变化需要新的艺术表现形式，意识到"现实主义、日常生活场面已经过时了"，他需要寻找新的主人公，尝试不同风格的戏剧，用不同的方法和形式来表现"人的精神生活"。至于梅耶荷德，他比斯坦尼斯拉夫斯基更早开始接触象征主义作品，象征主义剧本本身所表现的怪诞离奇、朦胧不定吸引着梅耶荷德，他个性中潜藏的叛逆性、视"中庸"为洪水猛兽的极端性促使他跃跃欲试。因此，当斯坦尼斯拉夫斯基邀请梅耶荷德参加莫斯科艺术剧院的戏剧实验时，梅耶荷德欣然允之。在波瓦尔斯卡娅戏剧实验阶段，梅耶荷德以探索实验象征主义戏剧方法为主旨，排演了梅特林克的《丁达奇尔之死》、霍普特曼的《什留克与雅乌》、易卜生的《爱的喜悦》和波兰象征主义剧作家斯坦尼斯拉夫斯基·普什贝舍夫斯基的《雪》。斯坦尼斯拉夫斯基在观看了《丁达奇尔之死》的一些场面后，对梅耶荷德的实验方法给予了肯定，认为其中有很多有趣、新颖的东西。但由于斯坦尼斯拉夫斯基与梅耶荷德对所追求的"新戏剧"存在不同理解和感觉，戏剧实验以失败告终。在斯坦尼斯拉夫斯基的美学体系中，象征应产生于现实，产生于人们相互关系的真实之中，他总是在追求象征主义主题的心理的、生活的依据，而梅耶荷德却转向另一个方面——表现，即形式的问题——造型、节奏、姿态的表现力和独特的读台词的方式。他向造作的、空洞的自然主义及自然主义的表演风格宣战，反对他们用外表相似、化妆和拟声达到的再现，反对他们"像摄影爱好者那样善于观察日常生活的细节"，完全不要紧张感和忧郁的调子。在此基础上，梅耶荷德形成了一套自己的戏剧象征主义戏剧理论，在整体空间、舞台布景、演员的身体造型、念台词的方法、音乐等方面都具有新的理解。在科米萨尔日芙斯卡娅剧团他连续导演了十三部戏，主要试验梅特林克的"静态戏剧""浮雕式舞台效果""延伸式舞台"等。梅耶荷德用平面浮雕原则创造了一种独特的外部形式——"凝固的戏剧"，并在《修女贝阿特丽沙》中大获成功。

为表现高于日常生活的概括性和抽象性，达到戏剧的精神实质，在象征主义戏剧探索过程中，斯坦尼斯拉夫斯基也尝试运用了类似"凝固的戏剧"的方法——"无手势（无动作）"。在象征主义戏剧中，斯坦尼斯拉夫斯基最感兴趣的是"赤裸裸的欲望"，为此，他取消了手势，拿掉了演员的动作和行动。他说："我把演员所有的外部表现手段都拿掉，包括手势、动作、位置的移动、行动。因为那时我觉得它们太物质、太现实、太具体，而我需要的是无肉欲的纯粹形式。为了表达这种禁欲，演员只要有眼睛、脸、面部表情就足够了。就让演员在静止不动中借助感情和激情所赋予的力量去感受他要表达的情绪吧。”[①] 斯坦尼斯拉夫斯基将他所找到的内在技巧运用到《生活的戏剧》中，以反映汉姆松作品中的“人类精神的悲剧”这一主题。他采用了许多新的、很现代的排演方法，比如，疯狂旋转的舞台，染上疫病的人充满绝望的舞蹈，在疯狂舞蹈中倒下的死人，等等。有趣的是，这些场景后来被聂米罗维奇 - 丹钦科、瓦赫坦戈夫与梅耶荷德运用到情景与情绪相近的一些剧目中，并有所发展。

斯坦尼斯拉夫斯基与梅耶荷德的戏剧论争始于象征主义戏剧的创作。从论争之初二者就大有针锋相对之势，从他们这一时期各自排演的剧目也可见一斑。斯坦尼斯拉夫斯基的《生活的戏剧》与梅耶荷德的《海达 · 高布乐》《修女贝阿特丽沙》在同一演剧季上演，两人还几乎同时排演了俄国象征主义作家安德列耶夫的《人的一生》。此外，作为对《修女贝阿特丽沙》的回应，斯坦尼斯拉夫斯基选择了梅特林克的另一部作品《青鸟》，只是采用不同于梅耶荷德的更为明亮的童话的形式来表现“神奇”这一主题。

综上所述，斯坦尼斯拉夫斯基与梅耶荷德在象征主义美学思想上是完全一致的，分歧在于他们从完全不同的方向去完成同一美学任务。斯坦尼斯拉夫斯基取消了手势，拿掉了演员的动作和行动，而梅耶荷德恰恰相反——把所有注意力放在造型画面上，用特别的方式使演员的动作具有节奏性，运用雕塑般的、似乎停顿的姿势和凝固的“静止”。斯坦尼斯拉夫斯基所通过“赤裸裸的欲望”来实现创作的自我感觉的方法，而梅耶荷德通过特别方式的对话、停顿，表达话语的双重含义，表现“感情的阴影”和象征主义作品涌动的欲望的象征。

1910 年前后，象征主义对戏剧艺术的影响逐渐被现实主义所取代，时代的基本美学是返回现实主义，丰富现实主义。虽然，在戏剧艺术发展的历史长河中，象征主义的影响是短暂的，但这一阶段的戏剧探索对斯坦尼斯拉夫斯基和梅耶荷德戏剧体系形成的影响却是深远的，不仅大大地丰富了他们的戏剧实践，而且使他们更加清晰地看到自己未来戏剧发展的方向。

2. 关于演员与导演的问题

波瓦尔斯卡娅戏剧工作室于 1905 年关闭。实验的失败使斯坦尼斯拉夫斯

① [俄]斯坦尼斯拉夫斯基：《我的艺术生活》，瞿白音译，上海译文出版社 2002 年版，第 401 页。

基发现“新的艺术需要新的演员和全新的技巧”，也使梅耶荷德意识到培养新型演员的重要性。“演员”的问题同时成为斯坦尼斯拉夫斯基戏剧体系与梅耶荷德表演方法的共同焦点。

在创办第一戏剧实验室时，斯坦尼斯拉夫斯基就强调了演员的作用，把演员摆在第一位。他将有才能的演员奉为“舞台上唯一的君王和统治者”，认为“舞台艺术的传统只存在于演员的才能与本领中”。他用毕生精力探索总结而建立的“体系”，就是为演员提供一个指南。他破除了旧的演员明星制，打破了导演中心主义，强调导演是演员的老师，主张“导演死在演员身上”。而所有这一切都与他的“体验派”相辅相成。斯坦尼斯拉夫斯基强调以内心体验为核心，认为“唯有体验艺术能够深刻地、始终如一地体现舞台现实主义的原则，并有可能最大限度地影响观众的思想感情，完成为社会服务的崇高使命”[①]。在戏剧实践中，他从关注舞台上的内部真实出发，提出“在再现条件下的性格化”表演的观点。他力图在每一个人，甚至是无足轻重的、乏味的、丑恶的人身上挖掘美好的种子。斯坦尼斯拉夫斯基有一个著名的公式：扮演好人，要找他们坏的地方；扮演坏人，要找他们好的地方。

梅耶荷德坚持“导演独立创作”，强调导演是“演出的作者”，“应该具有剧作家的素质”，鼓励导演发挥艺术创作中的编剧职能，导演要活在舞台上。他孜孜不倦地探寻从外向内的戏剧表现方法，强调从外部运动开始，借助一定的形体动作，以找到通往心理的道路。梅耶荷德极力排斥心理现实主义和幻觉主义，所以他最不能容忍的就是以照相的方式反映日常生活的细节。他批评“幻觉主义”剧院给观众提供从缝隙处探察人的隐秘的内心生活的“锁眼”：观众怀着好奇心去窥视别人的个人生活以及他隐秘的内心感情，这是十分不合适、不道德的，是孩子似的幼稚。在十月革命之后，他采用了一系列反传统的艺术表现形式，通过“构成主义”舞台设计“把剧院剥光”，消灭舞台幻觉和舞台的美。他将戏剧革新的重心放在外部技巧的训练上，因为在他看来，戏剧不应该是生活本身，不是对真实生活的幻觉，而应该艺术地表现生活。在梅耶荷德的表演理念中，“动作”是戏剧表演创作中最有力的表现手段，不仅能说明人物的思想、感情、动机和行为，还能表达时间和环境。他认为，“舞台动作的作用，比其他戏剧成分更重要，丢掉语言、服装、脚光、

① 《斯坦尼斯拉夫斯基全集》第一卷，史敏徒译，中国电影出版社 1958 年版，第 475 页。

边幕、剧场建筑，只留下演员及其精巧的动作，戏剧依然不失为戏剧”①。因此，演员的创作是空间的造型创作，他必须通晓自身的力学。演员必须善于正确运用自身的表现手段，使它在瞬间便能履行从外部所接受的任务。走向形象和感情的道路不是从内部和体验开始，而是从外部——动作开始。为此，他为演员制定了一套特殊的形体训练方法——有机造型术，目的在于使经过严格训练的演员具有音乐节奏感和灵敏的反应能力。

由此可见，在对待演员的问题上，梅耶荷德并非是一个不懂演员的独裁导演，他认为戏剧的本质是演员的表演艺术，身体是最具表现力的舞台元素，因此要加以严格的训练，使它拥有造型性、节奏感与即兴能力，令演员可以发掘自己的各种潜质。

3. 关于戏剧的本质问题

20 世纪初，俄国剧坛掀起了一场戏剧论争，论争的核心问题就是“戏剧的假定性”。梅耶荷德与斯坦尼斯拉夫斯基正是这场论战的主要代表。

众所周知，斯坦尼斯拉夫斯基和他所领导的艺术剧院的历史使命就是破除老一套的僵化的戏剧表演模式，与剧场的虚假性作斗争，把剧场性从剧院赶走。而最初对“虚假”的理解就包括了“假定性”。虽然斯坦尼斯拉夫斯基承认，舞台的真实不同于生活的真实，但是演员要通过创造性的“假使”实现心灵与舞台的“真实感”。他说：“假的应该成为真的，或在舞台上成为真的，使人确信它的真实。无论是右派还是左派的导演，不管他们的方法、演员的表演是现实主义的、假定性的，还是印象主义的、未来主义的，只要它是令人可信的，即真实或逼真的；只要它是美的，即有艺术性的、崇高的，能够表达人类精神的真实生活，就是好的。没有真实就没有艺术。”② 可以说，斯坦尼斯拉夫斯基是以假当真，要用真的去掩盖假的。

相反，梅耶荷德恰恰抓住了“戏剧的虚假”，目的是要证明其中存在艺术的真理。他在普希金的观点中找到了最好的佐证：戏剧艺术就其本质来说，就是不同真的一样。他认为，戏剧是艺术，一切应该服从艺术的规律。生活的规律和艺术的规律是不同的。发现戏剧艺术的规律并不是仅仅解开线团，而是按十分精致的体系将线团解开。戏剧艺术最根本的就是表演。在舞台上表现生活就是表演生活，把严肃的事情变成有趣的，把有趣的、令人发笑的变

---

① [苏] 梅耶荷德：《梅耶荷德论演技》，孙德馨译，载《外国戏剧资料》，1979 年第 3 期，第 71 页。

② [俄] 斯坦尼斯拉夫斯基：《我的艺术生活》，瞿白音译，上海译文出版社 2002 年版，第 407 页。

成悲伤的。梅耶荷德一再强调“一切戏剧艺术的最重要的本质是它的假定性本质”。假定性原则运用到梅耶荷德的导演艺术上，首先是对生活照相式模仿的摈弃，推倒“第四堵墙”，采用象征性的写意布景；其次是强化舞台调度的对比，突破舞台时空的局限，激化戏剧人物的冲突，突出造型、节奏、身体的表现力，突出舞台演出的鲜明的“剧场性”，从而实现舞台是反映生活的“放大镜”的美学思想。

1912 年，梅耶荷德在宣传民间广场戏剧美学的同时，也成为“矫揉造作戏剧形象”的宣扬者。需要指出的是，“矫揉造作的形象”对于梅耶荷德和斯坦尼斯拉夫斯基来说具有不同的含义。对于斯坦尼斯拉夫斯基来说，这是一个道德问题，这样的戏剧形象是“动物性”和小市民庸俗性、戏剧艺术中谎言和肮脏的近义词。而对于梅耶荷德来说，戏剧技艺就等同于职业化，对于他来说，“彻底掌握戏剧的奥秘、自豪地展示表演技巧并博得观众的赞叹”[①] 是一名演员的伟大使命。或许达 · 巴切里斯能够帮助我们更准确地理解斯、梅二者之间的不同：梅耶荷德追求艺术中凸显技能的瞬间，而斯坦尼斯拉夫斯基希望技能隐藏于观众眼球之外。

在针对戏剧假定性的论争中，我们看到了两位艺术大师对戏剧本质问题的严肃思考，它们绝不是简单的截然对立，其中既包含更高层次的戏剧理想，又反映了他们自身创作上的内在矛盾性。斯坦尼斯拉夫斯基从来没有否定戏剧的假定性，他曾经明确地指出：“戏剧以及它的布景都是假定性的，并且不可能是别的。”[②] 但是，他同时指出，假定性有好坏之分。凡是“有助于演员和演出通过剧本本身及其各个角色再现人的精神生活”的，就是好的假定性。反之，不符合这些要求的假定性就是坏的假定性。斯坦尼斯拉夫斯基关于假定性的论述，核心是以人为本，强调假定性手段是为表现人的精神世界服务的，真正抓住了戏剧艺术的本质。而梅耶荷德自己也是坚决反对将假定性和现实主义对立的观点。他说：“把假定性戏剧和现实主义戏剧对立起来是不对的。假定性的现实主义——这就是我们的口号。”[③] 梅耶荷德正是运用假定性来解放戏剧舞台的，使戏剧艺术能够表现越来越丰富的积极的内容。正是在这一戏剧思想的指导下，梅耶荷德成为戏剧艺术的拓荒者，开创了许许多多的

---

① Мейерхольд В.Э. Статьи. Письма. Речи. Беседы: в 2 ч.[М].М.: Искусство, 1968. Ч. 1: 1891–1917. С.211.

② 《斯坦尼斯拉夫斯基全集》第一卷，史敏徒译，中国电影出版社 1958 年版，第 371 页。

③ 童道明：《他山集——戏剧流派、假定性及其它》，中国戏剧出版社 1983 年版，第 75 页。

新手法，如写意的、不用大幕的舞台背景、框式舞台的突破、演员下剧场的表演、演员的公开检场、道具特技、插入电影片段、艺术性的谢幕、灯光特写、歌队上舞台，等等。关于戏剧假定性的这场论争，对后来的戏剧实践和戏剧思想都产生了深刻的影响，我们今天在现代戏剧舞台上常常可以看到梅耶荷德戏剧探索的印迹。

三、融合中的斯坦尼斯拉夫斯基与梅耶荷德

毋庸置疑，斯坦尼斯拉夫斯基与梅耶荷德分属两个不同的体系，在许多方面他们之间确实存在着分歧。无论在同时代人的眼中，还是在后来的许多戏剧研究者看来，斯坦尼斯拉夫斯基与梅耶荷德之间似乎有一道不可逾越的鸿沟，甚至将他们创作上的“对立”方法视作戏剧学的公理。如果我们一直戴着这种“有色眼镜”看待他们之间的关系，就永远无法理解斯坦尼斯拉夫斯基晚年对梅耶荷德的高度评价与信任，就永远无法解释他们的相互吸引与最终复合。在他们的“对立”之下势必存在某种内在的有机联系。

首先，在斯坦尼斯拉夫斯基与梅耶荷德的艺术个性中，都具有鲜明的反叛性和创新性。他们都是开创性的天才，都是离经叛道的人物。在《我的艺术生活》一书的结尾，斯坦尼斯拉夫斯基对自己一生的戏剧探索做了最好的总结：“在戏剧中，我实验过创作工作的一切途径和方法，曾醉心于循着一切创作路线（如历史剧、象征剧、幻想剧等）的各种各样的演出，研究过一切艺术倾向的演出形式和原则（如现实主义的、自然主义的、印象派的、未来派的、雕塑的、图案的、过度单纯的，以及各种各样的灯光效果和导演方法）。”[①] 在戏剧探索形式方面，梅耶荷德毫不逊色于斯坦尼斯拉夫斯基，以至于瓦赫坦戈夫发出这样的感慨：就导演艺术而言，梅耶荷德是比斯坦尼斯拉夫斯基更为宏伟的人物。的确，梅耶荷德比任何人都更喜欢挑战，喜欢打破常规，喜欢从一种艺术手法转变到另一种往往是完全意想不到的新手法上去。他曾直言不讳地表达了自己的革新精神：“宁可大刀阔斧地犯了个错误，也不要缩手缩脚地找到个真理。诚惶诚恐地害怕失误，就意味着永远尝不到成功的滋味。……不管怎样，必须斗争。前进，前进，永远地前进就让错误产生吧，就让这一切显得古怪、刺眼、热烈得令人可怕和悲哀得令人震惊吧，反正，

---

① ［俄］斯坦尼斯拉夫斯基：《我的艺术生活》，瞿白音译，上海译文出版社 2002 年版，第 468 页。

这终要比中庸之道好得多。"① 这是何其惊人的气概、意志与态度啊，正是这一革新精神成就了梅耶荷德辉煌而不平凡的戏剧人生。

其次，综观20世纪戏剧大师，他们无一不是具有开放的精神，博采众长，兼收并蓄，广泛吸纳东西方艺术的养料与灵感。斯坦尼斯拉夫斯基与梅耶荷德亦不例外，尤其是在对待东方文化、艺术传统的态度上他们更是前所未有的一致。

梅耶荷德与自己的老师一样，对东方艺术有着浓厚的兴趣，很早就注意到了向东方学习的问题。通过绘画艺术，梅耶荷德敏感地发现东方艺术不同于西方艺术的写意特征。因此，梅耶荷德呼吁要向东方的传统戏剧艺术学习，用东方戏剧的假定性原则来改造欧洲的戏剧艺术。其戏剧假定性思想也正是植根于东方古老民族的戏剧美学之中。1935年，梅兰芳率团访问苏联。梅兰芳在莫斯科的每场演出斯坦尼斯拉夫斯基都必到场，而且进行多次座谈交流，肯定了中国京剧对苏联戏剧探索研究的价值。这一具有历史意义的访问也加深了梅耶荷德对中国戏曲表演艺术的热爱和向往，他对梅兰芳大有"他乡遇故知"相见恨晚之感。在观摩表演之后举行的座谈会上，梅耶荷德感慨地说："……可以把我们所有演员的手都砍去得了，因为它们毫无用处。"② 显然，梅耶荷德已经深刻地领悟了中国戏曲表演艺术的精髓所在——手的表演技巧、音乐和节奏的作用以及高度自觉的程式化。除此之外，梅耶荷德一贯主张批判地吸收借鉴传统，以丰富自己的戏剧创作。从古希腊和中世纪的传统戏剧，从意大利的即兴喜剧，到东方戏剧、木偶戏、杂技、哑剧，乃至电影技术，一切有用的元素都被他有机地利用，在学习和选择传统的基础上进行现代戏剧的重建。

再次，无论是斯坦尼斯拉夫斯基还是梅耶荷德都不是终结，而是处于不停的变化发展之中，是永远变化的过程，他们创新、探索的脚步从未停止过，并在彼此的矛盾、对立之中寻找更高的目标。在俄罗斯戏剧史上，梅耶荷德正是斯坦尼斯拉夫斯基鲜明生动的对照。对此，梅耶荷德做了最简洁的阐述："我们是两个互相补充的体系。康斯坦丁·谢尔盖耶维奇（即斯坦尼斯拉夫斯基）和我在艺术中寻求同一个目标，不过他是从内到外，而我是从外到内。……我和他走向同样的一个问题，犹如阿尔卑斯山下的隧道挖掘者，他从隧道的

① ［苏］K. 鲁德尼茨基：《梅耶荷德传》，童道明、郝一星译，中国戏剧出版社1987年版，第76页。

② ［俄］格拉特柯夫辑录，童道明译编：《梅耶荷德谈话录》，中国戏剧出版社1986年版，第249页。

一头开凿，而我从另一头，我们一定会在中间的某一个地方会合的。”[1]

综上所述，斯坦尼斯拉夫斯基与梅耶荷德作为两个对立的戏剧流派，他们总是相互排斥又互相吸引，他们在创作方法上是互相镜像、彼此映照的。对于今天的戏剧研究者，重要的不是重复一直以来人们津津乐道的老话题，探究两位艺术大师之间的恩怨纠葛，而是要在众说纷纭的现象之后厘清他们之间的相互联系和相互关系，在矛盾、分歧之中发现彼此的交叉与融合，以及深藏其后的原因。正如苏联戏剧理论家 M. 斯特罗耶娃所说：“如若不存在这种极端的分歧，他们两人就不可能成为两种导演艺术的奠基人。他们之间的矛盾，变成了两种导演艺术各自发展的动力。”[2] 这就是艺术发展的辩证与统一。

---

① ГладковА. Мейерхольд[M].T.2, M., 1990, C.233.

② 童道明：《他山集——戏剧流派、假定性及其它》，中国戏剧出版社 1983 年版，第 131 页。

余　论

1916年，画家鲍利斯·格里戈利耶夫完成了那幅著名的梅耶荷德肖像画：一个男子穿着黑色燕尾服，头戴乌黑发亮的高筒帽，手戴白色手套，神情古怪地弓着身，而在这个衣冠楚楚的男子身旁另有一人——身着红衣、面貌酷似他的“双生子”——一个手持弓箭，紧绷弓弦，随时准备将箭射向天空的弓箭手。这就是具有“双面人”个性特征的梅耶荷德的真实写照。这幅寓意深刻的心理分析型肖像画生动地再现了现实生活与戏剧创作中的梅耶荷德：他既是斯坦尼斯拉夫斯基的弟子，又是桀骜不驯的叛逆者；他既是性格阴郁的特列普列夫，又是滑稽忧伤的皮耶罗；他既是宫廷剧院的名导演，又是私人剧院、戏剧卡巴莱的滑稽丑角；他既是戏剧陈规旧套的摧毁者，又是古老戏剧传统的复兴者；他既富有时代精神，又不断使优秀传统发扬光大；他既是第一批毫不犹豫地站在苏维埃新政权一边的“先进”知识分子代表、“戏剧的十月”的倡导者、政治戏剧的鼓吹者和实践家，又是政治戏剧的殉道者。难以分辨这对“双生子”中到底哪个是真实的梅耶荷德，也无须分辨，因为他们是失去彼此就无法思想、无法生存的矛盾共同体，二者融为一体才是真正的梅耶荷德。

力图顺应时代精神，将戏剧建设成为“社会民众的喉舌”，由此决定了梅耶荷德戏剧革新家、戏剧闯将的独特性。梅耶荷德的发明创造奠定了未来戏剧发展与革新的重要基石。在世纪之交确立了戏剧假定性这一新特质，引入“有意识的假定性”这一全新的概念，即在创作再现世界图景过程中表达大师的艺术意志，建立“表现戏剧”。梅耶荷德的假定性戏剧观念具有坚实的思想基础与渊源，通过欧洲与东方民间戏剧传统，建立起与观众的密切关系。如果没有看到梅耶荷德对不同体系的民间戏剧的假定性的借鉴，就无法理解梅耶荷德假定性思想的历史。梅耶荷德的艺术纲领并非虚无缥缈的乌托邦。在他导演的《宽宏大量的乌龟》《森林》以及马雅可夫斯基的剧作中，粗犷的广场戏剧思想得以实现，同时不乏白银时代艺术的各种细致巧妙。梅耶荷德认为现代戏剧危机的根源在于台词。过多的高谈阔论冲淡了舞台动作，消解了戏剧的形体动作天性。在过去几年的戏剧中，舞台动作被大大弱化，失去了应有的活力、张力、表现力与魅力。反对舞台的文学性不可避免地让导演转向关注中世纪和文艺复兴时期的古老戏剧传统。梅耶荷德认为，现代戏剧的发源地不在文学，而在民间杂耍。在文学性的剧本中，动作被导向了对话，而戏剧需要的是形体动作。戏剧中的动作如同绘画中的颜色一样，应该重新获得主导权。

纵观梅耶荷德一生的创作历程，从莫斯科艺术剧院学艺起步，羽翼未丰就踏上独立的外省戏剧活动之路，在波瓦尔斯卡娅实验剧社和科米萨尔日芙斯卡娅剧院进行了象征主义戏剧的探索实验，在宫廷剧院经历了长达十年之久的“双面人”戏剧生活，并进行风格各异的多元化戏剧创作；十月革命后20年他的人生更是高潮迭起、波折不断，那些革命宣传鼓动剧、构成主义戏剧、古典戏剧、现代题材戏剧像变幻莫测的万花筒一样极大地丰富、活跃了苏联的戏剧舞台。在纷繁复杂的创作历程中，梅耶荷德尝试过自然主义戏剧，探索过象征主义与表现主义戏剧方法，实验过构成主义舞台方法，提出假定性戏剧的原则，各个阶段看似风格不一，甚至存在矛盾对立，但其中必然的、有机的联系也跃然纸上——那就是他一以贯之的对创作自由的追求，并最终汇聚于一条主线：假定性戏剧原则——他戏剧创作的“最高任务”。“在世界戏剧实践中只有一个导演，他是唯一在理论和实践方面对假定性戏剧的观念进行全面而系统研究分析的人，在戏剧舞台上进行各种风格体裁的假定性戏剧实验，这就是梅耶荷德。因此，今天可以毫不夸张地说，假定性戏剧这一用语首先是和梅耶荷德这个名字联系在一起的。”①

“任何触碰梅耶荷德戏剧遗产的人都要思考一个生命不平凡的经历。他的一生充满令人惊奇的突变和始终不渝的追求。”② 作为一个个体的梅耶荷德，他求新求变，坚忍不拔，执着向前，永不服输，有目标而且有决心实现自己的目标，是一个大胆的行动者而不是空谈家，他与生俱来的双重个性与桀骜不驯决定了他的创作道路不可能是一帆风顺的。他一生向往创作自由，并且终

① Мейерхольд, режиссура в перспективе века / Meyerhold, la mise en scene dans le siecle. Материалы конференции. Вып. первый. Ред.-сост.: Беатрис Пикон-Валлен, Вадим Щербаков. М.: О.Г..И., 2001, С.13.

② Зингерман Б. Судьба артиста в России// Мейерхольд: Наследие. Т.1, М.: О.Г.И., 1999, С.10.

生为了争取“自由”而战，无论是最初从莫斯科艺术剧院的“出走”，还是与科米萨尔日芙斯卡娅同盟的“破裂”，还是投身“戏剧的十月”的革命洪流，直至为艺术献身，无一不是为了实现更高的创作理想。梅耶荷德的人生与创作正是包含在矛盾中的统一。

梅耶荷德曾经说：“一个人活着，排了一出又一出的戏，似乎在这些戏之间彼此没有联系，而实际上他一生都在为一个宏伟的建筑添砖加瓦。……如果你们要在我死后评论我，请不要热衷于去寻找那些矛盾的东西，而是应该竭力去从我所做的一切中找到总的联系。”① 梅耶荷德给后人留下了解读这一问题的无限空间，引领我们开始思考和探究其戏剧思想与舞台实践的“奥秘”。我们循着他的足迹，在众说纷纭的历史和评论中，在他充满矛盾和变化的舞台实践中，从他戏剧思想的源流上寻找他戏剧探索革新的深层动因与创作方法变化、发展的规律、联系。我们认为，在梅耶荷德执着探索、不断创新的一生中，其戏剧思想首先体现在反对幻觉剧场、打破镜框式舞台、确立假定性现实主义戏剧的美学原则；其次，他善于汲取、综合各种古老的东西方戏剧传统，大胆运用科学技术的最新成就，创立了独特的演员训练方法体系——“有机造型术”，形成了表演的讽刺性怪诞风格；再次，他力图“以艺术的方式改造世界”，提出戏剧艺术功能的新主张，大力倡导并实践“戏剧的十月”纲领，以波澜壮阔之势复兴广场戏剧，在传统戏剧舞台上实现戏剧的电影化、音乐化。

梅耶荷德的创作和思想是包罗万象的，也是自成一体的，为未来戏剧提供了无穷的源泉。早在 1913 年出版《论戏剧》一书时，梅耶荷德就在卷首语上留下了一句神秘箴言：“即使你将把我连根吃掉，我仍将生长出足够的果实，当你成为祭祀品时，这些果实制成的奠酒将祭奠你的头颅。” ② 尽管梅耶荷德的生命连同他的艺术最终被残酷地“连根吃掉”，但是他的思想和创新如他所预言的“仍将生长出足够的果实”，不断哺育、给养一代又一代的戏剧人。早在 1922 年，П. 马尔科夫就在文章《形式戏剧的命运》中以“戏剧的幻想者”概称 20 世纪初的艺术革新家：“戏剧幻想者指的是诗人、美术家、理论

---

① Звенигородская Н.Э. Провинциальные сезоны Всеволота Мейерхольда. 1902 – 1905 гг.[М]. М., 2004. С. 5.

② Мейерхольд: Статьи, письма, речи, беседы（1898-1917）[М]. М.:Искусство, 1968, С.100.

家，他们怀有自己的戏剧理想，理解戏剧的本质特点和任务。”[①] 在“戏剧幻想者”和实践者的相互作用中，梅耶荷德起着重要的作用。俄罗斯戏剧批评家A. 库格尔总结梅耶荷德的创作道路时说：“当我闭上眼睛，在记忆中回忆我所看过的所有演出时，我十分清晰地感觉到，他仿佛无处不在。”[②] 在当代戏剧舞台上，无论是在俄罗斯国内，还是在欧洲乃至世界范围，新一代的导演都在广泛地运用梅耶荷德的戏剧创新发明，追随其戏剧思想与精神。俄罗斯著名导演Г. 托甫斯托诺戈夫誉其为“二十世纪的巨人”[③]，法国著名导演路易·茹维称他是“导演的最佳体现者之一”[④]，英国导演彼得·布鲁克视其为“导演艺术的莎士比亚”[⑤]。瓦赫坦戈夫更是将梅耶荷德誉为比斯坦尼斯拉夫斯基更为宏伟的导演：“梅耶荷德为未来戏剧奠定了基础，未来将感谢他。”[⑥]2000年11月在法国巴黎举办的国际梅耶荷德学术研讨会上，法国著名的梅耶荷德研究专家贝阿特丽莎·皮孔－瓦莲指出：“梅耶荷德不仅是俄罗斯不朽的戏剧艺术家，而且他属于全欧洲的文化运动，他对导演创作方法比其他人思考得更加深远。今天重读梅耶荷德具有特殊的意义，他的戏剧理论、导演方法都具有划时代的意义。”[⑦]

在对梅耶荷德戏剧思想与舞台实践进行全面梳理、综合分析的过程中，我们始终在思考一个更为深刻的问题：梅耶荷德的戏剧理论与实践是否构成一个独立自足的梅耶荷德体系？在陈世雄先生最新修订出版的《现代欧美戏剧史》中，对戏剧体系形成必须具备的条件进行了界定，即：具有独创的、完整的、系统的戏剧理论；拥有将其理论付诸实践的演出团体；通过代表性剧目的成功演出证明其理论的正确性；在本国乃至世界范围内产生广泛而深远的影响；有一代又一代的继承者。[⑧] 我们以上述条件为参照，可以大胆地推断“梅

---

① Марков П.А. Новейшие театральные течения: Опыт популярного изложения（1898-1923）[М]. М., 1924, С.38.

② Элкана А. Карл-Казимир-Теодор-Всеволод Мейерхольд[М]. М., 2006, С. 10.

③ 童道明编选：《梅耶荷德论集》，华东师范大学出版社1994年版，第103页。

④ Мейерхольд, режиссура в перспективе века / Meyerhold, la mise en scene dans le siecle. Материалы конференции[C]. Вып. первый. Ред.-сост.: Беатрис Пикон-Валлен, Вадим Щербаков. [М]. М.: О.Г..И., 2001, С.16.

⑤ Мейерхольд, режиссура в перспективе века / Meyerhold, la mise en scene dans le siecle. Материалы конференции[C]. Вып. первый. Ред.-сост.: Беатрис Пикон-Валлен, Вадим Щербаков. [М].М.: О.Г..И., 2001, С.17.

⑥ 童道明编选：《梅耶荷德论集》，华东师范大学出版社1994年版，第3页。

⑦ 童道明编选：《梅耶荷德论集》，华东师范大学出版社1994年版，第17页。

⑧ 陈世雄：《现代欧美戏剧史》，文化艺术出版社2010年版，第470页。

耶荷德体系”这一预设具有充分的理据性。其一，梅耶荷德是一个伟大的戏剧实践家，穷尽一生探索戏剧新方法，虽然其一生著述不多，无法与斯坦尼斯拉夫斯基相提并论，但他仍然留下了大量的手稿、笔记、书信，阐述了自己的戏剧观点、导演方法、舞台构思等。正如B.B.古德科娃所指出的，梅耶荷德一般不对自己的方法论思想进行理论化，而更多地将它们融化在对剧本、演出、角色、舞台调度等的具体实践中。然而，这并不能否定梅耶荷德艺术思想的独创性、严整性，其专著《论戏剧》就是最好的证明。其二，梅耶荷德是苏联戏剧史上唯一一个拥有以自己名字命名的剧院的导演，这一殊荣也是对他戏剧贡献的一种肯定、褒奖。梅耶荷德以自己的剧院为阵地，进行了大量的创新实验，并将之呈现给广大观众，接受公众的检验。其三，梅耶荷德创造了许多被永久地载入戏剧史册的经典演出。为回顾总结20世纪的戏剧文化，俄罗斯于2004年出版了《20世纪经典戏剧演出》一书，集中介绍了20世纪俄罗斯及欧洲国家的重大戏剧演出，以剧评的方式让读者清晰地感受欧洲戏剧发展过程的总体方向。在所精选的20世纪最富代表性的100场话剧演出中，仅梅耶荷德所导演的剧目就有四部之多：《杂耍艺人》(1906)、《假面舞会》(1917)、《宽宏大量的乌龟》(1922)和《钦差大臣》(1926)。梅耶荷德戏剧创作的代表性与经典意义由此可见一斑。其四，梅耶荷德富有远见的戏剧教育思想与教育活动同样具有广泛、深远的影响。童道明先生在《梅耶荷德的贡献》一文开篇写道：“梅耶荷德被他的学生们亲切地称呼为‘大师’，而大师是桃李满天下的。”[①] 事实的确如此，梅耶荷德的学生遍及戏剧、电影艺术领域。著名苏联导演、梅耶荷德的高足之一尤特凯维奇回忆说：“他教给我们很多东西，并且还影响了我们整整一代。……在第一次获得斯大林奖金的人中，他的学生占得奖者的百分之八十……他培养出整个一代的电影导演。不仅仅是电影导演，而且还培养出了演员和苏联的戏剧导演。我非常感激梅耶荷德，我认为他是一个天才。”[②] 电影大师爱森斯坦更是满怀激情地表达了对于老师的爱戴之情：“我必须承认，我从未像热爱、敬仰、崇拜我的老师那样地去热爱、敬仰、崇拜过另外一个人。”[③] 而梅耶荷德对世界戏剧的影响也是毋庸置疑的。此外，在俄罗斯国内学者的许多研究中，“梅耶荷德体系”的提法并不少见。例如，П.П.格罗莫夫在所著的《记录的与未记录的》中、阿里耶·艾

---

① 童道明：《他山集——戏剧流派、假定性及其它》，戏剧出版社1993年版，第65页。

② 童道明：《他山集——戏剧流派、假定性及其它》，戏剧出版社1993年版，第65页。

③ Встреча с Мейерхольдом. [M]. М., 1967, С. 219.

尔卡纳在《卡尔－卡齐米尔－捷奥多尔－符谢沃洛德·梅耶荷德》中、嘉·吉托娃在《梅耶荷德与画家》中都多次使用“梅耶荷德体系”这一表达方法。因此，我们不妨在此大胆地提出“梅耶荷德体系”这一命题，供更多的戏剧研究者进行更加深入、全面、科学的研究、论证，以期梅耶荷德戏剧思想的优秀元素能够为我所用，梅耶荷德的创新精神能够在中国大地上发扬光大。这一研究课题所取得的成果必将在一定程度上推进中国梅耶荷德学的发展。

梅耶荷德既像一口深井，深不可测，又如一片汪洋，广阔无边。本书只是揭开了梅耶荷德戏剧“奥秘”的“冰山一角”，坚冰之下尚有无数的秘密有待我们去探寻、发现。我们坚信，梅耶荷德是值得为之付出努力发掘的艺术宝藏。如今在世界范围掀起的“梅耶荷德复兴”并不足为奇，它是世界戏剧与俄罗斯戏剧发展的必然。

参考文献

一、中文文献

1. 著作

[1] [俄] 阿格诺索夫:《20 世纪俄罗斯文学》，凌建侯等译，中国人民大学出版社 2001 年版。

[2] [俄] 尼古拉 · 别尔加耶夫:《自我认知》，汪剑钊译，云南人民出版社 1998 年版。

[3] [俄] 尼 · 别尔加耶夫:《俄罗斯思想》，雷永生、邱守娟译，生活 · 读书 · 新知三联书店 1995 年版。

[4] [俄] 格拉特柯夫辑录，童道明译编:《梅耶荷德谈话录》，中国戏剧出版社 1986 年版。

[5] [苏]K. 鲁德尼茨基:《梅耶荷德传》，童道明、郝一星译，中国戏剧出版社 1987 年版。

[6] [俄]M. 巴赫金:《巴赫金文论选》，佟景韩译，中国社会科学出版社 1996 年版。

[7] [苏] 帕 · 马尔科夫等:《论梅耶荷德戏剧艺术》，孙维善等译，文化艺术出版社 1987 年版。

[8] [俄] 契诃夫:《契诃夫戏剧集》，焦菊隐译，上海译文出版社 1980 年版。

[9] [俄] 斯坦尼斯拉夫斯基:《我的艺术生活》，瞿白音译，上海译文出版社 2002 年版。

[10]《斯坦尼斯拉夫斯基全集》第一卷，史敏徒译，中国电影出版社 1958 年版。

[11] [俄] 斯坦尼斯拉夫斯基:《斯坦尼斯拉夫斯基论文讲演谈话书信集》,郑雪来译,中国电影出版社 1981 年版。

[12] [苏] 图尔科夫:《勃洛克传》,郑体武译,东方出版中心 1996 年版。

[13] [俄] 托夫斯托诺戈夫:《论导演艺术》,杨敏译,文化艺术出版社 1992 年版。

[14] [俄] 瓦列里·勃留索夫:《勃留索日记钞》,任一鸣译,贾植芳校,百花文艺出版社 2005 年版。

[15] 俄罗斯科学院高尔基世界文学研究所集体:《俄罗斯白银时代文学史》(Ⅰ—Ⅳ),谷羽、王亚明等译,敦煌文艺出版社 2006 年版。

[16] [波兰] 耶日·格洛托夫斯基:《迈向质朴戏剧》,陈时译,中国戏剧出版社 1984 年版。

[17] 曹路生、虞又铭主编:《穿越前沿》(外国戏剧卷),上海百家出版社 2008 年版。

[18] 陈吉德:《中国当代先锋戏剧》,中国戏剧出版社 2004 年版。

[19] 陈建华:《20 世纪中俄文学关系》,学林出版社 1998 年版。

[20] 陈世雄:《导演者:从梅宁根到巴尔巴》,厦门大学出版社 2006 年版。

[21] 陈世雄:《三角对话:斯坦尼、布莱希特与中国戏剧》,厦门大学出版社 2003 年版。

[22] 陈世雄:《现代欧美戏剧史》,四川教育出版社 1994 年版。

[23] 陈世雄:《现代欧美戏剧史》,文化艺术出版社 2010 年版。

[24] 陈世雄、周宁:《20 世纪西方戏剧思潮》,中国戏剧出版社 2000 年版。

[25] 陈世雄:《戏剧思维》,福建教育出版社 1996 年版。

[26] 陈世雄:《苏联当代戏剧研究》,厦门大学出版社 1989 年版。

[27] 陈伟:《西方人眼中的东方戏剧艺术》,上海教育出版社 2004 年版。

[28] [德] 布莱希特:《布莱希特论戏剧》,丁扬忠等译,中国戏剧出版社 1990 年版。

[29] [德] 曼弗雷德·普菲斯特:《戏剧理论与戏剧分析》,周靖波、李安定译,北京广播学院出版社 2004 年版。

[30] [德] 瓦格纳:《瓦格纳论音乐》,廖辅叔译,上海音乐出版社 2002 年版。

[31] 邓树荣:《梅耶荷德表演理论研究及反思》,香港青文出版社有限公司 2001 年版。

[32] 杜定宇:《西方名导演论导演与表演》,中国戏剧出版社 1992 年版。

[33] 中国戏剧出版社编辑部编：《戏剧观争鸣集》（二），中国戏剧出版社1988年版。

[34] 杜清源编：《戏剧观争鸣集》（一），中国戏剧出版社1986年版。

[35] [法]安托南·阿尔托：《残酷戏剧：戏剧及其重影》，桂裕芳译，中国戏剧出版社2006年版。

[36] 范大灿主编：《德国文学史》第3卷，译林出版社2007年版。

[37] 胡导：《戏剧表演学——论斯氏演剧学说在我国的实践与发展》，中国戏剧出版社2002年版。

[38] 胡妙胜：《充满符号的戏剧空间：舞台设计论集》，知识出版社1985年版。

[39] 蓝凡：《中西戏剧比较论稿》，学林出版社1992年版。

[40] 蓝剑虹：《回到斯坦尼斯拉夫斯基——人作为一种技艺》，唐山出版社2002年版。

[41] 李道增、傅英杰：《西方戏剧·剧场史》，清华大学出版社1999年版。

[42] 李辉凡：《俄国"白银时代"文学概观》，中国社会科学出版社2008年版。

[43] 李明滨：《俄罗斯二十世纪非主潮文学》，北岳文艺出版社1998年版。

[44] 梁伯龙等：《戏剧表演基础》，中国戏剧出版社2009年版。

[45] 廖可兑：《西欧戏剧史》，中国戏剧出版社1981年版。

[46] 林精华主编：《西方视野中的白银时代》（上、下），东方出版社2001年版。

[47] 林克欢：《戏剧表现论》，中国社会科学出版社1993年版。

[48] 林克欢：《舞台的倾斜》，花城出版社1987年版。

[49] 刘法民：《怪诞艺术美学》，人民出版社2005年版。

[50] 卢炜：《从辩证到综合——布莱希特与中国新时期戏剧》，浙江大学出版社2007年版。

[51] 童道明编选：《梅耶荷德论集》，华东师范大学出版社1994年版。

[52] 彭万荣：《表演诗学》，中国社会科学出版社2003年版。

[53] 钱文中：《果戈理及其讽刺艺术》，上海文艺出版社1980年版。

[54] 沈炜元：《阐释戏剧》（戏剧总论卷），上海百家出版社2008年版。

[55] [苏]格·尼·古里叶夫：《导演学概论》，王爱民等译，陕西人民出版社1983年版。

[56] [苏]玛·阿·弗烈齐阿诺娃编：《斯坦尼斯拉夫斯基体系精华》，郑

雪来等译，中国电影出版社 2008 年版。

[57] [苏] 魏列萨耶夫：《果戈理是怎样写作的》，蓝英年译，天津人民出版社 1980 年版。

[58] 苏联科学院、苏联文化部艺术史研究所：《苏联话剧史》，白嗣宏译，中国戏剧出版社 1986 年版。

[59] 孙柏：《丑角的复活——对西方戏剧文化的价值重估》，学林出版社 2002 年版。

[60] 孙惠柱：《第四堵墙：戏剧的结构与解构》，上海书店出版社 2006 年版。

[61] 谭霈生：《论戏剧性》，北京大学出版社 1984 年版。

[62] 田本相：《新时期戏剧论述》，文化艺术出版社 1996 年版。

[63] 童道明：《我爱这片天空：契诃夫评传》，中国文联出版社 2004 年版。

[64] 童道明主编：《现代西方艺术美学文选》(戏剧美学卷)，春风文艺出版社 1989 年版。

[65] 童道明：《他山集——戏剧流派、假定性及其它》，中国戏剧出版社 1983 年版。

[66] 汪剑钊：《中俄文字之交》，漓江出版社 1999 年版。

[67] 汪介之：《远逝的光华——白银时代的俄罗斯文化》，译林出版社 2003 年版。

[68] 汪介之、陈建华：《悠远的回响——俄罗斯作家与中国文化》，宁夏人民出版社 2002 年版。

[69] 汪介之：《现代俄罗斯文学史纲》，南京出版社 1995 年版。

[70] 王彦秋：《音乐精神——俄国象征主义诗学研究》，北京大学出版社 2008 年版。

[71] 吴光耀：《西方演剧史论稿》(上、下)，中国戏剧出版社 2002 年版。

[72] 吾文泉：《跨文化对话与融会：当代美国戏剧在中国》，中国社会科学出版社 2005 年版。

[73] 夏波：《“斯坦尼斯拉夫斯基演剧体系”研究》，文化艺术出版社 2016 年版。

[74] 夏忠宪：《巴赫金狂欢化诗学研究》，北京师范大学出版社 2000 年版。

[75] 徐晓钟：《向“表现美学”拓宽的导演艺术》，中国戏剧出版社 1996 年版。

[76] 姚振中：《阅读舞台》(舞台美术卷)，上海百家出版社 2008 年版。

[77] [英] 爱德华 · 戈登 · 克雷：《论剧场艺术》，李醒译，文化艺术出版

社 1986 年版。

[78] [英] 艾·威尔逊:《论观众》，李醒译，文化艺术出版社 1986 年版。

[79] [英] 彼得·布鲁克:《空的空间》，邢历等译，中国戏剧出版社 1988 年版。

[80] [英]J.L. 斯泰恩:《现代戏剧理论与实践》，刘国彬译，中国戏剧出版社 2002 年版。

[81] [英] 马丁·艾思林:《戏剧剖析》，罗婉华译，中国戏剧出版社 1981 年版。

[82] [英] 乔纳森·皮奇斯:《表演理念——尘封的梅耶荷德》，赵佳译，中国电影出版社 2009 年版。

[83] 张冰:《白银时代俄国文学思潮与流派》，人民文学出版社 2006 年版。

[84] 张兰阁:《戏剧范型》(上、中、下)，北京大学出版社 2009 年版。

[85] 张仲年:《戏剧导演》，海峡文艺出版社 1995 年版。

[86] 张仲年主编:《中国实验戏剧》，上海百家出版社 2009 年版。

[87]《中国大百科全书》(戏剧卷)，中国大百科全书出版社 1989 年版。

[88] 郑国良:《图说西方舞台美术史——从古希腊到十九世纪》，上海书店出版社 2010 年版。

[89] 郑体武:《危机与复兴——白银时代俄国文学论稿》，四川文艺出版社 1996 年版。

[90] 郑雪来:《斯坦尼斯拉夫斯基论导演与表演》，中国戏剧出版社 2005 年版。

[91] 郑雪来:《斯坦尼斯拉夫斯基体系论集》，中国戏剧出版社 1984 年版。

[92] 周宁:《西方戏剧理论史》，厦门大学出版社 2008 年版。

[93] 周宁:《比较戏剧学》，上海社会科学出版社 1993 年版。

[94] 周启超:《白银时代俄罗斯文学研究》，北京大学出版社 2003 年版。

[95] 周启超:《俄国象征派文学研究》，社会科学文献出版社 1993 年版。

[96] [俄] 尼古拉·果戈理:《果戈理全集与友人书简》(第六卷)，周启超译，安徽文艺出版社 1999 年版。

[97] [俄] 尼古拉·果戈理:《果戈理全集戏剧卷》(第七卷)，周启超译，安徽文艺出版社 1999 年版。

[98] [俄] 尼古拉·果戈理:《果戈理全集书信卷》(第八卷)，周启超译，安徽文艺出版社 1999 年版。

[99] [俄] 尼古拉·果戈理:《果戈理全集 文论卷》，周启超译，安徽文艺

出版社 1999 年版。

[100] 周文:《中国先锋戏剧批评》, 中国广播电视出版社 2009 年版。

[101] 邹元江:《中西戏剧审美陌生化思维研究》, 人民出版社 2009 年版。

2. 期刊论文

[1] [苏] 鲍·叶·查哈瓦:《行动与形体行动方法》, 李珍译, 载《戏剧》, 1983 年第 4 期。

[2] [苏] 鲍·叶·查哈瓦:《表演艺术的实质》, 李珍译, 载《戏剧》, 1994 年第 2 期。

[3] 陈世雄:《空间重构、文本新解与观演互渗——论小剧场戏剧的若干特征》, 载《戏剧艺术》, 2001 年第 6 期。

[4] 陈世雄:《假定性、体裁与时空体》, 载《戏剧》, 2004 年第 2 期。

[5] 陈世雄:《简论俄罗斯戏剧学的历史与现状》, 载《戏剧艺术》, 2004 年第 5 期。

[6] 陈世雄:《俄罗斯戏剧大师与中国戏曲》, 载《俄罗斯文艺》, 2003 年第 1 期。

[7] 陈世雄:《梅耶荷德的悲剧是怎样造成的? 》, 载《文艺研究》, 2016 年第 4 期。

[8] 陈世雄:《"反形式主义斗争"背景下的戏剧革新——焦菊隐、梅耶荷德及其他》, 载《戏剧艺术》, 2017 年第 3 期。

[9] 胡静:《评斯坦尼斯拉夫斯基体系及其反叛者》, 载《艺术晨家》, 2004 年第 1 期。

[10] 胡润森:《戏剧时空论》, 载《戏剧》, 1999 年第 4 期。

[11] [捷] 约瑟夫·斯沃博达:《论舞台美术》, 刘杏林译, 载《戏剧艺术》, 2003 年第 2 期。

[12] 李明正:《梅耶荷德与未来戏剧》, 载《文艺研究》, 1990 年第 5 期。

[13] 龙飞:《"诗王"与"戏王"的合作——关于马雅可夫斯基与梅耶荷德的一段史话》, 载《俄罗斯文艺》, 1994 年第 4 期。

[14] 梅耶荷德:《歌剧表演艺术论》, 童道明译, 载《外国戏剧》, 1988 年第 4 期。

[15] 宁密用:《俄国与西欧象征主义浅议》, 载《俄罗斯文艺》, 1994 年第 2 期。

[16] 彭涛:《论演员个性与梅耶荷德导演方法之关系》, 载《戏剧》, 1996 年第 4 期。

[17] 钱洪波:《梅耶荷德与中国当代戏剧家之关系》, 载《中华艺术论丛》,

2007 年第 7 辑。

[18] 邵宁:《梅耶荷德与中国戏曲》，载《戏剧艺术》，1995 年第 2 期。

[19] [苏] 梅耶荷德:《梅耶荷德论演技》，孙德馨译，载《外国戏剧资料》，1979 年第 3 期。

[20] 孙惠柱:《接受者与合作者——从阐释学看导演的创造》，载《戏剧艺术》，2003 年第 1 期。

[21] 田文:《事实是研究、借鉴的基础——对当前外国戏剧研究工作的一点看法》，载《外国戏剧》，1982 年第 3 期。

[22] 田文:《历史的沉积与鉴别——就梅耶荷德的评价问题与童道明同志商榷》，载《外国戏剧》，1983 年第 3 期。

[23] 田文:《关于梅耶荷德评价问题的续话——与童道明同志再商榷几个问题》，载《外国戏剧》，1983 年第 4 期。

[24] 童道明:《时间的流逝廓清了很多问题》，载《外国戏剧》，1983 年第 1 期。

[25] 童道明:《梅耶荷德本人是怎么说的》，载《外国戏剧》，1983 年第 4 期。

[26] 徐琪:《梅耶荷德与〈钦差大臣〉》，载《戏剧艺术》，2009 年第 5 期。

[27] 徐琪:《互为镜像、彼此映照的斯坦尼斯拉夫斯基与梅耶荷德》，载《戏剧》，2009 年第 2 期。

[28] 徐琪:《后苏联时期的梅耶荷德研究》，载《戏剧艺术》，2007 年第 2 期。

[29] 徐琪:《梅耶荷德戏剧理论与实践中的东方元素》，载《戏剧艺术》，2015 年第 2 期。

[30] [英] 爱德华・布朗:《梅耶荷德导演艺术》，杜定宇译，载《戏剧艺术》，1985 年第 3 期。

[31] [英] 爱德华・布朗:《梅耶荷德导演艺术（续）》，杜定宇译，载《戏剧艺术》，1985 年第 4 期。

[32] 郑国良:《构成主义舞台美术》，载《戏剧艺术》，1996 年第 3 期。

二、俄文文献

[1] Алперс Б. Искания новой сцены[M]. М.:Искусство, 1985.

[2] Алперс Б. Театральные очерки. В 2 т. М., 1977.

[3] Альтшуллер А. В.Э.Мейерхольд и актеры Александринского театра. В кн.: Театр и драматургия. Вып. 2. Л., 1967.

[4] Альтшуллер А. Театр прославленных мастеров. [M].Л., 1968.

[5] Андреева М.Ф. Переписка, воспоминания, статьи, документы[M]. М., 1968.

[6] Арье Элкана Карл–Казимир–Теодор–Всеволод Мейерхольд[M]. М., 2006.

[7] Арье Элкана. Советская театральная трагедия[M].（Т.1）М.:Тель, 2006.

[8] Белый А. Символизм как миропонимание[M]. М.:Республика, 1994.

[9] Беренгард И. Система Станиславского и современное учение о высшей нервной деятельности. В кн.: Ежегодник МХАТ 1953–1958. М., 1961.

[10] Блок А. Собрание сочинений[M]. Москва–Ленинград, 1978.

[11] Богуславский А.О., Диев Б.А. Русская советская драматургия. I9I7–I935. М., 1963.

[12] Боаджиев Г.Н. Поэзия театра. Статьи. М., I960.

[13] Бруксон Я. Театр Мейерхольда. [M].Л.–М., 1925.

[14] Буров А. Сценическое перевоплощение сегодня. В кн.: От упражнения к спектаклю. Вып. 3. М., 1973.

[15] Варпаховский Л.В. Музыка в драматическом театре. [M]. Л., 1976.

[16] Варпаховский Л. Наблюдения. Анализ. Опыт. [M].М., 1978.

[17] Вахтангов Евг. Записки. Письма. Статьи[M]. М.–Л., 1939.

[18] Велехова Н.А. Охлопков и театр улиц. [M]. М., 1970.

[19] Велехова Н. Когда открывается занавес. [M].М., 1975.

[20] Веригина В.П. Воспоминания. Л., 1974.

[21] Вл.И.Немирович–Данченко о творчестве актера[M]. М., 1973.

[22] Вислова А.В. Русский театр на сломе эпох рубеж ⅩⅩ – ⅩⅪ веков[M]. М., 2009.

[23] Вислова А.В. «Серебряный век» как театр: Феномен театральности в культуре рубежа ⅩⅨ—ⅩⅩ вв. [M]. М., 2000.

[24] Владимирова З. Игорь Ильинский. [M].М., 1967.

[25] Волков Н. Всеволод Мейерхольд. [M].М., 1926.

[26] Волков Н. Мейерхольд. В 2 т. М.–Л. :Academia. 1929.

[27] Волков Н. Театральные вечера. [M]. М., 1966.

[28] Вопросы актерского мастерства и режиссуры. Сборник статей. Вып. I. М., 1974.

[29] В поисках реалистической образности. Проблемы советской

режиссуры 20–30–х гг[М]. М., 1981.

[30] В.Э.Мейерхольд до Октября. В кн.: Встречи с прошлым. М., 1970.

[31] Встречи с Мейерхольдом[М]. М.:ВТО, 1967.

[32] Гаевский В. Книга встреч: Заметка о критиках и режиссерах [М]. М.:РГГУ, 2012.

[33] Гарин Э. С Мейерхольдом[М]. М., 1974.

[34] Гвоздев А.А. Театр имени Вс. Мейерхольда（1920–1926）. [М].Л., 1927.

[35] Гладков А.К. Не так давно: пять лет с Мейерхольдом. Встречи с Пастернаком, другие воспоминания[М]. М.:Вагриус, 2006.

[36] Гладков А. Мейерхольд[М]. Том 1–2, М., 1990.

[37] Гладков А. Театр. Воспоминания и размышления[М]. М., 1980.

[38] Гликман И. Мейерхольд и музыкальный театр[М]. Л., 1989.

[39] Головашенко Ю. Режиссерское искусство Таирова [М].М., 1970.

[40] Головашенко Ю. Многообразие реализма [М].Л., 1973.

[41] Горбунова Е. Мейерхольд репетирует. Тридцать три обморока [М]. М.: Аграф,2002.

[42] Громов П.П. Написанное и ненаписанное[М]. М.: Артист. Режиссер. Театр, 1994.

[43] Гудкова В.В. Юрий Олеша и Всеволод Мейерхольд в работе над спектаклем “Список благодеяний”：Опыт театральной археологии[М]. М.:НЛО, 2002.

[44] Гудкова В.В. Инвентаризация опытов[J]// Новое литературное обозрение. 2000,（45）.

[45] Давыдова М. Конец театральной эпохи[М]. М.:О.Г.И., 2005.

[46] ДмитриевскийВ.Н.Основы социологии театра. История, теория, практика[М]. М.:ГИТИС, 2004.

[47] Елагин Ю. Всеволод Мейерхольд: Темный гений[М]. М.:Вагриус, 1998.

[48] Забродин В. Эйзенштейн о Мейерхольде（1919–1948）[М]. М.: Новое издательство, 2005.

[49] Заноско–Боровский Е.А. Русский театр начала Ⅹ Ⅹ века[М]. М.:Навона, 2014.

[50] Захава Б.Е. Современники[М]. М.:Искусство, 1969.

[51] Захава Б.Е. Современники. Вахтангов. Мейерхольд. [М].М., 1969.

[52] Захава-Некрасова Н. О манере актерской игры в театральном искусстве. В кн.: От упражнения к спектаклю. Вып. 3[М]. М., 1973.

[53] Звенигородская Н.Э. Провинциальные сезоны Всеволода Мейерхольда. 1902-1905гг. [М]. М.:УРСС, 2004.

[54] Зингерман Б. Корифеи советской режиссуры и мировая сцена. В кн.: Вопросы театра. 1970. М., 1970.

[55] Золотницкий Д. Режиссер-публицист в актерском театре. -В кн.: Театр и драматургия. Вып. 5, 1976.

[56] Золотницкий Д.И. Роман с советской властью[М]. М.:Аграф, 1999.

[57] Золотницкий Д.И. Зори театрального Октября[М]. Л.: Искусство, 1976.

[58] Золотницкий Д.И. Будни и праздники театрального Октября[М]. Л.: Искусство, 1978.

[59] Золотницкий Д.И. Академические театры на путях Октября[М]. Л.: Искусство, 1982.

[60] Карпов Н.В. Биомеханика сценического движения[М]. М.:ГИТИС, 2003.

[61] Кнебель М. 0 том, что мне кажется особенно важным. М., 1971.

[62] Колязин В. Таиров, Мейерхольд и Германия. Пискатор, Брехт и Россия: Очерки истории русско-немецких художественных связей[М]. М.: ГИТИС, 1998.

[63] Коначаев С.А “Смерть Тентажиля” в студии на Поварской. Дорепетиционная работа В.Э.Мейерхольда над литературными и иконографическими материалами и её значение для формирования принципов условного театра [D], 2005.

[64] Коначев С.А. Чужое слово как импульс творчества: к проблеме разработанной В.Э.Мейерхольдом теории условного театра встатье . Театр К истории и технике（1908）[М]. М.:Реглант, 2005.

[65] Кочетова Е.В. Восточные мотивы в творчестве Гордона Крэга// Театральное искусство Востока: Особенности развития[М]. М., 1984.

[66] Литературное наследие . В.Э.Мейерхольда.

[67] Луначарский А.В. 0 театре и драматургии. В 2 т. М., 1958.

[68] Любимов Н. Было лето: Из воспоминаний зрителя[M]. М., 1982.

[69] Любомудров М. Противостояние театра век ⅩⅩ : традиции–авангард[M]. М., 2000.

[70] Максимова В. Доходное место в Театре Революции. В кн.: Вопросы театра[M]. М., 1967.

[71] Максимова В. Лес Мейерхольда Островского. – В кн.: Вопросы театра. 72. М., 1973.

[72] Манн Ю. Заметки о гротеоке. М., 1962.

[73] Марков П.А. О театре. В 4 т. М., 1974–1976.

[74] Марков П.А. Книга воспоминаний. М., 1983.

[75] Марков П. Правда театра[M]. М.:Искусство, 1965.

[76] Марков П.А. Новейшие театральные течения: Опыт популярного изложения（1898—1923）[M]. М., 1924.

[77] Мартинсон С. Великий волшебник. В кн.: Мастера сцены самодеятельности. Вып. 8. М., 1971.

[78] Материалы об аресте, последнем периоде жизни и гибели Мейерхольда//Театральная жизнь[J]. 1989,（5）: 32–45.

[79] Мацкин А. Время ухода. Хроника трагических лет//Театр [J]. 1990（1）:24–51.

[80] Мацкин А. Мейерхольд. Драма раздвоения//Московский наблюдатель[J]. 1992（1）:54–56.

[81] Мацкин А. Портреты и наблюдения. [M]. М., 1973.

[82] Мейерхольд В.Э., Бебутов В.М., Аксенов И.А. Амплуа актера[M]. М., 1922.

[83] Мейерхольд В.Э. Чаплин и чаплинизм. «Искусство кино», 1962, Я 6.

[84] Мейерхольд В.Э. Статьи, письма, речи, беседы. В 2 ч. М., 1968.

[85] Мейерхольд В.Э. Из записей разных лет//Театр[J].1974（2）.

[86] Мейерхольд В.Э. Переписка. М., 1976.

[87] Мейерхольд В.Э.: наследие 1 [M]. Т.2. М.:О.Г.И., 1998.

[88] Мейерхольд В.Э.: наследие 2 [M]. Т.2. М.:О.Г.И., 2006.

[89] Мейерхольд, режиссура в перспективе века / Meyerhold, lamiseenscenedanslesiecle. Материалы конференции[M]. Вып. первый. Ред.–

сост.: Беатрис Пикон–Валлен, Вадим Щербаков. М.: О.Г.И., 2001.

[90] Мейерхольд В.Э. Лекции 1918–1919[М]. М.:О.Г.И., 2001.

[91] Мейерхольд в русской театральной критике（1892–1918）[М]. М.:Артист. Режиссер. Театр, 1997.

[92] Мейерхольд в русской театральной критике（1920–1938）[М] М.:Артист. Режиссер. Театр, 2000.

[93] Мейерхольд и другие[М].М.: О.Г.И., 2000.

[94] Мейерхольд: к истории творческого метода: Публикации. Статьи [М]. Сост. Н.В. Песочинский, СПб.: Культ Информ Пресс, 1998.

[95] Мейерхольл В.Э. Переписки（1896–1939）[М]. М., 1976.

[96] Мейерхольд В.Э.. "Пиковая дама" : Замысел, воплощение, судьба: документы и материалы[М]. СПб.: Композитор, 1994.

[97] Мейерхольд В.Э., В.М. Бебутов, И.А. Аксёнов Амплуа актера[М]. М., 1922

[98] Мейерхольд репетирует[М]. В 2 т., Сост. и коммент. М.М.Ситковецкой. М., Артист. Режиссер. Театр, 1993.

[99] Мейерхольдовский сборник[М]. В 2 т., Сост. А.А.Шерель.М.: Творч. Центр им. Вс. Мейерхольда, 1992.

[100] Мейерхольд В.Э. Речь на Всесоюзной режиссерской конференции 15 июня 1935 года. М., 2016

[101] Мейерхольд В.Э. Статьи, письма, речи, беседы（1891–1917）[М]. М.:Искусство, 1968.

[102] Мейерхольд В.Э. Статьи, письма, речи, беседы（1917–1939）[М]. М.:Искусство, 1968.

[103] Михайлова А.А. и др. Мейерхольд и художники[М]. М.: Галарт, 1995.

[104] Музыка в драматическом театре. Л., 1976.

[105] Немирович–Данченко В.И. Театральное наследие. В 2–х т. М., 1952.

[106] Немирович–Данченко В.И. Избранные письма. В 2–х т. М., 1979.

[107] Павловски Мишел Чиста игра: Основите на биомеханической системе в режиссуре[М]. М., 1998.

[108] Песочинский Н. Биомеханика в теории Мейерхольда//Театр [J]. 1990,（1）:103–111.

[109] Полищук В. Книга актерского мастерства. Всеволод Мейерхольд [М]. М., 2010.

[110] Проблемы теории и практики русской советской режиссуры. 1917-1925. Л., 1978. 1925-1932. Л., 1978.

[111] Прокофьев Вл. В спорах о Станиславском. М., 1976.

[112] Прокофьев С.С. Письма к В.Э.Мейерхольду. В кн.: Прокофьев С.С. Музыкальное наследство. Т.2, ч. 2. М., 1968.

[113] Родина Т.М. Александр Блок и русский театр начала ⅩⅩ века[М]. М.:Наука, 1972.

[114] Рождественская Н.В. Проблемы сценического перевоплощения. Учеб. пособие. Л., 1978.

[115] Ростоцкий Б.И. Маяковский и театр[М]. М., 1952.

[116] Ростоцкий Б. О режиссерском творчестве В.Э.Мейерхольда[М]. М.:ВТО, 1960.

[117] Рудницкий К.Л. Режиссер Мейерхольд[М]. М.: Искусство, 1969.

[118] Рудницкий К.Л. Мейерхольд[М]. М.: Искусство, 1981.

[119] Рудницкий К.Л. Русское режиссерское искусство（1898-1917）[М]. М.:ГТИС, 2014.

[120] Рудольф Штейнер и Всеволод Мейерхольд: эвритмия, биомеханика, вечное становление [М]. М.:МАКС Пресс, 2006.

[121] Русская художественная культура конца XIX начала ⅩⅩ века. Кн. 3-я. 1908-1917. М., 1977.

[122] Русское актерское искусство ⅩⅩ века [С].СПб., 1992.

[123] Рыбакова Ю. Комиссаржевская.（Жизнь в искусстве）.Л., 1971.

[124] Ряжский Б.В. Как шла реабилитация//Театральная жизнь[J]. 1989（5）.

[125] Ряпосов А.Ю. Режиссерская методология Мейерхольда. [D], СПб., 2001.

[126] Ряпосов А.Ю. Режиссерская методология Мейерхольда. Драматургия мейерхольдовского спектакля: мысль, зритель, театральный монтаж [М].СПб.: ГНИУК РИИИ, 2004.

[127] Садовский М. Записки актера. М., 1975.

[128] Сахновский Бас. Мейерхольд. В кн.: Временник РТО. Книга I[М]. М.,

1925.

[129] Серова С.А. Китайский театр – эстетический образ мира[М]. М., 2005.

[130] Серова С.Н. Театральная культура серебряного века в России и художественные традиции востока (Китай, Япония, Индия) [М]. М.,1999.

[131] Ситковецкая М.М. Встречи с прошлым. Вып. I[М]. М., 1970.

[132] Соколинский Е.К. Гротеск в театре и Сухово-Кобылин [М].СПб., 2012.

[133] Соколов Б.В. Сталин, Булгаков, Мейерхольд. Культура под сенью великого кормчего[М]. М.: Вече, 2004.

[134] Спектакли двадцатого века[М]. М.:ГИТИС, 2004.

[135] Станиславский К.С. Собрание сочинений в 8-ми т[М]. М., 1954-1961.

[136] Стахорский С.В. Вячеслав Иванов и русская культурная культура начала ⅩⅩ века [М]. М.:ГИТИС, 1991.

[137] Степанова П. Театр и не-театр Ежи Гротовского[М]. М.:Совпадение, 2015.

[138] Сурина Т.М. Рудольф Штейнер и В.Э.Мейерхольд: эвритмия, биомеханика, вечное становление [М]. М.:МАКС.Пресс, 2006.

[139] Сурина Т.М. Рудольф Штейнер и российская театральная культура: Михаил Чехов, Всеволод Мейерхольд, Андрей Белый [М]. М.:Прогресс-Плеяда, 2014.

[140] Сценическая педагогика. Сб. трудов. Л., 1973.

[141] Таиров А.Я. Записки режиссера. Статьи. Беседы. Речи. Письма[М]. М., 1970.

[142] Тарабукин Н.М. о В.Э.Мейерхольде[М]. Сост. О.М.Фельдман, М.: О.Г.И., 1998.

[143] Творческое наследие В.Э.Мейерхольда [М]. М., 1978.

[144] Театр. Книга о новом театре (Сборник статей) [М]. М.: ГИТИС, 2012

[145] Театр ⅩⅩ века: Закономерности развития[М]. М.:Индрик, 2007.

[146] Театральные страницы. 1969. М., 1969.

[147] Театральный Октябрь. Сб. I. Л.-М., 1926.

[148] Товстоногов Г.А. Круг мыслей. Л., 1972.

[149] Титова Г. Мейерхольд и Комиссаржевская: модерн на пути к условному театру[M]. СПб., 2006.

[150] Туровская М. Бабанова: Легенда и биография [M]. М., 1981.

[151] У истоков режиссуры. Очерки из истории русской режиссуры конца XIX начала ⅩⅩ века. Л., 1976.

[152] Учитель Бубус. Три акта Алексея Файко. Программа театра имени Вс.Мейерхольда[M]. М, 1925.

[153] Уварова И.П. Мистерии. Страсти по Мейерхольду//Декоративное искусство[J]. 1991（3）:12–15.

[154] Уварова И.П. Мейерхольд: новейшие искания, заветы древности// Театр [J]. 1994（5–6）:91–121.

[155] Уварова И.П. Смеется в каждой кукле чародей[M]. М.:РГГУ, 2001.

[156] Файко А. Записки старого театральщика[M]. М., 1978.

[157] Февральский А. Десять лет театра Мейерхольда [M]. М., 1931.

[158] Февральский А.В. Мейерхольд и Шекспир. В кн.: Вильям Шекспир[M]. М., 1964.

[159] Февральский А. Прокофьев и Мейерхольд. В кн.: Сергей Прокофьев. Статьи и материалы [M]. М., 1965.

[160] Февральский А. Записки ровесника века [M]. М., 1976.

[161] Февральский А. Пути к синтезу: Мейерхольд и кино[M]. М.:Искусство, 1978.

[162] Филиппов В. Беседы о театре. М., 1924.

[163] Чеховиана. Чехов и серебряный век [C]. М.:Наука, 1991.

[164] Чжун Чжун Ок Режиссерская методология Вс.Э.Мейерхольда и её влияние на современный театр[D]. 2005.

[165] Шахматова Е.В. Искания европейской режиссуры и традиции востока[M]. М.,1997.

[166] Шкловский В. Эйзенштейн [M]. М., 1973.

[167] Шнейдерман И.И. В.Э.Мейерхольд в работе над последним возобновлением «Маскарада»（По страницам стенографических записей 1938 года）. В кн.: Наука о театре. Л., 1975.

[168] Щербаков В. По обе стороны маски //Театр [J].1990,（1）:59–68.

[169] Эйзенштейн С. Избранные произведения в 6 т. М., 1964 –1968.

[170] Эйзенштейн о Мейерхольде (1919–1948) [М]. М.: Новое издательство, 2005.

[171] Эльвира Сарабьян, Вера Полищук. Большая книга актерского мастерства. Уникальное собрание тренингов по методикам величайших режиссеров. Станиславский, Мейерхольд, Чехов, Товстоногов [М]. М.:Изд. АСТ, 2015.

[172] Эстетический идеал и проблема художественного многообразия. М., 1968.

[173] Юзовский Ю. О театре и драме. В 2–х т [М]. М., 1982.

[174] Юткевич С. Кино это правда 24 кадра в секунду [М]. М., 1975.

[175] Law, Alma and Mel Gordon. Meyerhold, Eisenstein and Biomechanics [M]. M.,1996.

[176] Leach, Robert.Vsevolod Meyerhold [M].M.,Cambridge University Press. 1993.

[177] Leach, Robert. Stanislavsky and Meyerhold [M]. M.,Bern.2003.

[178] Pitches, Jonathan. Vsevolod Meyerhold Routledge Performance Practitioners [M].M.,1995.

[179] Symons, James M. Meyerhold’s Theatre of the Crotesque [M].M., University jf Miani Press. 1971.

梅耶荷德导演大事记（1902—1939）

第一部分：完成的导演作品

剧作者	作品名	合作导演	美术设计	演出剧院	演出时间
A. 契诃夫	《三姐妹》	A.C. 科舍韦尔罗夫	M.A. 米哈伊洛夫	赫尔松：由科舍韦尔罗夫和梅耶荷德领导的俄罗斯话剧团	1902 年 9 月 22 日
A. 奥斯特洛夫斯基	《名伶与捧角》	A.C. 科舍韦尔罗夫	M.A. 米哈伊洛夫	赫尔松：由科舍韦尔罗夫和梅耶荷德领导的俄罗斯话剧团	1902 年 9 月 24 日
A. 契诃夫	《万尼亚舅舅》	A.C. 科舍韦尔罗夫	M.A. 米哈伊洛夫	赫尔松：由科舍韦尔罗夫和梅耶荷德领导的俄罗斯话剧团	1902 年 9 月 26 日
C. 奈焦诺夫	《瓦纽申的孩子们》	A.C. 科舍韦尔罗夫	M.A. 米哈伊洛夫	赫尔松：由科舍韦尔罗夫和梅耶荷德领导的俄罗斯话剧团	1902 年 9 月 29 日
A. 特罗菲莫夫	《雌蜂与雄蜂》	A.C. 科舍韦尔罗夫	M.A. 米哈伊洛夫	赫尔松：由科舍韦尔罗夫和梅耶荷德领导的俄罗斯话剧团	1902 年 10 月 1 日
И. 谢格罗夫	《女人们的闲言碎语》				

续表

剧作者	作品名	合作导演	美术设计	演出剧院	演出时间
Э. 巴里耶隆	《王国内的寂寥》	A.C. 科舍韦尔罗夫	M.A. 米哈伊洛夫		1902 年 10 月 3 日
B. 特拉赫滕别勒克	《彗星》	A.C. 科舍韦尔罗夫	M.A. 米哈伊洛夫	赫尔松：由科舍韦尔罗夫和梅耶荷德领导的俄罗斯话剧团	1902 年 10 月 4 日
Г. 霍普特曼	《亨舍尔》	A.C. 科舍韦尔罗夫	M.A. 米哈伊洛夫	赫尔松：由科舍韦尔罗夫和梅耶荷德领导的俄罗斯话剧团	1902 年 10 月 6 日
B л. 涅米罗维奇－丹钦科	《金子》	A.C. 科舍韦尔罗夫	M.A. 米哈伊洛夫	赫尔松：由科舍韦尔罗夫和梅耶荷德领导的俄罗斯话剧团	1902 年 10 月 8 日
A. 契诃夫	《海鸥》	A.C. 科舍韦尔罗夫	M.A. 米哈伊洛夫	赫尔松：由科舍韦尔罗夫和梅耶荷德领导的俄罗斯话剧团	1902 年 10 月 10 日
Д. 弗里达	《同学》	A.C. 科舍韦尔罗夫	M.A. 米哈伊洛夫	赫尔松：由科舍韦尔罗夫和梅耶荷德领导的俄罗斯话剧团	1902 年 10 月 11 日
Л. 托尔斯泰	《疯狂的夜》	A.C. 科舍韦尔罗夫	M.A. 米哈伊洛夫	赫尔松：由科舍韦尔罗夫和梅耶荷德领导的俄罗斯话剧团	1902 年 10 月 15 日

续表

剧作者	作品名	合作导演	美术设计	演出剧院	演出时间
Г. 祖杰尔曼	《生命万岁》	A.C. 科舍韦尔罗夫	M.A. 米哈伊洛夫	赫尔松：由科舍韦尔罗夫和梅耶荷德领导的俄罗斯话剧团	1902 年 10 月 17 日
A. 奥斯特洛夫斯基	《巴里扎米诺夫的婚事》	A.C. 科舍韦尔罗夫	M.A. 米哈伊洛夫	赫尔松：由科舍韦尔罗夫和梅耶荷德领导的俄罗斯话剧团	1902 年 10 月 20 日
A. 奥斯特洛夫斯基和 H. 索罗维耶夫	《别鲁根的婚事》	A.C. 科舍韦尔罗夫	M.A. 米哈伊洛夫	赫尔松：由科舍韦尔罗夫和梅耶荷德领导的俄罗斯话剧团	1902 年 10 月 21 日
C. 普希贝舍夫斯基	《金羊毛》	A.C. 科舍韦尔罗夫	M.A. 米哈伊洛夫	赫尔松：由科舍韦尔罗夫和梅耶荷德领导的俄罗斯话剧团	1902 年 10 月 24 日
Э. 佐拉	《特蕾莎·拉肯》	A.C. 科舍韦尔罗夫	M.A. 米哈伊洛夫	赫尔松：由科舍韦尔罗夫和梅耶荷德领导的俄罗斯话剧团	1902 年 10 月 25 日
B л. 涅米罗维奇 – 丹钦科	《最后的意志》	A.C. 科舍韦尔罗夫	M.A. 米哈伊洛夫	赫尔松：由科舍韦尔罗夫和梅耶荷德领导的俄罗斯话剧团	1902 年 10 月 26 日
M. 谢维尔娜娅	《来自巴奇雅车斯卡的可怜的奥利嘉》	A.C. 科舍韦尔罗夫	M.A. 米哈伊洛夫	赫尔松：由科舍韦尔罗夫和梅耶荷德领导的俄罗斯话剧团	1902 年 10 月 27 日（早场）

续表

剧作者	作品名	合作导演	美术设计	演出剧院	演出时间
В л. 涅米罗维奇－丹钦科	《生命的价值》	A.C. 科舍韦尔罗夫	M.A. 米哈伊洛夫	赫尔松：由科舍韦尔罗夫和梅耶荷德领导的俄罗斯话剧团	1902 年 10 月 27 日（晚场）
Г. 格依耶尔曼斯	《娜杰斯塔之死》	A.C. 科舍韦尔罗夫	M.A. 米哈伊洛夫	赫尔松：由科舍韦尔罗夫和梅耶荷德领导的俄罗斯话剧团	1902 年 10 月 31 日
Г. 霍普特曼	《孤独者》	A.C. 科舍韦尔罗夫	M.A. 米哈伊洛夫	赫尔松：由科舍韦尔罗夫和梅耶荷德领导的俄罗斯话剧团	1902 年 11 月 1 日
A. 奥斯特洛夫斯基	《自家人好算账》	A.C. 科舍韦尔罗夫	M.A. 米哈伊洛夫	赫尔松：由科舍韦尔罗夫和梅耶荷德领导的俄罗斯话剧团	1902 年 11 月 3 日
A. 契诃夫	《伊万诺夫》	A.C. 科舍韦尔罗夫	M.A. 米哈伊洛夫	赫尔松：由科舍韦尔罗夫和梅耶荷德领导的俄罗斯话剧团	1902 年 11 月 5 日
Л. 托尔斯泰	《黑暗的势力》	A.C. 科舍韦尔罗夫	M.A. 米哈伊洛夫	赫尔松：由科舍韦尔罗夫和梅耶荷德领导的俄罗斯话剧团	1902 年 11 月 7 日
Г. 霍普特曼	《沉钟》	A.C. 科舍韦尔罗夫	M.A. 米哈伊洛夫	赫尔松：由科舍韦尔罗夫和梅耶荷德领导的俄罗斯话剧团	1902 年 11 月 10 日

续表

剧作者	作品名	合作导演	美术设计	演出剧院	演出时间
Г. 祖杰尔曼	《诚实》	A.C. 科舍韦尔罗夫	M.A. 米哈伊洛夫	赫尔松：由科舍韦尔罗夫和梅耶荷德领导的俄罗斯话剧团	1902 年 11 月 12 日
Д ж.К. 哲罗姆	《女人的逻辑》(《霍布斯小姐》)	A.C. 科舍韦尔罗夫	M.A. 米哈伊洛夫	赫尔松：由科舍韦尔罗夫和梅耶荷德领导的俄罗斯话剧团	1902 年 11 月 15 日
H. 吉姆科夫斯基	《强者与弱者》	A.C. 科舍韦尔罗夫	M.A. 米哈伊洛夫	赫尔松：由科舍韦尔罗夫和梅耶荷德领导的俄罗斯话剧团	1902 年 11 月 17 日
M. 高尔基	《在底层》	A.C. 科舍韦尔罗夫	M.A. 米哈伊洛夫	赫尔松：由科舍韦尔罗夫和梅耶荷德领导的俄罗斯话剧团	1902 年 11 月 19 日
A. 奥斯特洛夫斯基和 H. 索罗维耶夫	《幸福的一天》	A.C. 科舍韦尔罗夫	M.A. 米哈伊洛夫	赫尔松：由科舍韦尔罗夫和梅耶荷德领导的俄罗斯话剧团	1902 年 11 月 21 日
Г. 祖杰尔曼	《蝴蝶之战》	A.C. 科舍韦尔罗夫	M.A. 米哈伊洛夫	赫尔松：由科舍韦尔罗夫和梅耶荷德领导的俄罗斯话剧团	1902 年 11 月 24 日
A. 什尼茨莱尔	《最后的伪装》	A.C. 科舍韦尔罗夫	M.A. 米哈伊洛夫	赫尔松：由科舍韦尔罗夫和梅耶荷德领导的俄罗斯话剧团	1902 年 11 月 28 日

续表

剧作者	作品名	合作导演	美术设计	演出剧院	演出时间
Г. 易卜生	《野鸭》	A.C. 科舍韦尔罗夫	M.A. 米哈伊洛夫	赫尔松：由科舍韦尔罗夫和梅耶荷德领导的俄罗斯话剧团	1902 年 11 月 29 日
A. 奥斯特洛夫斯基	《迟来的爱》	A.C. 科舍韦尔罗夫	M.A. 米哈伊洛夫	赫尔松：由科舍韦尔罗夫和梅耶荷德领导的俄罗斯话剧团	1902 年 11 月 30 日
A.K. 托尔斯泰	《伊凡雷帝之死》	A.C. 科舍韦尔罗夫	M.A. 米哈伊洛夫	赫尔松：由科舍韦尔罗夫和梅耶荷德领导的俄罗斯话剧团	1902 年 12 月 4 日
Г. 易卜生	《海达·高布乐》	A.C. 科舍韦尔罗夫	M.A. 米哈伊洛夫	赫尔松：由科舍韦尔罗夫和梅耶荷德领导的俄罗斯话剧团	1902 年 12 月 7 日
M. 柴可夫斯基	《交响乐》	A.C. 科舍韦尔罗夫	M.A. 米哈伊洛夫	赫尔松：由科舍韦尔罗夫和梅耶荷德领导的俄罗斯话剧团	1902 年 12 月 10 日
Ф. 菲利比	《人类的恩人》	A.C. 科舍韦尔罗夫	M.A. 米哈伊洛夫	赫尔松：由科舍韦尔罗夫和梅耶荷德领导的俄罗斯话剧团	1902 年 12 月 12 日
Д. 阿维尔基耶夫	《卡希拉壮士歌》	A.C. 科舍韦尔罗夫	M.A. 米哈伊洛夫	赫尔松：由科舍韦尔罗夫和梅耶荷德领导的俄罗斯话剧团	1902 年 12 月 15 日（早场）

续表

剧作者	作品名	合作导演	美术设计	演出剧院	演出时间
Г. 祖杰尔曼	《角落里的幸福》	A.C. 科舍韦尔罗夫	M.A. 米哈伊洛夫	赫尔松：由科舍韦尔罗夫和梅耶荷德领导的俄罗斯话剧团	1902年12月15日（晚场）
B. 克雷洛夫	《宠儿》	A.C. 科舍韦尔罗夫	M.A. 米哈伊洛夫	赫尔松：由科舍韦尔罗夫和梅耶荷德领导的俄罗斯话剧团	1902年12月17日
Ж. 里希卞	《亡与生》	A.C. 科舍韦尔罗夫	M.A. 米哈伊洛夫	赫尔松：由科舍韦尔罗夫和梅耶荷德领导的俄罗斯话剧团	1902年12月19日
A. 奥斯特洛夫斯基	《孰能无过，孰能免祸》	A.C. 科舍韦尔罗夫	M.A. 米哈伊洛夫	赫尔松：由科舍韦尔罗夫和梅耶荷德领导的俄罗斯话剧团	1902年12月26日
И. 普拉东	《人们》	A.C. 科舍韦尔罗夫	M.A. 米哈伊洛夫	赫尔松：由科舍韦尔罗夫和梅耶荷德领导的俄罗斯话剧团	1902年12月27日
A. 奥斯特洛夫斯基和 C. 葛杰奥诺夫	《瓦西里萨·梅列基耶娃》	A.C. 科舍韦尔罗夫	M.A. 米哈伊洛夫	赫尔松：由科舍韦尔罗夫和梅耶荷德领导的俄罗斯话剧团	1902年12月29日
П.П. 维伊别尔克	《没有太阳》	A.C. 科舍韦尔罗夫	M.A. 米哈伊洛夫	赫尔松：由科舍韦尔罗夫和梅耶荷德领导的俄罗斯话剧团	1902年12月30日

续表

剧作者	作品名	合作导演	美术设计	演出剧院	演出时间
Ж. 勒梅特	《在后台》(《福利波特》)	A.C. 科舍韦尔罗夫	M.A. 米哈伊洛夫	赫尔松：由科舍韦尔罗夫和梅耶荷德领导的俄罗斯话剧团	1902 年 12 月 31 日
И. 巴丹卞科	《神话故事》	A.C. 科舍韦尔罗夫	M.A. 米哈伊洛夫	赫尔松：由科舍韦尔罗夫和梅耶荷德领导的俄罗斯话剧团	1903 年 1 月 3 日
A.K. 托尔斯泰	《沙皇费多尔·约安诺维奇》	A.C. 科舍韦尔罗夫	M.A. 米哈伊洛夫	赫尔松：由科舍韦尔罗夫和梅耶荷德领导的俄罗斯话剧团	1903 年 1 月 6 日
K. 申格尔	《车工们》	A.C. 科舍韦尔罗夫	M.A. 米哈伊洛夫	赫尔松：由科舍韦尔罗夫和梅耶荷德领导的俄罗斯话剧团	1903 年 1 月 7 日
E. 齐利科夫	《院子里，厢房中》	A.C. 科舍韦尔罗夫	M.A. 米哈伊洛夫	赫尔松：由科舍韦尔罗夫和梅耶荷德领导的俄罗斯话剧团	1903 年 1 月 9 日
B. 特拉赫简别勒克	《胜利》	A.C. 科舍韦尔罗夫	M.A. 米哈伊洛夫	赫尔松：由科舍韦尔罗夫和梅耶荷德领导的俄罗斯话剧团	1903 年 1 月 10 日
M. 柴可夫斯基	《战士们》	A.C. 科舍韦尔罗夫	M.A. 米哈伊洛夫	赫尔松：由科舍韦尔罗夫和梅耶荷德领导的俄罗斯话剧团	1903 年 1 月 14 日

续表

剧作者	作品名	合作导演	美术设计	演出剧院	演出时间
Г. 易卜生	《人民公敌》	A.C. 科舍韦尔罗夫	M.A. 米哈伊洛夫	赫尔松：由科舍韦尔罗夫和梅耶荷德领导的俄罗斯话剧团	1903 年 1 月 16 日
H. 拉克尚宁	《断崖》	A.C. 科舍韦尔罗夫	M.A. 米哈伊洛夫	赫尔松：由科舍韦尔罗夫和梅耶荷德领导的俄罗斯话剧团	1903 年 1 月 17 日
Д. 别利斯基	《为沙皇而活》	A.C. 科舍韦尔罗夫	M.A. 米哈伊洛夫	赫尔松：由科舍韦尔罗夫和梅耶荷德领导的俄罗斯话剧团	1903 年 1 月 19 日
И. 巴丹下科	《外人》	A.C. 科舍韦尔罗夫	M.A. 米哈伊洛夫	赫尔松：由科舍韦尔罗夫和梅耶荷德领导的俄罗斯话剧团	1903 年 1 月 21 日
M. 布拉格	《理想的妻子》	A.C. 科舍韦尔罗夫	M.A. 米哈伊洛夫	赫尔松：由科舍韦尔罗夫和梅耶荷德领导的俄罗斯话剧团	1903 年 1 月 23 日
Г. 霍普特曼	《米哈尔・克拉梅尔》	A.C. 科舍韦尔罗夫	M.A. 米哈伊洛夫	赫尔松：由科舍韦尔罗夫和梅耶荷德领导的俄罗斯话剧团	1903 年 1 月 24 日
A. 契诃夫	《熊》	A.C. 科舍韦尔罗夫	M.A. 米哈伊洛夫	赫尔松：由科舍韦尔罗夫和梅耶荷德领导的俄罗斯话剧团	1903 年 1 月 26 日

续表

剧作者	作品名	合作导演	美术设计	演出剧院	演出时间
В. 普拉达波巴夫	《生活以外》	А.С. 科舍韦尔罗夫	М.А. 米哈伊洛夫	赫尔松：由科舍韦尔罗夫和梅耶荷德领导的俄罗斯话剧团	1903 年 1 月 31 日
Н. 涅克拉索夫	《秋日的寂寥》	А.С. 科舍韦尔罗夫		赫尔松：由科舍韦尔罗夫和梅耶荷德领导的俄罗斯话剧团	1903 年 2 月 4 日
И. 巴丹卞科	《生命》	А.С. 科舍韦尔罗夫	М.А. 米哈伊洛夫	赫尔松：由科舍韦尔罗夫和梅耶荷德领导的俄罗斯话剧团	1903 年 2 月 6 日
Э. 拉比施	《草帽》	А.С. 科舍韦尔罗夫	М.А. 米哈伊洛夫	赫尔松：由科舍韦尔罗夫和梅耶荷德领导的俄罗斯话剧团	1903 年 2 月 7 日
А.К. 托尔斯泰	《谢列勃梁内伊大公》	А.С. 科舍韦尔罗夫	М.А. 米哈伊洛夫	赫尔松：由科舍韦尔罗夫和梅耶荷德领导的俄罗斯话剧团	1903 年 2 月 9 日（早场）
П. 雅尔采夫	《魔术师》	А.С. 科舍韦尔罗夫	М.А. 米哈伊洛夫	赫尔松：由科舍韦尔罗夫和梅耶荷德领导的俄罗斯话剧团	1903 年 2 月 9 日（晚场）
Н. 叶尔莫洛夫	《魔笛》	А.С. 科舍韦尔罗夫	М.А. 米哈伊洛夫	赫尔松：由科舍韦尔罗夫和梅耶荷德领导的俄罗斯话剧团	1903 年 2 月 14 日

续表

剧作者	作品名	合作导演	美术设计	演出剧院	演出时间
Г. 法贝尔	《永恒的爱》	A.C. 科舍韦尔罗夫	M.A. 米哈伊洛夫	赫尔松：由科舍韦尔罗夫和梅耶荷德领导的俄罗斯话剧团	1903 年 2 月 15 日
M. 梅特林克	《骗取信任的人》	A.C. 科舍韦尔罗夫	M.A. 米哈伊洛夫	塞瓦斯托波尔	1903 年 5 月 18 日
M. 高尔基	《在底层》	A.C. 科舍韦尔罗夫	M.A. 米哈伊洛夫	塞瓦斯托波尔	1903 年 5 月 21 日
B. 图诺申斯基	《外省的克里奥帕特拉》	A.C. 科舍韦尔罗夫	M.A. 米哈伊洛夫	塞瓦斯托波尔	1903 年 5 月 26 日
Г. 易卜生	《海上夫人》（《艾丽达》）	A.C. 科舍韦尔罗夫	M.A. 米哈伊洛夫	塞瓦斯托波尔	1903 年 5 月 27 日
A. 比森，Ф. 卡勒尔	《经理先生》	A.C. 科舍韦尔罗夫	M.A. 米哈伊洛夫	塞瓦斯托波尔	1903 年 6 月 5 日
A. 仲马	《王》	A.C. 科舍韦尔罗夫	M.A. 米哈伊洛夫	赫尔松：新话剧社	1903 年 9 月 16 日
A. 什尼茨莱尔	《玩乐》	A.C. 科舍韦尔罗夫	M.A. 米哈伊洛夫	赫尔松：新话剧社	1903 年 9 月 19 日
O. 米拉波	《守财奴》	A.C. 科舍韦尔罗夫	M.A. 米哈伊洛夫	赫尔松：新话剧社	1903 年 9 月 20 日

续表

剧作者	作品名	合作导演	美术设计	演出剧院	演出时间
H. 果戈理	《婚事》	A.C. 科舍韦尔罗夫	M.A. 米哈伊洛夫	赫尔松：新话剧社	1903 年 9 月 21 日（早场）
A. 普列谢耶夫	《并非最后一个》	A.C. 科舍韦尔罗夫	M.A. 米哈伊洛夫	赫尔松：新话剧社	1903 年 9 月 21 日（晚场）
P. 布拉克	《生活的庆典》	A.C. 科舍韦尔罗夫	M.A. 米哈伊洛夫	赫尔松：新话剧社	1903 年 9 月 26 日
B. 梅耶－费尔斯特涅尔	《太子》	A.C. 科舍韦尔罗夫	M.A. 米哈伊洛夫	赫尔松：新话剧社	1903 年 9 月 28 日
Г. 霍普特曼（梅耶荷德译）	《日出之前》	A.C. 科舍韦尔罗夫	M.A. 米哈伊洛夫	赫尔松：新话剧社	1903 年 10 月 1 日
A. 奥斯特洛夫斯基	《森林》	A.C. 科舍韦尔罗夫	M.A. 米哈伊洛夫	赫尔松：新话剧社	1903 年 10 月 2 日
Г. 巴尔	《星星》	A.C. 科舍韦尔罗夫	M.A. 米哈伊洛夫	赫尔松：新话剧社	1903 年 10 月 4 日
E. 别斯嘉托夫	《天鹅之歌》	A.C. 科舍韦尔罗夫	M.A. 米哈伊洛夫	赫尔松：新话剧社	1903 年 10 月 7 日
A. 奥斯特洛夫斯基	《横财》	A.C. 科舍韦尔罗夫	M.A. 米哈伊洛夫	赫尔松：新话剧社	1903 年 10 月 8 日
P. 布拉克	《迷失在黑暗中》	A.C. 科舍韦尔罗夫	M.A. 米哈伊洛夫	赫尔松：新话剧社	1903 年 10 月 11 日

续表

剧作者	作品名	合作导演	美术设计	演出剧院	演出时间
Г. 霍普特曼	《职员克拉姆普顿》	A.C. 科舍韦尔罗夫	M.A. 米哈伊洛夫	赫尔松：新话剧社	1903 年 10 月 14 日
Ф. 菲利比	《伟大的天体》	A.C. 科舍韦尔罗夫	M.A. 米哈伊洛夫	赫尔松：新话剧社	1903 年 10 月 18 日
Г. 祖杰尔曼	《祖国》	A.C. 科舍韦尔罗夫	M.A. 米哈伊洛夫	赫尔松：新话剧社	1903 年 10 月 21 日
A. 什尼茨莱尔	《童话故事》	A.C. 科舍韦尔罗夫	M.A. 米哈伊洛夫	赫尔松：新话剧社	1903 年 10 月 24 日
H. 别尔西杨妮诺娃	《女慈善家》	A.C. 科舍韦尔罗夫	M.A. 米哈伊洛夫	赫尔松：新话剧社	1903 年 10 月 31 日
A. 奥斯特洛夫斯基	《贫非罪》	A.C. 科舍韦尔罗夫	M.A. 米哈伊洛夫	赫尔松：新话剧社	1903 年 11 月 2 日（早场）
C. 奈焦诺夫	《№ 13》	A.C. 科舍韦尔罗夫	M.A. 米哈伊洛夫	赫尔松：新话剧社	1903 年 11 月 2 日（晚场）
B. 莎士比亚	《仲夏夜之梦》	A.C. 科舍韦尔罗夫	M.A. 米哈伊洛夫	赫尔松：新话剧社	1903 年 11 月 7 日
C. 巴卢茨基	《单身汉俱乐部》	A.C. 科舍韦尔罗夫	M.A. 米哈伊洛夫	赫尔松：新话剧社	1903 年 11 月 8 日
H. 别尔西杨妮诺娃	《无果之花》	A.C. 科舍韦尔罗夫	M.A. 米哈伊洛夫	赫尔松：新话剧社	1903 年 11 月 11 日

续表

剧作者	作品名	合作导演	美术设计	演出剧院	演出时间
И. 拉德季维洛维奇	《往事》	A.C. 科舍韦尔罗夫	M.A. 米哈伊洛夫	赫尔松：新话剧社	1903 年 11 月 13 日
И. 巴丹卞科 .	《高中》	A.C. 科舍韦尔罗夫	M.A. 米哈伊洛夫	赫尔松：新话剧社	1903 年 11 月 19 日
A. 契诃夫	《婚礼》	A.C. 科舍韦尔罗夫	M.A. 米哈伊洛夫	赫尔松：新话剧社	1903 年 11 月 21 日
A. 奥斯特洛夫斯基	《狼和羊》	A.C. 科舍韦尔罗夫	M.A. 米哈伊洛夫	赫尔松：新话剧社	1903 年 11 月 26 日
Г. 易卜生	《玩偶之家》（首演）	A.C. 科舍韦尔罗夫	M.A. 米哈伊洛夫	赫尔松：新话剧社	1903 年 11 月 27 日
A. 奥斯特洛夫斯基	《没有陪嫁的女人》	A.C. 科舍韦尔罗夫	M.A. 米哈伊洛夫	赫尔松：新话剧社	1903 年 11 月 30 日
B. 克雷洛夫	《恶作剧》	A.C. 科舍韦尔罗夫	M.A. 米哈伊洛夫	赫尔松：新话剧社	1903 年 12 月 3 日
A. 契诃夫	《求婚》	A.C. 科舍韦尔罗夫	M.A. 米哈伊洛夫		
C. 奈焦诺夫	《有钱人》	A.C. 科舍韦尔罗夫	M.A. 米哈伊洛夫	赫尔松：新话剧社	1903 年 12 月 4 日
И. 巴丹卞科	《赎罪》	A.C. 科舍韦尔罗夫	M.A. 米哈伊洛夫	赫尔松：新话剧社	1903 年 12 月 9 日

续表

剧作者	作品名	合作导演	美术设计	演出剧院	演出时间
A. 费多尔罗夫	《被风暴折断的树木》	A.C. 科舍韦尔罗夫	M.A. 米哈伊洛夫	赫尔松：新话剧社	1903 年 12 月 12 日
Г. 祖杰尔曼	《伊凡诺夫之夜的篝火》	A.C. 科舍韦尔罗夫	M.A. 米哈伊洛夫	赫尔松：新话剧社	1903 年 12 月 14 日
A. 克留科夫斯基	《寡头》	A.C. 科舍韦尔罗夫	M.A. 米哈伊洛夫	赫尔松：新话剧社	1903 年 12 月 17 日
C. 普什贝舍夫斯基	《雪》	A.C. 科舍韦尔罗夫	M.A. 米哈伊洛夫	赫尔松：新话剧社	1903 年 12 月 19 日
A. 格里鲍耶多夫	《聪明误》	A.C. 科舍韦尔罗夫	M.A. 米哈伊洛夫	赫尔松：新话剧社	1903 年 12 月 26 日
A. 什尼茨莱尔	《临别的晚餐》	A.C. 科舍韦尔罗夫	M.A. 米哈伊洛夫	赫尔松：新话剧社	1903 年 12 月 29 日
Л. 梅伊	《沙皇的新娘》	A.C. 科舍韦尔罗夫	M.A. 米哈伊洛夫	赫尔松：新话剧社	1903 年 12 月 30 日
Ф. 冯 · 申丹	《金色的夏娃》	A.C. 科舍韦尔罗夫	M.A. 米哈伊洛夫	赫尔松：新话剧社	1903 年 12 月 31 日
Г. 霍普特曼	《红公鸡》	A.C. 科舍韦尔罗夫	M.A. 米哈伊洛夫	赫尔松：新话剧社	1904 年 1 月 8 日
Г. 霍普特曼	《和平节》（《有病的人》）	A.C. 科舍韦尔罗夫	M.A. 米哈伊洛夫	赫尔松：新话剧社	1904 年 1 月 9 日

续表

剧作者	作品名	合作导演	美术设计	演出剧院	演出时间
A. 苏霍沃－柯贝林	《案件》	A.C. 科舍韦尔罗夫	M.A. 米哈伊洛夫	赫尔松：新话剧社	1904 年 1 月 11 日
Г. 祖杰尔曼	《索多姆的毁灭》	A.C. 科舍韦尔罗夫	M.A. 米哈伊洛夫	赫尔松：新话剧社	1904 年 1 月 13 日
Г. 易卜生	《小艾伊奥里夫》	A.C. 科舍韦尔罗夫	M.A. 米哈伊洛夫	赫尔松：新话剧社	1904 年 1 月 15 日
П. 亚尔采夫	《婚姻》	A.C. 科舍韦尔罗夫	M.A. 米哈伊洛夫	赫尔松：新话剧社	1904 年 1 月 17 日
Г. 易卜生	《群鬼》	A.C. 科舍韦尔罗夫	M.A. 米哈伊洛夫	赫尔松：新话剧社	1904 年 1 月 20 日
M. 梅特林克	《莫娜・娃娜》	A.C. 科舍韦尔罗夫	M.A. 米哈伊洛夫	赫尔松：新话剧社	1904 年 1 月 22 日
H. 加尔别	《青年》	A.C. 科舍韦尔罗夫	M.A. 米哈伊洛夫	赫尔松：新话剧社	1904 年 1 月 29 日
B. 莎士比亚	《威尼斯商人》	A.C. 科舍韦尔罗夫	M.A. 米哈伊洛夫	赫尔松：新话剧社	1904 年 2 月 2 日
A. 奥斯特洛夫斯基	《弄臣》	A.C. 科舍韦尔罗夫	M.A. 米哈伊洛夫	赫尔松：新话剧社	1904 年 2 月 3 日
A. 契诃夫	《樱桃园》	A.C. 科舍韦尔罗夫	M.A. 米哈伊洛夫	赫尔松：新话剧社	1904 年 2 月 4 日

续表

剧作者	作品名	合作导演	美术设计	演出剧院	演出时间
Н. 加尔别	《急流》	А.С. 科舍韦尔罗夫	М.А. 米哈伊洛夫	第比利斯	1904 年 10 月 15 日
Э. 勃里约	《红色长袍》	А.С. 科舍韦尔罗夫	М.А. 米哈伊洛夫	赫尔松：新话剧社	1904 年 10 月 25 日
А. 什尼茨莱尔	《木偶剧院的经理》	А.С. 科舍韦尔罗夫	М.А. 米哈伊洛夫	赫尔松：新话剧社	1904 年 11 月 1 日
Л. 托尔斯泰（改编）	《喀秋莎·马斯洛娃》	А.С. 科舍韦尔罗夫	М.А. 米哈伊洛夫	赫尔松：新话剧社	1904 年 11 月 30 日
Г. 冯·霍夫曼斯塔尔	《窗中女人》	А.С. 科舍韦尔罗夫	М.А. 米哈伊洛夫	赫尔松：新话剧社	1904 年 12 月 14 日
О. 米尔波	《小偷》	А.С. 科舍韦尔罗夫	М.А. 米哈伊洛夫	赫尔松：新话剧社	1904 年 12 月 16 日
Г. 霍普特曼	《什留克与雅乌》	А.С. 科舍韦尔罗夫	М.А. 米哈伊洛夫	赫尔松：新话剧社	1904 年 12 月 26 日（早场）
Л. 托尔斯泰	《教育的果实》	А.С. 科舍韦尔罗夫	М.А. 米哈伊洛夫	赫尔松：新话剧社	1904 年 12 月 26 日（晚场）
А. 奥斯特洛夫斯基	《雪姑娘》	А.С. 科舍韦尔罗夫	М.А. 米哈伊洛夫	赫尔松：新话剧社	1904 年 12 月 30 日
В. 特拉赫简别勒克	《幸福鸟》	А.С. 科舍韦尔罗夫	М.А. 米哈伊洛夫	赫尔松：新话剧社	1904 年 12 月 31 日

续表

剧作者	作品名	合作导演	美术设计	演出剧院	演出时间
A. 苏姆巴托夫	《背叛》	A.C. 科舍韦尔罗夫	M.A. 米哈伊洛夫	赫尔松：新话剧社	1905 年 1 月 4 日
O. 恩斯特	《家庭教师弗拉克斯曼》	A.C. 科舍韦尔罗夫	M.A. 米哈伊洛夫	赫尔松：新话剧社	1905 年 1 月 8 日
B. 特拉赫简别勒克	《今天》	A.C. 科舍韦尔罗夫	M.A. 米哈伊洛夫	赫尔松：新话剧社	1905 年 1 月 9 日
И. 波丹卡科	《羽翼相连》	A.C. 科舍韦尔罗夫	M.A. 米哈伊洛夫	赫尔松：新话剧社	1905 年 1 月 14 日
A. 斯特林堡	《父亲》	A.C. 科舍韦尔罗夫	M.A. 米哈伊洛夫	赫尔松：新话剧社	1905 年 1 月 18 日
B л. 涅米罗维奇 – 丹钦科	《云杉》	A.C. 科舍韦尔罗夫	M.A. 米哈伊洛夫	赫尔松：新话剧社	1905 年 1 月 22 日
A. 科索罗托夫	《春潮》	A.C. 科舍韦尔罗夫	M.A. 米哈伊洛夫	赫尔松：新话剧社	1905 年 1 月 28 日
Γ. 霍普特曼	《罗泽·伯恩德》	A.C. 科舍韦尔罗夫	M.A. 米哈伊洛夫	赫尔松：新话剧社	1905 年 2 月 4 日
B. 特拉赫简别勒克	《他们是怎样戒烟的》	A.C. 科舍韦尔罗夫	M.A. 米哈伊洛夫	赫尔松：新话剧社	1905 年 2 月 13 日
M. 高尔基	《避暑客》	A.C. 科舍韦尔罗夫	M.A. 米哈伊洛夫	赫尔松：新话剧社	1905 年 2 月 15 日

续表

剧作者	作品名	合作导演	美术设计	演出剧院	演出时间
比彻·斯托夫人	《汤姆叔叔的小屋》	A.C. 科舍韦尔罗夫	M.A. 米哈伊洛夫	赫尔松：新话剧社	1905 年 2 月 20 日
儒勒·凡尔纳	《格兰特船长的儿女》	A.C. 科舍韦尔罗夫	M.A. 米哈伊洛夫	赫尔松：新话剧社	1905 年 2 月 25 日（早场）
Φ. 韦德肯（梅耶荷德译）	《宫廷歌手》	A.C. 科舍韦尔罗夫	M.A. 米哈伊洛夫	赫尔松：新话剧社	1905 年 2 月 25 日（晚场）

剧作者	作品名	合作导演	美术设计	作曲家	演出剧院	演出时间
C. 奈焦诺夫	《阿夫多季的一生》		K.K. 科斯金		尼古拉耶夫：新话剧社	1905 年 3 月 30 日
E. 奇利科夫	《伊凡·米罗内奇》		K.K. 科斯金		尼古拉耶夫：新话剧社	1905 年 4 月 4 日
K. 巴尔蒙特	《美之弥撒》		K.K. 科斯金		尼古拉耶夫：新话剧社	1905 年 4 月 7 日
C. 奈焦诺夫	《浪荡公子》		K.K. 科斯金		尼古拉耶夫：新话剧社	1905 年 4 月 19 日
A. 赫尔茨，O. 耶利格	《幻想家》		K.K. 科斯金			1905 年 4 月 22 日
M. 梅特林克	《丁达奇尔之死》		C.Ю. 苏杰伊金（1、2、3 幕）H.H. 萨普诺夫（4、5 幕）	И.A. 萨次	莫斯科实验剧院	1905 年夏（剧院尚未开放）

续表

剧作者	作品名	合作导演	美术设计	作曲家	演出剧院	演出时间
Г. 霍普特曼	《什留克与雅乌》	В. Э. 列普曼	Н.П. 乌里扬诺夫	Р. М. 格里埃尔	莫斯科实验剧院	1905 年夏（剧院尚未开放）
С. 普什贝舍夫斯基	《雪》		В.И. 杰尼索夫		莫斯科实验剧院	1905 年夏（剧院尚未开放）
Г. 易卜生	《爱的喜剧》		В.И. 杰尼索夫		莫斯科实验剧院	1905 年夏（剧院尚未开放）
Г. 易卜生	《爱的喜剧》		К. К. 科斯金		第比利斯：新话剧社	1906 年 2 月 20 日
А. 契诃夫	《外科诊室》		К. К. 科斯金		第比利斯：新话剧社	
О. 德莫夫	《官僚之道》		К. К. 科斯金		第比利斯：新话剧社	1906 年 2 月 21 日
В. 特拉赫简别勒克	《费姆卡》		К. К. 科斯金		第比利斯：新话剧社	1906 年 2 月 23 日
Е. 奇利科夫	《犹太人》		К. К. 科斯金		第比利斯：新话剧社	1906 年 2 月 24 日
И. 波丹卞科	《秘密文官的梦》		К. К. 科斯金		第比利斯：新话剧社	1906 年 2 月 27 日
М. 高尔基	《太阳之子》		К. К. 科斯金		第比利斯：新话剧社	1906 年 3 月 1 日
Э. 勃里约	《行尸走肉》		К. К. 科斯金		第比利斯：新话剧社	1906 年 3 月 2 日
С. 拉祖莫夫斯基	《年轻的风暴》		К. К. 科斯金		第比利斯：新话剧社	1906 年 3 月 12 日（早场）
А. 斯维尔斯基	《监狱》		К. К. 科斯金		第比利斯：新话剧社	1906 年 3 月 12 日（晚场）
肖洛姆·阿什	《去往锡永的途中》		К. К. 科斯金		第比利斯：新话剧社	1906 年 3 月 15 日

续表

剧作者	作品名	合作导演	美术设计	作曲家	演出剧院	演出时间
Г. 霍普特曼	《翰奈尔升天》		К.К. 科斯金		第比利斯：新话剧社	1906年3月16日
М. 梅特林克	《丁达奇尔之死》		К.К. 科斯金		第比利斯：新话剧社	1906年3月19日
И. 波丹卞科	《新生活》		К.К. 科斯金		顿河畔罗斯托夫	1906年3月22日
А. 什尼茨莱尔	《绿鹦鹉》		К.К. 科斯金		顿河畔罗斯托夫	1906年4月18日
А. 什尼茨莱尔	《生命的呐喊》		К.К. 科斯金		波尔塔瓦	1906年4月19日
Г. 易卜生	《群鬼》		К.К. 科斯金		波尔塔瓦	1906年6月7日
М. 梅特林克	《圣安东的奇迹》（《疯子》）		К.К. 科斯金		波尔塔瓦	1906年6月10日
О. 德莫夫	《该隐》		К.К. 科斯金		波尔塔瓦	1906年6月11日
Д. 普什贝舍夫斯卡娅	《罪》		К.К. 科斯金		波尔塔瓦	1906年6月18日
М. 高尔基	《野蛮人》		К.К. 科斯金		波尔塔瓦	1906年7月16日
Г. 易卜生	《海达·高布乐》		Н.Н. 萨普诺夫（布景），В.Д. 米里奥吉（服装）		彼得堡：科米萨尔日芙斯卡娅剧院	1906年11月10日
С. 尤什科维奇	《在城里》	П.М. 亚尔采夫	В.К 科隆达 С.Ю. 苏杰伊金 В.И. 杰尼索夫	А.К. 利亚多夫	彼得堡：科米萨尔日芙斯卡娅剧院	1906年11月13日

续表

剧作者	作品名	合作导演	美术设计	作曲家	演出剧院	演出时间
M. 梅特林克	《修女贝阿特丽莎》				彼得堡：科米萨尔日芙斯卡娅剧院	1906 年 11 月 22 日
C. 普什贝舍夫斯基	《永恒的童话》				彼得堡：科米萨尔日芙斯卡娅剧院	1906 年 12 月 4 日
Г. 易卜生	《娜拉》（《玩偶之家》）				彼得堡：科米萨尔日芙斯卡娅剧院	1906 年 12 月 18 日
A. 勃洛克	《滑稽草台戏》（首演）		Н.Н. 萨普诺夫	M.A. 库兹明	彼得堡：科米萨尔日芙斯卡娅剧院	1906 年 12 月
M. 梅特林克	《圣安东的奇迹》		В.К. 科隆达		彼得堡：科米萨尔日芙斯卡娅剧院	1906 年 12 月 30 日
Г. 盖贝格	《爱的悲剧》		В.Я. 苏列尼扬茨		彼得堡：科米萨尔日芙斯卡娅剧院	1907 年 1 月 8 日
Г. 易卜生	《爱的喜剧》		В.И. 杰尼索夫（第二版）		彼得堡：科米萨尔日芙斯卡娅剧院	1907 年 1 月 22 日
Г. 冯·霍夫曼斯塔尔	《佐别伊达的婚礼》		Б.И. 安尼斯菲尔德		彼得堡：科米萨尔日芙斯卡娅剧院	1907 年 2 月 12 日
Л. 安德列耶夫	《人的一生》		В. 梅耶荷德，В.К. 科隆达			1907 年 2 月 22 日

续表

剧作者	作品名	合作导演	美术设计	作曲家	演出剧院	演出时间
Л. 安德列耶夫	《向星星》		Н.Н. 赛文			1907 年 5 月 27 日
Ф. 韦德金特	《春之觉醒》		В.И. 杰尼索夫		科米萨尔日芙斯卡娅剧院	1907 年 9 月 15 日
М. 梅特林克（В. 勃留索夫译）	《佩莱亚斯与梅丽桑德》		В.И. 杰尼索夫		科米萨尔日芙斯卡娅剧院	1907 年 10 月 10 日
Ф.К. 索罗古勃	《死亡的胜利》		В. 梅耶荷德，波波夫		科米萨尔日芙斯卡娅剧院	1907 年 11 月 6 日
М. 梅特林克	《修女贝阿特丽莎》		К.К. 科斯金		科米萨尔日芙斯卡娅剧院	1908 年 2 月 17 日
Ф. 韦德金特	《吸血鬼》		К.К. 科斯金		科米萨尔日芙斯卡娅剧院	1908 年 2 月 19 日
Г. 冯 · 霍曼斯塔尔	《厄勒克特拉》		К.К. 科斯金			1908 年 2 月 20 日
Г. 易卜生	《海达 · 高布乐》		К.К. 科斯金			1908 年 2 月 21 日
Ф.К. 索罗古勃	《死亡的胜利》		К.К. 科斯金			1908 年 2 月 22 日
Л. 安德列耶夫	《人的一生》		К.К. 科斯金			1908 年 2 月 23 日
Г. 霍普特曼	《卡尔王的女俘》		К.К. 科斯金			1908 年 2 月 24 日
Г. 易卜生	《建筑大师》		К.К. 科斯金			1908 年 3 月 12 日
К. 汉姆生	《国门》		К.К. 科斯金			1908 年 3 月 13 日

续表

剧作者	作品名	合作导演	美术设计	作曲家	演出剧院	演出时间
К. 汉姆生	《国门》		А. Я. 戈洛温		彼得堡：亚历山大剧院	1908 年 9 月 30 日
О. 王尔德	《莎乐美》	舞蹈导演：М.М. 福金	Л.С. 巴克斯特	А.К. 格拉祖诺夫	彼得堡：米哈伊洛夫剧院	
П. 波将金	《彼得鲁什卡》					1908 年 12 月 6 日
Ф.Л. 索罗古勃	《荣誉与复仇》					
Н. 果戈理	《打官司》				亚历山大剧院	1909 年 3 月 19 日
理查德 · 瓦格纳	《特里斯坦与伊索尔德》		А.К. 舍尔瓦希泽		马林斯基剧院	1909 年 10 月 30 日
Д. 梅列日科夫斯基	《保罗一世》（两幕剧）					1910 年初
Э. 哈尔特	《舒林 · 唐特里斯》		А.К. 舍尔瓦希泽	М.А. 库兹明	亚历山大剧院	1910 年 3 月 9 日
П. 卡尔德隆（К. 巴尔蒙特译）	《信奉十字架》		С.Ю. 苏杰伊金		塔楼剧院	1910 年 4 月 19 日
А. 什尼茨莱尔，达佩尔图托博士（梅耶荷德）	《科伦宾娜的围巾》		Н.Н. 萨普诺夫	П. 多纳尼	彼得堡：小喜剧之家	1910 年 10 月 12 日
Ж. Б. 莫里哀	《唐 · 璜》		А. Я. 戈洛温	Ж. Ф. 拉莫，В.Г. 卡拉特金	亚历山大剧院	1910 年 11 月 9 日

续表

剧作者	作品名	合作导演	美术设计	作曲家	演出剧院	演出时间
M. 穆索尔斯基	《鲍里斯·戈都诺夫》	指挥：库茨	A. Я. 戈洛温		马林斯基剧院	1911 年 1 月 6 日
Ю. 别利亚耶夫	《红色的小餐馆》		A. Я. 戈洛温	M.A. 库兹明	亚历山大剧院	1911 年 3 月 23 日
Л.Н. 托尔斯泰	《活尸》	合作导演：A. Л. 萨卡罗夫	K.A. 科罗温		亚历山大剧院	1911 年 9 月 28 日
X.B. 格鲁克	《奥菲欧》	指挥：Э.Φ. 纳普拉夫尼克 舞蹈：M.M. 福金	A. Я. 戈洛温		马林斯基剧院	1911 年 12 月 21 日
达佩尔图托博士（梅耶荷德）	《情人》（哑剧）		B.И. 苏哈耶夫，A.E. 雅科夫列夫（在戈洛温的指导下	K. 德彪西（两首前奏曲）		1912 年 1 月
K. 巴尔蒙特	《三个黎明》（第二幕）			Э. 格里格	彼得堡：杰尼谢夫学校	1912 年 3 月 5 日
达佩尔图托博士（梅耶荷德）	《情人》（哑剧）等		H.И. 库里宾	K. 德彪西（两首前奏曲）		1912 年 6 月 9 日
П. 卡尔德隆（K. 巴利蒙特译）	《信奉十字架》		Ю.M. 邦季			1912 年 6 月 29 日
A. 斯特林堡	《有罪的——无罪的？》		Ю.M. 邦季			1912 年 7 月 14 日

续表

剧作者	作品名	合作导演	美术设计	作曲家	演出剧院	演出时间
Д ж. 萧伯纳（梅耶荷德改编）	《无论如何不能说》					1912 年 7 月 15 日
Ф.К. 索洛古勃	《生活的俘虏》		А. Я. 戈洛温		亚历山大剧院	1912 年 11 月 6 日
Р. 施特劳斯	《埃勒克特拉》	指挥：А.К. 科茨	А. Я. 戈洛温		马林斯基剧院	1913 年 2 月 18 日
Ф. 诺泽尔，Г. 缪勒	《塞利维亚的小餐馆》		К.А. 韦舍洛夫		彼得堡：苏沃林剧院	1913 年 12 月 16 日
А. 皮那罗	《在途中》		А. Я. 戈洛温		亚历山大剧院	1914 年 1 月 30 日
А. 勃洛克	《陌生女郎》	合作导演：	Ю.М. 邦季	М.А. 库兹明	彼得堡：杰尼谢夫学校	1914 年 4 月 7 日
А. 勃洛克	《滑稽草台戏》（第三版）	Ю.М. 邦季	Ю.М. 邦季			
莫泊桑	《菲菲小姐》		С.Ю. 苏杰伊金			1914 年 8 月 15 日
Э. 沃尔夫－费拉里	《苏珊的秘密》（音乐喜剧）	指挥 :М.А. 比赫特	С.Ю. 苏杰伊金			1914 年 9 月 20 日
М. 莱蒙托夫	《两兄弟》		А. Я. 戈洛温		亚历山大剧院	1915 年 1 月 10 日
З. 吉皮乌斯	《绿戒指》		А. Я. 戈洛温	В. Г. 卡拉特金	亚历山大剧院	1915 年 2 月 18 日
П. 卡尔德隆	《坚强的王子》		А. Я. 戈洛温		亚历山大剧院	1915 年 4 月 23 日
Д ж. 萧伯纳	《皮格玛利翁》		П. Б. 兰宾			1915 年 4 月 26 日

续表

剧作者	作品名	合作导演	美术设计	作曲家	演出剧院	演出时间
王尔德（梅耶荷德改编）	《道安格雷的画像》	A.A. 列维茨基	B.E. 叶戈罗夫			1915 年 12 月 1 日首演
A. 奥斯特洛夫斯基	《大雷雨》		A. Я. 戈洛温		亚历山大剧院	1916 年 1 月 9 日
M. 格林卡（M. 福金改编）	《阿拉贡的霍塔舞》（芭蕾舞剧）》	舞剧导演 :M. M. 福金 指挥：H.A. 马里科	A. Я. 戈洛温		马林斯基剧院	1916 年 1 月 29 日
A. 什尼茨莱尔，达佩尔图托 博士（梅耶荷德）	《科伦宾娜的围巾》		C.Ю. 苏杰伊金			1916 年 4 月 18 日
C. 普什贝舍夫斯基	《强者》（电影）		B.E. 叶戈罗夫			8 月（1917 年 12 月 9 日首映）
Д. 梅列日科夫斯基	《浪漫主义者们》		A. Я. 戈洛温		亚历山大剧院	1917 年 10 月 21 日
A. 苏霍沃 - 柯贝林	《科列钦斯基的婚礼》		A. 阿尔梅丁根		亚历山大剧院	1917 年 1 月 25 日
A. 达尔戈梅日斯基	《石客》	指挥：A.B. 戈乌克	A. Я. 戈洛温		马林斯基剧院	1917 年 1 月 27 日
M. 穆索尔斯基	《结婚》				彼得格勒：彼得罗夫斯基学校	1917 年 2 月 24 日
M. 莱蒙托夫	《假面舞会》（第一版）		A. Я. 戈洛温	A.K. 格拉祖诺夫		1917 年 2 月 25 日

续表

剧作者	作品名	合作导演	美术设计	作曲家	演出剧院	演出时间
О. 王尔德	《理想丈夫》		А. Я. 戈洛温		舞台艺术学校	1917 年 4 月 24 日
А. 苏霍沃－柯贝林	《案件》	合作导演：А.Н. 拉夫连季耶夫	Б.А. 阿尔梅丁根		亚历山大剧院	1917 年 8 月 30 日
А. 苏霍沃－柯贝林	《塔列尔金之死》		Б.А. 阿尔梅丁根		亚历山大剧院	1917 年 10 月 23 日
Н. 里姆斯基－柯萨科夫	《雪姑娘》	指挥：А.К. 科茨	К.А. 科罗温		马林斯基剧院	1917 年 12 月 14 日
Г. 易卜生	《海的女儿》	合作导演：Н.А. 斯特拉文斯卡雅	А. Я. 戈洛温	Р. И. 梅尔沃利夫	亚历山大剧院	1917 年 12 月 15 日
Л.Н. 托尔斯泰	《彼得 · 赫列布尼克》		А. Я. 戈洛温		亚历山大剧院	1918 年 4 月 8 日
И. 斯特拉文斯基	《夜莺》	指挥：А.К. 科茨	А. Я. 戈洛温		马林斯基剧院	1918 年 5 月 30 日
Г. 易卜生	《娜拉》（《玩偶之家》第三版）		策划：В. Э. 梅耶荷德 执导：В.В. 德米特里耶夫		彼得格勒：工人之家剧院	1918 年 6 月 7 日
Д.. 奥柏	《菲涅拉》（《波尔蒂契的哑女》）	合作导演：С.Д. 马斯洛夫斯卡娅 指挥：Д.И. 波希顿诺夫	П. Б. 兰宾		马林斯基剧院	1918 年 11 月 7 日

续表

剧作者	作品名	合作导演	美术设计	作曲家	演出剧院	演出时间
B. 马雅可夫斯基	《宗教滑稽剧》（第一版）	合作者：B.B. 马雅可夫斯基	К.С. 马列维奇		音乐话剧剧院	1918 年 11 月 7 日
Г. 易卜生	《娜拉》（《玩偶之家》第四版）				苏维埃第一剧院	1920 年 8 月 6 日
维尔哈伦（楚尔科夫译，梅耶荷德、别布托夫改编）	《曙光》	合作者：B.M. 别布托夫	B.B. 德米特里耶夫		俄罗斯联邦共和国第一剧院	1920 年 11 月 7 日
B. 马雅可夫斯基	《宗教滑稽剧》（第二版）	合作者：B.M. 别布托夫	B.П. 基谢廖夫，A.M. 拉维斯基，B.Л. 荷拉科夫斯基		俄罗斯联邦共和国第一剧院	1921 年 5 月 1 日
Г. 易卜生（梅耶荷德、别布托夫、日丹诺夫改编）	《青年联盟》	合作者：B.M. 别布托夫 O.П. 日丹诺夫	B.Э. 梅耶荷德，B.M. 别布托夫，O.П. 日丹诺夫（策划）		俄罗斯联邦共和国第一剧院	1921 年 8 月 7 日
Г. 易卜生（梅耶荷德改编）	《娜拉》（《关于诺拉·海尔茂的悲剧》）（第五版）		B.Э. 梅耶荷德		莫斯科：演员剧院	1922 年 4 月 20 日
Ф. 克罗梅林克（И. 阿克肖诺夫译）	《宽宏大量的乌龟》		Л.С. 波波娃，B.B. 柳茨	H.H. 波波夫	演员剧院 梅耶荷德自由剧院	1922 年 4 月 25 日

续表

剧作者	作品名	合作导演	美术设计	作曲家	演出剧院	演出时间
A. 苏霍沃－柯贝林	《塔列尔金之死》（第二版）		B.Φ. 斯捷潘诺娃		国立戏剧艺术研究院剧院 梅耶荷德实验剧院	1922 年 11 月 24 日
M. 马尔吉涅（C. 戈罗杰茨基译，C. 特列季亚科夫改编）	《翻天覆地》(《夜》)		Л.C. 波波娃		梅耶荷德剧院	1923 年 3 月 4 日
A. 奥斯特洛夫斯基	《肥缺》	合作导演： A. Б. 韦力热夫	B.A. 舍斯塔科夫		革命剧院	1923 年 5 月 15 日
A. 法伊科	《柳利湖》	合作导演： A.M. 罗姆	B.A. 舍斯塔科夫		革命剧院	1923 年 11 月 7 日
A. 奥斯特洛夫斯基（梅耶荷德改编）	《森林》		策划：B.Э. 梅耶荷德 改编：B.Φ. 费德罗夫		梅耶荷德剧院	1924 年 1 月 19 日
爱伦堡等	《Д.E.》(《攻占欧洲》)		策划：B.Э. 梅耶荷德 改编：И.Ю. 什列皮亚诺夫		梅耶荷德剧院	1924 年 6 月 15 日（列宁格勒）

续表

剧作者	作品名	合作导演	美术设计	作曲家	演出剧院	演出时间
A. 法伊科	《教师布布斯》		策划：B.Э. 梅耶荷德 改编：И.Ю. 什列皮亚诺夫	Ф. 肖邦	梅耶荷德剧院	1925 年 1 月 29 日
H. 埃尔德曼	《委任状》		同上	Ф. 李斯特	梅耶荷德剧院	1925 年 4 月 20 日
H. 果戈理 （梅耶荷德、科列涅夫改编）	《钦差大臣》		策划：B.Э. 梅耶荷德 改编 B.П. 基谢廖夫	M.Ф. 格涅辛，俄罗斯作曲家的抒情歌曲	国立梅耶荷德剧院	1926 年 12 月 9 日
Ф. 克罗梅林克 （И. 阿克肖诺夫译）	《宽宏大量的乌龟》（新版）		Л.C. 波波娃，B.B. 柳茨		国立梅耶荷德剧院	1928 年 1 月 26 日
A. 格里鲍耶多夫 （梅耶荷德、科列涅夫改编）	《智慧痛苦》		B.A. 舍斯塔科夫，H.П. 乌里扬诺夫（舞台服饰和化妆）	古典音乐作品，配乐：Б.B. 阿萨菲耶夫，Д.Д. 肖斯塔科维奇	国立梅耶荷德剧院	1928 年 3 月 12 日
B. 马雅可夫斯基	《臭虫》	B.B. 马雅可夫斯基			国立梅耶荷德剧院	1929 年 2 月 13 日

续表

剧作者	作品名	合作导演	美术设计	作曲家	演出剧院	演出时间
И. 谢尔文斯基	《第二军长》		策划：В. Э. 梅耶荷德 改编：С.Е. 瓦赫坦科夫	В. Я. 谢巴林	国立梅耶荷德剧院	1929年7月24日（哈尔科夫）
В. 马雅可夫斯基	《澡堂》	В.В. 马雅可夫斯基	策划：В. Э. 梅耶荷德 改编：С.Е. 瓦赫坦科夫，А.А. 杰伊涅卡	В. Я. 谢巴林	国立梅耶荷德剧院	1930年3月16日
爱伦堡等	《拿下欧洲》		策划：В. Э. 梅耶荷德 改编：И.Ю. 什列皮亚诺夫等		国立梅耶荷德剧院	1930年11月7日
В с. 维什涅夫斯基	《最后的决战》		策划：В.Э. 梅耶荷德改编：С.Е. 瓦赫坦科夫	В. Я. 谢巴林	国立梅耶荷德剧院	1931年2月7日
Ю. 奥廖沙	《善行记》		策划：В.Э. 梅耶荷德改编：С.Е. 瓦赫坦科夫，И.И. 列伊斯基科夫，К.К. 萨维茨基	Г. Н. 波波夫	国立梅耶荷德剧院	1931年6月4日

续表

剧作者	作品名	合作导演	美术设计	作曲家	演出剧院	演出时间
Ж. Б. 莫里哀	《唐·璜》（改版）		А. Я. 戈洛温	Ж.Ф.拉莫，乐曲改编，В.Г. 卡拉特金	列宁格勒：国立模范剧院	1932 年 12 月 26 日
Ю. 格尔曼	《序曲》		И.И. 列伊斯基科夫	В.Я.谢巴林	国立梅耶荷德剧院	1933 年 1 月 28 日
А. 苏霍沃－柯贝林	《克列钦斯基的婚礼》（第二版）		В.А. 舍斯塔科夫	М.Л. 斯塔罗卡多姆斯基	国立梅耶荷德剧院	1933 年 4 月 14 日（列宁格勒）
М. 莱蒙托夫	《假面舞会》（第二版）		А. Я. 戈洛温	А. К. 格拉组诺夫	列宁格勒国立科学剧院	1933 年 12 月 25 日
А. 小仲马	《茶花女》		策划：В. Э. 梅耶荷德 改编：И.И. 列伊斯基科夫	В. Я. 谢巴林	国立梅耶荷德剧院	1934 年 3 月 19 日
П. 柴可夫斯基	《黑桃皇后》	指挥：С.А. 萨莫苏特	Л. Т. 邱比亚多夫		列宁格勒：国立小歌剧院	1935 年 1 月 25 日
А. 契诃夫	《33 次昏阙》（《纪念日》《熊》《求婚》）		В. Э. 梅耶荷德 В.А. 舍斯塔科夫		国立梅耶荷德剧院	1935 年 3 月 25 日

续表

剧作者	作品名	合作导演	美术设计	作曲家	演出剧院	演出时间
A. 普希金	《石客》（广播剧）		B. Э. 梅耶荷德	B. Я. 谢巴林	全俄广播委员会	1935 年 4 月 17 日
A. 格里鲍耶多夫（梅耶荷德，M. 科列涅夫改编）	《智慧痛苦》（第二版）		B.A. 舍斯塔科夫（布景） H.П. 乌里扬诺夫（服装）	古典音乐作品，配乐：Б.B.阿萨菲耶夫	国立梅耶荷德剧院	1935 年 9 月 25 日（列宁格勒）
A. 普希金	《石客》（音乐剧）			B. Я. 谢巴林	国立梅耶荷德剧院	1937 年 2 月 10 日
A. 普希金	《美人鱼》（广播剧）		Ф.B. 安东诺夫	B. Я. 谢巴林	全俄广播委员会	1937 年 3 月 24 日
Л. 谢伊芙林娜	《娜塔莎》		B.A. 斯杰别尔克	B. Я. 谢巴林	国立梅耶荷德剧院	1937 年 4 月（未公开演出）
H. 奥斯特洛夫斯基	《人的一生》（《钢铁是怎样炼成的》）		A. Я. 戈洛温	Г. H. 波波夫	国立梅耶荷德剧院	1937 年 11 月（未公开演出）
M. 莱蒙托夫	《假面舞会》（第三版）			A. K. 格拉祖诺夫	列宁格勒国立普希金模范剧院	1938 年 12 月 29 日
	列宁格勒列斯加夫特体育学院的表演	表演计划由梅耶荷德、奥勒洛夫、谢雷共同制定		C.C. 普罗科夫耶夫	列宁格勒宫廷广场	1939 年 7 月 6 日
					莫斯科红场	1939 年 7 月 18 日

二、未完成的导演作品

剧作者	作品名	美术设计	作曲家	演出剧院	已完成的工作	预计工作周期
Л. 梅伊	《普斯科夫女郎》				排演计划	1902 年上半年
A. 托尔斯泰	《沙皇费多尔》	Д.С. 斯杰列茨基		亚历山大剧院	排演计划	1908—1909
К.В. 克柳格	《五月的女王》	А.Я. 戈洛温		同上	排演计划	1913 年
根据 Ф.К. 索洛古勃改编	《鬼魂的酒杯》（电影）	B.E. 塔特林		“季曼与雷因哈特”电影公司	排演未完成	1917 年夏
B. 莎士比亚	《哈姆雷特》			梅耶荷德剧院	长期重点筹划排演的剧目	
И. 阿克肖诺夫	《斗争与胜利》（群众性活动）	A.A. 韦斯宁，Л.С. 波波娃		莫斯科霍登广场，	排演计划	1921 年春
萧伯纳 翻译：И. 阿克肖诺夫	《伤心之家》	C.M. 爱森斯坦		演员剧院	排演计划	1922 年上半年
П. 梅里美 改编：H. 洛伊特	《扎克雷起义》			梅耶荷德剧院	预彩排	1923 年
Ж. 比才	《卡门》			梅耶荷德剧院	排演计划	1925 年
A. 普希金	《鲍里斯·戈杜诺夫》	C.П. 伊萨科夫		瓦赫坦戈夫戏剧工作室	系列彩排	1925—1926

续表

剧作者	作品名	美术设计	作曲家	演出剧院	已完成的工作	预计工作周期
C. 特列季亚科夫	《我要孩子》	B.Э. 梅耶荷德、Л.M. 利西茨基		国立梅耶荷德剧院	排演计划及模型	1927—1930
П. 兴德米特	《今日新闻》			列宁格勒小歌剧院	排演计划	1931—1932
H. 艾尔德曼	《自杀者》	设计：B.Э. 梅耶荷德 改编：И.И. 列斯基科夫、H.B. 格里戈罗维奇，C.B. 戈辛科夫	M.Л. 斯塔罗卡多姆斯基	国立梅耶荷德剧院	多次彩排	1932 年
B. 马雅可夫斯基 改编：梅耶荷德、A. 费弗拉里斯基	《神秘滑稽剧》(《臭虫》第二版)	B.Э. 梅耶荷德	Д.Д. 肖斯塔科维奇	国立梅耶荷德剧院	彩排两幕	1936 年上半年
A. 普希金	《鲍里斯·戈杜诺夫》	B.A. 舍斯塔科夫	C.C. 普罗科夫耶夫	国立梅耶荷德剧院	彩排多幕	1936 年
C. 普罗科夫耶夫	《谢苗·科特科》	A.Г. 特什列尔	指挥：M.H. 茹科夫	国立斯坦尼斯拉夫斯基歌剧院	排演计划	1939 年春

三、参与合作的导演作品

剧作者	作品名	美术设计	作曲家	演出剧院	合作情况	演出时间
保罗·克罗代尔	《欺骗》	Г.Б.亚库洛夫		莫斯科室内剧院	参与A.Я.泰伊罗夫最初排演计划的制定	1918年2月20日
理查德·瓦格纳 改编：B.别布托夫、B.舍尔舍涅维奇	《黎恩济》（悲剧音乐）	Г.Б.亚库诺夫		俄罗斯联邦社会主义共和国第一剧院	总导演：B.M.别布托夫	1921年7月8日（在音乐学院大厅上映）
国立高等戏剧实验学校的学生	《巴黎公社》	国立高等戏剧实验学校的学生		克拉斯诺普列斯涅斯基三山纺织厂俱乐部	集体导演	1922年3月18日
Э.托勒尔	《捣毁机器的人》	B.П.科马尔金科夫		莫斯科革命剧院	执行导演：П.П.列普宁	1922年11月3日
Э.托勒尔	《人－群众》	B.A.舍斯塔科夫		革命剧院	执行导演：A.Б.韦利日夫	1923年1月26日
策划：梅耶荷德 脚本：P.阿库利申	《朝向村庄的窗户》	B.A.舍斯塔科夫	P.И.梅尔沃利夫	国立梅耶荷德剧院	集体导演	1927年11月8日